温厚平和 含蓄深沉

——曾巩诗歌论

喻进芳 著

中国社会科学出版社

图书在版编目(CIP)数据

温厚平和　含蓄深沉：曾巩诗歌论／喻进芳著．—北京：中国社会科学出版社，2016.9

ISBN 978-7-5161-8744-9

Ⅰ．①温…　Ⅱ．①喻…　Ⅲ．①曾巩(1019～1083)—宋诗—诗歌评论　Ⅳ．①I207.22

中国版本图书馆CIP数据核字(2016)第189868号

出 版 人　赵剑英
责任编辑　耿晓明
责任校对　冯英爽
责任印制　李寡寡

出　　版　中国社会科学出版社
社　　址　北京鼓楼西大街甲158号
邮　　编　100720
网　　址　http://www.csspw.cn
发 行 部　010-84083685
门 市 部　010-84029450
经　　销　新华书店及其他书店

印　　刷　北京明恒达印务有限公司
装　　订　廊坊市广阳区广增装订厂
版　　次　2016年9月第1版
印　　次　2016年9月第1次印刷

开　　本　710×1000　1/16
印　　张　22.75
字　　数　377千字
定　　价　80.00元

凡购买中国社会科学出版社图书，如有质量问题请与本社营销中心联系调换
电话：010-84083683

引　　言

在对曾巩作为政治家、经学家、史学家、古文家、儒者的研究中，他作为醇儒的形象被广为接受。南宋理学家朱熹对曾巩赏爱有加，他从修身养性的角度，赞扬曾巩虽见道未深，然却平正。在唐宋诸古文家中，朱熹从对“道”的内涵的认定上，较为肯定曾巩。他亲自为曾巩撰写年谱并序曰：“予读曾氏书，未尝不掩卷废书而叹：何世知公浅也！盖公文之高矣，自孟、韩以来，作者之盛，未有至于斯。”（《隐居通议》）他将曾文放在儒学发展的过程中来把握，认为曾文之高直接韩、孟，无人堪匹，显然，朱熹对曾文的评价源于曾巩是一位深得儒学真传的儒者，而其文章则直接阐述了儒家的义理。由于朱熹在理学上的崇高地位，元、明、清三代对曾巩的推崇在很大程度上受朱熹的影响。在这个过程中，曾巩被有意识地拔高、经典化，而他作为一个普通人的情感体验，作为一个深受儒家思想影响的知识分子面对人生困境时的心理情绪以及应对与思考，似乎被有意无意地忽略、掩盖甚至埋没。

曾巩对儒家经典的依附感是非常强烈的，他热心对理论的解读源于他总是力求在经典中找到行为的依据、心灵的归属。这样，即使面对纷纭世事，总会在理论中认定自己的价值目标从而获得心理的平衡。不同于与他同时代的欧阳修、王安石、苏轼等散文家在接受儒学思想时又出入佛、道，曾巩没有融通佛、道。对于曾巩这样一位醇儒，其处世方式尤其体现出对儒家理论的自觉皈依。这种思想的纯净表现出确立儒家正统文化的强烈的责任意识。在曾巩看来，先王之道是万世无弊的真理，他强调说：“夫经于天地人事，无不备者也”（《上欧阳舍人书》），“知今者莫若考古，知古者莫若师经。经者，万世之法也”（《黄河》）。出于这样的认识，佛道和诸子百家便毫无例外地被视作奇言怪论。在曾巩那里，儒家经典的真理性质无可置疑，是人们日常生活中的行为准则，“其法已行，其效已见，告后之人使取而则之，六经是也”（《为治论》）。因而，曾巩的诗文在对儒学作出自己的阐释时，自然也表达着由儒学而来的人生思考。对于曾巩这样一位争议颇大的“大家”，如果不深入地从作者留在世上的文本去研读、体会、思考，则难免对别人的看法莫衷一是。

在诗歌史上，曾巩的诗毁誉参半。陈师道认为“曾子固短于韵语”（《后山诗话》），秦观则云：“曾子固以文名天下，而有韵者辄不工。”（《东坡题跋》）与此相对，有些评价却非常高。后世有许多人为曾巩翻案，王士祯云：“渊才恨曾子固不能诗，今人以为口实。今观《类稿》中诸篇，亦荆公之亚，但天分微不及耳。”（《带经堂诗话》）贺裳云：“俗传曾子固不能诗，真妄语耳。”（《载酒堂诗话》）胡应麟说：“宋诸人诗掩于文者，宋经文、苏明允、曾子固、晁无咎……”（《诗薮》）对曾巩的诗歌评价成为一个公案，真是“公说公有理，婆说婆有理”，这种截然相反的评论不能不引起我们的思考。的确，曾巩的诗歌既少刚健的豪气，也少横放的逸气，更没有浪漫的柔情。对于曾巩这位将人生过程始终连接在自我管束上的醇儒而言，他总是将人生的穷达、忧喜用道德自律进行化解，因此，很少表现出愤激难耐、骚动不安的心理状态。

曾巩的诗歌比其散文更能真切地反映其人生态度。比之同时代的欧阳修、王安石、苏轼，曾巩一生相对平淡，对于人生的穷达成败、升沉起落都没有显出大喜大悲，他以对道德的持守从容于俗世，整个人生显出一种淡静泊如的状态。其诗歌的主导风格正是他应世观物的情感态度和生命体验方式的外化，前期豪雄、沉郁，后期平静、节制、中和。这种情感体验以及表现这种体验的特点就是温厚平和、含蓄深沉。这使他很少走向偏执，而是适时地把握住自己的情感力度，表现出在任何人生情节中的淡定、平静。平和的诗歌容易使人感到淡而无味，曾巩的诗歌没有韩愈的慷慨愤激，也没有柳宗元的孤愤满怀，更没有欧阳修的淋漓风致，亦与苏轼的豁达洒脱、王安石的劲健斩截异趣，他的诗歌的情感总体来说是温静平和的。这种平和的情感如果缺少一种理性，如果没有与诗人复杂微妙的内在心理特征结合起来，肯定会给人贫乏苍白的感受。而曾巩的诗歌情感虽然平和，但因为有了对人生磨难的深刻体验和理性的排解而在普泛意义上使人产生同情共感。

如果仅仅从曾巩作为政治家、经学家、史学家、文学家角度来解读，将仍然停留在对他的一个大平面的观照上。静水流深，作为一名诗人，透过其平实质朴的语言表象，我们会发现在平正的理念背后同样跃动着一颗投射着现实喜怒哀乐的心灵，展现着一名有经世抱负的文学家在平衡理想与现实矛盾中的心路历程，蕴含着生动丰富的人生内容。曾巩用自己的思考方式对儒学做出了合于自己人生态势的解读，也就是说，他的人生思考和行动轨迹基本对应着他对儒学的思考，他的诗文则是他的思考轨迹在语言上的对象化，也是他生命形式的忠实展现。文学创作对于曾巩而言本来就是一件十分严肃的事情，其中包含着曾巩对人生理想的设计，也包含着理想碰壁后对人生价值的重新思考。本文旨在通过对其文化品格和诗歌创作关系的分析，加强对其隐微深沉的内心世界的探索而不仅仅关注其对外在事功的追求，以期更真切地认识曾巩的文学世界与生命情境。全文分为上、中、下三编，具体包括如下内容：

上编分为三章，主要阐明曾巩的人生思考和处世方式，探讨曾巩如何在现实生活中以对儒家之道的持守来超越现实困境。

第一章分析宋代士人的社会关怀和文化心态。曾巩文化品格的形成与北宋中期的儒学复古主义运动有密切的关系。第二章分析曾巩的人格精神。包括理智平和的人生认识、立身修道的人格完善、自我调适的心理机制三个部分。第三章论述曾巩的人生态度及处世方式。包括坎坷的科场与艰难的仕途——曾巩的人生经历、忍耐退守——论曾巩的人生态度、平和勤谨——论曾巩的处世方式三个部分。

中编分为六章，在探讨曾巩诗歌的分期、内容、情感、形式、渊源时注意结合宋代文人社会的整体特点以及曾巩本人的个性气质、人生经历、儒学修养等特点进行分析。

第一章结合曾巩的人生经历和情感态度对其诗歌内容进行分析，分别对其反映忧国忧民、壮志难酬、娱情写物、亲情友情、风俗人情等内容的诗歌进行分析。第二章探讨曾巩诗歌特色形成的渊源，包括曾巩诗歌特色形成的背景及诗学主张两部分。第三章讨论曾巩诗歌的分期及依据，曾巩诗歌以通判越州为界分为前后两个时期，并在三个方面都有变化：情感基调上从沉郁到平和的转变；创作目的上从偏重实用性到偏重文学性的转变；艺术风格上从豪壮郁勃到清深婉约的转变。第四章着重对咏史诗、咏物诗、山水诗、赠答送别诗等较少关注的诗体做详细解读。第五章探讨曾巩诗歌的主导风格，在诗思、意境、情感三个方面体现出平易、清静、平和的特征。第六章探讨曾巩诗歌的语言风格，从淡而深、平而畅、质而雅三个方面进行论述。

下编在宋代“以文为诗”的大背景下对曾巩诗歌的特点与缺点进行探讨。总体来说，曾巩在诗歌创作上虽然谈不上是名家，但他以自己的创作实绩对宋调的形成起着推波助澜的作用。

第一章探讨宋代“以文为诗”这一诗歌潮流对曾巩诗歌创作的影响。包括诗歌散文化议论化的尝试、以文字为诗的语言特点、艺术技巧的尝试与发展三个方面。第二章论述“以文为诗”带来的艺术缺陷，包括以议论为诗带来的诗情枯淡、过度铺叙带来的诗情疲弱、篇章平衍无势带来的平淡无味三个方面。第三章探讨曾巩对韩愈诗歌的接受，主要从思想及创作手法两个方面进行分析。

目　　录

上　编

中　编

下 编

上　编

第一章　宋代士人的文化心态

第一节　宋代文人社会的基本特征

一　加强中央集权专制，制定崇文抑武的国策

宋太祖在结束了五代十国割据分裂的局面后，首先开始考虑如何收拾人心、整顿乾坤。太祖曾问宰相赵普："自唐季以来，数十年间，帝王凡易十姓，兵革不息，生灵涂地，其故何哉？吾欲息兵定长久之计，其道何如？"① 富弼称："太宗求治之切，故诏群臣论事，欲面奏者，即时引对，此言路所以无壅也。"② 这些记载显示了赵宋王朝通过反思历史、重建国家权威和思想秩序的要求。基于这种思考，宋初统治者在首先军事上着手削夺武将的兵权，以收兵权为纲，空前强化君主专制。《宋史纪事本末》"收兵条"记胡一桂语："太祖深思天下唐宋以来，生民涂炭，知所以处藩镇收兵权之道。既以从容杯酒之间，解石守信等兵权，复以后院之宴，罢王彦超等节镇，于是宿尉、藩镇不可容之痼疾，一朝而解矣！"③ 其次是着重防备内部的叛乱，对外则采取守势。"太宗尝谓侍臣曰：'国若无内患，必有外忧；若无外忧，必有内患。外忧不过边事，皆可预为之防。惟奸邪无状，若为内患，深可惧焉。'帝王当合用心于此。"④ 王夫之在《宋论》

① 邵伯温：《邵氏闻见录》卷1，中华书局2006年版，第2页。

② 陈邦瞻：《宋史纪事本末》"太宗致治"条，中华书局1977年版，第113页。

③ 陈邦瞻：《宋史纪事本末》"收兵"条，中华书局1977年版，第9页。

④ 江少虞：《宋朝事实类苑》卷2，上海古籍出版社1981年版，第16页。

中论宋朝衰弱之因时指出，由于宋军战斗力太差，导致其对外战争屡屡败绩，并认为“夫宋岂无果毅跅驰之材，大可分阃而小堪奋击者乎？疑忌深而士不敢以才自见，恂恂秩秩，苟免弹射之风气已成，舍此一二宿将而固无人矣”①，指出宋朝统治者对武将的猜忌与防备是导致宋朝兵力衰弱的主要原因。

宋代统治者鉴于晚唐五代军队横暴的惨痛经验，制定了贬抑武臣、重用文臣的基本国策。吕中对宋初统治者由“抑武”转向“崇文”的思路琢磨得很清楚：“天下之所以四分五裂者，方镇之专地也；干戈之所以交争互战者，方镇之专兵也；……朝廷命令不得行于天下者，方镇之继袭也。”将唐五代的混乱失国归罪于藩镇，对武人兵权的削夺就是顺理成章的事了。吕中接着说：“太祖与赵普长虑却顾，知天下之弊源在乎此，于是以文臣知州，以朝官知县，以京朝官监临财赋，又置运使，置通判，皆所以渐收其权。朝廷以一纸下郡县，如身使臂，如臂使指，无有留难，而天下之势一矣。”② 总之是采取种种手段抑制武人的兵权。与对武人的贬抑相对，宋初统治者对文臣则尤为优待。宋太祖所立的三条后世戒规中有一条便是“不得杀士大夫及上书言事人”，并说“子孙有渝此誓者，天必殛之。”③ 太祖对儒学非常重视，据程俱记载：“国初既已削平僭乱，海寓为一。于是圣主恩与天下，涵泳休息，崇儒论道，以享太平之功。”④ 太祖曾对左右说：“作宰相须用儒者。”⑤ 此后宋朝历代君主都继承了崇文礼士、以文治国的大政方针。太宗希望“兴文教、抑武事”⑥，初即位即有意于修文，曾谓侍臣曰：“朕欲博求俊彦于科场中，非敢望拔十得五，止得一二，亦可为致治之具。”⑦ 此后真宗也继承前代皇帝

---

① 王夫之：《宋论》，中华书局2008年版，第22页。

② 陈邦瞻：《宋史纪事本末》“收兵”条，中华书局1977年版，第10—11页。

③ 周辉著，刘永翔校注：《清波杂志校注》卷1“祖宗家法”，中华书局1994年版，第15—18页。

④ 程俱：《麟台故事》卷3，中华书局2006年版，第105页。

⑤ 江少虞：《宋朝事实类苑》卷1，上海古籍出版社1981年版，第3页。

⑥ 李焘：《续资治通鉴长编》卷18太平兴国二年，中华书局1979年版，第394页。

⑦ 陈邦瞻：《宋史纪事本末》“太宗致治”条，中华书局1977年版，第114页。

的旨意，他说："朕每念太祖、太宗丕变衰俗，崇尚斯文，垂世教人，实有深旨。朕谨遵圣训，绍继前烈，庶警学者。"① 真宗还在《劝学文》中通过许以名利来劝导士人向学："富家不用买良田，书中自有千钟粟。安房不用架高梁，书中自有黄金屋。娶妻莫恨无良媒，书中有女颜如玉。出门莫愁无随人，书中车马多如簇。男儿欲遂平生志，六经勤向窗前读。"② 鼓励读书人通过寒窗苦读而入仕做官。《宋史·文苑传》云："自古垂统创业之君，即其一时之好尚，而一代之规模，可以豫知也。艺祖革命，首用文吏而夺武臣之权，宋之尚文，端本乎此。太宗、真宗其在藩邸，已有好学之名。作其即位，弥文日增。自是厥后，子孙相承，上之为人君者，无不典学；下之为人臣者，自宰相以至令录，无不擢科，海内文士彬彬辈出焉。"③ 说明了宋初六七十年奠定了文化繁荣的基础，并由此产生了"文士彬彬辈出"的结果。

二　重视文化图籍的整理，提倡儒学

宋朝统治者重视文化图籍的整理，是因为历代经典与史书中有着"以资治道"的至理名言。真宗皇帝的话表明了这种意图和目的："上尝谓近臣曰：'朕听政之外，未尝虚度时日，探测编简，素所耽玩。古圣奥旨，有未晓处，不免废忘，昨置侍讲、侍读学士，自今令秘阁官，每夕具名闻奏，朕欲召见，得以访问。'其后每当直，或召对，多至二三鼓方退。上尝谓王旦等曰：'经史之文，有国家之龟鉴，保邦治民之要，尽在是矣。然三代之后，典章制度，声明文物，参古今而适时用，莫若史、汉，学者不可不尽心焉。'"④ 正因为如此，宋代诸位皇帝除对文人大量擢拔外，还集中士人编修《太平御览》《册府元龟》《太平广记》等大型丛书。真宗十分注意对图书的收集整理，他曾"召近臣观书龙图阁，曰：'朕自幼至今，读经典其

① 江少虞：《宋朝事实类苑》卷1，上海古籍出版社1981年版，第24页。
② 毛礼锐、沈灌群：《中国教育通史》第3卷，山东教育出版社1987年版，第8页。
③ 脱脱：《宋史·文苑传》卷439，中华书局1977年版，第12997页。
④ 江少虞：《宋朝事实类苑》卷3，上海古籍出版社1981年版，第26页。

间，有听过数四。在东宫时，惟以聚书为急，其间亡逸者多方搜求，颇有所得，今已类成正本，除三馆秘阁外，又于后苑龙图阁各存一本。但恨校对未精，如青宫要纪、继体治民论，此一书二名，并列篇目。盖收书之初，务于数多，不嫌重复，甚无谓也。’景德四年三月，召近臣观书玉宸殿，即帝偃息之所，茵帏皆黄绢为之，无文采之饰，聚书八千余卷。”① 对书籍的收集、整理与校雠直接提出了要求。

宋代诸帝还身体力行，爱好读书，大力提倡儒学。太祖喜读书，据记载：“太祖少亲戎事，性好艺文，即位未几召山人郭无为于崇政殿讲书。至今讲官所领阶衔，犹曰‘崇政殿说书’云。”② 太祖建隆元年（960）“诏增葺祠宇，塑绘先圣、先贤像，自为赞，书于孔、颜坐端，令文臣分撰余赞，屡临视焉。尝谓侍臣曰：‘朕欲尽令武臣读书，知为治之道。’于是臣庶始贵文学。”③ 太宗皇帝性喜读书，手不释卷，对读书深有体会。他曾“语宰相曰：‘史馆所修太平总类，自今日进三卷，朕常亲览。’宋琪曰：‘陛下好古不倦，观书为乐，然日览三卷，恐至罢倦。’帝曰：‘朕性喜读书，开卷有益，每见前代兴废，以为监戒，虽未能尽记其未闻未见之事，固已多矣。此书千卷，朕欲一年读遍，因思好事之士，读万卷书，亦不为难。大凡读书，惟性所好，若其不好，读书亦不入。’”④ 真宗皇帝请著名的儒士邢昺讲《尚书》等经典，“咸平辛丑至天禧辛酉二十一年之间，虽车辂巡封，遍举旷世阔典，其间讲席岁未尝辍”⑤，“五年，讲春秋毕，邢昺曰：‘春秋一经，少有人听，多或中辍。’帝曰：‘勤学有益，最胜它事，且深资政理，无如经书。朕听政之暇，惟文史是乐，讲论经艺，以日系时，宁有倦耶？’”⑥ 神宗皇帝尤喜读书，“嘉祐八年五月，始听讲于东宫，天资好学，寻绎访问，至日昃。内侍言，恐饥，当

① 江少虞：《宋朝事实类苑》卷3，上海古籍出版社1981年版，第25页。

② 江少虞：《宋朝事实类苑》卷1，上海古籍出版社1981年版，第3页。

③ 陈邦瞻：《宋史纪事本末》“太祖建隆以来诸政”条，中华书局1977年版，第37页。

④ 江少虞：《宋朝事实类苑》卷2，上海古籍出版社1981年版，第20页。

⑤ 文莹：《湘山野录》卷中，中华书局2004年版，第23页。

⑥ 江少虞：《宋朝事实类苑》卷3，上海古籍出版社1981年版，第25页。

食。上曰：'听读方乐，岂觉饥耶？'"

宋代诸帝爱好文学，文艺修养极高。太宗皇帝"善飞白，其字大者方数尺，善书者皆伏其妙。又小草特工，语侍臣曰：'朕君临天下，亦何事笔砚？但心好之，不能舍耳。……小草字学难究，飞白笔势难工，无亦恐自此废绝矣。'以数十轴藏于秘府"①。除此之外，太宗还善隶、行、八分、篆等书法字体，又自做九弦琴、七弦阮。"仁宗万机之暇，无所玩好，惟亲翰墨，而飞白尤为神妙。"② 据刘攽记载："太宗好文，每进士及第，赐闻喜宴，常作诗赐之，累朝以为故事。仁宗在位四十二年，赐诗尤多，然不必尽上所自作。景祐初，赐诗落句云：'寒儒逢景运，报德合如何？'论者谓质厚宏壮，真诏旨也。"③ 这进一步促成了整个社会重文轻武的风气。

宋代崇文礼士、以文治国的基本国策带来了宋代文化的兴盛，这是宋代士人所面对的得天独厚的政治文化环境。早在南宋，朱熹已有"国朝文明之盛，前世莫及"之说；④ 王国维云："天水一朝人智之活动与文化之多方面，前之汉唐，后之元明，皆所不逮也。"⑤ 这些表述基本一致，都强调说明宋代文化的高度繁荣。

三 强化科举选拔制度，优待文人

科举制度强化了宋代文官政治。唐代的科举考试，取士少，当官难，据《宋史·王禹偁传》记载，仅太宗一朝进士一科即取近万名，而唐朝总共二百九十年间取进士才六千多人。⑥ 宋朝不仅取士多，而且升迁极快，特别是进士高科出身的，不几年就可能位至宰辅。仁宗朝四十二年（1064），历任宰相几乎都是以儒学起家的进士。据统

---

① 江少虞：《宋朝事实类苑》卷2，上海古籍出版社1981年版，第22页。

② 江少虞：《宋朝事实类苑》卷5，上海古籍出版社1981年版，第46页。

③ 刘攽：《中山诗话》，载何文焕《历代诗话》上册，中华书局2004年版，第284页。

④ 朱熹：《楚辞集注》，上海古籍出版社1979年版，第300页。

⑤ 王国维：《宋代之金石学》，见《王国维遗书》第五册，载《静安文集续编》，上海书店1983年版，第70页。

⑥ 脱脱：《宋史·王禹偁传》卷293，中华书局1977年版，第9793页。

计，在太祖、太宗两朝，登上宰相、执政之位的官僚40名，其中进士及第30名，相当于75%，真宗、仁宗两朝，85名宰执总共有74名进士，比例为87%，英宗、神宗、哲宗三朝，60名宰相中有56名是进士，占90%以上。[①] 正如《宋史·选举志》所云："取士唯进士、诸科为最广，名卿巨公，皆繇此选。"[②] 宋代重用和礼遇文士，正如蔡襄所言："今世用人，大率以文词进：大臣，文士也；近侍之臣，文士也；钱谷之司，文士也；边防大帅，文士也；天下转运使，文士也；知州郡，文士也。"[③]

在扩大科举取士人数、大力擢拔任用文人的同时，宋政府还高其官职，厚其俸禄。从宋太祖开始，北宋的几位皇帝都曾为百官养廉而不断增俸。官员们待遇优厚，除了高薪水外，还有"茶酒厨料之给、薪蒿炭盐诸物之给、饲马刍粟之给、米面羊口之给。其官于外者，别有公用钱，自节度使兼使相以下，二万贯至七千贯，凡四等；节度使自万贯至三千贯，凡四等。观察防团以下，以是为差。公用钱之外，又有职田之制，两京、大藩府四十顷；次藩镇三十五顷；防团以下，各按品级为差。选人、使臣无职田者，别有茶汤钱"，可谓"恩逮于百官者，惟恐其不足"[④]。此外，宋朝还设祠禄之官，"以佚老优贤"[⑤]。此外，除了祠禄，皇帝还时有恩赏，据载，"李沆病，赐银五千两。王旦、冯拯、王钦若之卒，皆赐银五千两"，"戴兴为定国军节度使，赐银万两，岁加给钱千万。王汉忠出知襄州，常俸外增岁给钱二百万"，"李沆、宋湜、王化基初入为右补阙，即各赐钱三百万"[⑥]，等等。为了表示对官员的优待，宋政府对官员子孙的恩荫也是不遗余力，以至清人赵翼说："荫子固朝廷惠下之典，然未有如宋

① 参见周藤志之、中屿敏《中国历史·五代·宋》，讲谈社1974年版，第83页。

② 脱脱：《宋史·选举志》卷155，中华书局1977年版，第3611页。

③ 引自赵翼《廿二史札记》卷25"宋恩荫之滥"条，中华书局1984年版，第535页。

④ 赵翼：《廿二史札记》卷25"宋制禄之厚"条，中华书局1984年版，第534页。

⑤ 赵翼：《廿二史札记》卷25"宋祠禄之制"条，中华书局1984年版，第534页。

⑥ 赵翼：《廿二史札记》卷25"宋恩赏之厚"条，中华书局1984年版，第537页。

代之滥也。”①

宋代士大夫有着优越的社会地位，科举取士制度的规范与扩大使知识分子的地位与人生前途得以保障，宋代士人们“从内心深处涌现出一种感觉，觉得他们应该起来担负着天下重任。范仲淹为秀才时，便以天下为己任。他提出两句最有名的口号来，说：‘士当先天下之忧而忧，后天下之乐而乐。’这是那时士大夫社会中一种自觉精神之最好的榜样”②。在这种情况下，传统文化所赋予的强烈的使命感和担当意识，使士人阶层以兼济天下为己任。宋仁宗明道年间，石介作《宋颂九首》歌颂太祖、太宗、真宗、仁宗皇帝的睿谟圣政，庆历年间因仁宗起用富弼、余靖、欧阳修、蔡襄等人为谏官，又作《庆历圣德颂》歌颂仁宗的功德：“岂可翻无歌、诗、雅、颂，以播我君之休声烈光，神功圣德，刻于琬琰，流于金石，告于天地，奏于宗庙，存于万千年而无穷尽哉!”③ 突出表现了生当“以文治国”的宋代的士人们对王朝的认同感。在这样的背景下，不难想象文士们将会形成何等强烈的自我意识和社会使命感，也不难想象他们与宋王朝“共治天下”的一腔热忱。

第二节　宋代百年文治对宋代士人文化心态的塑造

对儒道的召唤和履践最终造就了有宋一代士人共同的文化心态。尽管宋代士人对“道”的认识因为个体的独特性而有所不同，但从本质而言，宋代士人体现了以儒道为原则的共同的精神境界。宋代士人在道统统系中确立了自我独立的主体精神，这种对“道”的确认与强化形成了两种相关的价值取向：其一是对国家天下的责任意识，

① 赵翼：《廿二史札记》卷25“宋恩荫之滥之制”条，中华书局1984年版，第536页。

② 钱穆：《国史大纲》，商务印书馆1997年版，第164页。

③ 石介：《庆历圣德颂》，载《徂徕石先生文集》卷1，中华书局1984年版，第7页。

其二是对道德人格的自觉追求。欧阳修著《杂说》，有感于日月运行之不息、天地四时之变化，指出士人君子应该守道修身、刚强有为，“夫四者，所以相须而成昼夜四时寒暑者也。一刻而息，则四时不得其平，万物不得其生，盖其所任者重矣。人之有君子也，其任亦重矣。万世之所治，万物之所利，故曰自强不息’，又曰‘死而后已’者，其知所任矣。然则君子之学也，其可一日而息乎！”[①] 作为振兴晚唐五代以来卑弱士风的倡导者和实践者，欧阳修守道不迁、果于自任的言行起到了榜样和示范作用，影响了一大批正直的士人。

一　对道德人格的自觉追求

“士”经过孔子、孟子阐释拥有了明确的阶层意识和价值，奠定了以道德、学问为大体的基本品格。“士志于道”是孔子为这个文化阶层所拟定的精神准则。《中庸》说：“道不可须臾离也，可离非道也。”朱熹注云：“道者，日用事物当行之理，皆性之德而具于心，无物不有，无时不然，所以不可须臾离也。”[②] 由此可见，从先秦时期起，“士”阶层对自己的角色就有了明确的规定，他们清楚地知道自己应该成为怎样的人，其主要的言行标准就是严于律己、忠君爱国。中国古代知识分子一贯追求“内圣外王”的境界，把“修身、齐家、治国、平天下”作为自己终身的奋斗目标和理想，而实现这种理想，需要的就是高尚的道德人格和深厚的文化素养。

“古代儒家中国早已有了一个关于正统思想脉络的意识，这个经由韩愈明确表述出来的，从孔子、子思、孟子、扬雄等贯穿下来的正统思想脉络，以及与这一‘正统’相对的‘异端’，即杨、墨、老、庄以及后来的佛教与道教等等，本来就已经锁定了古代中国关于‘思想’的历史记忆。这个‘道统’的确立，在中唐韩愈那个思想世界逐渐混乱和模糊的当时，有两方面意义：一方面在于确立合法性（validity）思想的历史，把四帝二王周公孔子以后的正统性，通过孟

① 欧阳修：《杂说》，载《欧阳修全集·居士集》卷15，中华书局2001年版，第264页。

② 《中庸》，载朱熹《四书章句集注》，中华书局2005年版，第17页。

子延续到当下，借助这种历史系谱建立正统思想的权威，即所谓‘己之道，乃夫子、孟轲、扬雄之所传之道’。另一方面在于确立合理性（rationality）思想的历史渊源，由于孟子一系的思路是从内在心性向外在政治推衍，这样，主张内在心性与天理优先于外在政治的新思想，其正确的统绪或系谱也就自然接续。有了这种合法性与合理性，继承着孟子之道的韩愈，以及后来发扬这一思路和方法的宋儒，在这一历史系谱中，当然就有对于真理的独占权力。这就是‘道统’。”[①] 宋代士人面临着历史上的最好时机，时代和社会为他们提供了实践理想的机会与条件，“士”的名节、责任与使命使他们以孔孟之道的薪火自任，“道”成为他们赖以立身处世的基本价值标准。从韩愈重续道统开始，到穆修、柳开，“宋初三先生”孙复、胡瑗、石介以及欧阳修，几乎都推崇韩愈所谓的“道统”。石介字守道，也就是标榜自己要坚守孔孟之道。他说：“尧、舜、禹、汤、文、武、周、孔之道，万世常行，不可易之道也”[②]。欧阳修称赞石介说：“所谓尧、舜、禹、汤、文、武、周公、孔子、孟轲、扬雄、韩愈氏者，未尝一日不诵于口；思与天下之士皆为周孔之徒，以致其君为尧舜之君、民为尧舜之民，未尝一日少忘于心。”[③] 欧阳修作为一代文宗，对道统也有明确的说明，他说：“君子之于学也，务为道。为道必求知古明道，而后履之以身，施之于事，而又见于文章而发之，以信后世。其道，周公孔子孟子之徒常履而行之者是也。”[④] 表现了接续由周公下传至孟子之道统的志向。王安石作为一位致力于社会改革的政治家，同样有明确的道统意识，他说：“欲传道义心虽壮，学作文章力已穷。他日若能窥孟子，终身何敢望韩公！”[⑤] 以接续孟子传大道

---

① 葛兆光：《中国思想史》第二卷第1编，复旦大学出版社2005年版，第226—227页。

② 石介：《怪说》，载《徂徕石先生文集》卷5，中华书局1984年版，第60页。

③ 欧阳修：《徂徕石先生墓志铭》，载《徂徕石先生文集》附录，中华书局1984年版，第260页。

④ 欧阳修：《与张秀才棐第二书》，载《欧阳修全集·居士外集》卷67，中华书局2001年版，第978页。

⑤ 王安石：《奉酬永叔见赠》，载《王文公文集》卷55，上海人民出版社1974年版，第620页。

自重，不屑于像韩愈那样以文章名世。当然，道学家对于道统就更重视了。总之，宋代士人在道统统系中确立了自我独立的主体精神。

面对宋代积贫积弱的现状，统治集团中的一批有识之士产生了强烈的忧患意识。这种忧患意识又促使士人们以道自任，特别注重明道义、守节操，认为在思想境界上应该超出流俗，"注重士人阶层自尊、自律与自我提升、自我塑造的人生价值要求。在儒家士人看来，只有自身人格达到理想境界，他们才能够担负起建构文化话语体系并进而规范社会、压迫君权的历史重任。宋代士人最重修身，对理想人格境界梦寐以求，其主要目的之一就是使自身拥有完满充溢的人格力量，以便足以承担重新安排社会价值秩序之重任"①。宋初承晚唐五代之末世余风，直至仁宗天圣、明道以后，经由范仲淹、欧阳修等人的提倡，掀起了政治改革和文化复兴的高潮。与晚唐五代士风的卑弱相比，宋代士人的道德意识中融入了崇高的社会责任感。《宋史·忠义传序》云："诸贤以直言谠论倡于朝，于是中外缙绅知以名节相高，廉耻相尚，尽去五季之陋矣。"② 诸贤指的正是范仲淹、富弼、石介、胡瑗、孙复、尹洙、欧阳修这些人。所谓名节指的是士人立身行事以道义为准则，决不苟且。欧阳修说："所谓名节之士，知廉耻，修礼让，不利于苟得，不牵于苟随，而惟义之所处，白刃之威，有所不避，折枝之易，有所不为，而惟义之所守，其立于朝廷，进退举止，皆可以为天下法也。"③ 欧阳修以此为评论士人的标准，"范仲淹以言事贬，在廷多论救，司谏高若讷独以为当黜。修贻书责之，谓其不复知人间有羞耻事"④，还责备范仲淹不能进谏，空为谏官。⑤

宋初学者注重道德，修身律己。从王禹偁、柳开到宋初"三先

① 李春青：《宋学与宋代文化》，北京师范大学出版社2001年版，第142页。

② 脱脱：《宋史·忠义传序》卷446，中华书局1977年版，第13149页。

③ 欧阳修：《论包拯除三司使上书》，载《欧阳修全集·奏议》卷112，中华书局2001年版，第1693页。

④ 脱脱：《宋史·欧阳修传》，载《欧阳修全集》附录，中华书局2001年版，第2650页。

⑤ 欧阳修：《上范司谏书》，载《欧阳修全集·居士外集》卷67，中华书局2001年版，第973页。

生”、范仲淹、韩琦、欧阳修等都注意修身律己。“宋初三先生”都出身于社会中下层，胡瑗“家贫无以自给”，求学时“攻苦食淡，终夜不寝，一坐十年不归”①；石介“为举子时，寓学于南都，其固穷苦学，世无比者”②；孙复在范仲淹的帮助下刻苦攻读，卓有成就。③范仲淹在士风建设中起着领袖作用，他“二岁而孤，少有志操”，求学时因家境贫寒，“食不给，至以糜粥继之”，但日夜苦学不辍，“冬月惫甚，以水沃面”④。后举进士，为官屡迁至参知政事，横身正路，刚直敢言，“一生粹然无疵”，“每感激论天下事，奋不顾身，一时士大夫矫厉尚风节，自仲淹倡之”⑤。振兴士风正是振兴儒学的一个重要方面。范仲淹“先天下之忧而忧，后天下之乐而乐”的忧乐观，体现了宋代士人的人文精神：把个人的穷通荣辱放在第二位，把天下国家的责任放在第一位。

欧阳修特别强调道德持守对于士人立身行事的重要性，对个人的世界观和生活态度做出了积极调整，提出立足现实的道德追求方式。他说：“古之学者，必严其师，师严然后道尊，道尊然后笃敬，笃敬然后能自守，能自守然后果于用，果于用然后不畏不迁。三代之衰，学校废，至两汉，师道尚存，故其学者各守经以自用，是以汉之政理文章，与其当时之事，后世莫及者，其所从来深矣！后世师法渐坏，而今世吾师，则学者不尊严，故自轻其道。轻之则不能至，不至则不能笃信，信不笃则不知所守，守不固则有所畏而物可移，是故学者惟俯仰徇时，以希禄利为急，至于忘本趋末，流而不返。”⑥此文受到韩愈《师说》的影响，却不仅仅停留在“尊师”这一点上，欧阳修的这段话以古人为据，强调士人必须“师严”“道尊”，也就是强调学古道，然后“笃敬”“自守”“果用”“不畏”“不迁”，只有这样，

---

① 黄宗羲：《宋元学案·安定学案》，中华书局2001年版，第24页。

② 江少虞：《宋朝事实类苑》卷12，上海古籍出版社1981年版，第133页。

③ 黄宗羲：《泰山学案·宋元学案》，中华书局2001年版，第101页。

④ 脱脱：《宋史·范仲淹传》卷314，中华书局1977年版，第10267页。

⑤ 黄宗羲：《高平学案·宋元学案》，中华书局2001年版，第137页。

⑥ 欧阳修：《答祖择之书》，载《欧阳修全集·居士外集》卷70，中华书局2001年版，第1009页。

才能不“俯仰徇时”，在纷纭的社会生活中始终持守道德，才能将自己所学坚定地付诸实践，才不会希世苟合以致“忘本趋末，流而不返”。韩琦曾写诗云：“不羞老圃秋荣淡，且看闲花晚节香”，又说“保初节易，保晚节难”[①]，强调对节操的终身持守。黄庭坚云：“在朝之士，观其见危之大节；在野之士，观其奉身之大义。”[②] 欧阳修特别注意以自己的行为与言论，来鼓舞士气，激浊扬清，强调士人名节，从而教化天下。他明确说：“所守者道义，所行者忠信，所惜者名节。”[③] 他在《论凌景阳三人不宜与馆职奏状》中要求黜除品行不佳的凌景阳等三人，对儒士的道德品行提出了要求：“窃以累年以来，风教废坏，士无廉耻之节，官多冒滥之称。当其积习因循，则不以为怪，如欲澄清治化，则宜革此风。臣谓黜此三人，则天下士人当修名节。”[④] 他的直言谠论体现了心忧天下的正直士大夫所看重的道义和名节。欧阳修的评价对士大夫注重修身守道起着重要作用，可以说欧阳修是继范仲淹后的士风提倡者。他不仅抨击风云月露、趋时阿世之作，还对叹老嗟卑、戚戚于个人贫贱的文章深致不满。他在《相州昼景堂记》一文中，提出“夷险一节”，穷达不失其志的观点。[⑤] 针对宋代文官政治的社会现实，勉励作为社会中坚的士人们不以世间荣利为意，而以心忧天下的胸怀，超越个体的穷通荣辱。也就是说，一个人无论是贫是富，是贵是贱，身处顺境还是逆境都要守身行道，做到在任何环境中都保持精神的独立自在。苏轼云：“愈之后二百又余年而后得欧阳子，其学推韩愈、孟子，以达于孔氏，著礼乐仁义之实，以合于大道，”并谓宋开国七十余年以来，“士亦因陋守旧，论卑而气弱。自欧阳子出，天下争自濯磨，以通经学古为高，以

① 江少虞：《宋朝事实类苑》卷36，上海古籍出版社1981年版，第456页。

② 黄庭坚：《书赠韩琼秀才》，载《豫章黄先生集》卷25，《四部丛刊》本。

③ 欧阳修：《朋党论》，载《欧阳修全集·居士集》卷17，中华书局2001年版，第297页。

④ 欧阳修：《论凌景阳三人不宜与馆职奏状》，载《欧阳修全集·奏议集》卷106，中华书局2001年版，第1612页。

⑤ 欧阳修：《相州昼景堂记》，载《欧阳修全集·居士集》卷40，中华书局2001年版，第586页。

救时行道为贤，以犯颜纳谏为忠，长育成就，至嘉祐末，号称多士，欧阳子之功为多”①，明确指出了欧阳修在振衰起废、建设士风中的重要作用。

与此相关，宋人评人评文皆与道德规范联系起来。② 欧阳修庆历年间做谏官，用严格的道德伦理标准对李淑、吕夷简、陈洎等人提出弹劾，“如此之类极多，大忤权贵”③。欧阳修赞扬那些谨守道义之士，他说：“焦生独立士，势利不可恐。谁言一身穷，自待九鼎重。有能揭之行，可谓仁者勇。”④ 他在《唐颜鲁公书残碑二》中说：“余谓颜公书如忠臣烈士、道德君子，其端严尊重，人初见而畏之，然愈久而愈可爱也。”⑤ 将书法与品行道德紧密联系在一起，评书法也是评其为人。宋人对李白非议的有王安石、苏轼兄弟等人，“荆公（王安石）次第四家诗，以李白最下，俗人多疑之。公曰：‘白诗近俗，人易悦故也。白识见污下，十首九说妇人与酒，然其才豪俊，亦可取也。’”⑥ 苏辙亦云：“李白诗类其为人，俊发豪放，华而不实，好事喜名而不知义之所在也。”⑦ 对于韩愈，宋人也有颇多微词，王安石、苏轼、刘敞等人都批评韩愈汲汲于时用，戚戚于贫贱。清人赵翼说：“《示儿》诗自言辛勤三十年，始有此屋，而备述屋宇之垲爽，妻受诰封，所往还无非公卿大夫，以诱其勤学，此已属小见。《符读书城南》一首，亦以两家生子，提孩时朝夕相同，无甚差等；及长而一龙一猪，或为公相，势位赫

---

① 苏轼：《六一居士集序》，载《苏轼全集》卷 10，上海古籍出版社 2000 年版，第 852 页。

② 参林继中《文化建构文学史纲》，海峡文艺出版社 1993 年版，第 123—139 页。

③ 王铚：《默记》卷下，中华书局 2004 年版，第 39 页。

④ 欧阳修：《送焦千之秀才》，载《欧阳修全集·居士集》卷 4，中华书局 2001 年版，第 72 页。

⑤ 欧阳修：《唐颜鲁公书残碑二》，载《欧阳修全集·集古录跋尾卷》卷 141，中华书局 2001 年版，第 2259 页。

⑥ 胡仔：《苕溪渔隐丛话》前集卷六引《钟山语录》，上海古籍出版社 1979 年版，第 37 页。

⑦ 吴乔：《围炉诗话》卷 4，载郭绍虞《清诗话续编》上册，上海古籍出版社 1999 年版，第 580 页。

奕，或为马卒，日受鞭笞，皆由学与不学之故。此亦徒以利禄诱子，宜宋人之议其后也。”[①] 韩愈《与李翱书》云：“孔子称颜回一箪食，一瓢饮，人不堪其忧，回也不改其乐。彼人者有圣者为之依归，而又有箪食瓢饮足以不死，其不忧而乐也，岂不易哉？若仆无所依归，无箪食，无瓢饮。无所取资，则饿而死，其不亦难乎？”[②] 韩愈认为颜回能够安于贫贱是因为“彼人者有圣者为之依归，而又有箪食瓢饮足以不死”，自己的条件不如颜回，也学不了颜回，也不愿穷饿而死。王安石对于韩愈也多有微词，钱锺书先生在《谈艺录》中专论此事，并引荆公大量诗文为证：“荆公《读墨》诗云：‘退之嘲鲁连，顾未知之耳，退之醇孟轲，而驳荀杨氏；至其趣舍渐，亦又蔽于己。’《董伯懿示裴晋公淮右题名碑》诗云：‘退之道此尤俊伟，笔墨虽巧终类俳。’”[③] 可见，王安石对韩愈的非议仍在道德方面。苏轼对韩愈也颇多不满，他说：“韩愈之于圣人之道，盖亦知好其名矣，而未能乐其实，”“其论至于理而不精，支离荡佚，往往自叛其说。”[④] 南宋理学家陈傅良说：“宋兴，士大夫之学无虑三变。起建隆至天圣、明道间，一洗五代之陋，知方向矣。而守故蹈常之习未化。范子（范仲淹）始与其徒抗之以名节，天下靡然从之，人人耻无以自见也。欧阳子（欧阳修）出，而议论文章，粹然尔雅，轶乎魏晋之上。久而，周子（周敦颐）出，又落其华，一本于六艺，学者经术，遂庶几于三代，何其盛哉！”[⑤] 以上梳理了北宋士大夫群体价值观标准建立的大致脉络。

由上可见，宋人对道德修养的重视和追求。宋人提倡的士节是在以天下为己任的前提下对自身道德修养的追求和完善。

---

① 赵翼：《瓯北诗话》卷三，载郭绍虞《清诗话续编》上册，上海古籍出版社 1999 年版，第 1170—1171 页。

② 韩愈：《与李翱书》，载《韩愈全集·文集》卷 3，上海古籍出版社 1997 年版，第 181 页。

③ 钱锺书：《谈艺录》卷 16，中华书局 1999 年版，第 63 页。

④ 苏轼：《韩愈论》，载《苏轼全集》卷 4，上海古籍出版社 2000 年版，第 721 页。

⑤ 陈傅良：《温州淹补学田记》，载《止斋先生文集》卷 39，《四部丛刊》本。

二　对天下国家的责任意识

儒家最重要的特点是经世致用，然自秦皇汉武以来，历朝历代都将文人"俳优蓄之"，想为帝王师的理想与实际的现实状况总是相去甚远。宋代结束了五代的纷争而进入大一统社会，重用文人和贬抑武人的既定国策以及科举制度的不断完善，使文人的数量及其在官吏系统中的比例大大增加，这使文人由统一稳定的社会现状所激起的使命感与责任感极度高涨。徐复观指出："只有自己担当起问题的责任时，才有忧患意识。这种忧患意识，实际是蕴蓄着一种坚强的意志和奋发精神。"[①] 这一点在宋代士人的身上体现得尤为明显。

宋代士人具有强烈的国家责任感和忧患意识，这主要表现在士人们把皇帝纳入儒家道统风化理论系统中进行褒贬，以儒家道统约束皇帝，为帝王师的意识很明显。葛兆光指出："从宋代以来崛起和膨胀的士绅阶层，曾经是文化权力的拥有者，也常常在与皇权的对峙中，运用真理话语来抵制政治权力的压迫，但是，他们的话语权力主要来自传统儒家资源，而这种资源中，主要是对于具体政治策略和秩序的道德超越，也就是借高调真理对具体策略进行批判，通过思想文化来解决政治问题，用所谓'道统'实现对于'政统'的钳制。"[②] 宋代君主右文尚言的开明政治在宋代孕育了一批富于淑世理想、勇于直言的士人群体。宋初宰相赵普敢直谏，据记载，"太祖时，尝有群臣立功，当迁官，上素嫌其人，不与。赵普坚以为请，上怒曰：'朕固不为迁官，将若何?'普曰：'刑以惩恶，赏以酬功，古今之通道也。且刑赏者，天下之刑赏，非陛下之刑赏也，岂得以喜怒专之?'上怒甚，起，普亦随之。上入宫，普立于宫门，久之不去，上寤，乃可其奏。"[③] 田锡好直谏，太宗雍熙元年上书云："时久升平，天下混一，故左取右奉，至陛下以功业自多。然临御九年，四方虽宁，而刑罚未甚措，水旱未甚调，陛下谓之太平，谁敢不谓之太平！陛下谓之至

---

① 徐复观：《徐复观中国人性论史》，台湾商务印书馆1969年版，第21—22页。

② 葛兆光：《中国思想史》第二卷第3编，复旦大学出版社2005年版，第390页。

③ 江少虞：《宋朝事实类苑》卷16，上海古籍出版社1981年版，第190页。

理，谁敢不谓之至理！”[①] 王禹偁以振作士风为己任，关心民生，直言敢谏，是北宋改革派的先驱，“性刚狷，数忤权贵，宦官尤恶之。上累命执政召至中书戒谕之，禹称终不能改”[②]。石介作《庆历圣德颂》一诗斥奸佞褒贤臣，略无畏惧：“众贤之进，如茅斯拔。大奸之去，如距斯脱。”[③] 范仲淹于天圣七年（1029）任秘阁校理，当时仁宗皇帝已成年，章献太后依然垂帘听政，他“冒死力谏”，两次上书直言还政，因而遭到贬黜。明道二年（1033），仁宗欲废郭皇后，范仲淹率台谏十臣伏阙门谏止。[④] 欧阳修早年知谏院“自任言责，无所顾忌，横身正路，风节凛然”，晚年居相府“毅然守正，不为富贵易节”[⑤]，在庆历新政失败后，保守势力以“朋党”为名打击构陷改革派，欧阳修奋起反击，作《朋党论》，指出：“君子与君子，以同道为朋；小人与小人，以同利为朋，此自然之理也。……故臣谓小人无朋，其暂为朋者，伪也。君子则不然。所守者道义，所行者忠信，所惜者名节。以之修身，则同道而相益；以之事国，则同心而共济。终始如一，此君子之朋也。故为人君者，但当退小人之伪朋，用君子之真朋，则天下治矣。”[⑥] 余靖为谏官，“感激奋励，遇事辄言，无所回避，奸谀权幸屏息畏之”[⑦]。

儒士们还以天变的灾异之说警告君王，通过对“天”降下灾异的解释来制约皇权。如孙复《春秋尊王发微》中常有“凡日食，人君皆当戒惧修德，以消其咎”的议论。[⑧] 太宗淳化二年（991），“帝

---

① 陈邦瞻：《宋史纪事本末》“太宗致治”条，中华书局1977年版，第115页。

② 司马光：《涑水纪闻》卷2，中华书局1997年版，第33页。

③ 石介：《怪说》，载《徂徕石先生文集》卷5，中华书局1984年版，第7页。

④ 冯琦：《宋史纪事本末》卷25“郭后之废”条，商务印书馆1937年版，第49页。

⑤ 韩琦：《欧阳修墓志铭》，载《欧阳修全集》附录，中华书局2001年版，第2702页。

⑥ 欧阳修：《朋党论》，载《欧阳修全集·居士集》卷17，中华书局2001年版，第297页。

⑦ 欧阳修：《赠刑部尚书余襄公神道碑铭》，载《欧阳修全集·居士集》卷23，中华书局2001年版，第367页。

⑧ 孙复：《春秋尊王发微》“桓公三年”条，引自《宋元学案》卷2《泰山学案》，中华书局2001年版，第45页。

以旱蝗，召近臣以得失对。寇准独曰：‘洪范天人之际，应若影响，大旱之证。盖刑有所不平也’”[①]。仁宗天圣七年（1029）大雨，玉清昭应宫受灾，中丞王曙趁机上书曰：“今玉清昭应宫之建，非应经义，灾变之来，若有警者。愿除其地，罢诸祷祠，以应天变。”[②] 苏舜钦诣登闻鼓院上书：“臣观今岁自春徂夏，霖雨阴晦，未尝少止，农田被灾者几于十九。臣以谓任用失人、政令多过、赏罚弗中之所召也。天之降灾，欲悟陛下，而大臣归咎于刑狱之滥，陛下听之，故肆赦天下以为禳救。如此则是杀人者不死，伤人者不抵罪，而欲以合天意也。古者断决滞讼以平水旱，不闻用赦，故赦下之后，阴霾及今。”他还总结说：“凡朝廷政教昏迷，下受其弊，积阴郁不和之气，上动于天，天于是为下变异以警戒之，使君人者回心省修，翻然向道，则民安而灾息。”[③] 宋仁宗至和二年（1055），欧阳修上《论罢修奉先寺等状》云：“臣窃见累年天灾，自玉清、昭应、洞真、上清、鸿庆、寿宁、祥源、会灵七宫，开宝、兴国两寺塔殿，并皆焚烧荡尽，足以见天意厌土木之华侈，为陛下惜国力民财，谴戒丁宁，前后非一。……伏愿陛下追思累次大火常发于土木最盛处，凡国家极力兴修者，火必尽焚。且天厌土木而焚之，又欲兴崇土木以奉之，此所以福应未臻而灾谴屡降也。伏乞上思天戒，下察人言，人言虽狂而实忠，天戒甚明而不远。”[④] 至和三年（1056）水灾，欧阳修又上《论水灾疏》，指出：“窃以天人之际，影响不差，未有不召而自至之灾，亦未有已出而无应之变。其变既大，则其忧亦深。臣愚谓非小小有为可以塞此大异也，必当思宗庙社稷之重，察安危祸福之机，追已往之阙失，防未萌之患害，如此等事，不过一二而已。”[⑤] 这样的论述，实际上亦是借灾异之说来间接地规范皇帝，约束皇权。总之，“知识

---

① 冯琦：《宋史纪事本末》卷17“太宗致治”条，商务印书馆1937年版，第84页。

② 陈邦瞻：《宋史纪事本末》“天圣灾议”条，中华书局1977年版，第200页。

③ 苏舜钦：《诣匦疏》，载《全宋文》第1册卷874，巴蜀书社1994年版，第5页。

④ 欧阳修：《论罢修奉先寺等状》，载《欧阳修全集·奏议集》卷108，中华书局2001年版，第1639页。

⑤ 欧阳修：《论水灾疏》，载《欧阳修全集·奏议集》卷109，中华书局2001年版，第1658页。

阶层的心底对于自己的角色定位总是很明确的，在他们看来，无论时代如何变化，只有确立这一点，即‘士’仍应当是‘师’，而‘道统’依然应当位在‘治统’之上”[①]。

“开口揽时事，议论争煌煌”[②]，这种意识表现在文章上就是长于议论。宋人之好议论，历来被看作缺点，不仅以议论入诗，而且以议论入词，以议论入赋，更为突出的是喜欢写议论文章，政论和史论数量巨大，甚至亭台记一类传统的记叙文也杂以大量议论。

宋人好议论的一个方面，是喜欢论道。郭豫衡先生指出：“北宋之初的论道之文，和南宋以下的某些理学家的语录之文并不相同。实际上，北宋初年，文人论道也即是论政；其所谓道，实即指统治思想。……当时提倡古文者，都是首先提倡古道。”[③] 柳开、石介之论道，实质上都包含着对历史的总结，对现实的批判，意在通过“复古之道”来改革宋初以来的统治思想，反对佛老道家并振兴儒学，清除五代卑弱士风。石介“极陈古今治乱成败，以指切当时，贤愚善恶，是是非非，无所忌讳”[④]，具有强烈的社会关怀意识和批判现实的意识。《宋史·儒林传》称石介“笃学有志向，乐善疾恶，喜声名，遇事奋然敢为”，又称他“著《唐鉴》以戒奸臣、宦官、宫女，指切当时，无所讳忌”[⑤]。其《原乱》一文，意在恢复古代礼乐刑法之制，看起来迂阔而难行，但石介提出这些设想的时候，却是比照上古三代来批判当代，以恢复古制来建设当代。[⑥] 因此，此文尖锐地批判了当时社会的横征暴敛、后妃干政、宦官专权等现实之“乱”，具有鲜明的现实指向性。

---

① 葛兆光：《中国思想史》第2卷第2编，复旦大学出版社2005年版，第194页。

② 欧阳修：《镇阳读书》，载《欧阳修全集·居士集》卷2，中华书局2001年版，第35页。

③ 郭豫衡：《北宋文章的两个特征》，载《历代散文研究》，山西人民出版社1986年版，第244页。

④ 欧阳修：《徂徕先生墓志铭》，载《徂徕石先生文集》附录，中华书局1984年版，第260页。

⑤ 引自《徂徕石先生文集》附录，中华书局1984年版，第263—264页。

⑥ 石介：《原乱》，载《徂徕石先生文集》卷5，中华书局1984年版，第64页。

宋人好议论的另一个方面是好言兵论战。宋代的学术研究中，《春秋》学十分发达，“尊王攘夷”的《春秋》学精华要义在宋人那里获得了高度的认同。《春秋公羊传》成公十五年云：“《春秋》，内其国而外诸夏，内诸夏而外夷狄。”① “外夷狄”即有攘夷之意。攘夷就是驱除外来游牧民族对中原腹地的侵扰。鉴于西周被犬戎所灭的历史教训，孔子攘夷的思想包含有抗击侵略、保家卫国的民族大义精神。宋代受到辽、西夏、金等少数民族的侵扰，宋人对于巩固统一的中央政权以及和平安宁的国家的向往非常迫切，如孙复的《春秋尊王发微》、石介的《中国论》、欧阳修的《正统论》（上、下）及《本论》（上、中、下）都围绕着这一点展开。总之，宋代积贫积弱的社会现实使士大夫对宋王朝的长治久安多了一份沉重的担忧。在这种情况下，士人阶层，由于传统文化所赋予的强烈的使命感和担当意识，使他们以兼济天下为己任。儒家经典的“大一统”思想结合宋代的社会现实自然渗透到士大夫们的精神意识里。佐藤一郎认为：“作为宋代文化的特征，还有一点需要补充的话，那就是它还带着民族主义的色彩。在强大的北方民族的压迫之下，他们无论如何也要加深民族自觉。”② 宋代士大夫的国家主人翁意识十分强烈，宋代的民族矛盾又空前激烈，因此，宋代作家很少用文学来歌功颂德，而是有着很强的忧国忧民意识。如果翻检一下宋人的诗文，很少有不谈兵论战的，王安石、苏洵、欧阳修、曾巩等都有关于边备的建言献策。欧阳修的奏议中有很大一部分都是关于兵备的，从选将用兵到外交应对都有大量议论。尹洙就以论兵著称，欧阳修撰《尹师鲁墓志铭》云：“师鲁当天下无事时，独喜论兵，为《叙燕》、《息戍》二篇行于世。自西兵起，凡五六岁，未尝不在其间，故其论议益精密，而于西事尤习其详。其为《兵制》之说，述战守胜败之要，尽当今之厉害。又欲训士兵、代戍卒，以减边用，为御戎长久之策。”③ 其后苏洵也喜

---

① 《春秋公羊传注疏》卷18，《十三经注疏》，中华书局1980年版，第2297页。

② ［日］佐藤一郎：《中国散文史》，赵善嘉译，上海古籍出版社1996年版，第50页。

③ 欧阳修：《尹师鲁墓志铭》，载《欧阳修全集·居士集》卷28，中华书局2001年版，第432页。

论兵，他说："洵著书无他长，及言兵事，论古今形势，至自比贾谊。所献《权书》，虽古人以往成败之迹，苟深晓其义，施之于今，无所不可。"[①] 其《六国论》指陈古今形势，深中当时用兵之弊，他说："夫六国与秦皆诸侯，其势弱于秦，而犹有可以不赂而胜之之势；苟以天下之大，而从六国破亡之故事，是又在六国下矣。"[②] 这样的笔墨，对于宋王朝的屈膝投降已提出了明显的讥评。

宋代的政论文很发达。宋人论政都能从实际出发，针砭时弊，直言谠论。宋初王禹偁积极论政，其传世名篇《待漏院记》是写给位极人臣的宰相的，他将两种宰相对比，对宋初官场因循守旧之风进行批判，足以见出其心忧天下的襟怀[③]。欧阳修的论政之文更是直言谠论。其《为君难论》（上、下）分别就用人、听言两方面反复论辩，目的是让统治者选贤任能、从善如流。庆历新政时期，欧阳修任谏官，更是横身正路，直陈时弊。他上《论止吕夷简暗入文字札子》《论吕夷简仆人受官札子》等对阻碍改革的保守派，如吕夷简、王举正等人严词切责。又上《京西官吏非人乞黜按察使陈洎等札子》《论西贼议和请以五问诘大臣状》《论赵振不可将兵札子》《论韩刚弃城乞依法札子》《论苏绅奸邪不宜侍从札子》《论乞主张范仲淹富弼等行事札子》《荐姚光弼状》《荐李允知光化军札子》等札子，皆刚毅直言，要求皇帝任贤选能，表现了改革弊政的热情。他的《论慎出诏令札子》《乞令百官议事札子》等则更为大胆，将论辩的锋芒直接指向皇帝，其《论乞廷议元昊通和事状》云："臣见汉唐故事、祖宗旧制，大事必须廷议。盖以朝廷示广大，不欲自狭；谋臣思公共，不敢自强。故举事多臧，众心皆服。伏思国家自兵兴以来，常秘大事，初欲隐藏护惜，不使人知，及其处置乖违，岂能掩蔽？臣谓莫若采大

---

① 苏洵：《上枢密韩太尉书》，载《唐宋八大家全集·苏洵》卷5，国际文化出版公司1997年版，第91页。

② 苏洵：《六国论》，载《唐宋八大家全集·苏洵》卷3，国际文化出版公司1997年版，第14页。

③ 王禹偁：《待漏院记》，载《全宋文》第4册卷152，巴蜀书社1994年版，第463页。

公之议，收众善之谋，待其都无所长，自用庙谋未晚。”① 言辞之间对于当朝统治者闭塞言路十分不满，颇能见出欧阳修遇事敢言的性格特点。

三 扬弃悲哀，表现出理性的精神、淡泊的情感

宋代虽然从宋太祖开国就实行“右文”政策，文士们有了更多的进身机会，但是宋代的积贫积弱、保守的政治态度与冗官制度又使宋代士人“兼济天下”之志往往难以实现。宋代士人的政治地位因宋王朝重文轻武的政策而普遍比唐人有所提高，但在具体的人物命运层面上，仍然饱受忧患，比如落第、贬谪、辞官、遭谤、党争等，因而“遇”与“不遇”仍然是失意文人不可避免的咏叹调。当现实政治波云诡谲、仕宦生涯升沉起落的时候，宋人不同于前代文人，他们在儒学复古思潮的影响下，更注重对历史人生、政治社会作理性的思考，提出了“不以物喜，不以己悲”的口号，以道德自信来超越不幸，稀释不平。

宋代士人并不停留在社会关怀这一单一层面，他们更重视对个体生命价值的内在开拓，这使他们的人生思考带有更多理性特质，能将出世与入世、进与退这些唐人不可解决的矛盾平和地融为一体，很少有怨气冲天的愤激不平或敛眉蹙额的羁愁感叹。吉川幸次郎认为：“宋诗好谈哲学道理”，对人生采取一种达观态度，“这种达观态度产生了对人生的新看法”，而“新的人生观最大的特色是悲哀的扬弃”②。宋代人生观大多扬弃悲哀，化为旷达，表现出平静淡泊的情感特征。如果将唐人比作生气勃勃的少年，宋人则如人生的中年。不同于唐人的张扬发越、慷慨激昂，宋人显得老成持重、冷静理智。李白诗歌中的那种豪放俊迈在宋人那里是很少见的。李白“为君谈笑静胡沙”“仰天大笑出门去，我辈岂是蓬蒿人”“天生我材必有用”

---

① 欧阳修：《论乞廷议元昊通和事状》，载《欧阳修全集》卷99，中华书局2001年版，第1529页。

② ［日］吉川幸次郎：《宋元明诗概说》，李庆、骆玉明等译，中州古籍出版社1979年版，第22页。

等诗句都充满着炽热的温度和豪迈的激情，清人方东树引苏辙语讥评李白好事喜名、不知义理："苏子由曰：李白诗类其为人，俊发豪放，华而不实，好事喜名，不知义理之所在也。语用兵则先登陷阵，不以为难；语游侠则白昼杀人，不以为非，此岂其诚能也？白始以诗酒奉事明皇，遇谗而去，所至不改其旧。永王将据江淮，白起而从之不疑，遂以放死。令观其诗固然。"① 即使温厚的杜甫也以"稷与契"自比："杜陵有布衣，老大意转拙。许身一何愚，窃比稷与契。居然成濩落，白首甘契阔。盖棺事则已，此志常觊豁。"② 宋代文人的社会地位尽管远远高于唐代，却很少毫无顾忌地铺排自己的情感和志趣。宋人也意识到这种差别，周必大在《二老堂诗话》中说："子美于诗：'自比稷与契。'退之诗云：子美未免儒者大言，退之实欲实践之。"③ 这种区别其实在于，宋人比唐人承担了更多的社会责任，也受到了更多的限制和监视，因而在为人处世上更加谨慎小心。张齐贤在太宗、真宗两朝贵为宰相，尝作诗自警，兼遗子孙，其诗曰："慎言浑不畏，忍事又何妨。国法须遵守，人非莫举扬。无私仍克己，直道更和光，此个如端的，天应降吉祥。"④ 可见宋代士人的小心谨慎与冷静理智。

王安石始为宰相即有退隐之意，据魏泰记载："熙宁庚戌冬，荆公自参知政事拜同中书门下平章事、史馆大学士。是日，百官造门奔贺者无虑数百人，荆公以未谢恩，皆不见之，独与余坐西庑之小阁。荆公语次，忽颦蹙久之，取笔书窗曰：'霜筠雪竹钟山寺，投老归与寄此生。'放笔揖余而入。"⑤ 晚年隐居钟山，曾写诗曰："我亦暮年专一壑，每逢车马便惊猜。"完全没有身居高位者的意气风发，而更多谨小慎微的心理反应。宋陈岩肖在《庚溪诗话》中将陶渊明与晚

① 方东树：《昭昧詹言》，人民文学出版社 2006 年版，第 524 页。

② 杜甫：《自京赴奉先县咏怀五百字》，载杨伦《杜诗镜铨》上册，上海古籍出版社 1962 年版，第 108—109 页。

③ 周必大：《二老堂诗话》，载何文焕《历代诗话》下册，中华书局 2004 年版，第 669 页。

④ 吴处厚：《青箱杂记》卷 2，中华书局 2006 年版，第 17 页。

⑤ 魏泰：《东轩笔录》，中华书局 2006 年版，第 140 页。

年的王安石进行比较："王荆公介甫辞相位，退居金陵，日游钟山，脱去世故，平生不以势利为务，当时少有及之者，然其诗曰：'穰侯老擅关中事，长恐诸侯客子来。我亦暮年专一壑，每逢车马便惊猜'。既以丘壑存心，则外物去来，任之可也，何惊猜之有？是知此老胸中尚蒂芥也。如陶渊明则不然，曰：'结庐在人境，而无车马喧。问君何能尔？心远地自偏。'然则寄心于远，则虽在人境，而车马亦不能喧之；心有蒂芥，则虽擅一壑，而逢车马，亦不免惊猜也。"① 陈岩肖所见当然点出了二人的不同，但却没有从二人的人生经历、生活背景上进一步考虑。从二人出处的不同上看，陶渊明是在山水中寻求生命的存在感，而王安石是借山水超越纷扰的世事，事实上，二度任相的改革家王安石又怎么可能如陶渊明那样"以丘壑存心"，完全忘怀世事呢？他只不过是以一种冷静理智的生活态度对待社会生活中的风霜雨雪罢了。

宋人面对人生的流离迁播不同于前代的骚怨悲愁。范仲淹多次因直言进谏而遭贬，其《岳阳楼记》作于贬职时期，却没有传统的幽怨嗟叹，展示的是"先天下之忧而忧，后天下之乐而乐"的远大抱负。欧阳修说他"少有大节，于富贵、贫贱、毁誉、欢戚，不一动其心，而慨然有志于天下，常自诵曰：'士当先天下之忧而忧，后天下之乐而乐也。'其事上遇人，一以自信，不择利害为趋舍。其所有为，必尽其力，曰：'为之自我者当如是，其成与否，有不在我者，虽圣贤不能必，吾岂苟哉！'"② 欧阳修多次遭贬，仍以风节自持，他因言事切直被贬夷陵，却说："曾是洛阳花下客，野芳虽晚不须嗟。"③ 其《醉翁亭记》《丰乐亭记》等文均作于滁州贬所，却没有传统士人那种悲观情调，反而洋溢着乐观旷达的情怀。苏轼贬海南，

① 陈岩肖：《庚溪诗话》卷下，载丁福保《历代诗话续编》上册，上海古籍出版社1983年版，第183页。

② 欧阳修：《资政殿学士户部侍郎文正范公神道碑铭》，载《欧阳修全集·居士集》卷21，中华书局2001年版，第333页。

③ 欧阳修：《戏答元珍》，载《欧阳修全集·居士集》卷11，中华书局2001年版，第173页。

“尝自书云：吾始至南海，环视天水无际，凄然伤之，曰：‘何时得出此岛耶？’已而思之，天地在积水中，九州在大瀛海中，中国在少海中，有生孰不在岛者。覆盆水于地，芥浮于水，蚁附于芥，茫然不知所济。少焉，水涸。蚁即径去，见其类出涕曰：‘几不复与子相见。’岂知俯仰之间，有方轨八达之路乎！”[①] 可见其面对贬谪时的通达态度。总之，宋人在贬谪时往往力图保持恬静的心境和乐观的情绪。徐积云：“人之为文，须无穷愁乃善，如杜甫则多穷愁态，贾岛尤甚。李白又近于放言。此皆贫贱所忌。故退之欲人辍一饭之费以活己，又感二鸟而作赋，甚不可也。”[②] “宋人多不喜孟诗。严沧浪曰：‘孟郊之诗刻苦，读之使人不欢。’又曰：‘憔悴枯槁，其气局促不伸，退之许之如此，何耶？’《青箱杂记》曰：白乐天‘无事日月长，不羁天地阔’，此达者之词也。孟东野‘出门即有碍，谁谓天地宽’，此褊狭者之词也。苏颍滨亦指此为‘唐人工于为诗，陋于闻道’。东坡亦有《读孟诗》曰：‘夜读孟郊诗，细字如牛毛。寒灯照昏花，佳处时一遭。孤芳擢荒秽，苦语余《诗骚》。水清石凿凿，湍激不受篙。初如食小鱼，所得不偿劳。又似煮蟛越，竟日嚼空螯。要当斗僧清，未足当韩豪。人生如朝露，日夜火煎膏。何苦将两耳，听此寒虫号？不如且置之，饮我玉卮醪。’愚意东野实亦诉穷叹屈之词太多，读其集频闻呻吟之声，使人不欢。”[③] 清人贺裳将宋人对孟郊诗中表现太多穷愁骚怨的不满进行了罗列，这种不满实际上源于宋人理性节制的人生态度。吴处厚云：“余尝究之，文章虽皆出于心术，而实有两等：有山林草野之文，有朝廷台阁之文。山林草野之文，则其气枯槁憔悴，乃道不得行、著书立言者之所尚也；朝廷台阁之文，则其气温润丰缛，乃得位于时，演纶视草者之所尚也。故本朝杨大年、宋宣献、宋莒公、胡武平所撰制诏，皆婉美淳厚，过于前世燕、许、常、杨远甚，而其为人，亦各类其文章。王安国常语余曰：‘文章格调，

---

① 朱弁：《曲洧旧闻》，中华书局 2006 年版，第 152 页。

② 徐积：《节孝语录》，《文渊阁四库全书》本。

③ 贺裳：《载酒园诗话》，载郭绍虞《清诗话续编》上册，上海古籍出版社 1999 年版，第 254—255 页。

须是官样。'岂安国言官样，亦谓有馆阁气耶？又今世乐艺，亦有两般格调：若教坊格调，则婉媚风流；外道格调，则麄野嘲哳。至于村歌社舞，则又甚焉，兹亦与文章相类。"① 可见，宋人不戚戚于贫贱，不作怨愤之诗，实由儒家道德涵养而来的人生认识。

宋人对《易经》的探究，主要在"究天人之际"的层面，《易》"开物成务，冒天下之道。……圣人以通天下之志，以定天下之业，以断天下之疑"②。它是古人把握宇宙、社会、人生最终规律的工具。穷究《易》理，得天地之数，也就把握了宇宙运化、王朝更替、人世福祸的规律，也就把握了命运。人生福祸相倚，变数不定，宠爱难得长保，富贵不可久恃，因而，人应该保持心灵的淡泊，不受外物的牵累，做到"宠辱不惊"。宋人多民胞物与的社会忧患意识，但同时又反对个人性的一己之穷愁，强调以心忧天下的责任感来排遣个人的苦闷。早在仁宗庆历年间，范仲淹《岳阳楼记》在高扬儒家"忧以天下，乐以天下"的"忧勤"之志时，同时倡导士人们应当超脱外部环境的干扰，摆脱一己的穷愁哀怨，做到"不以物喜，不以己悲"，超越世间的风雨冷暖，无论雨雪之朝，风雨之夕，都从容面对。而不应该像以往的迁客骚人那样，为物所役，为情所累，这种以心忧天下的胸怀包容个人得失荣辱的胸襟气度，为积极入世的宋代士人找到了精神平衡的良方。胡宿"平生守道，不以进退为意，在文馆二十余年，每语后进曰'富贵贫贱，莫不有命，士人当修身俟时，无为造物者所嗤'"③，强调立身守道可以无视任何外在的实际境遇。对人生的得失、仕宦的沉浮，欧阳修早就有清醒的认识，他强调人应该放弃情感的偏执，不让一时一地的具体情势左右人的思想行为，始终保持理智淡泊的心态。他说"岂知君子有常德，至宝不随时变异"（《双井茶》）④，又说"一瓢固不羡九鼎，万事适情为可喜"（《初食

① 吴处厚：《青箱杂记》，中华书局 2004 年版，第 46 页。

② 《易经·系辞传上》，载周振甫《周易译注》，中华书局 2005 年版，第 246 页。

③ 王辟之：《渑水燕谈录》，中华书局 2004 年版，第 31 页。

④ 欧阳修：《双井茶》，载《欧阳修全集·居士集》卷 9，中华书局 2001 年版，第 141 页。

鸡头有感》)[①]。葛立方在《韵语阳秋》中批评了韩愈、李白面对不遇皆有怨怼之叹后，也对白居易进行了批评："白乐天号为知理者，而于仕宦升沉之际悲喜辄系之。……东坡谪琼州有诗云：'平生学道真实意，岂与穷达俱存亡。'要当如是尔。"[②] 这些评说已揭示出唐人与宋人在对待穷达、贵贱问题上的不同态度。王安石在《推命对》中表达了以道德持守应对贵贱、时命的思想，他说："盖天之命一，而人之时不能率合焉。故君子修身以俟命，守道以任时，贵贱祸福之来，不能沮也。子不力于仁义以信其中，而屑屑焉甘意于诞谩虚怪之说，不以溺哉！"[③] 总之，不以荣辱得失为怀，追求淡泊平和的思想对宋代士人的人生态度产生了深刻的影响。

---

① 欧阳修：《初食鸡头有感》，载《欧阳修全集·居士集》卷9，中华书局2001年版，第141页。

② 葛立方：《韵语阳秋》卷11，载何文焕《历代诗话》下册，中华书局2004年版，第565—566页。

③ 王安石：《推命对》，载《王文公文集》上册卷27，上海人民出版社1974年版，第321页。

第二章　曾巩的人格精神

曾巩心态的复杂性并不表现为显意识中的激烈冲突，只有在其圆融人格的细微结构中才能窥其端倪。对儒家之道的深刻感悟和独特理解使曾巩形成了自己的学术思想文化体系，从而在人生理想和价值追求上呈现出与欧阳修、王安石、苏轼等人不同的特色。曾巩对仁义作为个体人格修养的独立价值表现得非常倾心，他从儒学内敛的一面解读仁义内在的个体价值，在外在功名不可把握的情况下，求诸己而不待于外，以对道的持守构建一个精神自足的天地，来保持心理的平和。圣人之道是他立身行事的最高原则，是他保持精神优势的力量源泉。曾巩对儒道的思考并不仅仅停留在理论的阐发上，而是更多地落实于对现实生活的指导作用，即如何在得道后去安身立命。

第一节　理智平和的人生思考

曾巩出身儒学世家，儒学理论中追求现世的功业对他有着深刻的影响。他在《上欧阳学士第一书》中自称“性朴陋，无所能似，家世为儒，故不业他”，说自己“自幼逮长，努力文字间，其心之所得庶不凡近，尝自谓于圣人之道有丝发之见焉”，期望学以致用，可以“扶衰救缺”。他在《冬望》一诗中写自己苦读圣贤书：“南窗圣贤有遗文，满简字字倾琪瑰。旁搜远探得户牖，入见奥阼何雄魁。日令我意失枯槁，水之灌养源源来。”表明自己从儒家六经中汲取养分，注重道德修养。他有“欲挽白日之西颓”（《冬望》）的雄心，也有

“要使功名垂”（《答所劝灸》）的壮志，他反复萦绕于心的是“所慕少壮成功名”（《初夏有感》）。然而，理想与现实总是有着巨大的差别，上天对他并不那么仁慈。曾巩一生平淡，早年蹭蹬科场、屡受诽谤，晚年辗转于地方官任，后受神宗知遇却未及大用，一生虽免于牢狱之灾，没有大起大落，但也饱尝艰辛，与其青壮年时期“欲挽白日之西颓”的雄心壮志相去甚远。正如曾肇所云：“盖公自在闾巷，已属意天下事，如在朝廷。而天下亦谓公有王佐之材，起且大任，庶几能明斯道，泽斯民，以追先王已坠之迹。然晚乃得仕，仕不肯苟合，施设止于一州。州又有规矩绳墨，为吏者不敢毫发出入。则其所设弛，特因时趣宜，固不足以发公之蕴，又况其大者乎！”① 对其未当大用的惋惜之情溢于言表。

因为蹭蹬科场，曾巩在诗歌中屡有怀才不遇的忧虑：“谅知草茅微，无补社稷重”（《青云亭闲望》），“嗟余龊龊才性下，弃置合守丘樊饿”（《送陈商学士》），“终非常情度，岂补当世治”（《写怀二首》），“久待连城价，谁腾一鹗书”（《送李莘太博》），他甚至为自己屡屡奋斗不得成功而自怜自伤：“不复论心与少年，世间情伪久茫然。朱门如市方招客，独宗残经自可怜。”（《少年》）虽是愤激之语，却也是渴慕功名的体现。他还在同时代人的不遇中照见自己不被世用的悲凉，他为吴秀才感到可惜，“怜君满腹富文彩，倦尾赤色无波澜。连年礼部试多士，白羽舍置操榛菅”，并认识到自己与吴秀才乃是同病相怜之人，“君今忽忽负壮节，我亦春色羞衰颜”。（《送吴秀才》）总之，对功名不著的担忧在曾巩早期诗歌中屡有表现，正因为如此，曾巩非常强调时势。这里的时势其实就是一种客观的社会历史条件。曾巩虽然强调人力，但又认为社会历史条件尤为重要。如果历史条件配合得好，加上人的努力，就能有所成就；历史条件不好，即使是圣贤如孔孟，做了种种努力，也可能会失败。对历史上那些成就功名的幸运儿，曾巩羡慕不已。他心仪诸葛亮“出身感三顾，鱼水相先后”（《隆中》）的人生际遇，希望也能得到伯乐赏识，成就一番

① 曾肇：《曾巩行状》，载《曾巩集》附录一，中华书局 1998 年版，第 793 页。

功业。他对管鲍之交尤为致意，对知音的渴慕非常强烈。“我道世所背，君知余有谁”（《答所劝灸》），“子求我和何勤劬，我知枯疏少知己”（《答石秀才月下》），“深秋影虽清，孤怀供谁语”（《送欧阳员外归觐滁州舍人》），“弃地瓦砾间，兹桐偶谁树”（《桐树》）等，诗中反复出现的这种心理状态，其实质都源于对功名的向往。他对得以展示才干的机会是那样欢欣，他在庆历新政时期为改革欢呼，并称“大有为时不世出”（《上欧蔡书》），认为当此改革的机缘，就应该大显身手，展露才华，从而实现不朽的功业。他在《送叔延判官》中写道：

> 北风吹空雪花冷，平铺云涛冒峰顶。江长水阔飞鸟绝，沙树参差动波影。君子从戎碧油下，绿发青瞳笏袍整。大马高车府中罢，一船沿流背丁丙。鲂鱼胜银尊酒美，物色当前若图屏。危帆健橹醉中去，千里奔过犹一顷。明年随春到京国，红紫烧空折桃杏。献书又谒蓬莱宫，新斸豪曹试锋颖。况遇朝廷方急材，骥騄骙骙足当骋。

在这首诗中，冬天的景物因为心情的愉悦而不再让人感到那么沉郁压抑，反而是“物色当前若图屏”，一路行去是与春天相伴，原来好心情来源于“况遇朝廷方急材”，当然应该“骥騄骙骙足当骋”。

对于现实人生中的冷落失意，曾巩“遂恐时节晚，芳兰从此凋。功名竟安在，富贵空寥寥”（《将之浙江延祖子山师柔会别饮散独宿空亭遂书怀别》）。他在自然界的季节更替和山水风物中联想到自己的人生际遇，春夏秋冬的季节更替往往在他敏感的心灵中引起悸动。他的有些诗歌对不遇人生的忧愁感慨非常沉重，甚至到了“物色撩人思易狂”（《送陈商学士》）的地步。生机勃勃的春天，他并没有感到春阳满野、春花烂漫、莺歌燕语带来的和煦愉悦，他在春天里担忧伤感：“一年孟春月已晦，思去去腊如须臾。春事竟在二月间，急景岂与正月殊。今看桃李花未出，不知花开能几日。日寻桃李不暂停，恐未十回花已失。筋骸纵病心尚壮，酒醴虽无邻可乞。城东欲与君试行，莫嫌冷落逐书生。”（《简如晦伯益》）多病敏感的诗人追寻着春天的脚步，是那么急切！但是花还没开就开始担心花落，因为花期是那么短暂！他在万物滋荣的夏天看到“物从草木及虫鸟，无一不自盈其情”时，也焦虑地发出“十年万事常坎壈，奔走未足供藜羹”的辛酸感叹（《初夏有感》）。秋天更是一个让人“百忧感其心”的季节。欧阳修的《秋声赋》云：“盖夫秋之为状也：其色惨淡，烟霏云敛；其容清明，天高日晶；其气栗冽，砭人肌骨；其意萧条，山川寂寥。故其为声也，凄凄切切，呼号愤发。丰草绿缛而争茂，佳木葱茏而可悦；草拂之而色变，木遭之而叶脱。其所以摧败零落者，乃其一气之余烈。夫秋，刑官也，于时为阴；又兵象也，于行用金，是谓天地之义气，常以肃杀而为心。天之于物，春生秋实，故其在乐也，商声主西方之音，夷则为七月之律。商，伤也，物既老而悲伤；夷，戮也，物过盛而当杀。”① 将秋天的肃杀写得淋漓尽致。曾巩写秋天的诗很多，秋叶、秋风、秋夜、秋声、秋日、秋雨都在诗中呈现，无一不与诗人的痛苦焦虑交织缠绕在一起。如《苦雨》：“雾围南山郁冥冥，狭谷荒风驱水声。只疑日失黄道去，又见雨含沧海生。如催病骨夜寒入，似送客心衰思惊。扬州青铜不在照，应有白须添数茎。”这种对功名求而不得的痛苦几乎可与孟郊比肩。

孟郊有“出门即有碍，谁谓天地宽”（《赠别崔纯亮》）② 的悲叹，曾巩在诗歌中也屡屡有不平的感叹，如“含意不得发，百愤注微臆”（《寄王介卿》），“一亩酸寒岂易言，局促不殊鱼在罩”（《代书寄赵宏》），“大明临万物，我亦傍车尘”（《答葛蕴》）。风霜雨雪这些自然界的风物都成了摧折他心肝、加重他愁绪的恶物。人生的失意甚至使诗人变得蛮不讲理，他在《泝河》中对那条无辜的河流恶声恶气，谩骂它说：“莫如此水极凶骜，土木暂触还轰轰。吁嗟造化何厚薄，恶物受禀无由更。”飞去飞来的燕子也惹到了他：“燕飞度海向何处，今去昔来真可恶。”（《秋日》）在他的诗歌中屡见矛盾之

---

① 欧阳修：《秋声赋》，载《欧阳修全集·居士集》卷 15，中华书局 2001 年版，第 256 页。

② 孟郊：《孟东野诗集》卷 4，人民文学出版社 1984 年版，第 101 页。

语，他一会儿说秋天使人愁绪满怀：“园林秀色已渐失，次第岂能无落叶”（《秋日》），一会儿又说“谁言秋物不可赏，人意自移随盛衰”（《听鹊寄家人》）；他一会儿羡慕鷦鷯的闲适安稳，一会儿又说“胡为蓬蒿下，日夜悲鷦鷯”（《将之浙江延祖子山师柔会别饮散独宿空亭遂书怀别》）；他一会儿说“士固有大意，秋毫岂能干”，一会儿又说“人生飘零内，何处怀抱宽”（《寄舍弟》）。其实，曾巩这些看似不合情理、自相矛盾的话语说明他早年还没有达到以心自得的境界，对功名向往而不得所造成的内心煎熬使他躁动不安。

可以看到，曾巩在个体与现实社会关系、人格价值与外在功名之间一开始并没有获得很好的平衡。当他以满腔热情投入社会时，社会回应给他的是令人失望的磋跌困窘。如果长期处于这样的心理状态，我们自然看不到历史上以平和面目出现的曾巩。对于曾巩而言，从不平走向平和的道路当然不是一蹴而就的。

儒学最显著的特征是经世致用，但儒学在表达其用世思想时，也从个体道德相对独立的角度肯定了独善其身的合理性。《论语·先进》中有这么一段话：

> 子路、曾皙、冉有、公西华侍坐。子曰：“以吾一日长乎尔，毋吾以也。居则曰：‘不吾知也。’如或知尔，则何以哉?”子路率尔而对曰：“千乘之国，摄乎大国之间，加之以师旅，因之以饥馑；由也为之，比及三年，可使有勇，且知方也。”夫子哂之。“求，尔何如?”对曰：“方六七十，如五六十，求也为之，比及三年，可使足民。如其礼乐，以俟君子。”“赤，尔何如?”对曰：“非曰能之，愿学焉。宗庙之事，如会同，端章甫，愿为小相焉。”“点，尔何如?”鼓瑟希，铿尔，舍瑟而作，对曰：“异乎三子者之撰。”子曰：“何伤乎？亦各言其志也！”曰：“莫春者，春服既成，冠者五六人，童子六七人，浴乎沂，风乎舞雩，咏而归。”夫子喟然叹曰：“吾与点也。”①

① 《论语》，载朱熹《四书章句集注》，中华书局2005年版，第129—130页。

孔子对子路、冉有、公西华三人或追求事功或注重修身立德的志向虽然没有否定，但却将深心的叹赏给了“浴乎沂，风乎舞雩，咏而归”的曾点。其实，孔子渴望用世，已经到了“明知不可为而为之”的程度，但由于他屡受挫折，使其在努力寻求用世价值的同时，也不得不把更多的关注投向个人的道德持守，孔子云：“内省不疚，夫何忧何惧?”① 从立德体道的角度标举作为主体之人的独立自由之精神境界。孔子喟然叹服的曾点之志其实包含着超脱外在事功的精神自得。孟子说：“尽其心者，知其性也。知其性也，则知天矣。存其心，养其性，所以事天也。”② 实质上也肯定了道德主体独立于功名之外的精神境界。一方面，个体价值实现的理想模式无疑是“治平天下”；另一方面，个体道德修养完全取决于个体自身，具有超越外在事功的特性。《大学》中提到的“八目”，即格物、致知、诚意、正心、修身、齐家、治国、平天下，其模式可用“内圣外王”四字概括，它在理论上把政治价值和个体修养连为一体，实质上含容了进退出处两个价值向度：一方面，它有着与儒学用世价值的一致性，即修身的最终目的是治平天下；另一方面，它以个体修身为起点，本身就包含着功业受阻之后主体自足独善的要求，具有超越外在价值评判体系的特性。苏舜钦作《沧浪亭记》、欧阳修写《醉翁亭记》、苏轼撰《超然台记》《凌虚台记》，都是在对外在事功感到失望时，转而从精神世界寻找自在的表现，从中亦可以看出宋代士人的人生取向。曾巩对“内”与“外”有深刻的思考：

人视其鼎，欷歔咨嗟，有爱其鼎之为器而不精察其鼎之文象者，有爱其鼎之文象而不究其鼎之全质者，皆非善观鼎者也。且文象百变，其为鼎象则一也；文象虽假，其为金则真也。一变而百，百归乎一，假不异真，真不异假。……夫六合内外，万物洪

---

① 《论语》，载朱熹《四书章句集注》，中华书局2005年版，第133页。

② 《孟子》，载朱熹《四书章句集注》，中华书局2005年版，第349页。

纤，有形无形，有识无识，生死去来，喜怒哀乐，皆一真之所融也，亦犹神鼎之上，一山一川，一草一木，一鸟一兽，莫非一金之所为也。视一象则可知一鼎之全质矣，视一法则可知一真之全体矣。(《全真庵》)

乐之实不在于器，而至于鼓之以尽神，则乐由中也明矣。故闻其乐可以知其德，而德之有见于乐者，岂系于器哉？惟其未离于器也，故习之有曲，以至于有数推之则将以得其志，又中于得其人，则器之所不及矣。(《听琴序》)

这两段文字分别从“象”与“金”、“器”与“乐”的关系立论，然而阐明的理论却有高度一致性：其一，抽象的东西虽然微妙无形，却总需要通过一定的媒介显示出来；其二，正是由于内涵的微妙，因而不能停留于对表象的品味，而应超然物外，深入体会与表象不一甚或迥异的内涵。它对人生态度的影响是，既然把握内涵不能停留在表象的层面，那么，对一个人的评价必须超越外在的行迹去把握内在的人格美。反过来理解，则人生态度也就可以不受富贵、得失、成败、穷达、生死这些外物的牵累从而保持精神自得。“象”与“金”、“器”与“乐”的关系实质上契合于曾巩对内质和外形的理解：一个人的人格评定和价值体现，主要看其内在的精神世界，而不是外在的社会地位和事功。从心性理论重内在修养出发，曾巩强调内在的充实，外在的简易。宋代美学有“内外”“中边”之辨，苏轼云：“佛云：‘如人食蜜，中边皆甜。’人食五味，知其甘苦者皆是，能分别其中边者，百无一二也。”① 要体味个中真味，必须由表及里，即超然物外深入体会其与表象不一甚或迥异的内涵。的确，在“内”“外”之间，内质无疑是最重要的，任何对外在形式的过分追求都可能对内质有所损害，也反映了心理上的不能超越。这样，在“内”“外”之间形成一种看似矛盾的表现形式——“巧丽发之于平淡，奇

① 苏轼：《评韩柳诗》，载《苏轼全集》卷67，上海古籍出版社2000年版，第2124页。

伟有余行之于简易”[1]，在人生态度上外示凡俗而中存高尚，形成一种淡泊韬晦的人生态度，即一种平和淡泊、与世无争亦无所求的人生境界；在文章中则外示平淡而中有至味。

在曾巩的认识中，自得还可以理解为一种精神境界，这种境界就是“以心得道”后表现出的去就语默不悖于理。他在《宜黄县学记》中假设“以心得道”的结果：“虽有刚柔缓急之异，皆可以进之于中，而无过不及，使其识之明，气之充于其心。”将之应对具体的人生，“则用于进退语默之际，而无不得其宜；临之以福祸死生之故，而无足动其意”。这句话从两个方面说明“以心自得”的效果：一是就内在修养而言，言行举止无不合于儒家之道；二是就应对外物而言，福祸死生都能从容待之。其散文《与抚州知州书》就是“言心之独得”[2]。在这篇文章中，曾巩用生动的笔墨描写了“以心得道”后神妙至极的精神状态：

> 士有与一时之士相参错而居，其衣服食饮语默止作之节无异也。及其心有所独得者，放之天地而有余，敛之秋毫之端而不遗。望之不见其前，蹑之不见其后。岿乎其高，浩乎其深，烨乎其光明。非四时而信，非风雨雷电霜雪而吹嘘泽润。声鸣严威，列之乎公卿御官而不为泰，无匹夫之势而不为不足。天下吾赖，万世吾师，而不为大；天下吾违，万世吾异，而不为贬也。其然也，岂翦翦然而为洁，悻悻然而为谅哉？岂沾沾者所能动其意哉？其与一时之士相参错而居，岂惟衣服食饮语默止作之节无异也？凡与人相追接相恩爱之道，一而已矣。(《与抚州知州书》)

这是一篇锋芒显露的书信，较之其散文平正温雅的主导风格大不

---

① 范温：《潜溪诗眼》，载郭绍虞《宋诗话辑佚》，中华书局1980年版，第373页。

② 黄震：《黄氏日抄》卷63，载《文渊阁四库全书》708册，台湾商务印书馆1983年版，第556页。

相类，颇有“昆仑倾黄河，渺漫盈百川”[①] 的气势。在句法修辞上，曾巩运用了一系列排比句、对偶句、反问句来加强文章气势，借以强调“以心得道”之后所带来的巨大力量：“放之天地而有余，敛之秋毫之端而不遗。望之不见其前，蹑之不见其后。岿乎其高，浩乎其深，烨乎其光明。”这种致精微极广大的力量足以超越现实中的种种人生情状：“声鸣严威，列之乎公卿彻官而不为泰，无匹夫之势而不为不足。天下吾赖，万世吾师，而不为大；天下吾违，万世吾异，而不为贬也”，曾巩连续运用了“不为泰”“不为不足”“不为大”“不为贬”这样一些词语表现以心得道之后所获得的精神力量，这种精神力量足以超越任何外在的评价标准，使自己能对自己所做的事情有高出流俗的见解。曾巩还特别强调，立身行道不是沽名钓誉的手段，而是精神的自觉需要，因而这一崇高的精神境界不需要表露出任何惊世骇俗的状态：“岂翦翦然而为洁，悻悻然而为谅哉？岂沾沾者所能动其意哉？”在曾巩看来，一个有德之士，不需要做出什么异于常人的事情来表现他的德行，没有必要违情背理，他只需像一个普通人那样去生活：“其与一时之士相参错而居，岂惟衣服食饮语默止作之节无异也？凡与人相追接相恩爱之道，一而已矣。”饮食起居与人无异，恩爱友谊与人相同，强调在平凡的现实生活中追求道德的实现。

正是沿着这种思路，曾巩有充分的理由把注意力从贫富、穷达、得失、贵贱的客观境况转向主体的审视，从而将个人遭遇所引起的喜怒哀乐转化为“无待于外”的人格自持。在具体的人生情境中，曾巩将主观努力与客观结果分离，将更多的关注投向内在的道德持守。其《与杜相公书》作于至和二年（1055），曾巩时年三十七岁，蹭蹬科场十九年。曾巩自序云：“巩多难而贫且贱，学与众违，而言行少合于世。公卿大臣之门，无可藉以进，而亦不敢辄有意于求闻。”曾巩自称的多难与贫贱渊源有自，巩父被诬失官，“无田以食，无物以居”，又自父“不幸蚤逝，太夫人在堂，阖门待哺者数十口”，全靠

---

① 欧阳修：《送吴生南归》，载《欧阳修全集·居士集》卷7，中华书局2001年版，第107页。

曾巩操持，的确可称为“贫”；曾巩又屡试不第，写此信以后的第三年才考取功名，可称为“穷”；栖迟衡门，还是一个白屋贫士，地位也不高，可称为“贱”。如此种种，曾巩在与杜衍的另一封信中有更详尽的叙述。一个人长期处在这样的境况下，还能安于贫贱，不发牢骚，靠的是什么呢？曾巩在《学舍记》中的自序说明，如果不是儒家道德理性在起作用，值此贫寒穷贱的处境难免不伤痛，难免不会为了功名利禄改变自己的初衷，难免不会违背自己愚拙的本性去营求追逐。清人方东树讥唐人不闻道说：“唐人工于为诗，而陋于闻道。孟郊尝有诗曰：‘食荠肠亦苦，强歌声无欢。出门如有碍，谁谓天地宽！’郊耿介之士，虽天地之大，无以安其身。起居饮食，有戚戚之忧，是以卒穷以死。而李翱称之，以为郊诗‘高处在古无上，平处犹下顾沈谢’。至韩退之亦谈不容口。甚矣，唐人之不闻道也。孔子称颜子‘在陋巷，人不堪其忧，回也不改其乐’，回虽穷困早卒，而非其处身之非，可以言命，与孟郊异矣。”[①] 孟郊、韩愈因为“陋于闻道”而在处穷时有戚戚之忧。而曾巩虽然有着与孟郊、韩愈一样的骚怨悲愁，但因为有了对道的深刻体认，则最终能在“处穷”时理智平和地对待之。“君子固穷，小人穷斯滥矣”，所谓“君子固穷”也就是在贫贱穷困中以对道德的持守不失其志，不改其衷，不动其心，不失其正。曾巩在《与杜相公书》中接着说：“巩年齿益长，血气益衰，疾病人事，不得以休。然用心于载籍之文，以求古人之绪言余旨，以自乐于环堵之内，而不乱于贫贱之中，虽不足希盛德之万一，亦庶几不负其意……”在长期的不遇之中，曾巩以“守道”作为精神的支撑，始终坚持入世的信念，把人生的价值寄托在传世不朽的期望上，这使他能安然面对现实的成败、得失、贫富、穷通、福祸。他在《南轩记》中陈述了面对贫贱、穷达时的心理状态和应对之策：

然吾亲之养无以修，吾之昆弟饭菽藿羹之无以继，吾之役于

① 方东树：《昭昧詹言》，人民文学出版社2006年版，第524—525页。

物，或田于食，或野于宿，不得常此处也，其能无焰然于心邪？少而思，凡吾之拂性苦形而役于物者，有以为之矣。士固有所勤，有所肆，识其皆受之于天而顺之，则吾亦无处而非其乐，独何必休于是邪？顾吾之所好者远，无与处于是也。

虽然有着对功名不著的失意与无奈，但是曾巩还是从外在的客观情势中超脱出来，他认识到“人生有累乃汲汲，万事敦迫如衔羁”（《洪州》），自己躁动不安是因为“不复道”，过分地徇于外物必然使自己被外物牵着鼻子转，不能超越功名富贵得失成败就难以达到心境的淡定平和。

基于这样的人生思考，曾巩有充分的理由和信心不去在意外在的荣名。他在《咏史二首》中将冉有与子思放在一起比较：“赐也相国尊，子思终不慕。乃知古今士，轻重复内顾。”冉有与子思都是孔子的学生，冉有曾担任鲁国权臣季氏的宰臣，子思乃一介平民。但是，在曾巩看来，即使是高官显宦，那也只是外在的荣名和富贵，在有道德持守的人看来是不足羡慕的。他还在《写怀二首》中将那些所谓的“能者”与“大人”进行对比：

群生各有趣，营虑自缠结。名网智已罗，利械愚所绁。古今递主客，真赝两兴灭。洗然大人意，杳与能者别。不必条蔓荣，中自老根节。曾非故饶培，独得较霜雪。蛟龙无安舟，虎兕有危辙。将能此人追，得匪合明哲。

世人因为营营追求而作茧自缚，“名网”“利械”这些外在的东西将人生紧紧网罗羁绁，使人不得“洗然”。曾巩认为那些德行高尚、志趣高远的“大人”不同于那些被名牵利绕的“能人”，他们不在意外在的功名利禄、得失成败，是因为他们在根本上注重立身修道：“不必条蔓荣，中自老根节。曾非故饶培，独得较霜雪。”曾巩表示自己要排除现实的种种困难去追寻“大人”的足迹，使自己的行为合于“明哲”。

从实际的人生看，曾巩虽然没有像欧阳修、王安石、苏轼那样大起大落，但是在具体的人生情境中，不论耕读还是为官都有许多不如意，“经纶知龃龉，耕钓亦蹉跎。两事艰难极，孤心感慨多”（《寄王荆公介甫》）。最可比较的是曾巩前后期写的同题《秋怀》诗：

天地四时谁主张，纵使群阴入风日。日光在天已苍凉，风气吹人更憭慄。树木惨惨颜色衰，燕雀啾啾群侣失。我有愁轮行我肠，颠倒回环不能律。我本孜孜学《诗》《书》，《诗》《书》与今岂同术。智虑过人只自仇，闻见于时未裨一。片心皎皎事乖背，众醉冥冥势凌突。出门榛棘不可行，终岁蒿藜尚谁恤。远梦频迷忆故人，客被初寒卧沉疾。将相公侯虽不为，消长穷通岂须诘。圣贤穰穰力可攀，安能俯心为苟屈？（《秋怀》）

流水寒更澹，虚窗深自明。褰帷远钟断，拥褐晨香清。油然素心适，缅彼外物轻。因时固有应，在理复何营。隐几公事退，卷书坐南荣。以兹远尘垢，何异山中情。（《秋怀二首》之一）

第一首是曾巩早期的作品。诗人在诗歌开头就不近情理地抱怨老天爷：“天地四季是谁作主？竟然放纵阴气侵袭风和太阳。”他眼中所见的景象是这样的：日头挂在苍凉的天空让人感觉不到一点热气，萧瑟的秋风夹着冷冷的阴气吹得人倍感凄怆。树木在秋风的扫荡下凄凄惨惨颜色枯萎，燕雀在寒风中啾啾哀唱着失群的悲伤。诗人在秋天的阴冷寒气中经受着身心的双重煎熬，此情此景让人愁肠百转，这种悲愁的感情往复回环，让人简直没办法节制了。秋天惨淡凄凉的景物使诗人内心的忧郁忧愁更加浓厚，诗人为什么会如此愁绪满怀呢？原来是因为诗人所学的儒家之道在现实中并不被人接受，所学不能取得任何实际的成果，一片赤诚之心反倒招来别人的仇恨。门外的大路满是荆棘让人寸步难行，终年生活于蓬蒿野草中谁会体恤自己的一片孤心呢？虽然诗人最后还是节制住了那满腔的忧愁，但内心的煎熬是多么折磨人，那强压下的忧愤是多么沉郁！第二首诗是曾巩为官后所作。诗中“澹”“明”“清”“素”“适”“轻”这样的用词足以表现诗人内心的恬淡、平和，因此，即使身在喧嚷的尘世，也如同坐在幽静的山中。正是由于注重内在的道德修养，曾巩不再为外在的功名利禄所拘牵。在这平淡、清静的意境中，一切现实的和心理的冲突都得以化解。

第二节　修身守道的人格完善

曾巩志大才高，却未得命运的眷顾，其失意之情可知。因此，曾巩需要为自己的生存方式找到一个合理而又崇高的理由，他调整了寄托理想的方向，把价值期待转向人格的完善，强调自我“得之于内”的崇高性，张扬个体修身守道“见于世”的价值，以此来排遣功名不显带来的不平和压力。试读下面这首诗：

少年百事锐，岂谓身力孱。心笑古时士，树立势苦难。差池岁月迈，自照失朱颜。初心不复道，龃龉常未安。纷纷忧与劳，几不伤肺肝。人生省已分，静默固其端。诗书可自喜，施设谅漫漫。（《杂诗五首》之四）

曾巩对自己曾产生的犹豫、彷徨进行了反思。他在诗中说，当我还是意气飞扬、血气方刚的少年时，我哪里会想到自己身孱力弱？那时我总认为自己没有什么不可以做到。我甚至还在心中讥笑那些倒霉的古人，实现自己的理想就那么难吗？可是，理想总被现实打败。现在轮到别人笑自己了。岁月倏忽而过，自己年龄老大，头发都熬白了却什么都没干成！还弄得自己总是处于不安、羞愤的心理状态中。经历了那么多的忧患与磨难，直到现在才发现自己总是焦虑不安的原因是“不复道”。那么多的忧思劳苦，哪能不伤心损肝肺呢？诗人在反思后最终明白：安守自己的本分，保持心理的安静，自然可应对外部世界的纷扰。

北宋儒学复兴，在对儒道的理解上，宋代士人自觉不自觉地掺入其他诸家理论加以阐释。宋代儒学复兴运动前期的大多数古文家都没有注意从心性的角度来开拓仁义之道的问题。作为宋代古文运动的领袖，欧阳修思想中的主导成分是儒家传统的治世理论，他像韩愈一样崇尚儒道，然而他所讲求的道是切于人事之道，缘人情可言之道，所谓“其道易知而可法，其言易明而可行”，他论尧舜、孟子之道说：“夫二典之文，岂不为文，孟轲之言，岂不为道，而其事乃世人之甚易知而近者，盖切于事实而已。”[①] 实际上他把圣人之道与人之常情糅合在一起。他对儒家人性说表现出极度冷漠的态度。苏轼则更多地站在道家法自然的立场，尊重人的自然本性，并把人对饮食自然而然渴求的特点，视为人性的本质，为此，他批评孟子的性善论说：“昔者孟子以善为性，以为至矣，读《易》而后知其非也。孟子之于性，盖见其继者而已。夫善，性之效也，孟子不及见性，而肩负见乎性之效，因以所见者为性。”[②] 王安石在将儒家之道作为自己立身行事的基本准则时，又融入法家、墨家诸家学说。

曾巩与他们不同，他对儒道的理解显示出心无旁骛的坚定态度，坚持孔孟以来的儒家正统观念，还列出了一条由孔、孟、荀、杨、韩愈直至欧阳修相传而下的道统统系，体现出一位纯粹儒者的纯粹性。曾巩对经学的热情在十六七岁以后开始体现。此后，一生研究儒家经典。少年时代“考先王之遗文，六艺之微旨，以求其旨意之所存”（《与章学士书》），“日夜克苦不敢有愧于古人之道”（《上欧阳学士第二书》），壮年时期仍然不改初衷，在给杜相公的书信中写道：“巩年齿益长，血气益衰，疾病人事不得休，然用心于载籍之文，以求古人之绪言余旨以自乐于环堵之内。”（《与杜相公书》）曾巩的关注重点落在心性之道上，他遵循思孟学派的理论，其内圣之学全面承袭《中庸》《孟子》等儒家经典，把“学其性”而至“诚明”当作最高境界。孟子视人性为人的本质，认为人类优于禽兽的地方，就是人天然具备道德潜质，基于此，儒家的伦理道德规范才有了天然的合理

① 欧阳修：《与张棐秀才第二书》，载《欧阳修全集·居士外集》卷67，中华书局2001年版，第977页。

② 苏轼：《孟轲论》，载《苏轼全集》卷3，上海古籍出版社2000年版，第710页。

性。曾巩对此做了细致的发挥，他说：

> 能尽其性，则诚矣。诚者，成也，不惑也。既诚矣，必充之使可大焉，既大矣，必推之使可化焉，能化矣，则含智之民，肖翘之物，有待于我者，莫不由之以全其性，遂其宜，而吾用之，与天地参矣。（《梁书目录序》）
>
> 所谓诚者，天之道也。……所谓思诚者，人之道也。（《洪范传》）

曾巩试图从心性的角度来说明人在宇宙中的地位，从中可以看出曾巩对自己的定位，其一，上天赋予人完美的人性，人可以通过对道的探求获得精神的自得；其二，强调人通过“反求诸己”的内省功夫发挥善性并与天地参，从而能自如地应对纷纭世事。从心性理论出发，曾巩强调“主内”，从内面下功夫就能尽心，因为万物生于心，不必外求。上两段话与《中庸》所言很相近：“诚者，天之道也；诚之者，人之道也。”朱熹的解释是：“诚者，真实无妄之谓，天理之本然也。诚之者，未能真实无妄而欲其真实无妄之谓，人事之当然也。”[①] 孟子说：“尽其心者知其性也，知其性者，则知天矣。”又说：“诚者，天之道也；思诚者，人之道也。”朱熹也有解释：“诚者，理之在我者皆实而无伪，天道之本然也。思诚者，欲此理之在我者皆实而无伪，人道之当然也。”[②] 孟子和朱熹的意思是说天道是诚善的，人性也是诚善的，只要充分发挥自己的本性就能达到“诚”的境界。可见，曾巩的“内圣”之学基本是对《中庸》《孟子》思想的注释和转述，他认为人性与天道一样是诚善的，常人只要通过一番“反求诸己”的内省功夫，认识和发现自己的善性，就能达到“诚”的境界，使之“和同天人之际”。曾巩从儒家心性理论来解读儒道，这使他有了充分的理由抱道自守，并以此应对现

---

① 《中庸》，载朱熹《四书章句集注》，中华书局 2005 年版，第 31 页。

② 《孟子·离娄上》，载朱熹《四书章句集注》，中华书局 2005 年版，第 282 页。

实世界中功业难成的尴尬。

作为一名洞悉历史的史学家，曾巩深知求取功名之不易。他在《熙宁转对疏》中直接指出孔孟等圣贤不遇的原因：“自周衰以来，千有余年，天下之言理者，亦皆卑近浅陋，以趋世主之所便；而言先王之道者，皆绌而不省。故以孔子之圣，孟子之贤，而犹不遇也。”连孔孟这样的圣人尚且不遇，又何谈其他的普通人！他还进一步说：“自文武没，君臣相得之际少，士之有道者所以难仕。”（《上欧蔡书》）所谓的治世或五百年一遇或千年才一遇，因而即使孔孟这样的圣贤也难免不遇，历史提供给贤人君子实现理想抱负的时机实在是少之又少！这使曾巩从容地理解了人生困境的不可避免，从而表现出直面人生艰难的冷静和理智。

那么，如何应对这一历史性的人生难题呢？曾巩仍然从古代圣贤的行藏中寻找答案。对于孔子、孟子的解读表现了曾巩对于人格理想和价值目标的思考方式：“得其时，推此道以行于天下者，唐、虞、禹、汤、文、武之君，皋、夔、益、稷、伊尹、太公、周公之臣是也。不得其时，守此道以俟后世者，孔孟是也。”（《为治论》）他把历史上的圣贤分为“得其时”和“不得其时”两类：“得其时”则可像伊尹、周公那样致力于治国平天下的大业，“不得其时”则可像孔孟那样修身守道。同是圣贤，因为时势的不同决定他们不同的行为方式，伊尹、周公代表了儒家致君泽民的榜样，孔孟则代表了儒家自我修养的典范。[①] 孔孟不得其时，因而无法将儒道付诸实践，他们的做法是“守道以俟”，对此，曾巩从两个方面做出了价值评判：其一是孔孟在“无时无位”的条件下“存帝王之法于天下”（《上欧阳学士第一书》），是以另一种方式来体现道的价值，同样具有圣贤的品格；其二是隐含了不朽的价值期待，即孔孟守道虽不显达于当世，但终会流传后世并获得不朽的价值。这一点，曾巩在《为治论》中说得更明确：“孔子于周之末世，守二帝三王之道而不

① 参见陈晓芬《传统与个性——唐宋六大家与儒佛道》，上海古籍出版社2002年版，第151—167页。

苟，孟子亦于其后守孔子之道而不苟。二子者，非不欲有为也，知不本先王之法度则不可以行，不得可为之势则不可以行，不得可为之势则不可以强通。……守之以终身，传之以待后之学者，此二子之见所以异于众也。”这正是孔孟的人生价值所在，这种价值的获取有别于世俗的名位功业，而是在守道传道的过程中获得的。曾巩在诗歌中对伯夷、叔齐、颜回多次从立德体道这一点上高度赞扬，如“老哺薇蕨西山翁，乐倾瓢水陋巷士。不顾无复问周公，可归乃独知孔子。自期动即重丘山，所去何啻轻糠秕？取合悠悠富贵儿，岂知豪杰心之耻？”（《豪杰》）周公“得其时”以道行天下固然让人仰慕，但是孔子“不得其时”的命运显然引起曾巩的共鸣：“可归乃独知孔子”，孔子“守道以俟”的人生形式无疑对曾巩有着示范作用。这里的“时”应该指儒家理想的尧舜禹三代那样的治世。对孔孟这些“不得其时”的圣人的解读使曾巩获得了在不遇人生中的应对策略，既然不遇是时势使然，那么修身守道也是实现人生价值的一种有意义的方式。其《杂诗四首》对孔子出处的人生选择进一步做了说明：“皇皇谒荆人，伈伈遵阳虎。及觉一礼亡，翩然遂违鲁。全身有逊接，直道无苟处。故称圣如龙，屈伸兹可睹。”曾巩认为孔子在外在事功不可实现的情况下转而寻求个人的道德持守，无论出处都在本质上合于道，这实质上是对孔子的行为做出了合于自己行为标准的解释。

曾巩的思考还落在其他历史人物的身上，对这些历史人物的解读更能体现出他对个体与现实社会的关系、人格价值与外在功名的思考。汉代隐士徐孺子无时无位却在后世盛享祭礼，这引起曾巩的思考：“汉至今且千岁，富贵湮灭者不可胜数，孺子不出闾巷，独称思至今。则世之欲以智力取胜者，非惑欤？”（《徐孺子祠堂记》）在曾巩看来，徐孺子的遁世之举在此具有了孔孟等圣贤的儒家品格。曾巩议论的着眼点在无时无位这个问题上，对徐孺子的论述也多引孔孟为根据，突出孺子的抱道自守是不需要功名富贵进行衬托的独立荣耀。有意思的是，曾巩在《咏史二首》之一中将严君平和扬雄放在一起比较：“子云无由归，俯首天禄阁。君平独西南，抗颜观寥廓。无猜到沉冥，有故惊寂寞。用心岂必殊，拘肆事终各。”严君平即严遵，文学家，扬雄的老师。他隐于成都操卜筮之业，淡泊名利以终。扬雄认为他“久幽而不改其操”（《法言·问明》），此处的“幽”当指隐居，扬雄是从立德体道的角度赞扬严君平的隐逸之志。曾巩将扬雄与严君平放在一起比较，认为扬雄与严君平在立身守道上并无不同，如果要说不同的话就是二人在形式上一官一隐罢了。曾巩对诸葛亮和陶渊明都很仰慕。他对诸葛亮的仰慕是因为诸葛亮得到伯乐的赏识，从而有机会成就一番功业。至于陶渊明，曾巩认为“若陶令者，从容于浊世，以道自守，进不受污，知时之去，隐不离正”（《游山记》）。在曾巩看来，陶渊明生于魏晋之乱世，忘怀功名，不受官场羁绁，“独善于隐约”，同样体现仁的特征，合于孔子进退出处必衷于道的原则：“遭时乃肥遁，兹理固可执。”（《过彭泽》）对陶渊明的隐居，曾巩并不认为是消极的避世，而是强调渊明能“从容于浊世，以道自守”，认为渊明有别于慧远“溺于异学”的遁迹山林之举（《游山记》）。曾巩还把渊明引为“抱道自守”的同调，认为自己唯独不同于渊明的是没有“归田庐”，虽然二人有仕与隐的不同，但渊明的隐居去官无碍于其抱道自守。

曾巩还赞扬隐士庞德：“庞公昔抱道，遁世此躬耕”（《游鹿门不果》），庞德是东汉襄阳人，躬耕于襄阳岘山之南，曾拒绝刘表的礼请，后隐居鹿门山，采药以终。总之，传统的遁世隐居在曾巩这里具有儒家“守道”的积极价值。有了这样的思考，曾巩很自然地将全部关注转移到自身的修身守道上，而不用过分关注外在的行为方式。这一点，曾巩在《抚州颜鲁公祠堂记》中有更清晰的说明：“夫世之治乱不同，而士之去就亦异。若伯夷之清，伊尹之任，孔子之时，彼各有义。”伯夷、伊尹、孔子虽然在行为方式上各有不同，但本质上都合于“义”。有学者指出：“宋人的脱俗并不是指外在生活环境的不一般和处事行为的出众，而是指内心世界对生活的感觉和领悟与常人不同。因而尽管吃肉喝酒，娶妻纳妾，亦可自称‘居士’；身在王城闹市，亦可看作归隐。……所谓高蹈尘世、不同流俗，全在内心修养上了。只要心定意静，胸次超旷则自然脱俗，不必真的隐居深山老林。”① 从另外一个角度说明了宋人对出处这一外在行为并不看重，而更看重内在的人格修养。

曾巩的这种理解具体地见于对同时代人的评价中，他说：“盖世之为聪明立声威者，虽荒谖悖冒，无不遇于世。至恭让质直，不能驰骤而遇困蹶者，独不可称数，余甚异焉。夫赴时趋务，则材者固亦重矣。而立人成俗，则洁身积行，是岂可轻也哉？然时之取舍若此，亦其不幸不遇，处之各适其理也。”（《虞部郎中戚公墓志铭》）曾巩意识到，在现实世界中，那些“聪明立声威者”虽然荒诞悖谬却反而如鱼得水，而那些“恭让质直者”则屡遭蹶踣。虽然有识之士也希望在现世实现功名，但现世的功名从来都不是个人能够把握的。但如果因为追求功名使自己的人格蒙羞，难道是可以的吗？曾巩用反问句坚定地表达了对人格操守的坚守。他还理智通达地认识到历史上由贤明君主统治的时代少之又少，不幸不遇是大多数人才的命运，因此，或出或入都要合于儒家之道，既不能为了做官而丧失节操，也不能在合适的时机隐居不出。对于今人，曾巩往往从立德体道的角度赞扬他们。曾巩反复赞扬欧阳修的道德人格，认为欧阳修“好贤乐善，孜孜于道德，以辅时及物为事”（《上欧阳学士第二书》），他在欧阳修贬谪滁州时，虽然对其遭遇倍感同情和不平：“先生鸾凤姿，未免燕雀猜。飞鸣失其所，徘徊此山隈，”但又认为“万事于人身，九州一浮埃。所要挟道德，不愧丘与回”（《游琅琊山》）。即使对那些巫医乐师百工之人，他也从道德的层面进行考量，他赞扬刘医博“我嗟刘君乃士类，进退婉婉无瑕疵”（《送刘医博》）。他称赞尹殊，认为他在进退出处上表现出儒者的节操：“尹公之名震天下，而其所学，盖不以贫富贵贱死生动其心，故其居于随，日以考图书、通古今为事，而不知其官之为谪也。”（《尹公亭记》）有感于王逵志大才高却不得大用的人生经历，曾巩极力赞赏王逵处穷不变的道德操守：“然当是时，天下久平，世方谨绳墨，蹈规矩，故其材不得尽见于事，而以其故，亦多龃龉，至老益穷。然君在撼顿颠踬之中，志气弥厉，未

① 张毅：《宋代文学思想史》，中华书局2004年版，第135页。

尝有忧戚不堪之色，盖人有所不能及也。”（《刑部郎中致仕王公墓志铭》）他还赞扬杜宗诲“以清静为学，以淡泊自足”（《赠大理寺臣致仕杜君墓志铭》）；称道刘凝之妻“安于理，不戚戚于贫贱”（《寿安县君墓志铭》）；称赞自己的舅舅朱君“卒于无所遇，君亦未尝不自得也”（《天长朱君墓志铭》）；又说丁元珍“节廉贫愈见，风义老弥惇”（《挽词二首》）；称许张久中“为心持身得失之际，于其义，余不能损益也”（《张久中墓志铭》）；表彰任逵“道胜不忧贫”（《送任逵度支监嵩山崇福宫》）。曾巩对于现实生活中那些一味追求功名利禄的人也多有批判：“当身止自善，所遇时则不。致官九列齐，此理嗟亦苟。去就惟用舍，士固无常守。孔孟非其称，斗禄应未取。惜哉天下才，甘受外物诱。”（《杂诗五首》之三）曾巩认为，作为一名士人，在去就用舍之际应该表现出自己的操守，应在“世情衮衮利名间”（《题修广房》）超脱出来。

曾巩一生把圣人和儒家经典奉为最高神明，他认为圣人是道的化身，是人性与道德的完美体现，因此他非常尊崇孔孟、颜回这些“不得其时”的圣贤，极力使自己无奈中抱道自守的行为具有圣贤“守道以俟”的价值。他在《南轩记》中说：“得其时则行，守深山长谷而不出者，非也；不得其时则止，仆仆然求行其道者，亦非也。”按王焕镳年谱载，此文是曾巩在三十六岁未出仕前所写，其时他已蹭蹬科场十八年，退休于家，专以学为事。[①] 很明显，曾巩对儒学个体人格价值的诠释正契合于他抱道自守的人生方式，或者也可以说，他为自己抱道自守的人生方式找到了一个强大的理论支撑，使自己在长期不遇中以内在的道德修养来获得人生价值有了保证。他在诗中多有以心守道超越贫贱穷达的自白：

我身今虽落众后，我志素欲希轲卿。十年万事常坎壈，奔走未足供藜羹。愁勤未老鬓先白，多学只自为身兵。自然感疾惫形体，后日虽复应令俜。非同世俗顾颜色，所慕少壮成功名。但令

① 王焕镳：《曾南丰先生年谱》，商务印书馆1943年版，第53页。

命在尚可勉，屑细讵足伤吾平。（《初夏有感》）

虽然人生有诸多忧患，譬如贫穷、衰病、孤独、久试不第等，但是有了对道的持守，足以保持心理上的优势。诗人一生不停地自称为愚拙之人，他在《赠黎安二生序》中就以自嘲的口吻说自己“迂”。“愚”“拙”“朴”是其诗中经常出现的字眼：“由来懒拙甚，岂免交游寡”（《江上怀介甫》）、“从来万事固已拙，况乃病敦颜不少”（《代书寄赵宏》）。虽在官场，也以朴愚自守：“念时方有为，众智各驰骋。独此得逍遥，固知拙者幸”（《北湖》）、“赖此荒僻郡，幸容朴愚人”（《闻喜亭》）、“岂惟智所拙，曾是力难任”（《青云亭闲坐》）。他在《上王转运》一文中这样解释朴愚：“某所守朴愚，与时不对，力求圣人之道，苦心并日夜，每见义理之所当然，则推而行之，未尝求信于人，亦诚无以使人见信。所为益久，处身益穷，亦不自悔于心。”从文中可知，其“所守的朴愚”就是“圣人之道”。他接着说：“夫人之怀道德者果于自守，不肯妄干于人，与人虽知之而非其意，亦诚不肯就之。而世之言相知者，皆以自炫饰为能，勤候伺请谢为宜，其去于自守而不肯妄干于人也，远矣。幸人之一顾，则仆仆然而逢之，唯恐不当其心；翦翦然而奔走之，惟恐其后时。其去于非其意而不肯就之也，亦远矣。然世之言相知者，得其所比肩，而怀道德者得其所无几人。”曾巩将“怀道德者”果于自守、不肯少屈的形象与那些仆仆然、翦翦然奔走追逐者进行对比，强调“怀道德者”之可贵。其所谓的“守拙”也就是“守道”，在贫富穷达之中不移其志，不堕其节，不动其心，不失其正。实际上，“守拙”对曾巩而言具有正面的肯定的价值意义，正是“守拙”使他能独自树立，得以超越世俗的功名利禄，从而保持自己的人格操守。

面对官场的奔竞，曾巩不是没有挣扎，他并不讳言自己的焦虑：“念随薄禄困垂首，似见故人羞满颜”（《东轩小饮呈坐中》）、“心逐世情知龃龉，身求闲伴恐蹉跎”（《题祝道士房》），他述说自己的清贫、孤独与衰病：“饥肠漫窃公厨膳，病发难堪客舍尘”（《简景山侍御》）、“羁游事事情怀恶，贫病年年故旧疏”（《羁游》），还说自己不能辞官的无奈："奈此两鬓白，顾无一廛耕。所求亦云儿，脱粟与藜羹"（《促促为物役》），有时候他对自己的愚拙也感到讨厌："空羞避俗无高节，转觉逢人恶独醒"（《西亭》）。"拙"是不事雕饰的朴拙、质朴，亦可引申为没有媚俗钻营的心机。"拙"的反面是"巧"。"巧"是苦心经营的工巧、精巧，亦可指媚俗钻营的心机。戴建业认为，陶渊明"守拙"是守护或保持自己生命的真性不为俗染。人在世俗社会的攘夺追逐之中，或沦于物，或溺于私，或徇于名，或堕于利，随着自己的为人由"拙"变"巧"而逐渐失去自己的本来面目。① 其实，曾巩的守拙与陶渊明"复得返自然"并不一样。陶渊明强调守护真性，曾巩强调的是"抱道自守"，陶渊明的"守拙"来源于生命的内在要求，曾巩的"守拙"则源自孔孟之道。虽然二人都是从对外在事功的追求转向反求诸己，但陶渊明的守拙更强调在田园躬耕的实践性，而曾巩则强调儒家的心性修养，具有醇于儒道的人格意义。事实上，曾巩并不是完全没有在官场飞黄腾达的可能。在未入仕之时，他结识了范仲淹、蔡襄、杜衍、欧阳修、刘沆等人，他们都是朝廷的高官和名人，都对他的人品学问极为称道。

范仲淹多次托人送书赠绢加以问候。曾巩与欧阳修是亦师亦友的关系，与王安石则亲如兄弟，王安石在地方任职时多次得到他不遗余力的推荐。其弟弟曾布在熙宁变法以后的哲宗、徽宗两朝，曾历任知枢密院事和宰相等要职。这些人都是在政坛翻云覆雨的人物，曾巩随便攀住其中任何一棵大树都可青云直上去追逐高官厚禄、功名富贵，但他却无意攀附。王琦珍先生这样交代了曾巩的人际关系："曾巩和王安石既是同乡，又是挚友，曾、王二府又是姻亲；另一方面，作为门生后学，曾、王，二苏都为欧阳修、杜衍、韩琦等一辈老臣所赏识与器重，再则，其弟曾布又是王安石变法的左膀右臂。"② 曾巩自求外任地方官时，王安石多次进行挽留，但曾巩还是远离了京城到地方任职。退一步说，即使不去追逐京城的显赫高官，也可在担任地方官

---

① 戴建业：《澄明之境——陶渊明新论》，上海古籍出版社 2012 年版，第 186—196 页。

② 王琦珍：《曾巩与王安石变法》，《河南大学学报》1989 年第 4 期。

时捞点外快为自己赚个盆满钵满，但曾巩却无意钻营用“巧”，他“在官有所市易，取贾必以厚，予贾必以薄”“于门生故吏以币交者，一无所受”“福州无职田，岁鬻园蔬收其直，自入常三四十万。公曰：‘太守与民争利可乎？’罢之”①。他宁可辛辛苦苦用二十一年的时间边耕读边应试，宁可以衰病之身在地方转徙十二年，也不去追逐钻营。虽然着实有些愚拙，比起那些高官显宦之人来说人生未免平淡，但曾巩却用自己的人生实践了对儒道的体认和守护。下面这段话很能说明曾巩在应对纷扰现实时的操守：“其为人惇大直方，取舍必度于礼义，不为矫伪姑息以阿世媚俗。弗在于义，虽势官大人不为之屈，非其好，虽举世从之，不辄与之比。以其故，世俗多忌嫉之，然不为之变也。”②

总之，对于曾巩而言，复兴儒学，重建士人的价值依据，只能到内心去寻求，而不假外在的功名来证明，这使他一方面对道的理解偏重于思孟的心性理论，注重发展儒学的内省精神，另一方面在日用伦常中注重践履功夫。

第三节　善于调适的心理机制

公自为小官，至在朝廷，挺立无所附，远迹权贵，由是爱公者少。为编校书籍，积九年，自求补外，转徙六州，更十余年，人皆为公慊然，而公处之自若也。公于是时，既与任事者不合，而小人乘间又欲挤之。一时知名士，往往坐刺讥辞语废逐。公于虑患防微绝人远甚，政事弛张操纵虽出于已，而未尝废法自用，以其故莫能中伤，公亦不为之动也。③

这是曾巩弟弟曾肇对曾巩人生经历及其为人的概括性评价。其中说到曾巩仕途坎坷时，即使“人皆为公慊然”，他自己却“处之自

① 曾肇：《曾巩行状》，载曾巩《曾巩集》，中华书局1984年版，第796页。
② 同上书，第792页。
③ 同上书，第795页。

若”；在面对小人的排挤时，他仍然能“不为之动”。这样的淡定自若固然与他处事时“虑患防微绝人远甚”有关，应该还与他善于排解和调适自己的心理状态有关。

曾巩在写作诗文时，经常纵横捭阖，旁征博引，这其中就有许多纵横对比，比如古今对比、优劣对比、人我对比，等等。无论是咏叹历史人物还是致意于时人，曾巩往往将自己的命运代入其中，甚至有时进行自觉的比较。一般而言，强烈的对比往往引起情感的尖锐冲突，但有些对比也可能引导人的感情走向理智平和。在曾巩那里，其对比有如下特点：一是从对比入手发掘于己有利的优势是曾巩常用的一种思维方式；二是事物或情感经过对比后不是走向躁动激越而是走向温静平和，不是走向尖锐冲突而是走向和平解决。事实上，对比并不一定都产生情感的激烈动荡与尖锐冲突。有人通过对比总是发现自己处于劣势，这是因为他总是寻找比自己高一等的参照物，从而造成情感的抑郁不平；有人通过对比却能发现自己还有优势，这是因为他善于选择参照物，从而把痛苦减轻。曾巩无疑属于后一种情况，在两种相关联事物的对比中减轻或淡化人生的种种痛苦和不如意，因而其情感走向平和温静而不是愤郁激昂。例如，在对待列圣先贤如孔孟等人怀才不遇的问题时，曾巩的情感表现是平和的，他在孔孟的不遇中照见了自己的命运，但孔孟的遭遇没有加重他的不平。按有些人的想法，孔孟的不遇有可能加重作者的愤郁不平，因为相同的命运可能会激发作者同病相怜的痛苦感情。曾巩在《书唐欧阳詹集》云：“余观其《出门》《怀归》等赋，思曰：愈之所称，岂谓此耶？又观其《陶器铭》《驽骥》诗等，则悲生之志焉。”唐人欧阳詹的生活方式与曾巩相去甚远，他因迷于青楼歌妓而“一恸而亡”。按儒家的道德观来看，欧阳詹的行为是不符合“雅正”要求的，在人格操守上是有瑕疵的。而曾巩却抛开这些因素，对其在《陶器铭》《驽骥》中抒发的怀才不遇之叹深表同情。在此文中，曾巩对欧阳詹的评价与把握正与他自己内心世界的体验紧密相关。但这样的情感反应不是主流。曾巩更多地从孔孟等圣贤那里获取稳定自己心理平衡的精神资源：孔孟作为圣贤尚且不遇，自己作为一个远不及圣贤的人遭受这样的境遇又有什么可以抱怨的呢？在曾巩看来，人格与功业不存在对应关系，荣华富贵、功名利禄不能取代“抱道自守”的高尚人格。这一点，已由历史作出定论，例如颜回三十而夭，却以好学守道获得不朽的美名（《说苑目录序》）；孔子则在“身没之后，圣日皎然。文明之君，封祀不绝”（《厄台记》）。基于这样的思考，曾巩不仅为当下的功名不著找到了一个缓解压力与不平的精神武器，同时又为可能在身后获得期待的价值补偿树立了坚定的信心。

可以说，曾巩把道作为自己安身立命的依据，从而建立起以道为标准的价值体系，使自己的社会行为、生存方式有了基础并获得了价值意义。曾巩第二次落第后在《上欧阳学士第二书》中特意描述了应举途中所见难民的悲惨情状：“道中来，见行有操瓢囊、负任挽车、挈携老弱而东者……行且戚戚，惧不克如愿，昼则奔走在道，夜则无所容寄焉。若是者，所见殆不减百千人。”看到难民的惨状，曾巩感到自己旅途的艰辛、落第的痛苦都不算什么。他说：“今虽群进于有司，与众人偕下，名字不列于荐书，不得比数于下士，以望主上之休光，而尚获收齿于大贤之门。道中来，又有鞍马仆使代其劳，以执事于道路。至则可力求箪食瓢饮，以支旦暮之饥饿，比此民绰绰有余裕，是亦足以自慰矣。”举场失利对于曾巩这样一位将科举入仕视为人生唯一前途的士子无疑是一种强烈打击，他内心的挫败感可想而知。但是，他善于在具体环境中寻找对比物。作为一名出身官宦家庭有祖荫的读书人，曾巩无疑比那些难民的身份地位要高得多，根本不可同日而语，但是为了排解自己落第的痛苦和屈辱，曾巩将自己与难民放在一起比较，在与自己地位悬殊的对象的比较中获得一种心理平衡，从而化解了自己的悲伤失意。他在诗歌中也经常这样排解自己的忧愁，如《舍弟南源庄刈稻》，这首诗写于皇祐元年（1049），曾巩三十一岁。这一年，曾巩在知府刘沆的帮助下，买田于南丰（《与刘沆龙图启》）。曾巩其时在科场已蹭蹬了十三年，而家中“阖门待哺者数十口”，为了养家糊口，不得不过着耕读生活。一般人面对这样的生活处境，难免会产生很多牢骚和怨愤，而曾巩却能以苦为乐。为了获得好的收成来养家糊口，他与弟弟们大清早穿着单薄的衣服赶到田间，“吾党二三子，晨行已寒裘”，虽然辛苦，曾巩却能在其中发现乐趣，“久苦城中嚣，至山谅优游”。虽然“昼务诚遗滞，夜工督舂揄”，日夜都在操心督促农人的劳动，他却在与农夫的比较中发现，自己比起那些从事具体劳作的人要轻松很多。这种由比较而获得的心理优势使他获得心理平衡：“因观稼穑劳，始觉奉养优。此乐讵非幸，人生复何求。”不妨读一读其《八月二十九日小饮》诗：

阴阳在天地，鼓吹犹橐籥。烦蒸翕已尽，灏气乃浮薄。群山翠相抱，尘霭如洗濯。川源亦虚彻，派别归众壑。嚣音灭蛙蚓，劲意动鹏鹗。蝇蚊自不容，虽有类钳缚。驱之旧苦众，忽去宁匪乐。俯仰自醒然，意适忘体瘼。天运虽已晏，生物固未剥。姜芋圃可掘，禾黍田始获。脱苞紫栗迸，透叶红梨渥。幽花媚清景，鲜丛耀新萼。西风动孤格，露晓愈修擢。能终犯寒冱，讵可忽纤弱。况当九日近，家酿成已昨。温颜几杖适，弱质衣冠恪。闺门自可会，非必千里约。筝匏出人指，逦迤奋宫角。初严小人献，终拜长者酢。清言喜自洽，细故忧可略。幸无职事顾，况荷租赋薄。读书有休暇，得醉且吟噱。

这首诗也写于未出仕之前。虽然有着屡试不第的无奈与忧愁，但曾巩并未走向狂狷与虚无，他在田园耕种中体会着收获的喜悦：“姜芋圃可掘，禾黍田始获。脱苞紫栗迸，透叶红梨渥。”还在耕读生活中找到了种种好处：一是“幸无职事顾”；二是“况荷租赋薄”；三是“读书有休暇”；四是“得醉且吟噱”。善于调适使曾巩总是在逆境中发现于己有利的因素，并用这些有利因素获得心理平衡，这也是曾巩在二十一年的屡试屡败中没有走向颓废虚无的一个重要原因。

面对现实的种种不如意，曾巩总是以和谐的方式处理个人与社会、理想与现实的矛盾。他常常把自己与身份地位较低的对象进行比较，他总是在万事万物中尽力探求其中的可取之处，在别人的幸与不幸中，发现自己的幸运，从而使自己保持平静的心理状态。[①] 他努力寻找平衡点，总能在失意时保持平和与冷静。如《〈王平甫文集〉序》一文，对王平甫不得志而死的事实并非没有忧戚感伤，但他将那些富贵得志者与王平甫对比，在王平甫的不幸命运中挖掘出优势，他说："平甫之文能特见于世者也，世皆谓平甫之诗宜为乐歌，荐之郊庙；其文宜为典册，施诸朝廷，而不得用于世。然推其实，千岁之日不为不多，焦心于翰墨之间者不为不众，在富贵之位者，未尝一日而无其人，彼皆湮没而无传，或播其丑于后。平甫乃躬难得之姿，负特见之能，自立于不朽，虽不得其志，然其文之可贵，人亦莫得而掩也。则平甫之求于内，亦奚憾乎？"王平甫虽然事功不显，但是其文学才能却让他获得了传之久远的声誉。曾巩预言：那些富贵者终将湮没在历史的尘沙中，而王平甫终将不朽！又如在《胡君墓志铭》中，他感叹自己的学生胡敏"积其勤以至于业之修，而止荐于乡；积其谨以至于行之修，而不克显于世，此世所以哀君也"。虽然有对事功不显的遗憾，但又紧接着说："然君有可以慰其亲而不疚于内，比于得其欲富贵于一时，而有愧于其心者，其得失何如，故易知也。"胡敏虽然在外在事功上并不得意，但是却能"不疚于内"，以道德主体的自立自足来超越人生的遗憾。

即使在为官之后，曾巩也不是一帆风顺。这在他的诗歌中也有隐微的表现。官职的显微、官任的升降、任职地的远近以及官场的复杂、人事的倾轧等这些具体情节，都让人不得释然，他同样也需要调适自己的心理。他的《送李材叔知柳州序》一文，一方面认可柳州之地"偏且远，其风气与中州异"的不利状况，另一方面又能从劣势中发掘优势、述其交通，见不病于僻远；写其气候，见不异于中州；著其物产，见其丰美；说其民风，见淳朴少讼；明其专制一州，见官亦不小；言涤其陋而驱于治，见施治当急。曾巩将柳州为官的利弊进行对比，在淡然的陈述中，突出了知柳州的种种优势。这篇序文

---

① 陈晓芬：《传统与个性——唐宋六大家与儒佛道》，上海古籍出版社 2002 年版，第150—159 页。

是赠予李材叔的，但其中的心理机制则是曾巩所独有的。他的《靖安县幽谷亭》也很有特点。全文如下：

> 横江舍轻楫，对面见青山。行尽车马尘，豁见水石寰。地气方以洁，崖声落潺潺。虽为千家县，正在清华间。风烟凛人心，世虑自可删。况无讼诉嚣，得有觞咏闲。常疑此中吏，白首岂思还。人情贵公卿，烨烨就玉班。光华虽一时，忧悸或满颜。鸡鸣已争驰，骅骝振镳镮。岂如此中吏，日高未开关。一不谨所守，名声别妖奸。岂如此中吏，一官老无瘝。愔愔谋谟消，汩汩气象孱。岂如此中吏，明心慑强顽。况云此中居，一亭众峰环。崖声梦犹闻，谷秀坐可攀。倚天巉岩姿，青苍云斒斓。对之精神恬，可谢世网艰。人生慕虚荣，敛收意常悭。诚思此忧愉，自应喜榛菅。

虽然在僻远的地方为官，曾巩却在其中挖掘出常人意想不到的优势。他将贵胄公卿与僻壤小吏进行对比，感慨那些公卿虽然身居显位，却处在危险的旋涡，心中常怀忧患和惊悸，“一不谨所守，名声别妖奸”。而小吏则没有这些烦恼和危险。既然富贵荣名只是外在的表象，何必营营追求利禄和名声呢！不仅如此，僻壤小吏还有诸多公卿所不具备的优势：一是用不着为穷达升沉而劳心焦虑，尽可“有觞咏闲”，清静度日；二是尽可享受政事简易带来的轻松快乐，可以放心大胆睡到日上三竿，不用像那些公卿整天繁忙，鸡鸣之时就要赶着上朝；三是远离官场的倾轧，不用担心被人抢饭碗，而那些公卿看起来光耀体面，却整天提心吊胆，弄不好还有性命之忧；四是穷乡僻壤山明水秀，可怡情怡性，而那些公卿却成天在世网中挣扎，难以享受山水之美。人生何必过分执着外在的荣名，非要高官厚禄才足以慰心？在曾巩看来，有觞咏闲、日高安睡、坐享泉林的生活，能让身心怡然，从而将谋谟的焦虑化为精神的自得。有了这样的认识，自然对人生及为官中的种种不如意能平淡处之。这样的心理排解方式在《送戚郎中》中也表现出来：“一心清淡本如秋，何必锱铢较两州。

身向宦名虽黾勉，性于人事岂雕锼。但思簿领忙时俗，便觉溪山静处优。荔子满盘宁易得，与谁频宴岭边楼。”在这首诗中，曾巩劝慰友人不要过分计较为官的高下差别，即使向往惊人的业绩和不世的功名，也不要违背自己的本性去枉尺直寻。虽然官小地僻，却不用像在京城任职的官员那样早起晚眠忙个不停，尽可享受山水的清静之乐。曾巩还好心提醒说：每天还能吃到满盘的荔枝难道是很容易的吗？何况还可以日日纵情宴饮呢！

总之，这样的文字在曾巩诗文中不是个别现象，而是俯拾皆是，很见曾巩的思想特点。曾巩总是力求取得一种平衡，从不利中寻找有利因素，从劣势中寻找优势，从失意中寻找希望，适时地调整自己的心态，从而保持心理上的淡定从容。《宋史·曾巩传》中说：“巩负才名，久外徙，世颇谓偃蹇不偶。一时后生辈锋出，巩视之泊如也。”[①] “泊如”二字是曾巩示人的外在态度和处事方式。但曾巩内心也不是一贯的“泊如”，作为一个普通人，难免会有面对人生难题时的焦虑挣扎甚至不平愤慨。他在思想理论上，以对“道”的持守来超越这些具体的人生情节；在心理调节上，则注意寻找优势来保持心里的淡定。其《戏书》一诗虽是自我解嘲之语，但也可看出曾巩善于调适的心理机制：“家贫故不用筹算，官冷又有无外忧。交游断绝正当尔，眠饭安稳余何求。君不见黄金满赢要心计，大印如斗为身雠。妻孥意气宾客附，往往主人先白头。”这首诗翻译出来就是：家贫就不用算计，官冷就少了很多忧虑。没有人追捧正好，吃饭睡觉都安安稳稳，这种生活还有什么好苛求的。难道没有看到钱财多要绞尽脑汁去算计，官职高是给自己树立仇家吗？虽然妻儿奴仆意气扬扬，宾客们趋炎附势，但付出的代价却是自身愁白了头。在这首诗中，“家贫”“官冷”“交游断绝”不再成为让人焦虑不安的因素，诗人在其中发现了常人意想不到的优势。有了这样的心理优势，外在的一切不平自然可以得到稀释。

这种心理调适还表现在曾巩善于为自己营造一个自得自足的心理

① 脱脱：《宋史·曾巩传》卷 319，中华书局 1977 年版，第 10390 页。

环境。大概陶渊明归耕田园后还是觉得不够清静，因而又营造了一个扑朔迷离的桃花源来满足自己遁世隐居的愿望。曾巩是极为仰慕陶渊明的，但儒家刚健有为、自强不息的文化精神使曾巩不可能像陶渊明、徐孺子那样遁世而去。儒家的“立德、立功、立言”的“三不朽”的思想使他将道德人格的完善、治平天下的社会责任和著书立说融为一体，不论是成圣成贤还是建功立业抑或立言不朽都是要在短暂的人生中实现生命的价值。这种认识在曾巩多篇文章中都有说明：“夫世之所谓大贤者，何哉？以其明圣人之心于百世之上，明圣人之心于百世之下。其口讲之，身行之，以其余者又书存之，三者必相表里。其仁与义，磊磊然横天地，冠古今，不穷也；其闻与实，卓卓然轩士林，犹雷霆震而风飚驰，不浮也。”（《与欧阳学士第一书》）尽管曾巩在科考、仕途上屡受蹉跌，不尽如人意，但其自幼接受的儒家传统文化思想的淑世精神使他始终未偏离用世之道。那么，身在嘈杂势利的社会中，如何让自己在实际的纷扰中超脱就成为一个必须解决的问题。这一点，他在《尹公亭记》中说得很清楚：“君子之于己，自得而已矣，非有待于外也。然而曰疾没世而名不称焉者，所以与人同其行也。人之于君子，潜心而已矣，非有待于外也。然而有表其闾，名其乡，欲其风声气烈暴于世之耳目而无穷者，所以与人同其好也。内有以得诸己，外有以与人同其好，此所以为先王之道，而异乎百家之说也。”明确说明了自己对出世与入世所持的态度，即身在世俗，与物俯仰，和光同尘，又同时以道德持守保持人格独立，“适意藜羹与布裘，结庐人境地还幽”（《寄题饶君茂才葆光庵》）两句诗大概最能表达曾巩由此生发的处世特点。有趣的是，曾巩这两句诗与陶渊明《饮酒》之五诗颇为类似：“结庐在人境，而无车马喧。问君何能尔？心远地自偏。”历代学者从这首诗中读出了陶渊明“洒落”的胸次。戴建业这样评价这首诗：“由于精神已超然于现实的纷纭扰攘之上，不累于欲不滞于物，何劳避地于深山，何必幽栖于宕穴？环境虽然有喧寂之别，诗人的心境绝不因之而有静躁之分。”[①] 这个评价

① 戴建业：《澄明之境——陶渊明新论》，上海古籍出版社2012年版，第12页。

同样适用于曾巩这首诗。所不同的是，陶诗展现的是脱略了一切尘世遮蔽后展现的生命的本真存在状态，而曾巩则是以道德持守超越世间炎凉奔竞表现出儒家人格精神。

其实，在曾巩生活的时代，士大夫对传统的处世方式进行了整合，不再像前代文人那样将仕、隐分成不可调和的两途，承担社会责任与追求个性自由不再是互相排斥的两极，庙堂之志和沧州之趣能够和合会通。苏轼说："凡物皆有可观，苟有可观，皆有可乐，非必怪奇玮丽者也。"① 黄庭坚亦云："若以法眼观，无俗不真。若以世眼观，无真不俗。"② 范温的《潜溪诗眼》虽是论诗文，又何尝不是论人生态度："必也备众善而自韬晦，行于简易闲淡之中，而有深远无穷之味，观于世俗若出寻常，至于识者遇之，则黯然心服，油然心会，测之而益深，究之而益来，其是之谓矣。其次一长有余，亦足以为韵。故巧丽者发之于平淡，奇伟者行之于简易，如此之类是也。"③ 外示凡俗而中存高尚，这是一种淡泊韬晦的人生态度。学者张毅说得更透彻："宋代士大夫虽然比唐人承担了更多更重的社会责任，也受到朝廷更严密的控制，但并不缺乏个性自由。他们可以向内心去寻求个体生命的意义，去追求经过道德自律的自由。"④ 叶梦得《石林燕语》云："司马温公自少称'迂叟'，著《迂书》四十一篇。韩魏公晚号'安阳戆叟'，文潞公号'伊叟'，欧阳文忠公号'六一居士'，以琴、棋、书、酒、集古碑为五，而自当其一，尝著《六一居士传》。苏子瞻谪黄州，号'东坡居士'，东坡其所居地也；晚又号'老泉山人'，以眉山先茔有老翁泉，故云。子由有岭外归许下，号'颍滨遗老'，亦自为传。家有遗老斋，盖元祐人至子由，存者无几矣。"⑤ 都表明了宋代士大夫在参政之余对个性自由的追求。在魏阙

---

① 苏轼：《超然台记》，载《苏轼全集》卷11，上海古籍出版社2000年版，第875页。

② 黄庭坚：《题意可诗后》，载《山谷集》卷26，《文渊阁四库全书》本。

③ 范温：《潜溪诗眼》，载郭绍虞《宋诗话辑佚》，中华书局1980年版，第373页。

④ 袁行霈主编：《中国文学史》第3卷，高等教育出版社2005年版，第8页。

⑤ 叶梦得：《石林燕语》，中华书局2004年版，第152页。

和田园之间，曾巩并非游移不定，难以抉择，他其实无意放弃仕途生涯，儒家的经世致用精神是他一生奉守的准则，身在官场的代偿性心理需要建构了曾巩的隐逸意识。曾巩总是为自己营造一个超然脱尘的天地，形成一种在俗而脱俗、寓物而不留意于物的超然心态，来保持心灵的清静和精神的超凡。不妨读一读他的《寄郓州邵资政》诗：

铅笔雠书客，朱幡守土臣。素餐方侧席，黄发已侵巾。喜有山围郭，仍怜水满津。清华闲耳目，潇洒长精神。秀色秋来重，寒声雨后新。宿云当户牖，流月过松筠。北圃分殊境，西湖断俗尘。渚花红四出，沙鸟翠相亲。芡老含珠实，鱼惊跃锦鳞。飞梁凌窅渺，虚榭压滃沦。岭对横修竹，洲分抱白苹。静宜人事拙，闲觉道腴真。器小难周物，官微幸庇身。簿书偷暇日，杖屦想幽人。泝险飞游艇，探奇漾钓缗。形縻甘鹤怨，心泰得鸥驯。督府恩容久，芳笺讯问频。门庭严卫戟，尊俎从华绅。却起烟霞兴，还思水石邻。自嗤田父乐，那可荐鸿钧。

这是曾巩为官齐州时的诗作。在这首诗中，诗人用他高超的语言表现力为我们描绘了齐州的风物，他在西湖的明山秀水中有一种超尘脱俗的感觉，“秀色秋来重，寒声雨后新。宿云当户牖，流月过松筠。……渚花红四出，沙鸟翠相亲。芡老含珠实，鱼惊跃锦鳞。飞梁凌窅渺，虚榭压滃沦。岭对横修竹，洲分抱白苹”几句将大自然的生机勃勃写得出神入化，“宿云”“流月”“渚花”“沙鸟”“老芡”“惊鱼”，万事万物皆自得其乐，这是“静”中所见所听，其中“静宜人事拙，闲觉道腴真”尤值得深味。因为心静才不会去钻营追逐，拙于人事并不是真的愚笨到不知钻营，而是淡定的心境使人不屑于钻营；心有闲才不会忙忙碌碌去追求富贵名利，才能真正体会儒道的深醇之味。

下面，不妨拎出曾巩诗中出现频率极高的几个字词来看一看他如何营造自己心中的“桃花源”。

首先是“静”。“静”与“躁”相对，在曾巩那里，“静”是对外部世界中人和事的平静冲和的反应，是情感节制后的淡定平和。而“躁”则是心灵为外物所役而有所求、有所欲时焦虑不安的心理状态。在曾巩诗中有很多写“静”的诗句，如“人生省己分，静默固其端”（《杂诗五首》）、“但思簿领忙时俗，便觉溪山静处优”（《送戚郎中》）、“天垂远水秋容静，雪压群山霁色明”（《圣贤》）、“万事长年抛似梦，一堂终日静于山”（《题修广房》）、“静觉耕钓胜，幽宜鸥鹭驯”（《闻喜亭》）等。这是从曾巩诗中随意挑出来的带有“静”的诗句，细读诗句，可以看出曾巩所谓的“静”实质上是一种静态的收视反听时的心理直觉，它的发生和发展受主观意念的控制，“人生省己分，静默固其端”就总括了一切“静”的根源——静默就是人生保持本分的根本。再看“万事长年抛似梦，一堂终日静于山”两句，万事中足有让人内心烦躁不安的东西，或贫富，或穷达，或得失等，能做到“一堂终日静于山”，无疑是诗人的主观意念在起作用。正所谓“静能君躁”，如果没有对外部世界的妄想妄求自然就能自足自得自在，一派平和，显示出高洁的人格美。

其次是“闲”。“闲”的反面是“忙”，作为理学家的朱熹推崇陶渊明而非议杜甫，认为“晋、宋间诗多闲淡，杜工部等诗常忙了。陶云：‘身有余劳，心有常闲’，乃《礼记》‘身劳而心闲则为之’也”①。这里的“忙”当指为了功名富贵而钻营算计追逐，“闲”是置身富贵功名之外自得其乐的人生境界。苏轼也羡慕陶渊明的闲淡，说“我不如陶生，世事缠绵之”②。曾巩将陶渊明的退耕田园当作一种抱道自守的方式，认为陶符合“隐者之正”。他标举陶渊明“彭泽清闲兴最长”（《孙少述示近诗兼仰高致》），还在诗歌中多次提到“闲”：“况无讼诉嚣，得有觞咏闲”（《靖安县幽谷亭》）、“印奁封罢阁铃闲，喜有秋毫免素餐”（《冬夜即事》）、“风标闲淡易为安，晋陕应忘道路难”（《寄晋州孙学士》）、“药篆棋枰俱我好，几时能共此中闲”（《题修广房》）、“更无俗事侵方寸，只与闲人话翠微”

① 朱熹：《朱子语类》卷140，中华书局1986年版，第3327页。

② 苏轼：《与子由书》，载《苏轼全集》卷60，上海古籍出版社2000年版，第1945页。

(《题关都官宅》)、“清华闲耳目，潇洒长精神”(《寄郓州邵资政》)等。其实，曾巩对“闲”已有准确的解释，“高闲物外身”(《寄致仕欧阳少师》)已说明“闲”是超脱于世俗功名之外的一种心境，即“高闲”是使身心超然物外的前提。因此，“清华闲耳目”并不真是“清华”使人耳目“闲”，而是主观意念上的“心闲”。陶渊明是曾巩仰慕的诗人，在曾巩看来，陶渊明那种固穷守道之乐的实质深契于儒家道德人格的要求。“闲”的本质是从容，曾巩对陶渊明的评价就特别强调他“从容于浊世”之“闲”(《游山记》)，这种从容是以道自守体现出的心境平和自得。必须指出的是，虽然曾巩与陶渊明都在诗中屡屡写“闲”，虽然曾巩认为陶符合“隐者之正”，但曾巩之“闲”与陶渊明的“闲”其实并不一样，陶渊明的“闲”是脱略了一切得失之后生命本真的存在状态，而曾巩的“闲”则是经由儒家道德涵养带来的心理上的超越与淡定。

此外，在曾巩诗中还有“清”“幽”“素”等字出现较多。“清”“幽”“素”与“浊”“俗”“尘”相对。“清”的本意是纯净透明、没有混杂杂质的水或其他液体、气体，与“浊”相对；“幽”指清静隐蔽的地方；“素”的本义是“本色的生帛”，即没有染色的丝绸。这三个字从根本上而言有着本色自然、未经污染的共性。在曾巩的诗歌中出现的这几个字，应该指保持由儒家道德涵养而来的品性与节操，不受外在的污浊俗气污染，保持着清淡素白的本分。

如“清”：“拨置簿书有余力，放意樽罍无俗情”(《送宣州杜都官》)、“山中无尘水清白，安得去吟梁甫辞”(《洪州》)、“西湖雨后清心目，坐到城头泊暝鸦”(《雨后环波亭次韵四首·次维得禽字韵》)、“海燕力穷飞不到，郊园阴合坐犹清”(《清风阁》)、“一心清淡本如秋，何必锱铢较两州”(《送戚郎中》)、“清涵广陌能成雨，冷浸平湖别有天”(《舜泉》)。

如“幽”：“深识幽人风义厚，扫轩开榻最相亲”(《赠安禅勤上人》)、“主人事幽屏，不愿尚书郎”(《题张伯常汉上茅堂》)、“江湖俗畏远，幽好自相宜”(《江湖》)、“偏怜最幽处，流水鸣溅溅”(《招隐寺》)、“幽怀但自信，盛事皆空议”(《写怀二首》、“不嫌淡薄幽人趣，欲进藜羹更少留”（《留山中诸君子见访》）。

如“素”：“溪寒素砾偏宜月，壁莹黄金不受尘”（《郓州新堂》）、“油然素心适，缅彼外物轻”（《秋怀二首》之一）。

此外，还有从反面着笔的含有“俗”“尘”等字眼的诗句：“波涛万字惊人笔，尘土千钟异俗心”（《和孔平仲》）、“洗耳厌闻夸势利，濯缨羞去傍尘埃”（《阅武堂下新渠》）、“止知索寞箪瓢计，岂论喧哗内素名”（《田中作》）等等。“清”“幽”“素”等字眼的反复出现，也可以看作诗人的有意为之，他在万紫千红的大千世界中对这些字眼的情有独钟，都与他刻意营造清幽淡雅的环境来标举他超尘脱俗的人格精神有关。“清淡如秋”是舍去了种种是非计较和无止境的欲望时的一种人生境界，能处在攘攘尘世而超越于是非利害得失之上就是超尘脱俗了。不妨与诗人一道进入他那清幽素静的世界：

满眼青山更上楼，偶携闲客此闲游。飞花不尽随风起，野水无边带雨流。怀旧有情惟社燕，忘机相得更沙鸥。黄金驷马皆尘土，莫辞当欢酒百瓯。（《郡楼》）

初秋尚苦暑，归沐乃君恩。地闲少来客，日晏犹闭门。家乏念藜藿，开颜无一樽。况复辞貌拙，敢随车马奔。盥濯何所事，读书坐前轩。岂堪当世用，空味古人言。颇喜市朝内，独无尘土喧。终年但如此，真窃太官餐。（《七月一日休假作》）

这样的天地不在缥缈的世外桃源，而在实实在在的人间。曾巩在很多诗歌中抒发了这种平和通达的人生态度：“荆门常昼掩，不必云山深。岂敢尚孤绝，自能收寸心”（《茅亭闲坐》）、“何须辛苦求天外，自有仙乡在水乡”（《西湖二首》）、“一枝数粒心安稳，不羡云鹏九万飞”（《次道子中问归期》）、“隐几公事退，卷书坐南荣。以兹远尘垢，何异山中情”（《秋怀二首》），这些诗歌都说明了他对现实人生的调适方式。“对宋代文人脱俗尚雅的审美风尚的理解不能拘泥于外在生活环境的远离世俗和处世行为特征的介然不群，而应看到它的实质是追求精神的超拔和由此而来的内心对外物的感悟、理解高出常俗之人。所以在处世方面，宋代文人士大夫往往能做到适俗又脱俗……"[1] 虽然身处尘世，有着种种俗世的烦恼，贫与富、穷与达、得与失仍然会在诗人心底掀起小小的波澜，但是曾巩并没有一味陷入烦恼而不能自拔，他在喧扰的市朝内整顿了自己的心情，"独无尘土喧"是忘怀得失后所获得的心理上的淡定从容。曾巩的《寄题饶君茂才葆光庵》中有"适意藜羹与布裘，结庐人境地还幽"两句诗，其命意模仿陶渊明而来，表达的趣尚很相似。其实，这首诗除了开篇的"适意藜羹与布裘，结庐人境地还幽"两句外，紧接着还有下面的六句："清谈汝水孤猿夜，爽气麻源一叶秋。应有风骚归健笔，可无尊酒付扁舟。因君更起家园兴，梦寐思从几杖游。"虽然曾巩也希望像诗中的道士饶茂才那样忘怀一切，以超脱社会、超越自我来实现心灵的自由和精神的解放，但是儒家强调的社会关怀和历史使命使曾巩到底也不能忘怀现实的责任。在诗中，曾巩和饶茂才一起清谈、一起赋诗、一起饮酒，但是这种狂放自适的逍遥最终还是落实到现实人间，"因君更起家园兴，梦寐思从几杖游"，儒家那种悲天悯人的入世情怀使他不能放弃社会责任而忘怀现实人间。曾巩有许多机会与佛道打交道，他在公事之余也到佛寺、道观游览，也写下许多诗文。其《京师观音院新堂》再次延续了《寄题饶君茂才葆光庵》的心理轨迹：

> 九衢言语乱入耳，三市尘沙眯人目。猿狙未惯裹章绶，鱼鸟宁忘慕溪谷。恨无栖宿在清旷，欲弄潺湲愈烦燠。道人谁氏斥佳境，决汉披霄敞华屋。骈罗巃嵸三秀石，丛迸娟娟两修竹。云蒸雨泄被岩壑，海倒河垂动林麓。顿惊俯仰远嚣浊，岂直形骸摆羁束。解衣坚坐瞑忘返，饮水清谈心亦足。丈夫壮志须坦荡，曲士阴机谩翻覆。青鞋赤舄偶然尔，安用区区巧追逐。

尘世的功利、声名、计较、俗虑"乱入耳""眯人目"，诗人淡

---

[1] 熊海英：《北宋文人集会与诗歌》，中华书局2008年版，第142页。

泊的情怀、恬静的个性与九衢三市的纷纭扰攘格格不入，这使他不胜其烦，而想寻找一块清旷之地获得安宁。观音院中秀石、修竹、岩壑、林麓营造的清幽佳境让诗人“远嚣浊”“摆羁束”，而“饮水清谈”则让诗人获得了心灵的安定与满足。看起来道家放任自适的逍遥态度似乎足以让诗人摆脱烦恼：“顿惊俯仰远嚣浊，岂直形骸摆羁束。解衣坚坐瞑忘返，饮水清谈心亦足。”然而，诗人终究不会走向道家的遗世独立，他最后重申自己的操守：尽管现实中有着诸如仕途的奔竞、政治的倾轧、人事的明争暗斗等种种“阴机翻覆”，但“丈夫壮志须坦荡”，仍然要以道德理性来应对，“青鞋赤舄偶然尔，安用区区巧追逐”两句表明了曾巩皈依儒道的决心。

第三章 忍耐退守的人生态度以及平和勤谨的处世方式

第一节 坎坷的科举之路与艰难的仕途——曾巩的人生经历

从实际的情况看，曾巩人生的平淡不遇实在不是他个人的特殊遭遇，对大多数知识分子而言，“治平天下”的抱负总是很难在现实中得以实现。曾巩的情况代表了封建社会大多数文人的共同命运，但曾巩与他们不同的是，他因为与欧阳修、王安石等人的交往而成为名人，又因为散文创作成就而跻身“唐宋散文八大家”之列，这使我们得以通过他留存下来的诗文窥见其近四十年时间漫长不遇中的人生思考。曾巩一方面与官至副宰相、宰相的欧阳修、王安石是师友关系，另一方面在具体的人生中相对平淡，并没有大红大紫。可以说，在很长的时间内，曾巩都处于一种尴尬的状态。在这种尴尬的状态中，曾巩对人生的思考就有了一番意味。在对儒学的认识上，曾巩的思想重心由传统儒家的经世致用之学转向内敛自省的性理之学，他对道的体认偏重于德形修养的层面。他从儒家心性理论中获得精神的支撑点，使其在社会中合理地进退，避免在理想与现实的激烈碰撞中因失意而偏执一端造成过激，以自己的道德持守心平气和地应对人生，忧勤惕厉地投入人生。既张扬个体修身守道的价值来消解人生的不平与压力，同时又借“立言”来弥补功业不著的遗憾。

曾巩虽然一生平淡，但纵观其生平，也是逆境多于顺境，痛苦与欢乐交织。早年困于科场二十一年，中举后蹈厉于儒馆近十年，后又辗转各地任地方官十二年，晚年受神宗知遇回朝担任中书舍人的时间也不长，一生与高官显宦基本无缘，正如林希所云："公慨然有志于天下事，仕既晚，其大者未及试。"①

首先是科举求仕的道路极为不顺。出生于儒学世家的曾巩，通过科举考试获取功名自然成为其人生的必由之路。他曾写散文凭吊贾谊，对贾谊志大才高却因馋毁而在流放中不幸早逝的命运深表同情，言辞也较为激烈。他将贾谊引为自己的同调，在《读贾谊传》中说：

> 故予之穷饿，足以知人之穷者，亦必若此。又尝学文章，而知穷人之辞，自古皆然，是以于贾生少进焉。使贾生卒其所施，为其功业，亦有可述者，又岂空言以道之哉？余之所以自悲者，亦若此。

曾巩说，我因为处在穷途困厄的境地，才能充分深切地体会那些人生不遇之人的痛苦。而那些困窘不遇之人写的文章，都是一样的，贾谊不过是将这种感情表达得更强烈罢了。如果贾谊能够将自己的抱负得以施展，成就一番事业，又何必说一些无用的空话呢？我为自己感到悲哀的原因也是因为这个啊。在此文中，曾巩对贾谊的评价和把握与他自己内心世界的心理体验紧密相关。他对贾谊深表同情，对贾谊作出这样的体贴理解与宋代大多数士人面对人生不遇的乐观态度大相径庭，可以说，曾巩此处表现的萧骚嗟怨之情丝毫不减韩愈、孟郊等唐代诗人处卑位时的寒陋，而这种对贾谊的同情共感正是曾巩从崇高理想的云端跌落到现实的强烈反应。

曾巩在未出仕时还吟出了"人生飘零内，何处宽怀抱"（《寄舍弟》），"乖时遭飘踬，岂免生事艰"（《至荷湖二首》），"士材为世用，因难乃知尤"（《送徐竑著作知康州》）这样愤激沉郁的句子。如果联系他整个人生大势来说，似乎这些颇有情绪的诗文与醇儒品格格

---

① 林希：《曾巩墓志》，载曾巩《曾巩集》，中华书局 1984 年版，第 799 页。

格不入，令人费解。因为作为一名醇儒，曾巩强调心性的修养，内心世界保持着中正平和，情感一般不走极端和偏执。不过，从他现存诗作来看，这样愤激的诗作在其四百五十余首诗中只占小部分。知人论世，对曾巩这不平之鸣的具体理解当然离不开其生活经历。他早期的不平来自对科举考试选人不当的愤懑和对世道人心的不满。曾巩在十八岁应举之前留存的诗文很少。十八岁以前的他主要是在书斋刻苦攻读，过着衣食无忧的生活。从十八岁开始参加应试，他便开始饱尝人生的种种苦难。

景祐三年（1036），年仅十八岁的曾巩入京赴试，当时风华正茂的少年才子满怀着人生自信，满以为可以在科场一展才华，功成名就。然而，上天好像要刻意为难这位才子，出乎意料的是他落榜了。这次落榜让曾巩初尝人生失败的苦涩滋味。彼时的曾巩正当青春年少，血气方刚，自视甚高，他曾以“眼驶骨紧精神豪”的“鹗”（《一鹗》）自喻，认为自己不同于那些“啁啾燕雀”，学问本领超群拔俗。以这样的高度期许自己，自然认为自己会顺利考上，没想到这只“鹗”却失败了。不过，这次败落虽然让曾巩很不舒服，但在京城遇到小他两岁的王安石并与之结交使其非常高兴，从而在一定程度上冲淡了科举落第带来的痛苦。庆历元年（1041）曾巩二十三岁，再次入京进入太学学习并准备参加科考。这一次，曾巩进行了更充分的准备，然而在庆历二年（1042）的科考中曾巩再次落第。皇祐五年（1053），曾巩三十五岁，与兄曾晔同往应试均不中。考场的失败，加之回乡后受到乡人的嘲笑，使曾巩内心掀起了波澜。几次进出考场的失败，使曾巩的情绪由希望转向失望，也产生了对陈腐的科举取士制度的不满和牢骚，他在《冬望》一诗中抒发了“著书岂即遽有补，天下自古无能才”的愤懑，在《寄王介卿》诗中表达了“有司甄栋干，度量弃樗栎”“寥寥孟韩后，斯文大难得”的失望，也在《至荷湖二首》诗中发出“苍苍运乃尔，何地放我忧”的怨艾和“吾徒与时直何用，欲住未得心茫然”的担忧（《丹霞洞》）。

其实，曾巩科场失败的遭遇与宋代科举制度的改革是紧密联系在一起的。宋代科举制度在隋唐的基础上进一步完善，使一大批中下层地主阶级的子弟得以通过科考进入官场，从而使人生地位得到改变，且有一部分人在政治舞台上扮演着呼风唤雨的角色。不过，宋代科举考试虽然较前代在录取人数上多有增加，但仍然竞争激烈。还有一个问题是，宋代科举考试在嘉祐二年（1057）欧阳修知贡举实行改革前仍旧沿袭唐代旧制，考试以诗赋为主，追求形式上的华美。欧阳修在庆历四年（1044）所写的《论更改贡举事件札子》中就指出当时科举考试之弊："今贡举之失者，患在有司取人，先诗赋后策论，使学者不根经术，不本道理，但能颂赋，节抄六帖、初学之类者，便可剽盗偶俪，以应试格。"① 这一点，从欧阳修知贡举实行科举改革所受到的攻击也可以推知。"我本孜孜学诗书，诗书与今岂同术"（《冬望》），对于以"经世致用"为作文目的的曾巩而言，其落榜也是很自然的了。

对于这种科举取士制度，曾巩一方面深致不满，另一方面仍然按自己的古文作文方式去应考，屡屡失败却不改弦易辙。皇祐三年（1051）曾巩写了《读书》一诗："世久无孔子，指画随其方。后生以中才，胸臆妄度量。彼专犹未达，吾慵复何望。端忧类童稚，习书倒偏傍。况令议文物，规摹讵能详。轮辕孰挠直，冠盖孰缥黄。珪璋国之器，孰杀孰锋铓。问十九未谕，其一犹面墙。"对当时一些读书人的不学无术进行了讥讽，表明了自己坚持儒家之道的坚刚之志："一正以孔孟，其挥乃韩庄。"这一点颇让欧阳修佩服。欧阳修 1023 年（天圣元年）参加随州州试、1027 年（天圣五年）参加礼部贡举均以败北告终，连续两次科场败北终于使欧阳修发现自己失败的原因："能者取科第，擅名声，以夸荣当世，未尝有道韩文者。"他认识到韩愈的文章虽然值得提倡，但却与当时科举应试流行的时文大不相侔，是不能作为应试之用的。为了应考，欧阳修不得不改弦易辙，花大力气攻时文。当时最流行的"杨、刘之作，号为时文"②。杨亿、

---

① 欧阳修：《论更改贡举事件札子》，载《欧阳修全集·奏议》卷 140，中华书局 2004 年版，第 1590 页。

② 欧阳修：《记旧本韩文后》，载《欧阳修全集·居士外集》卷 73，中华书局 2004 年版，第 1056 页。

刘筠追踪晚唐辞藻华美、对仗工整的诗体，使骈文成为时尚，也就是“时文”。这种典雅富赡、雍容华贵的文风，后来发展成玩弄辞藻、堆砌典故、片面追求文字技巧的流弊，表现出文化贵族的倾向。[①] 欧阳修的科举应试之路说明，当时的士人为了中举，多迎合这种陈腐的科举制度，一味注重诗歌形式，追求妍辞丽藻。王安石与曾巩在同一年参加科举考试，王安石中进士而曾巩落榜，这说明曾巩的文章在当时是相当不合时宜的，而曾巩竟然坚持用古文作文应考长达二十一年，足可见其“迂”了。

早于曾巩的欧阳修虽然早年有两次失败的经历，但在天圣七年（1029）22岁时在国子学的广文馆试中名列第一，是年秋赴国学解试仍为第一，第二年正月试礼部再次名列榜首，可谓“连中三元”，并因此名闻天下。与曾巩同时代的一些著名文人如王安石、苏轼、苏辙等人基本上都是少年得意，一举成功。小曾巩十七岁的苏轼在嘉祐二年（1057）至京应试，一战成名，天下皆知。其成名之早（二十二岁）、之顺（一考成功）、名声之大（得欧阳修提举）让人艳羡。据《石林燕语》载：“故事，制科分五等，上二等皆虚，惟以下三等取人。然中选者亦皆第四等，独吴正肃公尝入第三等，后未有继者。至嘉祐中，苏子瞻、子由乃始皆入第三等。已而子由以言太直，为考官胡武平所驳，欲黜落，复降为第四等。设科以来，止吴正肃与子瞻入第三等而已。故子瞻《谢启》云：‘误占久虚之等。’”[②] 可见苏轼之幸运。落魄的当数苏洵，屡试蹉跌，与两个儿子一起中举。曾巩在第二次参加考试时，由于欧阳修的赏识而名满天下，但这并未给他的科举应试之路带来好运气，他仍然过着半耕半读的生活，又过了十六年才登科。由此可见，曾巩蹭蹬科场的确有些委屈、无奈和辛酸。因为在现实生活中，他的老师欧阳修、他的挚友王安石等人都是少年登科，当他在科场摸爬滚打时，欧阳修、王安石已在政治舞台演绎着精彩的人生。而且，曾巩科场蹭蹬的时间实在是有点长，竟然长达二十

---

① 翟广顺：《欧阳修的科举仕途与嘉祐贡举革新——纪念欧阳修诞辰1000周年》，《绵阳师范学院学报》2007年第12期。

② 叶梦得：《石林燕语》，中华书局2006年版，第26页。

一年，直到三十九岁的人生中年才因为欧阳修知贡举而被录取。因此，曾巩的情感自然是没有那么平和的。

曾巩的人生坎坷并不只表现在科举场屋的蹭蹬上。如果说十八岁之前曾巩的生活算是一帆风顺的话，那么，十八岁之后的曾巩不仅经历了考场挫折，还连续经历了父亲被污失职、贫病交加、众人中伤等种种折磨，其间还经受了青年丧父，中年丧兄、丧妻、丧女、丧妹，老年丧母的打击。景祐四年（1037）曾巩十九岁，刚刚因为应举失败回到家乡，尚未整理好自己的心情，其父就因为为官正直得罪了上司而被黜落官职回乡。父亲的落职使原本并不富裕的家庭更见窘迫。曾巩作为家中长子，再也不能过那种衣食无忧的生活了，他不得不肩负起为全家人衣食生活操劳的重担。他在《学舍记》中叙述自己为了养家糊口不得不到处奔走的经历："自斯以来，西北则行陈、蔡、谯、苦、睢、汴、淮、泗，出于京师；东方则绝江舟漕河之渠，逾五湖，并封禺会稽之山，出于东海上；南方则载大江，临夏口而望洞庭，转彭蠡，上庾岭，繇浈阳之泷，至南海上。此予之所涉世而奔走也。"对于贫困，曾巩有着切身体验，他在二十余年困于科场的人生经历中，多次饱尝贫困的滋味。他在《学舍记》《与杜相公书》《上欧阳学士第二书》《与抚州知州书》中提及了相同的内容，叙写为生计而不得不辗转的艰辛："十年万世常坎坷，奔走未足供藜羹"（《初夏有感》），经常过着温饱不继的生活。

即使在进入官场之后，曾巩的仕途也并非一帆风顺。处在北宋党争愈演愈烈的时代，很少能够不受牵连和排挤。范仲淹在《岳阳楼记》中就发出"忧谗畏讥"的感叹。曾巩的前辈欧阳修、韩琦、富弼、蔡襄等人都曾受到攻击和贬谪，同时代的王安石、苏轼等人也多次被祸贬官。曾巩为官虽然没有大起大落，被贬或入狱，但却仕宦不显，中举后蹈历于儒馆九年，其中的悲苦在《二女墓志铭》中说得很清楚："予校书史馆凡九年，丧女弟，丧妻晁氏及二女。余穷居京师，无上下之交，而悲哀之数如此。"这是指在京师任馆职九年所遭受的不幸：嘉祐七年（1062）九月，曾巩的八妹在准备出嫁时突然病故。十一月，三岁的女儿庆老夭折。紧接着妻子晁文柔在十二月病逝。治平二年（1065），大弟曾牟病故。治平三年（1066）九月，女儿兴老又夭亡。神宗熙宁元年（1068）四月，四弟曾宰在湘潭县主簿任期病逝。此段时间，曾巩接二连三地失去亲人，自是悲痛不已。曾巩在馆阁九年，亲自校勘了位列“二十四史”的《陈书》《南齐书》《梁书》三部史书。另外，《战国策》《唐令》《列女传》《礼阁新仪》《新序》《说苑》《徐干中论》等书籍也是经过他的校雠，他还校订了诗文集《先大夫集》《李白诗集》《鲍溶诗集》等。在九年时间里曾巩一直担任校勘、校理，虽然兢兢业业，恪尽职守，却因为为人耿直，不善攀附权贵，没有得到大的升迁。之后，曾巩自请补外，出任越州通判。临行时馆阁诸君为之饯行，苏轼为之写《送曾子固倅越得燕字》一诗：“醉翁门下士，杂沓难为贤。曾子独超群，孤芳陋群妍。昔从南方来，与翁两联翩。翁今自憔悴，子去自宜然。贾谊穷适楚，乐生老思燕。那因江鲙美，遽厌天庖膻。但苦世论隘，聒耳如蜩蝉。安得万顷池，养次横海鳣。”[①] 从诗歌内容来看，苏轼在赞扬曾巩的人品才学时，也对其不遇表示了深切的同情。

曾巩自求补外，出通判越州，历知齐、襄、洪、福、明、亳诸州，辗转各地任地方官十二年，这期间所经历的事情不少，所受的排挤与毁谤也不少。他在《杂诗五首》之二中对自己的“贫仕”作了解释：“贫仕任固小，会计未可失。方今备千品，内外有卑秩。孰当责在己，施设能自必。拘文已难骋，避世固多屈。细云且可略，于大复何实。所就正如斯，与古岂同术。虽非万钟富，苟冒归一律。焉能示朋友，学仕空自咄。”虽然官职不大，但也很不容易。因为官秩品级有那么多，在京城任职和在地方任职的尊卑差别也很大，大多数人都乐于奔竞，更以在京城为官为荣耀。曾巩感觉在官场总是受到拘束，所守的儒家之道总是与现实相龃龉，因而只有自己空自嗟叹。他自认朴愚，说自己“况复辞貌拙，敢随车马奔”，也自嘲自己“岂堪当世用，空味古人言”（《七月一日休假作》），深感困于官场不能被

---

① 苏轼：《送曾子固倅越得燕字》，载《苏轼全集》卷6，上海古籍出版社2000年版，第57页。

重用的无奈与羞愧："念随薄禄困垂首，似见故人羞满颜"，"功名难合若捕影，日月遽易如循环"（《东轩小饮呈坐中》）。《西亭》诗则将为官的种种忧患一一道尽："团扇频挥到此亭，他乡愁坐独冥冥。空羞避俗无高节，转觉逢人恶独醒。岁月淹留随日老，乾坤狼狈几时宁。欲知世事今何似？万里波涛一点萍。"旅居异乡、孤寂无聊、与世不谐、光阴虚度、年华渐老、仕途辗转等让人难以安宁，诗人感觉自己就像万里波涛中的浮萍。

第二节　忍耐退守——曾巩的人生态度

在宋代士人中，曾巩对天命的关注尤为突出，他的文集中还留下大量的祈请文。其实，曾巩对天命的思考和他对人格价值与外在功名的思考路径是一致的。人们在面对人生不幸时，往往将之归结为命运的捉弄。历史上有不少士人在人生偃蹇不幸时往往满怀悲愤，充满困惑地责问天命的不公。例如司马迁在《伯夷列传》中就发出了对命运的质问，韩愈则更为激烈，天命成为他发泄怨激不平的对象。

作为一名醇儒，曾巩对命运的思考一方面受宋代文人理性地面对人生的时代潮流的影响，另一方面又有着自己独特的理解。儒家面对现实人生进退的从容自得是曾巩得以应对人生的法宝。曾巩在天命问题上很少有激烈的言论，基本上是理智地来解释人生的种种不幸遭遇。他有时候把命认为是一种莫可究诘的非社会性的力量，既然这一力量莫知其来，即使想抗拒也无从着手，那么，此时归怨于命实际是一种无所归怨，这种认识势必引发一种非抗争心理和行为的发生。他对王回三兄弟的不幸遭遇就反映了这样的思考："如此之盛，若将使之有为也，而不幸辄死，皆不得寿考，以尽其材，是有命矣！而命之至于此，何也？"（《王容季文集序》）他对人生的盛衰变化同样以命来解释，在《都官员外郎胥君墓志铭》中，他对胥家祖孙三代四十年间由盛到微的变化过程深为感慨，认为"其盛衰之际如此，固所谓命者非邪？"并说："有命则然，其又何悲？"他对吴秉礼因"桥坏以水死"的事实，就推到命上，"云胡不遐，一跌而逝。命则谁为？

昧不可稽”（《光禄寺臣通判太平州吴君墓志铭》）。他对好友王安石之子王雱（字元泽）英年早逝虽然悲痛，也只能说“命难谌哉，而不耆之”（《祭王元泽文》）。对自己父亲曾易占的困厄不遇虽然椎心泣血，也只能归结到命：“公以罪废，实以不幸。卒困于天，亦惟其命。命与才违，人实知之。名之不幸，知者为谁?”（《祭曾太博文》）他在为自己的兄长曾晔写墓志铭时就站在历史的高度看待不遇，并将兄长的不遇归结到命上：“三代远矣。汉以来，世有成事业、就功名之时，则贤臣、谋士、材技之人，同世并出，常若有余。至时或无所用之，则士虽往往有纪，而亦不俱见于世。盖堙穷顿委于岩墙闾巷之中者，岂少哉？如君之材智辨博又其学如此，使得用其意于事，其施设必有异焉，然卒不克见于世，盖亦岂非其命也夫?”（《亡兄墓志铭》）他将两个女儿的离世与自己处穷的境遇联系起来，但仍然将之归结到命：“二女生而值予之穷多故，其不幸又夭以死，所谓命非邪?”（《二女墓志铭》）既然命是如此，那么又何必悲伤？既然命是杳不可知的，又何必去追究？曾巩说：“穷通岂不各有命，南北由来非尔为”（《明妃曲二首》之一）；“屈伸有命更勿疑，细故偶然皆可略”（《喜二弟侍亲将至》）。在曾巩看来，人的贫富、穷达、寿夭大概都是命中注定的，把一切不可知、不如意的事情的产生归之于天命，无疑稀释了人生的种种穷愁悲痛，从而更容易走向平和。

曾巩对于天命的理解影响了他的人生态度。曾巩深知世事常有不公，人生难得坦途，他说：“邪者胜正者十常八九”（《邪正辨》）；又说：“愚庸不肖，得以达进。优才秀行，往往而摈”（《祭吴彦弼文》）；“圣贤可是随时拙，正直由来济世迂”（《上杜相三首》之三）。虽然人生不如意者十之八九，但仍然要从中超脱出来，坦然面对。天命对于人生的特殊作用是，将一切不可知不如意的因素都推之于天命，从而使主体不去计较个人的不幸，以一种平和从容的心态去应对人生。这一点，曾巩在解读孔子屡次不遇的人生命运时说得很清楚，在《厄台记》中，曾巩对孔子的命运有一种解释：“圣人承万古之美，岂以一身为贵乎？是知合天地之德，不能逃天地之数；齐日月之明，不能违日月之道。泰而不否，岂见圣人之志乎？明而不晦，岂见圣人之道乎？故孔子在陈也，讲诵弦歌，不改常性。及犯围之出，列从而行，怡然而言，美之为幸。”逆境和不幸玉成了圣贤，孔子以圣人之身，虽然不能违天逆命，却能在逆境中以对道的持守见出圣人之志，在安于外来的命运中显示出精神的平和、从容。虽然看到了历史上小人反得势的现象，并亲身体会到人事的倾轧，社会的不公，曾巩却很少对现实进行激昂的批判，而是在接受天命的前提下以道德持守淡化命的影响，对道的持守足可以应对来自外的天命。

曾巩对天命的态度与其深厚的儒学修养有着直接关系，他力图从心性的角度去认识天命，将客观的天命向主观的心性转化，沟通天人，从而将天命纳入自己的认知范畴。人之性即天之性，天之道内在于人之道中，从而人的超越就不必向外而是向内的。他发挥孟子“尽性知天”的理论，认为人的诚善可以通天，因为天与人一样具有道德属性。在道德范畴内，人与天形成了紧密的关系，“夫得于内者，未有不能行于外也，有不可行于外者，斯不得于内也”（《梁书目录序》）。在曾巩看来，一个人真正做到了自得于心，就可以不惑不蔽，还要向外寻求什么呢？真正的得道应该求诸己而不求诸人。这种思想认识直接导致曾巩忍耐退守的人生态度。

曾巩对于社会人生的认识是深刻的。处在“世患方纷纷”（《上翁岭》）的时代，他常常有感于世道人心的险恶与反复无常。对于王昭君的遭遇，曾巩指出“丹青有迹尚如此，何况无形论是非”，“汉姬尚自有妒色，胡女岂能无忌心”（《明妃曲二首》），认为“小人轻险何不至”（《兵间》）。他在《杂诗四首》之一中云：“张陈贫时交，干戈忽相逐。范蔡憎嫌人，卒自归鼎轴。害夺怨为欣，利驱爱成戮。世间不可料，人事常反复。”这种忧谗畏讥之感在曾巩诗歌中比比皆是。那么，面对这样的社会和人际，要想保持自己的理想和操守，该如何应对自如呢？曾巩体现了一种内心保持独立，外表则和光同尘、淡泊超然的精神旨趣，从而形成一种洁身自好、退避社会的处世态度。他在《徐孺子祠堂记》中对徐孺子出处行藏的评价颇有意思：“盖（徐孺子）忘己以为人，与独善于隐约，其操虽殊，其志于仁一也。在位士大夫，抗其节于乱世，不以死生动其心，异于怀禄之臣远矣，然而不屑去者，义在于济物故也。孺子尝谓郭林宗曰：‘大木将颠，非一绳所维，何为栖栖不皇宁处？’此其意亦非自足于丘壑，遗世而不顾者也。孔子称颜回：‘用之则行，舍之则藏，惟我与尔有是夫。’孟子亦称孔子：可以进则进，可以止则止，乃所愿则学孔子。而《易》于君子小人消长进退，择所宜处，未尝不惟其时则见，其不可而止，此孺子之所以未能以此而易彼也。”这段话契合于曾巩对“内”与“外”的人生价值的思考，即个体与现实社会关系、人格价值与外在功名关系的思考。

但同时也可以看出，曾巩将隐居不仕的徐孺子与慷慨赴义的“在位士大夫”等量齐观，还搬出孔孟的言论加以佐证。这一心理流程的指向实质上是为自己退避于现实斗争之外的谨慎小心作出辩护。能够进一步证明这种心理意识的文字是其写的《杂诗五首》之一：“三季已千载，古道久荒榛。纷纷东汉士，飞鸣不当辰。经营救氛沴，此志卒埃尘。士生有进退，何必弃其身。其道虽褊迫，其行绝缁磷。公心不吾诳，复求无此人。”与他对徐孺子的评价对比一下，就可看出他对东汉末年那些慷慨赴义之士的行为并不赞同：“士生有进退，何必弃其身。”曾巩在《答王深甫论扬雄书》中围绕“扬雄合于箕子之明夷”反复论辩，叙箕子，见其辱能守志，用晦而明；叙扬雄，言其辱于仕莽，与箕子合。如此论辩，尚意犹未尽，又辨《美新》之文是“非可已而不已”，认为此种行为合于孔孟，“尽于义命”，又辨“扬雄投阁”之事，仍以孔孟为依归，说明此事之虚妄，最后归结出扬雄仕莽合于“箕子之明夷”的观点。文章的中心意旨是为扬雄仕于王莽新朝作辩护，认为扬雄仕于王莽的行为合于“箕子之明夷”，并表彰扬雄作出忍辱负重的选择是很不容易的。曾巩对扬雄的这种评价历来被人诟病，对于这一认识，茅坤说：“此书所议甚舛”，又云：“以仕莽拟箕子之囚奴，况《美新》乎！以子固而犹为附会其说甚矣。”[①] 黄震说：“南丰大贤，而议论若此，所未

① 茅坤：《唐宋八大家文钞》，载《文渊阁四库全书》1384 册，台湾商务印书馆 1983 年版，第 223 页。

谕也。”[①] 其实，曾巩对扬雄的论述本质上对应着他的人生思考。在他称美的扬雄身上，突出的是处于逆境的忍耐，是用道德持守来抵御现实的屈辱处境。有着这样认识的曾巩，在现实生活中自然会走向退避安守。其实，对曾巩这种忍耐退守的人生态度可以换一个角度进行认识。例如，曾巩对徐干评价很高，认为徐干“能考六艺，推仲尼、孟轲之旨，述而论之。……其所得于内者，又能信而充之，逡巡浊世，有去就显晦之大节”（《徐干〈中论〉目录序》）。乾隆皇帝对曾巩的这种价值取向别有心会，他说：“孟子以守先王之道待后之学者自任，盖圣贤仁天下之心至无已也。不得致吾君于尧舜，以斯道觉斯民，则将泽夫后世之民，期后世之被其泽，必使其绪有其风可继。若曰万世而后得其解者，犹旦暮遇之，功岂必已出，名岂必已成哉！……伟长（徐干）抱道守节于乱世，著述孔孟之旨，殆其人欤！此巩所以发潜德幽光而若不及也。”[②] 如果把这段话深研一下，曾巩平和的人生态度不正契合最高统治者的要求吗？皇帝辛辛苦苦提倡的道统价值不正与治统合一了吗？毕竟，由儒学孕育的经世抱负总是与客观境遇有着很大的差别，封建社会大多数知识分子的人生都是平淡的。在这种最为普遍的生存状态下的知识分子以怎样的心态去应对人生至关重要，曾巩这种由儒道而来的平和的人生态度正是乾隆皇帝所提倡的，因为这大有利于政治安定。这让我们可以换一个角度来看曾巩这种忍耐退守的人生态度。

第三节　平和勤谨——曾巩的处世方式

首先让我们读一读曾巩的《南轩记》：

得邻之茀地蓄之，树竹木灌蔬于其间，结茅以自休，嚣然而

---

① 黄震：《黄氏日钞》卷63，载《文渊阁四库全书》708册，台湾商务印书馆1983年版，第557页。

② 爱新觉罗·玄烨：《御选唐宋文醇》卷55，载《文渊阁四库全书》1447册，台湾商务印书馆1983年版，第913页。

乐。世固有处廊庙之贵，抗万乘之富，吾不愿易也。

人之性不同，于是知伏闲隐奥，吾性所最宜。驱之就烦，非其器所长，况使之争于势利、爱恶、毁誉之间邪？

……吾窥圣人旨意所出，以去疑解蔽。贤人智者所称事引类，始终之概以自广，养吾心以忠，约守而恕者行之。其过也改，趋之以勇，而至之以不止，此吾之所以求于内者。

得其时则行，守深山长谷而不出者，非也。不得其时则止，仆仆然求行其道者，亦非也。吾之不足于义，或爱而誉之者，过也。吾之足于义，或恶而毁之者，亦过也。彼何与于我哉？此吾之所任乎天与人者。然则吾之所学者虽博，而所守者可谓简；所言虽近而易知，而所任者可谓重也。

书之南轩之壁间，蚤夜觉观焉，以自进也。南丰曾巩记。

这篇“记”可以说是曾巩的夫子自道：一是自道其性，厌嚣喜静；二是以守道自居；三是淡然应对外在的爱誉褒贬。守道自居对曾巩而言具有积极肯定的价值：正是“守道”使他得以保持独立不迁的人格，得以超越现实的荣华轩冕，得以保持自己“愚拙”的本性。但是，当这种对气节操守的执着在由道德伦理范畴转为处世方式时，在曾巩那里则体现出一定的消极作用，这种来自道德伦理的思考使曾巩在人生态度上表现出忍耐退守的特点，在社会政治生活中则表现出平和勤谨的特点，缺少慷慨直言的勇气和刚强进取的精神。

在实际的生活中，曾巩一方面在精神上保持着居高临下的优势，另一方面又以平和淡泊的姿态从容于俗世，达到一种与物俯仰、和光同尘的生命境界，这实际上也是宋代文人普遍应用的一种寻找心理平衡的方式。但是我们也看到，这种内敛的品格使曾巩在人生中表现出做任何事都不走极端的“平和”，他“以高度的理性与自我调节的特殊方式，从理论至实际构筑成一个稳定的机制，让人生一步步在设定的范式上”。这种解释也可以在曾巩勤谨的处世方式中找到对应点。

关于曾巩的处世之道，学者陈晓芬精辟地指出，曾巩“更具有浓厚的俯从现状的意味，而他的人生表现则与他的思想观念构成了相互对应的关系。在艰难的仕途中，他不呼喊宣泄，也不是锐意攀进，他克己应职，小心谨慎，即使生逢某种挑战性的机遇，也无意于迎难而上”①。这种平和勤谨的处世方式具体表现在两个方面：

一是对个人境遇的安常处顺。曾巩虽然没有像程颐、程颢那样形成一整套完整的性理学体系，但他对《大学》《中庸》《孟子》钻研极深。为学上讲求“治心养性”，将人生过程始终出于一种自我管束上，最终达到言动举止皆合于礼的“自得”。曾巩对鷦鷯这种小鸟的态度尤当深味。他一会儿羡慕鷦鷯的闲适安稳，说“一枝数粒身安稳，不羡云鹏九万飞”（《次道子中问归期》），又说“偶归塞马应何定，粒食鷦鷯颇自安”（《招泽甫竹亭闲话》），一会儿又对鷦鷯胸无远志的小家子气很是瞧不起：“胡为蓬蒿下，日夜悲鷦鷯”（《将之浙江延祖子山师柔会别饮散独宿空亭遂书》）。同样一种小鸟，曾巩前后矛盾的态度岂不令人奇怪？让我们看看此前的文人赋予了鷦鷯怎样的形象和寄托。《庄子·逍遥游》云：“鷦鷯巢于深林，不过一枝。”谓鷦鷯筑巢，只不过占用一根树枝，后以“巢林一枝”比喻安本分，不贪多。张华《鷦鷯赋》序：“鷦鷯，小鸟也，生于蒿莱之间，长于藩篱之下，翔集寻常之内，而生生之理足矣”，认为“伊兹禽之无知，而处身之似智。不怀宝以贾害，不饰表以招累。”② 张华借鷦鷯表达了全身远祸的哲学思想。唐代高适《淇上酬薛三据兼寄郭少府》诗：“且欲同鷦鷯，焉能志鸿鹤。”③ 诗人借“鷦鷯营巢，一枝足矣”自况，意欲表现与世无争、潇洒出尘的恬静心情，其实是正话反说。高适一生对政治十分热衷，绝没有真正归隐的想法，其愤懑之情是不难体会到的。综上可见，历代诗人都在鷦鷯身上看到了一种与世无争、明哲自保、全身远害的生存处世之道。理解了这一点，就可以理

---

① 陈晓芬：《传统与个性——唐宋六大家与儒佛道》，上海古籍出版社 2002 年版，第132—162 页。

② 张华：《鷦鷯赋并序》，载曹道衡主编《汉魏六朝辞赋与骈文精品》2000 年，时代文艺出版社 1995 年版，第 252 页。

③ 高适：《淇上酬薛三据兼寄郭少府》，载刘开杨《高适诗集编年笺注》，中华书局2000 年版，第 53 页。

解曾巩的鷀鹈诗了，也就可以理解曾巩的处世方式了。曾巩还在《江湖》诗中进一步表明洁身自好、抱道自守的生活态度："江湖俗畏远，幽好自相宜。沦迹异惊众，辞嚣如避时。优游可以学，薇蕨易为私。胡然弃回棹，霜雪有驱驰。"虽然处在僻远的江湖是世俗之人所不乐的，但是这地方幽静与我的本性正好相合。放荡行迹会使人感到惊异，逃离尘世又好像有意避开尘俗。处在这幽静僻远的地方正好过着简朴的生活，何必为了身外的荣名放弃自己的追求呢！

除此之外，曾巩在诗中还反复借用"蜡屐"的典故。"蜡屐"语出南朝宋刘义庆《世说新语·雅量》："或有诣阮（阮孚），见自吹火蜡屐，因叹曰：'未知一生当著几量屐！'神色闲畅。"后因以"蜡屐"指悠闲、无所作为的生活。曾巩还在在诗歌中为自己营造远离尘世的"桃花源""瀛洲仙境""烟波""烟霞宅"，将"沧州趣"与"樊笼"对比，表现出高标出尘的思想。

为州讵非忝，即事亮何成。幸兹桑麻熟，复尔仓箱盈。闾里凶党戢，阶除嚣讼清。日携二三子，饱食中园行。念非形势迫，免有弹弋惊。幽闲固可乐，勿慕高远名。（《秋怀二首》之二）

不饮酒，不善谐，少年醒眼看花开。况从多病久衰耗，自顾白发垂毵毵。纵遇花时少情思，经春不曾衔酒杯。布谷但忧天雨少，提壶谩闻山鸟催。且坐蒲团纸窗暖，两衙退后睡敦敦。（《不饮酒》）

懒听诗书散满床，鬓须垂白坐茅堂。溪山入手何时见，尘土劳心继日忙。气味向人卑可耻，风波随处险难当。羡君出处由胸臆，安稳将家水石傍。（《寄人》）

具体而言，曾巩的安常处顺表现在三个方面：一是安静地站在是非的边缘，不参与任何派别之争。曾巩一生，除了与欧阳修、王安石交往甚密外，并没有参加什么派别。二是平和宽容地对待所有人。三是谨慎小心地做事，防患于未然。北宋中后期的党争激烈，如王安石、司马光、"二程"、苏轼诸家因为政治思想的不同而各自团结了一大批士子，并形成新党、洛党、蜀党等不同党派。欧阳修在庆历年间还写作《朋党论》，提出“君子有党”的观点。[①] 但曾巩一直保持着小心没有卷入任何派别。曾肇谈到其兄的待人接物：“公性严谨，而待物坦然，不为疑阻。于朋友喜尽言，虽取怨怒不悔也。于人有所长，奖励成就之如弗及。与人接，必尽礼。有怀不善之意来者，俟之益恭，至使其人心悦而去。遇僚属尽其情，未尝有所按谪，有所过误抵法者，力为辨理，无事而后已。”[②] 曾巩在现实生活中总是尽量友好地对待每一个人，这固然与他温厚平和的个性有关，也在一定程度上与他全身远祸的思想有关。曾巩在福州任地方官时献荔枝一事曾受朱熹非议：“曾南丰初亦耿耿，后连典数郡，欲入而不得，故在福建亦进荔子，后得沧州，过阙，上殿札子力为谀说，谓本朝之盛自三代以下所无，后面略略说要戒惧等语，所谓‘劝百而讽一’也。”又说：“必是曾谏介甫来，介甫不乐，故其当国不曾引用。后介甫罢相，子固方召入，又却专一进谀词，归美神宗更新法度，得个中书舍人。丁艰而归，不久遂亡。不知更活几年，只做如何杀?”[③] 这话已说得非常尖刻。叶适更是毫不客气地批评他“曾某不附王安石，流落外补，汲汲自纳于人主，其辞皆谄而哀”[④]。虽未免过苛且结论未免过于武断，但将其奏章与欧阳修、王安石比较看，也有一定道理。他处处都谨慎小心，唯恐授人口实，他曾有这样的心理自白，如“促促为物役，区区迫世情，但嗟束缚急，未觉章绶荣”（《促促为物役》），“悠悠行处是风波，万事万惊久琢磨”（《题祝道士房》），充分表现出身在官场而“忧谗畏讥”的意识。他在《与王深父书》中说：“顾初至时，遇在势者横逆，又议法数不合，常恐不免于构陷。方其险阻艰难之时，常欲求脱去，而卒无由。今于势者已更，幸自免

---

① 欧阳修：《朋党论》，载《欧阳修全集·居士集》卷17，中华书局2001年版，第297页。

② 曾肇：《曾巩行状》，载曾巩《曾巩集》附录，中华书局1998年版，第795—796页。

③ 朱熹：《朱子语类》，中华书局1986年版，第3106页。

④ 黄宗羲：《宋元学案·庐陵学案》，中华书局1986年版，第212页。

于悔咎。”小心自保的思想显露无遗。其《乞回避吕升卿状》则直接用公文形式表现自己的小心谨慎：

> 臣伏奉敕命，就差权知洪州军州事，充江南西路兵马都钤辖，已发来赴任次。今睹吕升卿授江西转运副使，伏缘臣先任齐州，得替后，吕升卿为京东路察访，于齐州多端非理，求臣过失，赖臣无可掊拾。兼臣弟布与吕惠卿又有嫌隙，二事皆中外共知。今升卿任江西监司，洪州在其统属，须至陈乞回避，伏乞指挥检会。……

在著名的“濮议”事件中，曾巩站在欧阳修的这一边，并写下了《为后人议》一文，然而，曾巩在“濮议”之争方兴未艾之时，只是站在一边旁观。林希《曾巩墓志》云：“治平中，大臣常议典礼，而言事者多异论，欧阳公方执政，患之。公著议一篇，据经以断众惑，虽亲戚莫知也。后十余年，欧阳公退老于家，始出而示之，欧阳公谢曰：‘此吾昔者愿见而不可得者也。’”[①] 欧阳修为“濮议”之事与司马光等人反复辩难，共写了四卷文字进行反复阐述。而曾巩虽然写了《为后人议》一文，赞成欧阳修的观点，却自始至终在这场斗争中不发一言，直到十几年后才拿给欧阳修看。从“濮议”之争中曾巩所持的态度亦可见其小心谨慎。曾肇这样描述曾巩为官的谨小慎微：“公自为小官，至在朝廷，挺立无所阿附，远迹权贵，由是爱公者少。为编校书籍，积九年，自求补外，转徙六州，更十余年，人皆为公慊然，而公处之自若也。公于是时，既与任事者不合，而小人乘间又欲挤诋。一时知名士，往往坐刺讥辞语废逐。公于虑患防微绝人远甚，政事弛张操纵虽出于己，而未尝废法自用，以其故莫能中伤，公亦不为之动也。”[②] 如果把这些与曾巩生活的环境联系起来，似乎可以解释以儒者自居的曾巩何以会有这样的行为。在壮心被消磨

---

① 林希：《曾巩墓志》，载《曾巩集》附录，中华书局 1998 年版，第 801 页。
② 曾肇：《曾巩行状》，载《曾巩集》附录，中华书局 1998 年版，第 795 页。

的漫长岁月里，曾巩变得平和谨慎，并且从儒家理论中找到了一套足以解释自己行为的理论根据，那就是内敛自省。

二是表现在对社会生活的批判力度上。曾巩生活的时代主要是仁宗、神宗朝，正值西昆体被扫荡，诗文革新运动在欧阳修的领导下声势逐渐壮大的时期。在古文运动史上，曾巩与王安石、苏轼等人一道，团结在欧阳修的周围，最终取得了北宋诗文革新的胜利。曾巩对于欧阳修的推崇是“言由公诲，行由公率”《（祭欧阳少师文)》，但在人格精神上却并不相同。宋代皇帝右文纳言，激发士人的淑世情怀和直言勇谏的人文正气。范仲淹是振起此风的代表人物，任进士之初就表现出不顾个人得失的狂直精神。景祐三年（1036)，上“百官图”，抨击宰相吕夷简用人唯私，吕反斥他越职言事，荐引朋党，离间君臣，将之贬知饶州。此事激起朝臣义愤，纷纷上疏为范鸣不平，甚至请求从坐。欧阳修写信指责高若讷身为谏官而不敢为正义申辩，“是不复知人间有羞耻事”①。相比之下，范、欧当年意气风发的一面，在曾巩那里更多地被深沉致远的心态所淹没。比如，欧阳修对于现实政治是很不满的，对于当代内忧外患发表过许多急切的言论，对朝廷和地方都有指责。曾巩虽有不满，但并不激烈，如《移沧州过阙上殿札子》基本上以歌功颂德自任，不敢批判宋的积贫积弱。与欧公《论军中选将札子》的严词切责显然不同。如《再乞登封状》提出“以谓西北之宜，在择将帅”的建议，不敢显露对冗兵的意见，只好以“择将帅”出之以议论，其深忌积毁之心可见。可见，曾巩对现实批判的力度与深度是不够的。

把这种谨慎小心与欧阳修、王安石作一比较，就可以看出曾巩的性格与生活环境带来的处世方式之不同。王安石有“天命不足畏，众言不足畏，祖宗之法不足畏”② 之言，可见王安石个性的刚毅坚决，在改革遭到保守派攻击时，针锋相对，毫不妥协，表现了大无畏的斗争精神。而欧阳修，《神宗实录本传》称他说：“修为人质直闳

---

① 欧阳修：《与高司谏书》，载《欧阳修全集·居士外集》卷 68，中华书局 2001 年版，第 988—989 页。

② 脱脱：《宋史·王安石传》卷 86，中华书局 1977 年版，第 10543 页。

廓，见义敢为，机阱在前，直行不顾。每放逐困踬，辄数年。及复振起，终不改其操。”① 曾巩总是安静地站在是非争端的边缘，避免卷入复杂的社会矛盾中，过于慎重小心。正如朱安群所言：“没有拼搏前进突破陈规的勇气，人生便减却了光彩和价值。”② 曾巩一生行事谨慎小心，即使是庆历新政时期写的几篇意气激昂的文章如《上欧蔡书》《上范资政书》等，拿来与欧阳修的《与高司谏书》、蔡襄的《四贤一不肖》诗作一比较，其对现实的批判力度与欧阳修等人相去甚远。曾巩为人处世的温和谨慎影响着他平正温雅的散文风格，也影响到他的诗歌风格。曾巩的诗歌比之散文，展现了一个更真实的自我。的确，他的有些诗特别是古诗像韩愈，但是他的不平不是毫无节制的。在面对现实政治生活时，他总是安静本分地站在喧嚣的是非圈边缘，严格规范自己的思想，还以孔孟不得其时而抱道自守的行为方式作为自己安然于现实境遇的崇高理由，使自己保持着避免祸患的稳定状态。这种人生状态与欧阳修的不避刑戮、直言切谏是有很大差别的，欧阳修那种刚正之节、果敢之气是曾巩所没有的。

欧阳修对于现实政治是很不满的，对于内忧外患发表过许多急切的言论，对朝廷和地方，都有指责。曾巩虽有不满，但并不“过激”。曾巩这种实然的生存状态本身就很节制，很小心，反映到诗歌中自然更多的是一种温和的情感基调。因此，读曾巩的诗，尽管前期由于受时代风气的鼓荡，师法李白和韩愈，其诗歌也并非是一味的豪雄，而是有着沉郁凝重的风格，后期诗歌虽已不复有李白的豪放、韩愈的雄奇，但由于经历了学李学韩，追求雄豪的阶段，在一些看似平淡的诗中，仍然有着有关社会人生的忧思感愤。但此期诗歌犹如进入人生的中年，感情显得相对平和，不会有大起大落，而且更深沉隐微。在后期的诗歌中，曾巩很少涉及社会政治上的问题，多彼此酬唱往还的赠答送别诗、咏物写景诗，内容多表现日常生活里的琐事、山水风光、人际往还的友朋情谊、高洁脱俗的人格修养等。当然，即使

① 《神宗实录本传》，载《欧阳修全集》附录，中华书局 2001 年版，第 2657 页。

② 朱安群：《从鼎鼎大名到世罕见之》，《文艺理论家》1998 年第 1 期。

涉及反映现实的诗歌，也不如苏舜钦、欧阳修、苏轼、王安石等人写得激烈慷慨。

曾巩总是以道德的持守来超越现实不如意的境遇。他的诗歌中屡屡谈到以道的持守应对纷纭的世事，如《杂诗四首》："全身有逊接，直道无苟处。故称圣如龙，屈伸兹可睹。"《豪杰》："自期动即重山丘，所去何啻轻糠秕？取合悠悠富贵儿，岂知豪杰心之耻？"《杨颜》："小人君子在所蹈，烈士贪夫不同徇。安得蠢蠢尚自恕，百年过眼犹一瞬。"《冬晓书怀》："不容当时孔何病，更誉众列颜非朋。坐知天下书最乐，心从尘土酒可凭。"《送任逵度支监嵩山崇福宫》："持权心似水，待物气如春。……行高宁系俗，道胜不忧贫。"儒学修养使他总是将自己的感情遏制住。

凛凛风生寄此堂，尘埃消尽兴何长。朱丝鼓舞逢千载，白羽飞扬慰一方。已散浮云沧海上，更飞霖雨泰山傍。谁知万事心焦日，独对松筠四座凉。(《仁风厅》)

客来但饮平阳酒，衙退常携靖节琴。世路人心方扰扰，一游须抵万黄金。(《静化堂》)

自怜野性生来拙，谁许交情晚最亲？世路因仍忧槛阱，他乡衰暮傍风尘。惟将菽藿还求志，未有丝毫可为人。一亩萧然须暂得，欲偷闲日长精神。(《书阁》)

诗人对于现实的种种不如意，并不像一般人那样忧愤满怀或情绪激烈，在他那里，一时一地的具体环境引发的不平都被长期道德修养带来的理性自持而淡化。

中　编

第四章　丰富而深广的诗歌内容

宋代士人在道统统系中确立了自我独立的主体精神，这种对“道”的确认与强化形成了两种相关的价值取向：其一是对国家天下的责任意识，其二是对道德人格的自觉追求。面对宋代积贫积弱的现状，统治集团中的一批有识之士，产生了强烈的忧患意识。陶弼现存的诗里最长的一首《兵器》批评当时将领的昏庸，叙述和戎穰患、仓促用兵之害：“自此两河间，寂寂无戎备。卒闻喜夜歌，将老贪春睡。……戎昊乘我间，南驰贺兰骑。阳关久夜开，枢杇不可闭。阵云起秦雍，杀气横泾渭。使臣股慄奏，宰相嗔目议。佥曰亟发兵，竖子坑甚易。仓皇筑边磊，未战力先瘁。逼迫开库兵，土蚀锋芒锐。防秋探旧屯，推毂谋新寄。旧屯老且死，少者无实艺。良由不训练，手足迷击刺。”① 苏舜钦的《庆州败》就一次丧师辱国的战役，对主将的怯懦无能和执政者的用人不当作了尖锐的指斥。其他如李觏的《哀老妇》、欧阳修的《边户》、王安石的《河北民》等也是关心现实的力作。

曾巩诗歌四百五十多首，数量虽不算多，但内容比较充实，或感叹人生，议论国事；或描绘自然，吟咏名胜；或师友题赠，咏史抒怀，大多言之有物，在一定程度上反映了北宋中期的社会现实。

---

① 陶弼：《兵器》，引自贺裳《载酒园诗话》，载郭绍虞《清诗话》，上海古籍出版社 1999 年版，第 416 页。

第一节 羌夷干戈今未解，天地疮疣谁能痊
——民胞物与的忧患意识

宋代诗人作为文官政治的体现者，普遍对社会现实和民生疾苦表示强烈的关注。宋代开国并没有完成统一大业，有宋三百年，始终是强敌环伺。宋人也梦想收复失地，但在屡次的对外战争中败多胜少，大部分的承平时期都是以输绢、纳币的方式获得暂时的苟安。面对宋代积贫积弱的现状，统治集团中的一批有识之士，产生了强烈的忧患意识。宋代《春秋》学极为发达，这是因为《春秋》“尊王攘夷”的大一统思想迎合了宋代士人们强烈的希望国家统一的心理。石介《感事》一诗有感于“长江断其南，绝塞经其北”，发出“豪杰夜空回，帐中屡叹息。我览此二事，天意终难测。抚卷一感伤，两眼泪潜滴”的感叹。[①] 可谓代表了宋代士人的普遍心声。

曾巩非常重视诗歌的济世作用。他的诗歌不乏反映现实社会的诗作，如《追租》《边将》《兵间》《杨颜》《黄金》等诗都针对现实有感而发，表现了悯时忧国的现实情怀。曾巩诗歌题材较为广泛，特别是早期的诗歌，多爱国诗和社会政治批判诗，在一定程度上反映了国家大事，民生疾苦。

一 对于北宋边备的担忧

从总体上看，宋朝在民族矛盾和民族战争中，始终处于守势。宋太祖开国就首夺兵权，制定了重用士人而贬抑武人的国策，在全局的布置上，采取“攘外必须安内”的错误政策。在这种思想指导下，宋朝把“安内”摆在第一位，军事上也是将主要兵力集中在京城附近，边备相对薄弱，给少数民族的乘虚而入带来机会。宋朝在对外政策上基本上是苟安求全，得过且过。在宋朝战争史上，屡屡出现战胜而赔款和不战就割地赔款的奇怪现象。例如，宋真宗景德元年

---

① 石介：《感事》，载《徂徕石先生文集》卷3，中华书局1984年版，第24页。

（1004），宋辽“澶渊之盟”就是宋军在打胜仗的情况下签订的屈辱和约。宋仁宗庆历二年（1042）宋辽并未开战，宋却答应向辽增输岁币银绢各十万之巨。神宗熙宁八年（1075），宋辽尚未开战，却将河东之地割让与辽。总而言之，整个宋代在民族矛盾问题上一直处于被动挨打之势。

曾巩生活于北宋中期的仁宗、英宗、神宗朝，宋朝承平百年的表面繁荣下已潜伏着巨大的危机。积贫积弱的国势和朝廷软弱求和的对外政策，导致北宋对辽和西夏的紧张关系一直不能妥善解决。这些都在曾巩心中引起了深重的忧患。曾巩的诗作中有不少篇章，或直接议论，或以史为鉴，或在与朋友的赠答往还中，对北宋统治者苟安投降、不思抵抗的行为以及兵冗将弱、将非其人的种种弊端都有表现，表达了自己忧国忧民的沉痛心情。如：

> 夜叹不为絺绤单，昼嗟不为薇蕨少。天弓不肯射胡星，欃枪久已躔朱鸟。……力能怀畏不足忧，忧在北极群阴绕。（《叹嗟》）
>
> 大义缺绝久未图，小人轻险何不至。世上故自有百为，兵间乃独求一试。赵括敢将亦已危，李平请守那复议。吁嗟忍易万人生，冀幸将徼一身利。（《兵间》）
>
> ……因思大羽猎，属车上崚嶒。六军骥皆骏，争先雪中登。天时倾人意，踊跃士气增。大义虽不杀，四方慑兵稜。今此效安在？东南塞犹乘。将帅色凋槁，虮蝨势骄腾。惨错天运内，止戈信谁能？（《冬暮感怀》）

《叹嗟》一诗表现了忧国伤时的沉痛心情。其中“天弓不肯射胡星，欃枪久已躔朱鸟”句，实际上批判了宋王朝实行屈辱投降政策和兵备松弛的状况，表现了有识之士对于国家长治久安的担忧。《兵间》一诗，就指责徐德占（禧）贪功冒进，反对拿士卒的生命猎取个人的功名富贵。《冬暮感怀》将古今对比，表现出希望朝廷整顿军队，鼓舞士气，一战而胜的迫切心情。然而现实的情况却让人担忧：

“将帅色凋槁，蚍蜉势趫腾”，面对敌兵气焰趫腾，我军士气低落的现实，作者最后发出“止戈信谁能”的沉重叹息。

宋代因强敌侵凌而有许多言兵论战的诗文。曾巩的前辈诗人中，苏舜钦、尹洙、苏洵等都喜言兵，其后的宋人都有关于兵备的建言献策。这实际上是民族矛盾激化的现实在士人忧患意识中的反映。曾巩的祖父曾至尧就著有《清边前要》五十卷，《崇文总目》将之列入兵书类。曾巩《本朝政要策》五十首以及一些奏札都有反映兵备的内容。作为一位关心现实生活的诗人，热心关注这类题材是很自然的。欧阳修的《边户》[①] 诗写于宋仁宗至和二年（1055），反映了“澶渊之盟”之后边境人民“两地供租赋”的现实，含蓄地嘲讽了宋王朝屈辱求和的可耻，又揭示了在这种投降政策下边户人民的痛苦生活。王安石在同期也写了一首《河北民》[②] 诗，同样是对宋朝采取忍辱求和的妥协政策的讽刺与谴责，揭示了统治者的虐政和民不聊生的惨状。曾巩对北宋王朝的兵冗将弱以及将非其人深感忧虑。其七言长诗《边将》就以太祖、太宗朝善用将领为例，说明将须慎择的道理，提出“当今羌寇久猖獗，兵如疽痈理须决”的主张。五古的《秋日感事示介甫》忧虑“沙碛有遗虏，旌旗多远行”的边境境况，发出“生民苦未息，吾党耻论兵”的感慨。《胡使》是一篇写得较为成功的作品，对朝廷榨取民脂民膏以填辽和西夏贪得无厌的胃口的媚敌投降行径进行了无情揭露。

二 关注民生疾苦

曾巩虽然出身于官员家庭，但其祖父辈清正廉洁，家无余财。曾巩早年就尝到了生活的艰辛，他在《读书》一诗中曾自道自己青年时代为生活四处奔波的痛苦经历：“荏苒岁云儿，家事已独当。经营食众口，四方走遑遑。一身如飞云，遇风任飘扬。山川浩无涯，险怪

---

① 欧阳修：《边户》，载《欧阳修全集·居士集》卷5，中华书局2001年版，第87页。

② 王安石：《河北民》，载《王文公文集》卷51，上海人民出版社1974年版，第579页。

靡不尝。落日号虎豹，吾未停车箱。波涛动蛟龙，吾方进舟航。所勤半天下，所济一毫芒。”入仕后亦多不得志，辗转各地任地方官，生活中也屡遭忧患，仕途也是坎坷不平。然而，正是这些经历，使他有机会更多地接近下层百姓，深入地了解社会现实，因而对民生疾苦有着较深体验，从而对百姓的痛苦能予以同情。他在任地方官期间，能体恤民情、关心人民疾苦。曾肇对其为地方官时的政绩有详细记载，例如写曾巩在齐州颇有政声，受民爱戴："在齐，会朝廷变法，遣使四出，公推行有方，民用不扰。使者或希望私欲有所为，公亦不听也。河北发民浚河，调及他路，齐当出夫二万。县初按籍，二丁三丁出一夫，公括其隐漏，后有至九丁出一夫者，省费数倍。又损役人以纾民力，弛无名渡钱，为桥以济往来。徙传舍，自长清抵博州，以达于魏，视旧省六驿，人皆以为利。其余力比次案牍簿书，藏之以十五万计，他州亦然。既罢，州人绝桥闭门遮留，夜乘间乃得去。”[①] 北宋王朝的积贫积弱，冗官、冗兵导致冗费的巨幅增长，统治阶级挥霍无度和对外投降政策所致的割地赔款背后是对百姓的敲骨吸髓的剥削，与此同时，寺庙道观的大力修建，天灾人祸的层出不穷，使下层百姓苦不堪言。嘉祐三年（1058），王安石《上仁宗皇帝万言书》指出当时的宋王朝已是危机四伏："顾内则不能无以社稷为忧，外则不能无惧于夷狄，天下之财力日以困穷……"[②]曾巩的诗歌如实地反映了这些现实，在一定程度上批判了社会政治弊病，表达了自己对下层百姓的深切同情。

今岁九夏旱，赤日万里灼。陂湖蹙埃壒，禾黍死跷确。众期必见省，理在非可略。谓须倒廪赈，讵止追租阁！吾人已迫切，此望亦迂邈。奈何呻吟诉，卒受鞭捶却？宁论救憔悴，反与争合龠。问胡应驱迫，久已罹匽涸。计须卖强壮，势不存尫弱。去岁已如此，愁呼遍郊廓。饥羸乞分寸，斯须死沟壑。法令尚修明，

---

① 曾肇：《曾巩行状》，载《曾巩集》附录，中华书局 1984 年版，第 793 页。

② 王安石：《上仁宗皇帝万言书》，载《王文公文集》卷 1，上海人民出版社 1974 年版，第 1 页。

此理可惊愕！(《追租》)

楚泽荒凉白露根，盈虚无处问乾坤。虫虫旱气连年有，寂寂遗人几户存。盗贼多恐从此始，经纶空健与谁论？诸公日议云台上，忍使忧民独至尊。(《楚泽》)

金节横光马珂闹，瑞鹘官袍腰玉绕。烟沙軿辘高轩过，路上千人瞻羽纛。瑶魁精彩浮苍龙，江西四面生春风。城中坏屋书笺碧，有客苦吟连旦夕。麻衣尘暗抱书泣，岁暮黄粱不供食。白日曈昽望龙坂，坐上一言寒可暖。西入天关洒霖雨，须惜穷鳞在泥土。(《上人》)

五言古体《追租》诗作于皇祐二年（1050），此时诗人还是一介书生，过着耕读生活，尚未进入仕途，对民生疾苦比较敢于直言，对于朝政的腐败也敢大胆揭露。这首诗反映了农民在大旱之年禾黍枯死，求生不得，却还要被官府“上下穷割剥”的悲惨遭遇。曾巩借灾民的控诉，展现了统治阶级的穷凶极恶致使农民“愁呼遍郊廓”，“斯须死笞缚”的情状。他愤激地斥责说：“公卿饱天禄，耳目知民瘼。忍令疮痍内，每肆诛求虐！”并提出“暴吏理宜除，浮费义可削”的改革主张，表现了同情下层百姓、反对暴政的思想。《楚泽》中“虫虫旱气连年有，寂寂遗人几户存”句，描写了因为灾荒导致的凄凉荒芜的景象，诗人担心灾荒可能导致百姓铤而走险，表达了对“盗贼恐多从此始，经纶空健与谁论”的忧虑，结尾讽刺了那些尸位素餐的官吏：“诸公日议云台上，忍使忧民独至尊。”将百姓的贫穷至极无法生存的现状与官吏的苟且因循形成尖锐对比，造成一种惊心动魄的反讽效果。《上人》一诗则讽刺了那些尸位素餐的官吏高高在上，不顾百姓死活，诗人对他们进行了严正的谴责：“须惜穷鳞在泥土。”《降龙》一诗以铺排的笔法描写了官居高位者“文幡列戟照私第，青紫若若官其孥。先后荧煌首珠翠，侍者百十颜温瑜。凝寒堕指热侵骨，一宴百盏倾金壶”的豪华奢侈的生活，与“穷民疾首望雨露”的痛苦生活形成鲜明对比，诗人谴责道：“君胡为乎目时病，橐针褴艾恬以愉。”

曾巩对下层百姓所遭受的痛苦深表同情。作为一位仁政爱民的官吏，曾巩也很关心风霜雨雪这些自然界的现象，因为这些都与农民的生活息息相关，直接关系到农民一年的衣食温饱，其《秋日》《咏雪》诗都表现了关心民瘼的仁者情怀。即使是一首《食梨》诗，他也在食梨之时想到了那些衣食匮乏的贫民："岁晚迫风霜，人饥乏藜糗。真味虽暂御，未许置樽酒。"

宋代的积贫积弱最终导致民穷财尽。由于广大农民受到地主阶级和封建国家的残酷剥削和压迫，因此农民起义此起彼伏。在曾巩生活的时代，例如仁宗庆历年间，湖北有邵兴、山东有王伦、陕西有张海、湖南有唐和、河北有王则等领导的农民或士兵起义。作为一位正直的士大夫，正因为看到下层人民的痛苦生活，曾巩对遭受剥削被迫反抗的人民，并没有简单粗暴地提出镇压的主张，反而能从人情的角度予以理解。其《叙盗》一文，前半篇按图次盗情本末如画，后半篇则又归重于不忍刑之意，曾巩说："方五六月之时，水之害甚矣，田畴既以荡溺矣，物庐既以漂流矣。城郭之内，粜官粟以赈民，而犹有不得食者。……方且结草苇以自托于坏堤毁埠之上，有饥饿之迫，无乐生之情。其屡发而为盗，亦情状之有可哀者也。"不赞成对那些因饥寒交迫而被迫反抗的百姓采取剿灭政策。他的《湘寇》一诗针对潭州的农民起义提出"唯用守长怀其心"的安抚政策。其写于同一时期的《送赵宏序》一文分析现实情况，将历史上采用安抚与镇压两种手段带来的不同效果进行对比，强调以"信义"来征服那些反抗的百姓，"顾其义信如何耳。致吾义信，虽单车独行，寇可以为无事，龚遂、张纲、祝良之类是也。义信不足以致之，虽合数道之兵以数万，卒歼焉，适重寇耳，况致平邪！阳旻、裴行立之类是也。则兵不能致平，致平者，在太守身也明矣"。对于领兵前往镇压人民反抗的友人赵宏，作者恳切地提出建议，希望赵宏对那些反抗者能以"信义致之"，学习古代良吏关心人民疾苦，使之安居乐业，则暴乱自然平息。

当然，曾巩反映现实的诗歌与王安石、苏轼等人比较起来，在揭露现实的力度和深度上还不够。如梅尧臣的《陶者》《田家语》，王安石的《河北民》，王令的《梦蝗》《饿者行》，苏轼的《吴中田妇叹》等诗直面现实，情感激烈。曾巩则较为平和持正，批判现实的力度相对较弱。

第二节　出门榛棘不可行，终岁蒿藜尚谁恤——理想与现实矛盾的真实展现

曾巩性格温厚，注重名节，讲究君子之风，虽然志大才高，却未得命运的眷顾，在考场蹭蹬二十年，从政后又辗转地方任职十余年，其失意之情可知。他的早期诗作有一大部分反映理想与抱负不得施展的忧愤之情。

一　壮志未酬的苦闷与孤独

曾巩一生相对平淡，没有做出什么轰轰烈烈的大事。虽然志向远大，但在科考、仕途方面都不顺利。他的诗歌反映了这些人生的不幸，其中杂有忧虑、惆怅，甚至愁怨、牢骚，但基本情调是平正的，虽然有时很激烈但最终归于平和。他出生在官宦家庭，也自道“家世业儒，故不业它”（《上欧阳舍人书》），因而从一开始就对自己士人的身份有明确的定位。他的人生理想就是读书应试，做一名正直的官员，实现治国平天下的抱负。然而，生活并未青睐这位志向远大的才子，他从十八岁应试，经过二十一年的煎熬才在三十九岁时考取功名，这中间的苦闷与忧愁可想而知：

> 悲风我眼涩，酸狖我耳愁。我颠水没马，我起雪满裘。百里不逢人，岂有烟火投。却倚青壁望，白雾满九州。苍苍运乃尔，何地放我忧。夜卧梦成魇，犹疑拔山湫。（《至荷湖二首》之二）
>
> 浩观万物变，飒尔生凉风。遂恐时节晚，芳兰从此凋。功名竟安在？富贵空寥寥。（《将之浙江延祖子山师柔会别饮散独宿空亭遂书怀别》）

《至荷湖二首》诗是作者未出仕时困于科场所作，他为自己因志

于学古而不受世人的理解和社会的赏识而感到不平，也为自己坎坷的人生之路深感悲酸。“苍苍运乃尔，何地放我忧”二句颇同于孟郊“出门即有碍，谁谓天地宽”（《赠崔纯亮》）的感叹，但与孟郊不同的是，曾巩内心对道的追求却并没有因此而减弱，他在诗的结尾云：“圣贤穰穰力可攀，安能俯心为苟曲？”表明了自己守道不阿的决心。第二首诗则是因四季的变化触物而悲，因思而兴，借景抒情，表现了对生命无常的悲叹以及由此而生的对功名不就的焦虑。

虽然宋代文人的地位比唐代有很大提高，但就个体而言，仍然是沉浮各异势，甚至是云泥之别。曾巩遭受二十余年科场失败的折磨，在三十九岁那年才好不容易考中进士得以进入仕途。然而，对于曾巩这样“平生拙人事”的正直官员来说，即使身在仕途也不见得一帆风顺。在二十余年的为官时间中，曾巩始终平淡，没有大红大紫，他有时也为自己的平淡而感到尴尬无奈甚至屈辱：

平生拙人事，出走临东藩。（《西湖二月二十日》）

白发蹉跎欢意少，强颜犹入少年丛。（《钱塘上元夜祥符寺陪咨臣郎中丈燕席》）

世路因仍忧槛穽，他乡衰暮傍风尘。（《书阁》）

上引诸诗就表现了曾巩为官十余年而一直未得升迁的情况。在理想与现实的反差面前，曾巩也有不平，但他总是寻求心理平衡，以心灵的安守来抵御外在世界的喧哗与骚动。

曾巩的不平有时表现在对古人古事的吟咏和对朋友的赞扬中。他对古圣先贤的不幸命运有着深切的同情，如对孔孟、扬雄等人不遇的理解都结合着自己的人生体验。其《李白诗集后序》以简练的笔墨记叙了李白命途多舛的一生，饱含着对其志不伸的深切同情。志大才高的李白一心要“为君谈笑静胡沙”，报效祖国，一展雄才，可结果却因小人的谗言，被玄宗“赐金放还”。“世间遗草三千首，林下荒坟二百年”，面对李白的遗诗和荒坟，曾巩对才高者难以施展自己抱负的不幸命运感慨良深。他的《哭尹师鲁》诗：“众人生死如尘泥，一贤废死千载悲。……尹公素志任天下，众亦共望齐皋伊。文章气节盖当世，尚在功德如毫厘。安知蔓草蔽原野，雪霰先折青松枝。”以青松喻尹师鲁，颂其文章功德，悲其零落废死。他在《尹公亭记》中又以淡然简短的笔墨表现了对庆历先贤风声气烈的低慕追怀，对尹师鲁受小人排挤打击，溘然长逝而功业不竟深表同情与遗憾。

即使是一些咏物之作，曾巩也常常托物言志，借物抒情，表达理想未能实现的落寞心情。他在《落叶》一诗中感慨落叶在秋风苦雨中终不免于飘零的结局："秋雨与风相喷薄，树木可能无落叶"，进而想到人生短暂与功名未建的尴尬："朱颜久已拚销减，岂有功名堪写貌。"在《东轩小饮呈坐中》又说："功名难合若捕影，日月遽易如循环"，功名未建的焦虑中包含着对生命作为时间存在的忧思。可贵的是曾巩并没有停留在嗟卑叹老的情感层面，他总能从儒家之道中获得应对世俗的精神力量。《咏史二首》："仲尼一旅人，吴楚据南面。不知千载下，究竟谁贵贱？赐也相国尊，子思终不慕。乃知古今士，轻重复内顾。"对"道"的体认与追求不在于有什么样的生命形式，而在于一个人在自己的生命过程中赋予什么样的内容以及用什么样的心理去体验自己的现实生命形式，"岁寒不变乃知确，物理先否终当亨"（《送丰稷》）正是对"道"的持守表现出来的心理态度。曾巩在《杂诗五首》之四中回顾自己的人生经历，将少年的"百事锐"与中年"势苦难"对比，感慨人生艰难，理想难酬，但最终以对"道"的体悟获得了心理的平衡。总之，虽然现实难得如意，壮志难酬，但具有崇高品德就能使人格不朽，这样的心理态度自然能化解人生苦短、功名未立的忧思。

二　世态炎凉、人情奸伪的厌恶和戒惧之感

在北宋党争方兴未艾之时，曾巩常常感到仕途的险恶。他亲眼看到前辈欧阳修、韩琦、范仲淹、苏舜钦等人被小人非议而受到无耻的攻讦，他的好友王安石同样如此。曾巩虽然没有被卷入党争，但也受到不少毁谤和排挤。处在"丹青有迹尚如此，何况无形论是非"（《明妃曲》）的社会环境中，他的诗歌中有不少对人世艰难和社会险

恶的感慨。

害夺怨为欣，利毁爱成戮。世间不可料，人事常反覆。（《杂诗四首》之一）

道旁白日忽再出，囊中黄金如有神。（《黄金》）

世间未信亦论交，得失秋毫有乖忤。（《论交》）

人情畦畛阻肝膈，世路风波悸心目。（《移守江西先寄潘延之节推》）

《杂诗四首》之一写秦代张耳、陈余由亲结仇，战国范睢、蔡泽由仇变友的故事，写出了作者对于世道人心反复无常的厌恶和戒惧。《黄金》一诗以历史故事讽刺了现实社会中利用金钱玩弄权术以达到不可告人目的的丑恶现象。《论交》也表现了对险恶、污浊的社会现实的戒惧之感。

正因为有感于“穷凶势犹竟，杀伐声汹汹。扬扬敛臣贵，烨烨官兵宠”（《青云亭闲坐》）的险恶形势，曾巩诗歌多有远离是非、清静不争的心灵独白。《高阳池》：“拘束避世网，低回绁尘羁。独惭旷达意，窃禄诚已卑。”何焯评曰：“公之远谤如此。”①

转觉所忧非己事，尽从多难见人情。闲中我乐人应笑，忙处人争我不争。（《闲行》）

一枝数粒身安稳，不羡云鹏九万飞。（《次道子中间归期》）

念昔在郡日，苦为尘网婴。低心就薄禄，实负山水情。（《游鹿门不果》）

念时方有为，众志各驰骋。独此得逍遥，固知拙者幸。（《北湖》）

念非形势迫，免有弹弋惊。幽闲固可乐，勿慕高远名。（《秋怀二首》之二）

① 何焯：《义门读书记》卷43，中华书局2006年版，第726页。

与众饱而嬉，陶然无外慕。(《百花堤》)

颠毛已种种，世患方纷纷。何当啸吟此，日与樵苏群。(《上翁岭》)

官名虽冗身无累，心事长闲地自偏。(《到郡一年》)

“闲”“幽”“安”“稳”等字出现的频率很高，这正是曾巩应对纷扰世俗的人生方式，这样的诗歌内容在曾诗中还有很多，集中起来看，这正是曾巩注重以心得道的“内圣”功夫在应对外在的纷纭世界时所采取的一种与世无争的策略，求安稳、求悠闲的心态实质是无奈中的退守，是无奈于现实的情况下实施的精神调适。

三　为人操守的表白

曾巩有很多诗表现自己迂阔不俗、不与世谐的个性，也就是他自道的“朴愚”“自守”。他在《赠黎安二生序》中自称“夫世之迂阔有甚于予乎？知信乎古而不知合乎世，知志乎道而不知同乎俗”。由于曾巩的迂阔来源于“信乎古”“志乎道”，因此，他常常以守道自勉：“不知苟曲以取容，但信朴愚而自守”，表现了自己鄙弃富贵利禄，不与世俗同流合污的品格。《鸿雁》一诗表明自己不谐世俗的心迹：“常无罾缴意自闲，不饱稻粱心亦足。性殊凡鸟自知时，飞不乱行聊渐陆。岂同白鹭空洁白，俯啄腥污期满腹。”宋代官场复杂险恶，党争激烈，面对仕途的奔竞与安守，为官的高下与盛微，对一位注重操守的士大夫而言，曾巩表现出决不“俯心为苟曲”的心态(《秋怀》)。他虽然辗转七州十余年，但并不因此而感到清冷失望而折节变志。他在诗中反复表明自己超脱世俗尘嚣的心态：“一枝数粒身安稳，不羡云蓬九万飞”(《次道子中书问归期》)，“念时方有为，众智各驰骋。独此得逍遥，固知拙者幸”(《北湖》)，“闲中我乐人应笑，忙处人争我不争”(《闲行》)。

曾巩有很多时候对于隐居生活表现了一种爱慕。他在陶渊明的隐居中看到的是操守，而不是如道家一样的泯灭一切追求，他在《过彭泽》一诗中说：“渊明昔抱道，为贫仕兹邑，幡然复谢去，肯受一官紫？余观长者忧，慷慨在遗集。岂同孤蒙人，剪剪慕原隰。遭时乃肥遁，兹理固可执。独有田庐归，嗟我未能及。”曾巩把渊明引为“抱道自守”的同调，认为自己唯独不同于渊明的是没有“归田庐”。虽然二人在外在的生命形式上有仕与隐的不同，但渊明的隐居去官无碍于其抱道自守，对道的体认与追求不在于仕或隐的外在生命形式，而在于在自己的生命过程中赋予什么样的内容以及用什么样的心理去体验自己的现实生命形式。

> 庞公昔抱道，遁世此躬耕。(《游鹿门不果》)
>
> 主人事幽屏，不愿尚书郎。即此徇高志，风骚恣徜徉。强起迫义重，还归直明光。清风凛然在，素壁盈文章。(《题张伯常汉上茅堂》)
>
> 故多物外趣，足慰倦客心。但恨绁尘羁，无由数追寻。(《谷隐寺》)
>
> 此乐非外得，肯受世网牵？我亦本萧散，至此更怡然。(《招隐寺》)

在上面几首诗中，曾巩对隐居不仕表现了一种敬慕。出于同样的原因，曾巩赞扬的是隐者以“隐”的方式保持了自己的节操。曾巩在《抚州颜鲁公祠堂记》中有类似说明：“夫世之治乱不同，而士之去就亦异。若伯夷之清，伊尹之任，孔子之时，彼各有义。”显然，去就只是外在的形式不同，无碍于行仁守道的本质。“去就惟用舍，士固无常守。孔孟非其称，斗禄应未取。惜哉天下才，甘受外物诱。”(《杂诗五首》之五）正是出于这样的认识，曾巩常常对隐士的人格操守和隐居生活表达了羡慕和赞赏的感情。

第三节　太守自吟还自笑，归来乘月尚流连
——娱情写物，余事作诗人

对曾巩而言，古文更多地用作修齐治平的手段和工具，更具有政

治功利性。而诗歌却兼具两重含义：一是“温柔敦厚”的儒家传统诗教；二是情采与审美的追求。前者与讽谏的内涵一致，后者则是“诗缘情”美学传统的延续。在曾巩的诗中，我们可以读到关心时政国事的社会政治诗，也可以欣赏到更多的表达诗人个人情感的娱情写物之作。

宋代文人采取了新型的生活态度，他们对前代文人的处世方式进行了整合，仕与隐不再是不可调和的两途，庙堂之志和沧州之趣能够兼容。宋代文人追求山水泉林之乐与传统士人的忘怀尘世不同，有着合乎人伦的社会性、世俗性、现实性。在曾巩的诗中，所写的景物与隐者的遗世独立是不一样的，他所欣赏的赏心悦目之景就在世俗凡尘之中。据统计，曾巩诗中虽然有一部分直接反映现实的诗歌，但与其四百五十多首诗比起来，占不到百分之六，数量还是相当少的。如果说在散文中曾巩很少表现自己的内心世界，那么在诗歌中曾巩则展示了一个丰富多彩、富有个性的自我。曾巩的诗歌表现了诗以适性的特点。山林之乐与道德之乐的矛盾在曾巩是有的，关键是曾巩以孔颜乐道忘忧的道德人格境界来化解，将名教之乐与山林之乐统一起来，以名教之乐为前提将山林之乐融摄进人生实践中，将道德意识赋予山林之乐，明确肯定诗歌吟咏情性的功能。

一　乐于山水的闲适情怀

反映乡村生活、歌咏山川景物的诗篇在曾巩诗歌中也有一定数量。曾巩在外任地方官的十二年中辗转七州，虽然在仕途上不算得意，但其深厚的儒学修养使他将为官的种种不如意淡化了。离开书斋和馆阁使曾巩有更多时间与大自然亲近，他在政事之余游览山川，流连风景，写出了不少歌咏山川风物的诗歌，其中很多写景诗反映出悠然自得的心情。自然山水的描写与诗人平和淡泊的心灵构成了诗歌的双重主题，诗中既注意表现山水风景的传神写照，又不自觉地将生命主体的精神内涵融会于山水风景中。

江南风土清嘉，山水秀发。曾巩在熙宁二年（1069）告别九年的馆阁生活，来到越州任地方官。越州之南的鉴湖风光旖旎，深受曾巩的喜爱。在《南湖行》组诗中，曾巩对南湖之美赞不绝口："二月南湖春雨多，春风荡漾吹湖波。著红少年里中出，百金市上裁轻罗。插花步步行看影，手中掉旅唱吴歌。……生长江湖乐卑湿，不信中州天气和。"（其一）"南湖一吸三百里，古人已疑行镜里，春风来吹不生波，秀壁如奁四边起。蒲芽荇蔓自相依，踯躅夭桃开满枝。求群白鸟映沙去，接翼黄鹂穿树飞。我坐荒城苦卑湿，春至花开曾未知。荡桨如从武陵入，千花百草使人迷。山回水转不知远，手中红螺岂须劝。轻舟短楫此溪入，相邀水上亦湔裙。家住横塘散时晚，分明笑语隔溪闻。"（其二）诗歌缘情而发，即境而生，自然山川与诗人性灵的缱绻绸缪，使特定的地域风貌沉潜为诗歌风格的基质。正是面对江南的青山秀水，曾巩出任地方官后的诗歌颇得自然的秀隽之气，从而在诗中流布着一种流澹隐秀之风。又如《会稽绝句三首》：

花开日日去看花，迟日犹嫌影易斜。莫问会稽山外事，但将歌管醉流霞。

花开日日插花归，酒盏歌喉处处随。不是心闲无此乐，莫叫门外俗人知。

年年谷雨愁春晚，况是江湖两鬓华。欲载一樽乘兴去，不知何处有残花。

曾巩于熙宁四年（1071）由越州通判改任齐州（今山东济南）知州。曾巩一到齐州，就被齐州的美丽风光所吸引。齐州虽地处北方，却有山有水，风光旖旎，人称"济南潇洒似江南"。曾巩在齐州不到两年的时间里，共写了八十二首诗，这全部是他在官余闲暇时写下的，平均算起来一个月要写四首左右，可见曾巩虽然把治平天下作为头等大事，但仍然热爱带有更多审美抒情特质的诗歌创作。齐州任职时期是曾巩出任地方官最为惬意的时候，从越州通判升为齐州行政长官，职务虽然谈不上很高，但是离儒家"治平天下"的理想无疑是跨了一大步，可谓一方诸侯。他的《郡斋即事二首》之二就表现了为郡济南的愉悦心情："满轩山色长浮黛，绕舍泉声不受尘。四境带牛无事日，两衙封印自繇身。白羊酒熟初看雪，黄杏花开欲探春。总是济南为郡乐，更将诗兴属何人。”

曾巩在齐州两年政绩斐然，受到当地百姓的爱戴，正如他在《齐州杂诗序》中说：“余之疲驽来为是州，除其奸强，而振其弛坏，去其疾苦，而抚其善良。未期囹圄多空，而桴鼓几熄，岁又连熟，州以无事。”此文作于熙宁六年（1073），作者时年五十五岁。张伯行评云：“序次历落，而南丰之政事文学、风流儒雅，悠然可想。”[①] 正是在政通人和的情况下，齐州的名山秀水激发了诗人的创作激情，他为我们描绘了他在齐州的业余生活：“故得与其士大夫及四方之宾客，以其暇日，时游后园。或长轩绕榭，登览之观，属思千里；或芙蓉芰荷，湖波渺然，纵舟上下。虽病不饮酒，而闲为小诗，以娱情写物，亦拙者之适也。”（《齐州杂诗序》）清人王士祯说：“曾子固曾通判吾州，爱其山水，赋咏最多，鲍山、鹊山、华不注山皆有诗，而于西湖尤惓惓焉。如鹊山亭、环波亭、芍药厅、水香亭、静化堂、仁风厅、凝香斋、北渚亭、历山堂、泺源堂、阅武堂、下新渠、舜泉、趵突泉、金丝泉、北池、郡楼、郡斋，皆有作。”[②] 诗歌创作成为曾巩政事之余重要的生活内容，此期诗歌多为吟咏风光、娱情写物的作品，很少赠答酬唱之作，论道说理的作品也很少。齐州的名山名水几乎都出现在他的笔下，他用自己独特的审美体验感知齐州山水，理解齐州名物风景，把自然山水的清新糅合进自己的诗歌中。可以说，读曾巩的齐州诗，无异于打开了一幅美丽的风景长卷，让人惊叹流连。曾巩描绘了“一派遥从玉水分，暗来都洒历山尘”的趵突泉（《趵突泉》），“泺水飞绡来野岸，鹊山浮黛入晴天”的鹊山亭（《鹊山亭》），“杨柳巧含烟景合，芙蓉争带露华开”的环波亭《环波亭》，“雁翅横连杜若洲，碧阑干影在中流”的芙蓉桥（《芙蓉桥》），此外还有《北渚亭》《舜泉》《金线泉》等，都能不事雕琢、自然清爽。曾巩对风景如画的大名湖尤为倾心：

---

① 张伯行：《唐宋八大家文钞》，上海古籍出版社 2007 年版，第 287 页。

② 王士祯：《带经堂诗话》卷 14，人民文学出版社 1998 年版，第 357 页。

湖面平随苇岸长，碧天垂影入清光。一川风露荷花晓，六月蓬瀛燕坐凉。沧海桴浮成旷荡，明河槎上更微茫。何须辛苦求人外，自有仙乡在水乡。(《西湖二首》之二)

平生拙人事，出走临东藩。纷此狱讼地，欣乘刀笔闲。漾舟明湖上，清镜照衰颜。春风随我来，扫尽冰雪顽。花开满北渚，水渌到南山。鱼鸟自翔泳，白云时往还。吾亦乐吾乐，放怀天地间。顾视彼夸者，锱铢何足言。(《西湖二月二十日》)

笑语从容酒慢巡，笙歌随赏北池春。波间镂槛花迷眼，沙际朱桥柳拂人。金缕暗移泉溜急，银簧相合鸟声新。幸时无事须行乐，物外乾坤一点尘。(《北池小会》)

丹杏一番收美实，绿荷无数放新花。西湖雨后清心目，坐到城头泊暝鸦。(《雨后环波亭次韵四首·次维得禽字韵》)

《西湖二首》之二写一望无际的西湖上，碧绿连天的荷叶，香气四溢的荷花，荡漾在湖上的游船，在水色天光的掩映下，人如同身在蓬莱仙境，这样清爽绝尘的景象怎不让人流连？难怪曾巩将西湖比作仙乡："何须辛苦求人外，自有仙乡在水乡。"在齐州诗中，曾巩的幽情雅韵产生于平林葱翠、回塘曲堰的自然景观中，这也就是人们经常说的诗人得江山之助，更深层次的原因当然还与作者此时愉悦的心境有关。在齐州任知州不到两年，曾巩就离开了心爱的齐州，此后长期辗转各地任职。由于诗人已届晚年，又长期漂泊在外，往往伴生远客思乡的忧愁，因而此后任职各州时所作的诗歌在数量上减少了许多。

熙宁六年（1073）曾巩来到襄州。在公事之余，他继续进行文学创作，写了一些有关襄州山水名胜的诗歌，如《高阳池》《汉广亭》《闻喜亭》等诗。熙宁十年（1077），曾巩由洪州任上移知福州。他在福州写了三十余首诗，其中《夜出过利涉门》作于元丰元年（1078）夏秋之际，曾巩在福建经过一番整治，使社会安定，人民安居乐业，此诗写出了利涉门这个地方的江边月夜图："红纱笼竹过斜桥，复观翚飞入斗杓，人在画船犹未睡，满堤明月一溪潮。"除此之外，曾巩还写了《上元》《西楼》《城南》等脍炙人口的诗篇，这些诗清隽可喜，没有早期诗歌生硬堆垛的毛病。

金鞍驰骋属儿曹，夜半喧阗意气豪。明月满街流水远，华灯入望众星高。风吹玉漏穿花急，人近朱栏送目劳。自笑低心逐年少，衹寻前事捻霜毛。(《上元》)

海浪如云去却回，北风吹起数声雷。朱楼四面钩疏箔，卧看千山急雨来。(《西楼》)

《上元》一诗写了元宵节的盛况。《城南》诗以清新的笔调写出城南郊外的自然风光，充满生机勃勃的野趣。《西楼》一诗写出了一场暴风雨即将到来的壮观景象和诗人怡然自得的平静心态。曾巩还有一些描写农村田园风光的诗篇，也同样表现出一种闲情逸致。如“雨过横塘水满堤，乱山高下路东西。一番桃李花开尽，惟有青青草色齐”(《城南二首》之一)，“一麾漂泊在天涯，寒食园林不见花。唯有市亭沽酒客，俚歌声到日西斜”(《寒食》)，“葛叶催耕二月时，斜桥曲岸马行迟。家家买酒清明近，红白花开一两枝”(《出郊》)。

二　与民同乐的儒者情怀

远民歌舞戴升平，碧阁朱楼照眼明。乡馔雨余收白蕈，客樽秋后对红英。泷鸣浈水遥通海，路入南山不隔城。材术如君有余暇，出游应数拥双旌。(《送英州苏秘丞》)

这首诗清楚地说明了曾巩寄情山水的儒者情怀。在曾巩看来，只有治政有方才有可能享受山水之乐。这正是孔子所激赏的曾点之志。曾巩的一部分诗歌也表现了将个人忧乐融入国家天下的儒者情怀。试看下面几首诗：

五朝坏冶归皇极，万里车书共太平。胡马不窥光禄塞，汉家

常肄羽林兵。柳间自诧投壶乐，桑下方安佩犊行。高枕四封无一事，腐儒何幸偶专城。(《阅武堂》)

山麓旧耕迷故尘，井干余汲见飞泉。清涵广陌能成雨，冷浸平湖别有天。南狩一时成往事，重华千古似当年。更应此水无休歇，余泽人间世世传。(《舜泉》)

《阅武堂》一诗与欧阳修的《丰乐亭记》异曲同工，都表达了五代干戈平息之后，宋王朝涵煦百年、天下和乐太平的快慰之情。“柳间自诧投壶乐，桑下方安佩犊行”，短短两句诗表现出百姓安居乐业的太平气象，贺裳激赏此诗说：“不独循良如见，兼有儒将风流之致”[①] 的确，这正是宋代士人那种着眼天下民生的太平和煦，不斤斤于一己之得失的精神写照。在一个关心时事的儒者那里，山水之乐是政通人和之际的快慰之情。《舜泉》以泉水发端，联系让人钦慕不已的历史人物舜帝，产生很大的故事空间，结句“更应此水无休歇，余泽人间世世传”是对舜帝不世功业的追念，也是作为一名儒者在对照历史人物时所作出的严肃的人生思考。风霜雨雪这些自然景物在曾巩诗中极为多见。如果说风霜雨雪在曾巩未出仕的早年总是在心中引发焦虑和烦恼的话，那么，后期为官时，风霜雨雪在曾巩眼中却具有了不同的意义。他对自然界的风霜雨雪给农事带来的影响异常关注。他为一场大雪的到来而欢欣雀跃，如《喜雪二首》之一从雪前写到雪后，中间两句“混同天地归无迹，润色山川入有为”，情理俱佳，形象地写出了大雪纷飞、天地混茫的情态和滋润万物、有功于民的作用，这一切又是一位关心民生的太守眼中所见、心中所想，结句直言“太守不辞留客醉，丰年佳兆可前知”，正是作者预知丰年佳兆，留客醉饮庆贺的写照。再来读一读他的《冬夜即事》：

印奁封罢阁铃闲，喜有秋毫免素餐。市粟易求仓廪实，邑龙

① 贺裳：《载酒园诗话》，载郭绍虞《清诗话续编》上册，上海古籍出版社 1999 年版，第 424 页。

无警里闾安。香清一榻氍毹暖，月淡千门雾凇寒。闻说丰年从此始，更回笼烛卷帘看。

诗中所展现的忧民之忧、乐民之乐的儒者情怀极为感人。曾巩这类诗数量较多，主要产生于他在各地任地方官之时。例如，在齐州任职的熙宁四、五、六年干旱特别严重，为了缓解旱情，曾巩亲自到泰山祈雨，并为久旱雨至而高兴不已："偶徇一官偷禄计，便怀千里长人忧。……更喜风雷生北极，顿驱云雨出灵湫。从今菽粟非虚祷，会见瓯窭果满沟"（《喜雨》）。他甚至对哪一天下过雨都记得清清楚楚，《去年久旱六月十三日入境得雨今年复旱得雨亦六月十三日也》《余杭久旱赵悦道入境之夕四郊雨足二首》等诗题就表明这点，这说明曾巩是忧民所忧、乐民所乐的。范仲淹的《岳阳楼记》也描写了自然界的阴晴雨雪，但他是以自然界的四季变化比喻社会人生的穷达得失，其意在让士人们超越人生的风雨，做到"不以物喜，不以己悲"。而曾巩在此处对自然界的风雨阴晴是何其敏感。翻一翻曾巩担任地方官之后的诗歌，可见他对天阴雨雪四时变化格外敏感，但这种敏感有别于传统文人面对风花雪月的浅斟低吟，而是有着关心国计民生的现实内容，例如，《喜晴》写天阴久雨后终于放晴的喜悦："今晨霾翳一扫荡，曦和徐行驱六龙。眼明意豁万事快，预喜来牟麸麦丰。"《喜雪二首》之二则言："预喜仓箱富，潜知海岩康。"《再赋喜雪》："况值白羊新酒熟，可能相就庆丰年。"《到郡一年》云："陇上雨余看麦秀，桑间日永问蚕眠。"《雨中王驾部席上》："鸠呼连日始成阴，薄雨聊宽望岁心。"其他如《雨后》《凝香斋》《闲行》《西湖纳凉》《北湖》《百花堤》都是此类诗。

第四节　共眠布被取温暖，同举菜羹甘淡薄
——亲情友情的自然展示

作为一名醇儒，曾巩表现出对待人生的严肃态度。儒家强调修身齐家治国平天下，通过修身齐家达到治理天下的理想。这一点，在曾

巩身上体现得尤为明显。曾巩注重亲情的美好温馨，对家人、朋友、妻子都倾注了真诚的爱。在曾巩诗中，直接描写家庭生活和亲情的诗歌并不多，但也足以表达他的拳拳之心。这些诗从家庭生活、朋友交际的角度表现了诗人丰富细腻的情感世界。

一　至纯至爱的亲情

皇祐二年（1050）曾巩三十二岁，娶妻晁德仪（字文柔）。据曾巩《亡妻宜兴县君文柔晁氏墓志铭》云："余时苦贫，食口众，文柔食菲衣敝自若也。事姑，遇内外属人，无长少远近，各尽其意。仁孝慈恕，人有所不能及。于栉珥衣服，亲属人所无，辄推与之，不待已足。于燕私，未尝见其惰容。于与人居，未尝见其喜愠。折意降色，约已以法度，学士大夫有所不能也。为人聪明，于事迎见立解，无不尽其理，其概可见者如此。"从中可见曾巩对亡妻晁文柔的温柔贤惠、知书达理、安于贫贱非常赞赏。正是由于有了晁文柔这个贤内助，使曾巩能专心学业，从事创作，平稳地度过了读书应试时期最难熬的七年时光，并在1057年考取了功名进入仕途。曾巩与晁文柔有着患难与共的生活经历，因此，当晁文柔在嘉祐七年（1062）不幸离世后，他非常悲痛，撰写了《亡妻宜兴县君文柔晁氏墓志铭》《祭亡妻晁氏文》等文章。由于曾巩是一位情感比较节制的醇儒，因而，在他的诗中看不到那种呼天抢地、肝肠寸断的悲号，但这并不代表他的感情不深，他的悲痛是深沉节制的。读一读他的《秋夜》诗：

> 秋露随节至，宵零在幽篁。灏气入我牖，萧然衾簟凉。念往不能寐，枕书嗟漏长。平生肺腑友，一诀余空床。况有鹊巢德，顾方共糟糠。偕老遂不可，辅贤真淼茫。家事成濩落，娇儿亦彷徨。晤言岂可接，虚貌在中堂。清泪昏我眼，沉忧回我肠。诚知百无益，恩义故难忘。

诗人用平淡的语言以第一人称琐琐叙述，第一层说：秋天到了，寒气从窗户中透进来，床上的席垫都令人感到冰凉。想起过去与你共度的岁月而辗转不能成眠，只能枕着书籍感叹着黑夜的漫长。诗人在第二层说：你是我的肺腑之友，可你再也不能陪伴我了。想起二人双栖双飞、糟糠与共的日子是那么甜蜜。可是竟然不能白头偕老，而我也没有实现自己的理想。家事无人打理，娇儿失去依靠。哪能再与你当面言谈，只能隐隐约约看到你的身影似乎在厅堂里。诗人在第三层说：我的泪水流个不停以致眼睛都昏花了，沉重的忧愁使我愁肠百结。虽然知道这样的思念并不能使你回来，但是你的恩义让我难以忘怀啊。诗人因为思念妻子而整夜整夜不能安然入眠。这首悼亡诗与元稹的“惟将终夜长开眼，报答平生未展眉”（《遣悲怀》）表达的感情何其相似！即使在晁文柔去世多年，曾巩再娶，仍然没有停止对她的思念。他的《郧口》一诗写道：“我行去此二十年，郧水不改流潺湲。风光满眼宛如昨，故人乘鸾独腾骞。今人随我不知昔，我记昔游何处言。泪向幽襟落如泻，况闻江汉断肠猿。”此诗写于熙宁八年（1075），曾巩五十七岁，离晁文柔去世已经十三年。曾巩时隔二十年旧地重游，不禁勾起对亡妻的回忆。眼泪在曾巩的诗歌中很少见，儒家追求中正平和的道德修养总是让他及时节制住自己的感情，他的感情一般都是含藏节制的。但在这首诗中，对亡妻的深情使他“泪向幽襟落如泻，况闻江汉断肠猿”，将自己的悲伤之情写得淋漓尽致。尤其感人的是《合酱作》一诗：“孺人舍我亡，稚子未堪役。家居拙经营，生理见侵迫。海盐从私求，厨面自官得。拣豆连数晨，汲泉候将夕。调挠遵古书，煎熬需日力。庶以具藜羹，故将供脍食。岂有寄径忧，提瓶无所适。但惭著书非，覆瓿固其职。”在妻子去世后，曾巩拖儿带女，日子过得极为艰苦，连家中米盐等琐碎之事都要操心。这首诗将对妻子的怀念寄寓于柴米油盐的日常琐事中，于平实中见出依依深情。曾巩对子女也很慈爱，《二女墓志》记录女儿庆老死前的细节尤为感人：“二女，曰庆老，吾妻晁氏出也。生三岁而夭，实嘉祐六年（1061）十一月壬申。方是时，吾妻晁氏病已革，庆老病未作之夕，省其母，勉慰如成人，中夕而疾作，遂不救。盖若与其母诀也。”曾巩的失女之悲隐含在对女儿生前的细节描写中，虽然感情节制，但字里行间却如同被眼泪浸湿过。

曾巩对兄弟姊妹的爱也很深厚。其弟曾肇在《曾巩行状》中有这么一段话："光禄不幸早世，太夫人在堂，阖门待哺者数十口，太夫人以勤俭经理其内，而教养四弟，相继得禄仕，嫁九妹皆以时，且得所归，自委废单弱之中，振起而亢大之，实公是赖。平居未尝远去太夫人左右，其仕于外，数以便亲求徙官，太夫人爱之异甚。"① 长兄如父，曾巩在父亲曾致尧去世后，独立承担起养家糊口的重任，他尊敬继母、教养弟妹，将家中诸事一一安排妥当，曾肇对兄长养育之恩的感激之情从文中斑斑可见。兄长曾晔于"皇祐五年（1053）以进士试于廷，不中，得疾归，卒江州"，曾巩写有《亡兄墓志铭》祭奠曰："世或湏人，中士为材。有非其应，圣不能谐。故君之学，于己为足，与世为乖。刻铭幽石，维以告哀。"这篇墓志铭语言平实，不以感情的激烈慷慨示人，对兄长的才学人品极力赞赏，对其怀才不遇的命运殊为叹惋。四弟曾宰在湘潭县主簿任期病逝，曾巩赞曾宰"为人质直孝弟，抑畏小心"，说他"为文驰骋万里，能传其学，行称其文"，并感叹说："位不过主簿，寿止于四十七，岂非可哀乎？天道不公也！"（《亡弟湘潭县主簿子翊墓志铭》）在曾宰去世多年后，曾巩仍然难以释怀，他在《王虞部惠佳篇叙述昔与湘潭亡弟游从仍以亡弟旧诗见寄》中抒发了物在人亡的悲慨："薄宦红尘常拂面，早衰黄发已盈颠。棣华零落曾谁语，鸿羽萧条只自怜。已矣空闻怀旧赋，泫然犹获济江篇。殷勤慰我如君少，更悟之他友最贤。"曾巩对自己的妹妹们也是多有关爱。尽管家庭困难，屡遭变故，曾巩竭尽全力抚养妹妹们长大成人并尽心尽力安排她们的婚嫁事宜，亲爱之情甚笃。他在《仙源县君曾氏墓志铭》中说道："吾妹十人，其一蚤夭，吾既孤而贫，有妹九人皆未嫁，大惧失其时，又惧不得其所归。赖先人遗休，嫁之皆以时，所嫁之者皆良士。谓宜皆寿而昌，以延光荣于父母家也，而十余年间，死者四人。先人之盛德也，吾妹之懿也，曾不章显于世而夭，吾故不知夫

① 曾肇：《曾巩行状》，载《曾巩集》附录一，中华书局 1998 年版，第 796 页。

哭之之恸也。”他对自己的妹妹们先后去世同样感到悲痛难抑，为她们写墓志铭并“哭之之恸”。

曾巩对家人的亲爱在诗中屡有表现。如《舍弟南源刈稻》写了在南源庄与弟弟们一起收割庄稼的场景，其中“寒花开照耀，谷鸟乐啾啁。心与珍境接，佳兴固已遒。而况馈朝夕，甘美日可搜。黄鸡肥落俎，清酤湛盈瓯。时鲜鲙冰鲫，余滋拆丹榴。此味何以侑，文辞颇赓酬”几句，展现了与弟弟们一起边耕边读的温馨亲切的生活。迫于生计，曾巩与兄弟们经常辗转各地，天各一方。《与舍弟别舟岸间相望感叹成咏》写于庆历六年（1046），曾巩其时二十八岁，诗云：“涕泪昨辞亲，酸心今别子。舟陆空相望，掺袂即千里。”这首小诗信腕直寄，表现了诗人辞别父母和弟弟的辛酸。其《寄子进弟》回忆弟弟曾牟离家的日子，畅言自己得到弟弟家书的喜悦心情，表示希望见到弟弟的迫切心情：“子行何时反，我眼日已晞。应须毕秋刈，相见慰依依。”《寄舍弟》对弟弟旅途的艰辛一一作了想象性的描写：“新霖洗穷腊，东南始知寒。惊我千里意，觉汝征途难。空江挂风席，扁舟与谁安。羁旅费亦久，橐衣岂无单。”对弟弟远去西北僻远地方做官的艰难深为不平和担忧：“念汝西北去，壮心始桓桓。竟逢有司惑，斥走怀琅玕。”却能从立身守道上对弟弟进行鼓励：“士固有大意，秋毫岂能干。”并表达了超越现实苦难的期望：“已期彩芝乐，握手青霞端。”

曾巩的继母朱夫人得到曾巩一贯的尊敬。他在晚年为官时，经常为不能亲自侍奉母亲而倍感焦急无奈。为此，曾巩多次上书朝廷，要求调回京城。其《福州奏乞在京主判闲慢曹局或近京一便郡状》：“臣母老多病，见居京师。臣任福州，臣弟布任广州，相去皆数千里。臣犬马之志，实不遑宁。……伏望圣慈悯恻，以臣老母见在京师，与臣一在京主判闲慢曹局差遣，或就移近京一便郡，庶便亲养。臣虽糜殒，曷报圣恩？臣不任惶惧战汗激切屏营之至。”此后曾巩还上《移明州乞至京迎侍赴任状》《移知亳州乞至京迎侍赴任状》《乞出知颍州状》等奏状，一再要求调到离京城近的地方任职，好亲自赡养老母。这种对母亲的深厚感情在他的诗歌中也多有表现，如《亲旧书报京师盛闻治声》："自知孤宦无材术，谁道京师有政声。默坐海边何计是，白头亲在凤凰城。"虽然在政事上获得了朝廷的认可，但曾巩并没有十分高兴，原因是自己远在地方为官，未能侍奉白头母亲。其《喜二弟侍亲将至》诗："嗟予怀抱徒蠢蠢，二弟胸中何落落。政如鲁卫各驰骋，文似机云饱磨琢。坐曹风义动江淮，为县声名到京洛。鸿雁峨峨并羽仪，棠棣韡韡联跗鄂。我于两处抱饥渴，恨寄一官如束缚。周南留滞勿复论，平陆可来无厌数。慈亲况不倦行役，官长幸复宽期约。似闻笑语已仿佛，想见追随先踊跃。共眠布被取温暖，同举菜羹甘淡薄。山花得折随好丑，村酒可醉无清浊。屈伸有命更勿疑，细故偶然皆可略。春风为子送帆樯，速放船头来此泊。"这首诗写于齐州官任上，曾巩的二弟将送母亲到齐州居住，曾巩非常高兴，"似闻笑语已仿佛，相见追随先踊跃"，他重温旧时耕读生活中的温馨亲情，表现了浓浓的思亲之情。

二　至真至诚的友情

十八岁以前曾巩基本上过着闭门读书的生活。十八岁那年曾巩赴京赶考，虽然败北，却在京城与王安石相遇并成为莫逆之交。与王安石的结交开阔了他的眼界。自此而后，曾巩不再一味困于书斋，他一方面继续苦读，另一方面也注意结交天下才俊，拜师交友，上至宰辅名卿，下至普通士子，曾巩都以真诚的心对待，因而也收获了珍贵的友谊。这里最为感人的是他与欧阳修、王安石的友情。

曾巩作有《寄王介卿》《之南丰道上寄介甫》《过介甫偶成》《秋日感事示介甫》《酬介甫还自舅家书所感》《寄王荆公介甫》《过介甫》《发松门寄介甫》等诗；王安石则有《寄曾子固》《寄曾子固二首》《豫章道中次韵答曾子固》《次韵舍弟遇子固少述》《得曾子固书因寄》等诗。曾巩的《寄王介卿》一诗回顾了自己与王安石相识相交的过程："忆昨走京尘，衡门始相识。疏帘挂秋日，客庖留共食。纷纷说古今，洞不置藩域。有司甄栋干，度量弃樗栎。振辔行尚早，分首学壖北。"王安石也在《寄曾子固》中回忆了二人的定交：

“吾少莫与合，爱我君最高。”[①] 两人互相表达了知音相契的深厚情谊。曾巩还在诗中对王安石的诗文予以热情的赞扬，并将自己的苦闷和对现实的不满等思想感情一一向王安石倾诉，表现出对王安石的信任与敬佩，如“寥寥孟韩后，斯文大难得。嗟予见之晚，反覆不能释。胡然蕴环堵，不救谋者惑”（《寄王介卿》）。他们之间还有许多书信往来，曾巩在《怀友一首寄介卿》中说：“自得介卿，然后始有周旋儆恳摘予之过而接之以道者，使予幡然其勉者有中，释然其思者有得矣，望中庸之域其可以策而及也，使得久相从居与游，知免于悔矣。而介卿官于扬，予穷居极南，其合之日少而离别之日多，切劘之效浅而愚无知是懈，其可怀且忧矣。思而不释，已而叙之，相慰且相警也。介卿居今世行古道，其文章称其行，今之人盖希，古之人固未易有也。”由于王安石长期在外任地方官，不能时常与曾巩见面，故曾巩有很多诗都表达了对好友的思念，如《江上怀介甫》：“江上信清华，月风亦萧洒。故人在千里，樽酒难独把。由来懒拙甚，岂免交游寡。朱弦任尘埃，谁是知音者。”诗中表达了曾巩对王安石友情的珍视，因为思念远在千里之外的王安石，曾巩说自己连酒都难以喝下去，又说自己交友很少，除了王安石外，很难再有知音了。《发松门寄介甫》：“故人曾期此同载，舍棹直抵云山游。念今五载负斯语，心独动荡风中斿。况闻肥遯须山在，早时事力胡能谋。所嗟亲老食未足，安得一亩操锄耰。此言此笑吾此取，非子世孰吾相投。今谐与子脱然去，亦有文字歌唐周。”都表现了身不由己，不能常常相见的无奈，但彼此的眷眷挂念之情可见。

曾巩对于王安石只要有机会，都是多加推荐。他在庆历四年（1044）作《上欧阳舍人书》推荐王安石：“巩之友王安石，文甚古，行甚称文，虽已得科名，居今知安石者尚少也。彼诚自重，不愿知于人，尝与巩言：‘非先生无足知我也。’如此人，古今不常有。如今时所急，虽无常人千万不害也，顾如安石不可失也。先生

---

① 王安石：《寄曾子固》，载《王安石全集》卷 59，上海古籍出版社 1999 年版，第 474 页。

倘言焉，进之于朝廷，其有补于天下。”庆历六年（1046），曾巩作《再与欧阳舍人书》又言：“巩之友有王安石者，文甚古，行称其文。虽已得科名，然居今知王安石者上少也。彼诚自重，不愿知于人。然如此人，古今不常有。如今时所急，虽无常人千万不害也，顾如安石，此不可失也。”再次向欧阳修推荐王安石。他在《与蔡学士书》中也是极力推荐：“巩之友王安石者，文甚古，行称其文，虽已得科名，然居今知安石者尚少也。彼诚自重，不愿知于人。然如此人，古今不常有。如今时所急，虽无常人千万不害也，顾如安石，此不可失也。执事倘进于朝廷，其有补于天下。”他理解王安石的抱负，希望通过欧阳修、蔡襄这些名人将王安石推荐给朝廷，让王安石有机会一展宏图，可见曾巩对友人的真诚之心。其《过介甫》一诗云：“日暮驱马去，停镳叩君门。颇谙肺腑尽，不闻可否言。淡尔非外乐，恬然忘世喧。况值秋节应，清风荡歊烦。徘徊望星汉，更复坐前轩。”表现了二人恬淡的君子之交以及这种友谊给彼此的慰藉和鼓励。

值得一提的是曾巩的《过介甫偶成》一诗：“结交谓无嫌，忠告期有补。直道讵非难，尽言竟多迕。知者尚复然，悠悠谁可语。”后人在这首诗上大做文章，认为这是曾王友谊破裂的证明。宋人陈鹄在《西塘集耆旧续闻》卷二中说：“介甫微时，与曾子固甚欢，曾又荐于欧阳公，既贵，而子固不屈，故外补近二十年。元丰末才召用，又每于上前力诋子固与苏子瞻。”[①] 按陈鹄的说法，王安石早年与曾巩关系很好并得到曾巩的大力推荐，而王安石任高官之后却不顾旧情，反而加以诋毁，这当然会造成二人关系的破裂了。但这种说法未免对王安石贬抑太过。元人脱脱在《宋史·曾巩传》中记载，巩“少与王安石游，安石名誉未振，巩导之于欧阳修。及安石得志，遂与之异。神宗尝问：安石何如人？对曰：安石轻富贵，何吝也？曰：臣所谓吝者，谓其勇于有为，吝于改过耳。”[②] 给人的印象是，王安石的

① 陈鹄：《西塘集耆旧续闻》卷2，中华书局2006年版，第315页。
② 脱脱：《宋史·曾巩传》卷319，中华书局1977年版，第10390页。

“吝于改过”是曾巩疏远他的原因。清人钱大昕在《十驾斋养新录·论词章》中载：“王安石作《韩子》诗：‘纷纷易尽百年身，举世何人识道真？力去陈言夸末俗，可怜无补费精神。’对韩愈加以非议。而曾巩对此不满，曾说：‘介甫非前人尽，独黄帝、老子未见非耳’，讥王安石‘非人太多’。”[①] 认为这也是南丰后来疏远王安石的原因。对王安石这种轻诋前人的做法，曾巩是不满的，但他们之间分歧和疏离的主要原因，应该是曾巩与王安石在对待新法的问题上产生了分歧，而根本则是二人在治政理念上的分歧，其中王安石坚强执拗的个性也影响到二人的关系。[②] 曾巩在《与王介甫第二书》中对王安石“按致操切之法”是表示反对的：“今为吏于此，欲遵古人之治，守不易之道，先之以教化，而待之以久，诚有所不得为也。以吾之无所于归，而不得不有负冒于此，则姑汲汲乎于其厚者，徐徐乎于其薄者，其亦庶几乎其可也。顾反不然，不先之以教化，而遽欲责善于人；不待之以久，而遽欲人之功罪善恶之必见。故按致操切之法用，而怨忿违倍之情生；偏听摘抉之势行，而谮诉告讦之害集。己之用力也愈烦，而人之违己也愈甚。”曾巩在治政理念上强调教化，王安石的重心则在于法度，可见二人在治政理念上是有分歧的。不过，他们二人的友谊出自对对方人品、思想、文学、才能、气质、修养的互相欣赏和吸引，治政理念的分歧并不影响二人的私交。正如苏轼与王安石，虽然二人政见不同，但不妨碍二人在人格、才学上的互相倾慕；正如司马光与王安石，二人为新法互相诟病诘难，也不影响对彼此人品、才能的折服。事实上，曾巩虽然强调以教化为主的治政理念，不赞成王安石大刀阔斧的激进改革，但在执行新法的过程中仍然尽心尽力，这一点，曾肇说得很清楚：“在齐，会朝廷变法，遣使四出，公推行有方，民用不扰。”[③] 后世论者对曾王二人的关系有“始合终暌”“凶终隙末”的说法，但是王琦珍先生提出了异议，认为曾王的个人

---

① 钱大昕：《十驾斋养新录》卷16，浙江书局重刊本。

② 刘成国：《王安石与曾巩交疏辨》，《抚州师专学报》1999年第4期。

③ 曾肇：《曾巩行状》，载《曾巩集》附录一，中华书局1998年版，第796页。

交往一直持续到晚年。[①] 而且，宋人笔记史料中也有零星的关于二人晚年交往的记载，如叶梦得《石林燕语》载："曾子先（曾布）持母丧过金陵，公（王安石）往吊之。"[②] 曾纡《南游记旧》云："南丰先生病中，介甫日造卧内。邸报蔡京召试，介甫云：'他如何做得知制诰，一屠沽耳。'又云：'除修注诰词是子固行当，待便当论檄。'时南丰已疾革，颔之而已。"[③] 曾纡乃曾布之子，所记当为事实。从记载的内容看，在曾巩病中，王安石每日探访陪伴，对曾巩的学问非常赞赏。可见，二人尽管政见不一，但仍保持着友谊，并非到了"始合终睽""凶终隙末"那么严重的程度。

与欧阳修的友谊。从实际的情况说，曾巩与欧阳修是亦师亦友的关系。庆历元年（1041）曾巩二十二岁进入太学准备应科举考试，在京城认识了欧阳修。他在《上欧阳学士第一书》中表达了对欧阳修的仰慕之情："巩自成童，闻执事之名，及长得执事之文章，口诵而心记之。"自此以后，曾巩与欧阳修保持着密切的通信，向欧阳修报告自己学习的收获。不论世事如何变幻，亦不论欧阳修是升迁还是黜落，曾巩都保持着对欧阳修的尊敬。庆历五年（1045），欧阳修因为庆历新政的失败，被保守派排挤，被贬到滁州。曾巩与欧阳修继续保持通信往来，并于庆历七年（1047）到滁州看望欧阳修，给贬谪中的欧阳修极大的安慰。他在滁州与欧阳修诗文互答，探讨政事文学。欧阳修作《醒心亭》，曾巩为之作记，写有《醒心亭记》，对欧阳修心忧天下的儒者情怀高度赞赏。他还写了一些山水风景诗，如《奉和滁州九咏九首》，其中《游瑯琊山》诗对欧阳修无故被贬殊为不平："先生鸾凤姿，未免燕雀猜。飞鸣失其所，徘徊此山隈。万事于人身，九州一浮埃。所要挟道德，不愧丘与回。"

熙宁五年（1072）八月欧阳修逝世，曾巩非常悲痛，写有《祭欧阳少师文》："惟公学为儒宗，材不世出。文章逸发，醇深炳蔚。

---

① 王琦珍：《曾巩与王安石变法》，《河南大学学报》1989 年第 4 期。

② 叶梦得：《石林燕语》卷 10，中华书局 1997 年版，第 154 页。

③ 曾纡：《南游记旧》，载陶宗仪编《说郛》卷 49，中华书局 1991 年版，第 8169 页。

体备韩马，思兼庄屈。垂光简编，焯若星日。……当代一人，顾无俦匹。谏垣抗议，气震回遹……帝曰汝贤，引登辅弼。公在庙堂，尊明道术。清静简易，仁民爱物。敛不烦苛，令无迫猝。栖置木索，里安户逸。椟敛兵革，天清地谧。日进昌言，从容密勿。开建国本，情忠力悉……公在庙堂，总持纪律。一用公直，两忘猜昵。不挟朋比，不虞讪嫉。独立不回，其刚仡仡。爱养人材，奖成诱掖。甄拔寒素，振兴滞屈……唯公平生，恺悌忠实。内外洞彻，初终若一。年始六十，恳辞冕韨……气志浩然，不陋蓬荜。意谓百龄，重休累吉。还斡鼎轴，赞微计密。云胡倾殂，憖遗则弗。闻讣失声，眦泪横溢。戆冥不敏，早蒙振拔。言由公诲，行由公率。戴德不酬，怀情独郁……维公荦荦，德义撰述。为后世法，终天不没。托辞叙心，曷究仿佛。”从二十二岁见到欧阳修到欧阳修逝世的三十余年时间中，曾巩始终保持着对欧阳修的虔敬、仰慕，永别时写下的祭文尤为悲痛、惨怛，足见曾巩与欧阳修的感情之深厚。可以说，这两位文学巨星，以真诚的友谊向世人证明了人间真情常在。

除了与王安石、欧阳修的友情外，曾巩在生活中还有一些志同道合的朋友，他极为看重与这些朋友之间的感情。虽然曾巩总是说自己愚拙，不善结交，但他对朋友、知己、僚属都非常宽厚友爱，诗文中洋溢着对亲朋好友的深情。他在为朋友送行时说：“物情簪屦尚须念，人道交亲那可轻。”（《送关彦远》）对人际友谊非常看重。其《送陈商学士》：“从今清夜思江路，梦送公船先北过。”惜别思念之情尤为感人。《寄晋州孙学士》诗云：“自送西舟江上别，孤怀经岁未能宽。”款款深情充溢于字里行间。他的《送陈世修》诗：“沙渚鸿飞入楚云，远林樵爨宿烟昏。娟娟野菊经秋淡，漠漠沧江带雨浑。归路赏心应驻节，客亭离思暂开樽。莫嗟问俗淹翔久，从此频繁不次恩。”送行的伤感是淡淡的，但其中的珍重与不舍却很深沉。诗人在还没有送别时就已预想朋友的归来，宽慰朋友说在路上有赏心悦目的景物不妨驻足一观，思念亲友时不妨喝点酒解解闷，最后还嘱咐朋友不要在外淹留太久，因为回来以后就可以经常相见了。还有《移守江西先寄潘延之节推》诗：“忆昔江西别子时，我初折腰五斗粟。南北相望十八年，俯仰飞光如转烛。子遗万事遂恬旷，我系一官尚局促。早衰胆气自然薄，多病颠毛那更绿。人情畦畛阻肝膈，世路风波悸心目。每嗟太守两朱轮，宁及田家一黄犊。幸逢怀绂入斗牛，喜得披山收宝玉。薄材顽钝待磨琢，旧学抢攘期反覆。云鸿可近眼先明，野鹿尚麋颜自忸。长须幸未阻诲存，下榻应容拜临辱。”诗人与潘延之的友情维系多年，因此有回忆有倾诉，显得随意亲切。

曾巩还有一类朋友，虽与他是师友关系，却更见其眷眷之心。据王焕镳年谱载，师从曾巩的除陈师道、张耒、孔武仲外，还有李撰，《宋元学案》载：“撰字子约，吴县人。官至通判袁州，以兴学校为先务。”① 试读他的《送李撰赴举》诗：

> 潮水碧，槐花黄，山川摇落窗户凉。宿云星稀日东出，青冥风高雁南翔。华堂昨夜读书客，匹马今朝游大梁。锋铓拂尘见飞影，把握惊人持夜光。康衢四辟通万里，天驷得地方腾骧。我留东山意颇卓，屏弃外虑无毫芒。子能相从味冲漠，捉箠勿暂迟归装。

诗人虽然希望李撰早日得中：“康衢四辟通万里，天驷得地方腾骧。”但又希望他能早日归来：“子能相从味冲漠，捉箠勿暂迟归装。”在琐锁的叙述中，恳挚之情清晰可见。又如《送钱生》：

> 天下学校废，师生无所依。子来满橐书，璨璨璧与玑。一字未得读，叩门忽言归。怜子甚有志，事时与子违。吾无一亩宫，留子为发挥。去矣善自立，毋使嗣音稀。

这首诗对钱生文学、品行的赞扬溢于言表，结尾“去矣善自立，毋使嗣音稀”两句表现的依依惜别之情和殷殷期望尤为感人。《送郑

---

① 转引自王焕镳《曾南丰先生年谱》，商务印书馆中华民国三十二年五月版，第161页。

秀才》诗："当今之人密如栉，子勿浪漫西与东。出身不可不择处，一跌万里无还踪。"谆谆教诲、殷殷祝福之情溢于言表。

总之，曾巩虽然个性上清高自守，但是在日常的人际交往中能以一颗善良诚挚的心去对待亲朋好友，表现出温厚蔼如的态度。

第五节 麦粒收来品绝伦，葵花制出样争新 ——无意为之的风俗诗

作为一名醇儒，曾巩终身不涉戏谑。但是作为一位关心民生疾苦，反映现实的诗人，曾巩的诗歌除了记录自己的情感脉动和表达应世观物的人生态度外，还有一部分诗歌忠实地记录了北宋中期的民情风俗，有些还体现出民本思想。

一 岁时节令

一是寒食节。寒食节风俗起源很早，曾是中国历史上的重要节日，主要是为祭祀介子推。寒食节在冬至节后 105 天，宋人又称为"百五节""禁烟节""一百五日"或"一月节"。曾巩有一首《寒食》诗："一麾飘泊在天涯，寒食园林不见花。唯有市亭酤酒客，俚歌声到日西斜。"写诗人寒食节时在郊外踏青所见之景，表现了宋代民间酤酒伴歌的习俗。

二是元宵节。元宵节是宋代最重要的节庆活动之一。有放花灯、耍社火、饮屠苏酒、燃放爆竹、万人空巷庆佳节等活动。[①] 放灯的时间从唐代的三天增加到五天，即从正月十三到正月十七。曾巩有三首有关元宵节的诗，分别是：

金鞍驰骋属儿曹，夜半喧阗意气豪。明月满街流水远，华灯入望众星高。风吹玉漏穿花急，人近朱阑送目劳。自笑低心逐年

---

① 史仲文、胡晓林主编：《中国宋辽金夏习俗史》，人民出版社 1994 年版，第 17—19 页。

少，只寻前事捻霜毛。(《上元》)

九衢仙仗豫游归，宝烛星繁换夕晖。传盏未斜清禁月，散花还拂侍臣衣。天香暗度金虬暖，宫扇双开彩凤飞。法曲世人听未足，却迎朱辇下端闱。(《和史馆相公上元观灯》)

翠幰霓旌夹露台，夜凉宫扇月中开。龙衔烛抱金门出，鳌负山趋玉座来。砀极戏添夷客喜，柏梁篇较从臣材。共知天意同民乐，愿奏君王万寿杯。(《和御制上元观灯》)

第一首诗写出了宋代元宵节的热闹与豪气。第二首写元宵节观灯。第三首写宋代君王在元宵节这天晚上与民同乐、共同赏灯的盛况。王安石有《上元戏呈贡父》：“车马纷纷白昼同，万家灯火暖春风。别开阊阖壶天外，特起蓬莱陆海中。尽取繁华供侠少，只分牢落与衰翁。不知太乙游何处，定把青藜独照公。”① 又有《上元夜戏作》：“马头乘兴尚谁先，曲巷横街一一穿。尽道满城无国艳，不知朱户锁婵娟。”② 王安石两首诗的标题中都有“戏”字，可见诗人在元宵佳节赏灯取乐的愉快心情。苏轼《祥符寺九曲观灯》：“纱笼擎烛迎门入，银叶烧香见客邀。金鼎转丹光吐夜，宝珠穿蚁闹连宵。波翻焰里元相激，鱼舞汤中不畏焦。明日酒醒空想像，清吟半逐梦魂销。”③ 将元宵灯会的热闹繁华、光明灿烂写得淋漓尽致，尾联对元宵灯节的留恋更是横添余波。不过，王安石、苏轼的上元诗歌比起曾巩来还是要轻松许多，他们更多地体现节日狂欢带来的欢乐与放松，而曾巩诗歌结尾如“共知天意同民乐，愿奏君王万寿杯”句，略显迂腐，损害了诗歌的情趣。

三是上巳节。上巳节源远流长，从周代就有。《论语·先进》中所描述的“莫春者，春服既成，冠者五六人，童子六七人，浴乎沂，

---

① 王安石：《上元戏呈贡父》，载《王安石全集》卷72，上海古籍出版社1999年版，第555页。

② 同上。

③ 苏轼：《祥符寺九曲观灯》，载《苏轼全集》卷9，上海古籍出版社2000年版，第95页。

风乎舞雩，咏而归”的景象，即反映了上巳节时赴水边清洗的风俗。古代人在三月三这一天常有赏花赋诗、曲水流觞等活动。魏晋时期，曲水流觞已成为上巳节文人雅集宴饮的主要活动。东晋王羲之于永和九年（353）三月三日这天在会稽山阴举行的兰亭集会，成为后世文人心慕手追的盛事，也成为上巳节曲水流觞的佳话。王羲之所作的《兰亭集序》不仅是书法瑰宝，亦展现了他面对生死的豁达胸襟。宋吴自牧《梦粱录》记载：“三月三日上巳之辰，曲水流觞故事，起于晋时。唐朝赐宴曲水，倾都禊饮踏青，亦是此意。”[①] 唐代诗人杜甫的《丽人行》中有“三月三日天气新，长安水边多丽人”的诗句，记载的就是上巳节这天长安的节日气象。曾巩有诗《上巳日瑞圣园锡燕呈诸同舍》：“北上郊原一据鞭，华林清集缀儒冠。方塘潋滟春先渌，密竹娟娟午更寒。流渚酒浮金凿落，照庭花并玉阑干。君恩倍觉丘山重，长日从容笑语欢。”写的是上巳节这天北宋宫廷赐宴群臣、赋诗庆贺的活动，体现了北宋王朝君臣的文士风流。

四是清明节。清明节与寒食节相连。北宋都城开封府清明节风俗更盛。据《东京梦华录》卷七“清明节”载：宋代东京清明节的活动十分丰富，民间有做“子推燕”、为子女“上头”等风俗，而在官方，皇帝和宗室则派人前往帝陵进行墓祭。与此同时，宋人清明节民俗尚游乐，士庶到郊外尽情游玩，吃喝玩乐成为节日主题，酒则成为题中应有之义。[②] 程颢在《郊行即事》诗中鼓励饮酒游玩：“莫辞盏酒十分劝，只恐风花一片红。况是清明好天气，不妨游衍莫忘归。”[③] 王安石则在《上巳闻苑中乐声书事》一诗中写道：“苑中谁得从春游，想见渐台瓦欲流。御水曲随花影转，宫云低绕乐声留。年华未破清明节，日暮初回祓禊舟。更觉至尊思虑远，不应全为拙倡优。”[④]

---

① 吴自牧：《梦粱录》，古典文学出版社 1957 年版，第 146 页。

② 史仲文、胡晓林主编：《中国宋辽金夏习俗史》，人民出版社 1994 年版，第 23—25 页。

③ 程颢：《郊行即事》，载《伊川击壤集》卷 20，《四部丛刊》本。

④ 王安石：《上巳闻苑中乐声书事》，载《王安石全集》卷 72，上海古籍出版社 1999 年版，第 555 页。

王安石称赞当朝皇帝思虑深远，不为清明春游、声乐所醉。曾巩的《出郊》一诗："葛叶催耕二月时，斜桥曲岸马行迟。家家卖酒清明近，红白花开一两枝。"描写了清明节郊外踏青游玩时所见，展现了宋代清明节前郊野农村清明将近时家家卖酒的风俗，全诗展现了一派和乐安详的农家图景。

二　风俗习惯

一是簪花的习俗。宋代是中国古代男子簪花习俗形成和兴盛时期。欧阳修在《洛阳牡丹记》中写道："洛阳之俗，大抵好花，春时城中无贵贱皆插花，虽负担者亦然。花开时，士庶竞为游遨。往往于古寺废宅有池台处，为市井张幄幕，笙歌之声相闻。"[①] 邵伯温《邵氏见闻录》记载了北宋春日包括男子在内的簪花风气之盛："岁正月梅已花，二月桃李杂花盛开，三月牡丹开。于花盛处作园圃，四方伎艺举集，都人仕女载酒争出，择园亭胜地，上下池台间引满歌呼，不复问其主人。抵暮游花市，以筠笼卖花，虽贫者亦戴花饮酒相乐。"[②] 曾巩诗中有两处提到簪花：一处是《南湖行》诗中提到"著红少年里中出，百金市上裁轻罗。插花步步行看影，手中掉旋唱吴歌"，写的是夏天簪花。欧阳修《谢观文王尚书惠西京牡丹》诗句"京师轻薄儿，意气多豪侠。争夸朱颜事年少，肯慰白发将花插"[③] 即反映京师少年以插花为时髦的习俗。另一处是《会稽绝句三首》之二："花开日日插花归，酒盏歌喉处处随。不是心闲无此乐，莫教门外俗人知。"写诗人在春天簪花的情形。有论者从文化的角度解读宋代男子簪花的行为，认为宋代是门阀士族彻底被荡除、庶族地主全面上升的时代，以贵族为主导的传统社会审美观念发生了改变，以俗为美的审美观念大有市场。士大夫在生活态度上与世俯仰，和光同尘，注重大

---

① 欧阳修：《洛阳牡丹记》，载《欧阳修全集·居士外集》卷75，中华书局2001年版，第201页。

② 邵伯温：《邵氏见闻录》，中华书局1983年版，第186页。

③ 欧阳修：《谢观文王尚书惠西京牡丹》，载《欧阳修全集·居士集》卷7，中华书局2001年版，第22页。

节而不是小节，注重情性而不是外在形式。针对以“政教文化”为特征的传统文化中压抑人性、禁锢情志的不足，宋人试图找到一种方式和途径对其进行背离和修补。男子簪花就是这样一种方式和途径，人们纷纷以簪花这种不合时宜、背离传统和世俗的方式表现自己不受约束、与众不同、狂放不羁的胸襟，显示自身的清高傲世情怀和俊爽绝俗之志。[①] 值得注意的是，曾巩簪花一方面体现了与世俯仰、和光同尘的处世方式，但从“不是心闲无此乐，莫教门外俗人知”两句诗来看，还反映了儒者“与民同乐”的情怀，簪花活动的前提是政事清简、百姓乐业，因而，此处的“心闲”既与事功连在一起又与高标脱尘的人格修养相关。

二是竞渡的习俗。竞渡是我国古代的一项传统的体育运动，南朝时已见诸史籍记载，历经千余年而不衰。[②]《荆楚岁时记》记端午节：“是日，竞渡”，是说端午节竞渡在全国各地举行。隋杜公瞻注云：“五月五日竞渡，俗为屈原投汨罗日，伤其死所，故并命舟楫以拯之。”苏轼《屈原塔》一诗云：“楚人悲屈原，千载意未歇。精魂飘何处，父老空哽咽。至今沧江上，投饭救饥渴。遗风成竞渡，哀叫楚山裂。”又有《竹枝歌》：“水滨击鼓何喧阗，相将扣水求屈原。屈原已死今千载，满船哀唱似当年。”足见宋代蜀地纪念屈原的盛况，从诗中也可见竞渡的起源与纪念屈原合为一体。但竞渡作为一种民族传统活动，始终充满着竞技角胜的气氛，尤以夺取锦标为其突出标志。宋代是竞渡活动的高涨时期，北宋历代帝王都喜欢竞渡活动。曾巩任越州通判时期，有一些描写越州风物的小诗，其中写到江南竞渡的习俗：“放船纵櫂鼓声促，蛟龙擘水争驰逐。倏亲忽远谁可追，朝在西城暮南溪。夺标得隽唯恐迟，雷轰电激使人迷。红帘彩舫观者多，美人坐上扬双蛾。”（《南湖行》）其中竞渡夺标的激烈紧张、竞渡健儿的矫健身姿、观者的入迷兴奋都描画得惟妙惟肖。

---

① 冯尕才、荣欣：《宋代男子簪花习俗及其社会内涵探析》，《民俗研究》2011 年第 2 期。

② 史仲文、胡晓林主编：《中国宋辽金夏习俗史》，人民出版社 1994 年版，第 27—29 页。

三是崇佛的习俗。曾巩是一名醇儒，因而他坚决主张辟佛。唐代韩愈反对佛教，但多从经济上着眼，而曾巩则更进一步，批判佛教对人心的蠹害。作为一位关心国计民生的儒者，曾巩也很反感佛教对政治人伦和经济生活的冲击与损害，他有七篇有关佛老的寺观记，占其全部记文的五分之一还多，均因请托而作，却被曾巩当作公开掊击佛老之弊的机会，篇篇都表现了对佛老决不姑息的原则态度。在《兜率院记》中，曾巩借僧人请求寺院落成的纪念文字，训斥佛徒的奢靡："文衣精食，舆马之华，封君不如也。"在曾巩看来，佛教最大的弊害是冲击了儒学的正统地位，使儒学不兴，从而引发一系列社会政治经济问题。当时的福州佛教十分盛行，有"城里三山千簇寺，路上行人半是僧"之说。主要原因是寺庙承担的赋税比一般农户要少很多。农户们为免除苛捐杂税，只好去当和尚，"度牒"成为可以买卖的商品，寺庙借此大发其财。这种现象导致寺庙因大肆掠夺民田而发展壮大，大量的赋税转移到农民的头上。下面这首诗是曾巩在福州为官时所写，虽然是从批判的角度写僧侣阶层权力的恶性膨胀以及农民对失地的愤怒，但却从另一面反映了宋代崇佛风气之盛。

笑问并儿一举鞭，亦逢佳景暂留连。青冥日抱山腰阁，碧野云含石眼泉。蹑屐路通林北寺，落帆门系海东船。闽王旧事今何在，惟有村村供佛田。(《圣泉寺》)

三　饮食习惯

一是荔枝。荔枝生长在南方一带，因为不耐储藏而成为专供皇家贵族的奢侈品。作为一种美食，在唐代就被诗人咏叹，如白居易《咏荔枝》。苏轼被贬岭南，犹发出"日啖荔枝三百颗，不辞长作岭南人"（《食荔枝二首》之一）[①] 的感叹，可见荔枝之美味。他在另一首《四月十一日初食荔枝》中对荔枝有详细的描写："……海山仙

---

① 苏轼：《食荔枝二首》，载《苏轼全集》卷49，上海古籍出版社2000年版，第499页。

人绛罗襦，红纱中单白玉肤。不须更待妃子笑，风骨自是倾城姝。不知天公有意无，遣此尤物生海隅。云山得伴松桧老，霜雪自困楂梨粗。先生洗盏酌桂醑，冰盘荐此赪虬珠。似闻江鳐斫玉柱，更洗河豚烹腹腴。我生涉世本为口，一官久已轻莼鲈。人间何者非梦幻，南来万里真良图！”[①] 运用比喻、拟人、想象、对比、衬托等手法描绘荔枝的形、色、味等，可谓形容备至。此外，苏轼的《荔枝叹》还借咏历史讽喻现实：“我愿天公怜赤子，莫生尤物为疮痏。雨顺风调百谷登，民不饥寒为上瑞。君不见，武夷溪边粟粒芽，前丁后蔡相宠加。争新买宠各出意，今年斗品充官茶。吾君所乏岂此物，致养口体何陋耶？洛阳相君忠孝家，可怜亦进姚黄花。”[②] 曾巩的《送戚郎中》诗也说：“荔子满盘宁易得，与谁频宴岭边楼。”可见吃荔枝之不易了。曾巩在福建任职期间，写有《荔枝四首》，其文为：

剖见隋珠醉眼开，丹砂缘手落尘埃。谁能有力如黄犊，摘尽繁星始下来。

玉润冰清不受尘，仙衣裁剪绛纱新。千门万户谁曾得，只有昭阳第一人。

绛縠囊收白露团，未曾封植向长安。昭阳殿里才闻得，已道佳人不耐寒。

金钗双捧玉纤纤，星宿光芒动宝奁。解笑诗人夸博物，只知红颗味酸甜。

自注：白乐天咏荔枝诗云：“津液甘酸如醴酪”，杜工部诗云：“红颗酸甜只自知”。此皆知巴蜀荔枝而已，不知闽越荔枝不酸也。(《荔枝四首》)

这四首荔枝诗中，第一首对荔枝极尽比喻形容、夸张想象之能事，说荔枝是“隋珠”“丹砂”，又发挥想象说它是从天上摘下来的

---

① 苏轼：《四月十一日初食荔枝》，载《苏轼全集》卷39，上海古籍出版社2000年版，第482页。

② 苏轼：《荔枝叹》，载《苏轼全集》卷39，上海古籍出版社2000年版，第484页。

繁星。第二首诗继续用比喻形容荔枝的美好形态，并化用唐朝杜牧的《过华清宫》诗："长安回望绣成堆，山顶千门次第开。一骑红尘妃子笑，无人知是荔枝来！"也借此说明荔枝的珍贵。第三首借"昭阳殿里才闻得，已道佳人不耐寒"句说明荔枝不耐寒的习性。第四首以"解笑诗人夸博物，只知红颗味酸甜"来说明闽地荔枝之甘美香甜。不仅如此，曾巩还写有《福州拟贡荔枝状〈并荔枝录〉》，其《荔枝录》搜集了福建荔枝的30多个品种："荔枝三十四种，或言姓氏，或言州郡，或皆识其所出，或不言姓氏州郡，则福、泉、漳州、兴化军盖皆有也。一品红，言于荔枝为极品也，出近岁，在福州州宅堂前。状元红，言于荔枝为第一，出近岁，在福州报国院。"补充了蔡襄《荔枝谱》的缺漏。

二是饮茶。曾巩直接写茶的诗最多，如果加上涉及茶的诗，大约有十首。主要有《尝新茶》《出郊》《方推官寄新茶》《蹇蟠翁寄新茶二首》《寄献新茶》《闰正月十一日吕殿丞寄新茶》等。曾巩认为春茶是抢手之物，尤以明前采摘为贵，京城人们都争着想要得到春茶。他在《寄献新茶》一诗中写道："种处地灵偏得日，摘时春早未闻雷。京师万里争先到，应得慈亲手自开。"不仅在诗中记载了茶的种植地、习性及采摘时间，还说明了采摘茶叶的大小形状："麦粒收来品绝伦，葵花制出样争新。"他还自注云："丁晋公《北苑新茶诗序》云：'茶芽采时如辫麦之大者。'"（《尝新茶》）

饮茶在宋代成为一种习尚，以茶互相赠送则成为宋代社会人际交往中的普遍现象，看看曾巩有关茶诗的标题，如《方推官寄新茶》《蹇蟠翁寄新茶二首》《寄献新茶》《闰正月十一日吕殿丞寄新茶》等，其中"寄""献"等字眼的出现，说明茶充当着沟通人际、增强感情的功能。曾巩的《方推官寄新茶》诗云："采摘东溪最上春，壑源诸叶品尤新。龙团贡罢争先得，肯寄天涯主诸人。"其中提到的"龙团"即团茶，是用圆模制成的茶饼。始制于丁谓在福建做官时，专供宫廷饮用，茶饼上印有龙、凤花纹。吴曾《能改斋漫录》的"贡茶贵早"条云："贡茶以早为贵。李郢《茶山贡焙歌》云：'陵烟触露不停采，官家赤印连帖催。'刘禹锡《试茶歌》云：'何况蒙山顾渚春，白泥赤印走风尘。’袁高《茶山作》云：‘阴岭茅未吐，使者牒已频。’三诗皆及赤印与牒也。”[①] 欧阳修在《归田录》中记载：“茶之品莫贵于龙凤，谓之小团，凡二十八片，重一斤，其价值金二两。……然金可有，而茶不可得，尝南郊致斋，两府共赐一饼，四人分之。宫人往往镂金花其上，盖贵重如此。”[②] 由于龙团为贡茶，很是珍贵，因而曾巩对方推官寄新茶给自己很是高兴和感激。此外，茶不仅可以明目醒脑，还可以满足宋代士人对高雅生活的需求，如“肯分方胯醒衰思，应恐慵眠过一春”“分得余甘慰憔悴，碾尝终夜骨毛清”（《蹇蹯翁寄新茶二首》），都是借饮茶表现一种闲适清雅的生活志趣。

① 吴曾：《能改斋漫录·方物》卷15，《武英殿聚珍版丛书》本。

② 欧阳修：《归田录》卷2，中华书局2006年版，第24页。

第五章　曾巩诗歌特色形成的渊源

历来对曾巩诗歌评价不高，甚至有人把“曾子固短于韵语”作为一大憾事。今人钱锺书客观地评价了曾巩诗歌的地位，他说：“就‘八家’而论，他的诗比苏洵、苏辙父子的诗好，七言绝句更有王安石的风致。”① 可谓的评。如果说曾文更多以实用为主，曾诗则更多地体现了作者的个人情怀，展现了丰富的自我。在宋诗革新运动中，曾巩配合欧阳修、苏轼、王安石，对宋诗的发展起到了应有的历史作用。对于曾诗风格的形成原因，前人也进行了一些探讨，以下举出几种主要说法，并在前贤的基础上来进一步探讨其诗风形成的原因。

一是以文为诗造成的影响。以刘埙的说法为代表。元代刘埙在《隐居通议》中指出：“盖其平生深于经术，得其理趣……往往宋人诗多尚赋，而比与兴寡，先生之诗亦然。故惟当以赋体观之，则无憾矣。”② 刘埙认为曾巩诗歌的特点与其重理趣、多用赋体的表现手法有关，并指出这是宋诗的共同特点。然而同样是在宋代“以文为诗”的大背景下，为什么曾巩诗歌风格显得平实有余而情韵不足？为什么欧阳修、王安石能取得较高的诗歌成就？而曾巩却不能与他们比肩？显然，单从“以文为诗”这一诗歌创作的时代风气来解释是不够的。

二是才力不足说。认为曾巩才偏于阴柔，以明代茅坤的说法为代

① 钱锺书：《宋诗选注》，人民文学出版社 1979 年版，第 27 页。

② 刘埙：《隐居通议》，载《丛书集成初编》，商务印书馆 1937 年版，第 74 页。

表。他说："巩尤为折衷于大道而不失其正，然其才或疲薾而不能副焉。"[①] 这句话似乎可以理解为，曾巩才偏于阴柔导致其情感力度不够，因而其诗歌不足动人。但是，这同样不能自圆其说。因为曾巩早期的很多诗也写得光大雄深，如《麻姑山送城南尉罗君》是一首送别之作，诗人饱含热情地描绘了麻姑山路险峰奇的胜景："麻姑之路摩青天，苍苔白石松风寒。峭壁直上无攀援，悬蹬十步九曲盘。上有锦绣百顷之平田，山中遗人耕紫烟。又有白玉万仞之飞泉，喷崖直泻蛟龙渊。丰堂广殿何言言，阶脚插入斗牛间……"这首诗境界阔大鲜明，充满浪漫主义色彩，显然深受李白诗风影响，可谓"不减庐山高"[②]。而曾巩的《庭木》诗则"颇有似昌黎病鸱诗"[③]。还有《一鹗》《欲求天下友》《读书》等诗都显示出雄豪沉郁的特质，抒发了年轻时代的曾巩为了追寻理想，不畏艰险的豪情壮志。总之，从曾巩这些早期诗作来看，将才偏于阴柔解释成曾巩诗歌缺乏情感力度的原因显然有失偏颇。清人潘德舆云："昔人恨曾巩不能诗，然其五七言古诗，甚排宕有气。"[④] 这个评价是符合事实的。由此可见，以才力不足来评断曾诗也是不太准确的。

三是天性少情说。清代袁枚论诗主情，他说："凡作诗，写景易，言情难。何也？景从外来，目之所触，留心便得；情从心出，非有一种芬芳悱恻之怀，便不能哀感顽艳。然亦各人性之所近：杜甫长于言情，太白不能也。永叔长于言情，子瞻不能也。王介甫、曾子固偶作小歌词，读者笑倒，亦天性少情之故。"[⑤] 袁枚论诗主"性情"，他认为曾巩天性少情，自有其合理的一面。但曾诗内容丰富，其风格特点也并非一味平实，早期诗歌也写得光大雄深，情感激切，因此以天性少情来解释曾诗形成的风格也欠妥当。以上三种说法既然都需斟

① 茅坤：《唐宋八大家文钞论例》，载高海夫主编《唐宋八大家文钞校注集评》，三秦出版社2004年版，第8页。

② 何焯：《义门读书记》，中华书局2006年版，第724页。

③ 同上书，第723页。

④ 潘德舆：《养一斋诗话》，载郭绍虞《清诗话续编》下册，上海古籍出版社1999年版，第2068页。

⑤ 袁枚：《随园诗话》，人民文学出版社1960年版，第177页。

酌，那么我们对曾诗风格的形成原因还可以作进一步探讨。笔者认为，曾诗风格的形成原因是多方面的，单纯就某一个方面来判定是不够全面的。

第一节　内敛自守的人格精神对诗歌特色的影响

曾巩青少年时代就开始品尝人生的酸甜苦辣，十八岁时父亲落职回家，家庭重担肩于一身，二十九岁时父亲客死外地，独自一人千里扶丧归乡。《学舍记》作于至和元年（1054），其时曾巩三十六岁，已困于科场十八年，他对自己三十六岁以前的遭遇一一道来，并无半点牢骚不平，他说："今天子至和之初，予之侵扰多事故益甚，予之力无以为，乃休于家，而即其旁之草舍以学。或疾其卑，或议其隘者，予顾而笑曰：'是予之宜也。予之劳心困形，以役于事者，有以为之矣。予之卑巷穷庐，冗衣砻饭，芑苋之羹，隐约而安者，固予之所以遂其志而有待也。'"虽然曾巩在文中也明确表现出自己的遗憾之处，但他采取一种平和的态度，将此时的劳心困形当作一种人生的历练和通向理想之路的磨砺。

曾巩对于人生际遇总是采取"不争"的态度。对于一个有着远大志向的士人而言，人生的贫富穷达总是难以释怀的。宋代市民经济的发达所带来的物质诱惑，科举考试屡试不第的困厄，宋人为官所带来的种种矛盾与冲突，包括为官的高下尊卑之分，奔竞与安守的心灵斗争等，这些都需要有一个精神寄托以保持贞定的形象，从而体现出士人的尊严。曾巩为人行事取法中庸，不走极端，在感情上趋向淡泊平和的情感特征，遇事往往将情感淡化，潜沉内转。尽管科场仕途不遇近四十年，但他从未走向虚无或玩世不恭。庆历二年（1042），曾巩再次落榜，连一向温和的欧阳修都为之抱不平："况曾生之业，其大者固已魁垒，其小者亦可以中尺度，而有司弃之，可怪也。"[①] 曾

① 欧阳修：《送曾巩秀才序》，载《欧阳修全集·居士集》卷44，中华书局2001年版，第625页。

巩虽然也有不平，却认为是自己的才学还不够好："重念巩无似，见弃于有司，环视其中所有，颇识涯分，故报罢之初释然不自动，岂好大哉？诚其材资召取之如此故也"（《上欧阳学士第二书》）。曾巩不第南归，有人甚至写诗讽刺："三年一度举场开，落杀曾家两秀才。有似檐间双燕子，一双飞去一双来。"[①] 屡屡不第，又受里人的冷嘲热讽，可以想见曾巩当时的窘迫处境。然而，曾巩并没有因为科场的败北而呼天抢地，骚动难耐。与《学舍记》写于同时的《南轩记》是一篇座右铭式的题壁文，曾巩在文中说："士固有所勤，有所肆，识其皆受之于天而顺之，则吾亦无处而非其乐也。"其时曾巩正退休在家，自耕力学，为了勉励自己，曾巩将此文"书之南轩之壁间，蚤夜览观焉，以自进也"（《南轩记》）。在这篇文章中，曾巩大谈其"乐"，以对道德的持守超越具体的现实境遇，获得精神的自得之乐。这种"乐"的心态使他的感情很少走向偏执，而是适时地把握住自己的情感力度，表现出在任何人生情节中的淡定、平静。曾巩的仕途也非一帆风顺，先蹈厉于儒馆近十年，后又辗转各地任地方官约十年，一生与廊庙要职无缘，在理想与现实的巨大反差面前，曾巩虽然有些尴尬无奈，但并没有因此而失去精神的平衡。

他多次自道其性，如"人之性不同，于是知伏闲隐奥，吾性所最宜。驱之就烦，非其器所长。况使之争于势利、爱恶、毁誉之间邪?"（《南轩记》）又云："人生省已分，静默固其端"（《杂诗五首》之四），"我亦本萧散，至此更怡然"（《招隐寺》），"颇识麋鹿性"（《初发襄阳携家夜登岘山置酒》）等。曾巩的情感特征一方面可能与天性有关，这些表现了他厌恶喧嚣，喜欢安静的本分。对于自己的亲朋好友，曾巩也着力赞美他们的蔼然温厚、渊静沉着的一面：如赞扬自己的二妹"恭严诚顺"（《江都县主簿王君夫人曾氏墓志铭》），九妹"柔愿静颛""平居温温"（《仙源县君曾氏墓志铭》），说自己的弟弟"质直孝悌""抑畏小心"（《亡弟湘潭县主簿子翊墓志铭》），说侄儿"为人恭谨，循循寡言"（《亡侄韶州军事判官墓志铭》）。清

---

① 引自夏汉宁《曾巩》，中华书局1993年版，第7页。

刘熙载认为曾文的形成与曾巩的个人性情、人生态度有直接关系："曾文穷尽事理，其气味尔雅深厚，令人想见硕人之宽。王介甫云：'夫安驱徐行，辚中庸之廷而造乎其室，舍二贤人者而谁哉？'二贤，谓正之、子固也。然则子固之文，即肖子固之为人矣。"[①] 但是，曾巩也并不总是呈现出从容温雅的一面。他在《读贾谊传》中对贾谊的遭遇大发悲叹之情；在《与孙司封书》中为孔宗旦辩冤，言辞急切，慷慨淋漓。他的散文，特别是早期的散文也有纵横变化、波澜跌宕的一面。与曾巩同时人王震指出曾巩散文特点的变化过程，"异时齿发壮，志气锐，其文章之剽鸷奔放，雄浑环伟，若三军之朝气，猛兽之扶怒，江湖之波涛，烟云之姿状，一何奇也"，最终是"衍裕雅重，自成一家"[②]。由此可见，曾巩既有平正温和的一面，也有气壮不平的一面。的确，即使再"静默""萧散"的人也不可能在近四十年的平淡不遇中没有半句牢骚和埋怨，更何况"世界上本没有一个人能够有持久的宁静"[③]，因此，曾巩的平正实际上是情感节制的结果。

由于古文运动把"载道"的重任加在散文身上，在很大程度上挤占了个人情感在散文中的表现空间，因而个人情感淡退而道学气息增浓，这一点构成了唐宋散文精神气质的主流，曾巩与这一主流精神相当契合，而且表现得特别突出。下面以写于庆历年间的《上欧蔡书》为例来分析。此书写于庆历新政时期，正是范仲淹提倡士节，大胆改革朝政之时。曾巩受改革风云的激荡，也以布衣身份写了几篇关心改革的文章。此文先写自己少读《唐书》和《贞观政要》，见魏郑公在太宗朝议论谏诤的君臣遇合之事，表达了自己的无限向往之情。又远从三代说到当世，认为所见士大夫多是"苟且畏慎"之人，因此"有所为欣慕者已矣"。至此方转到欧蔡二公"为谏官"敢于直言，于是"欢喜震动"，以为又将见到唐虞三代和贞观之治，但与此同时，又恐二公为谗谤所诟。继而果然不出所料，二公被谗而出，使

① 刘熙载：《艺概·文概》卷1，上海古籍出版社1978年版，第31页。
② 黄震：《南丰先生文集序》，引自《曾巩集》，中华书局1984年版，第810页。
③ 叔本华：《作为意志和表象的世界》，商务印书馆1982年版，第536页。

人义愤填膺。然后在“君子于道”一段，勉二公以道自任，勿以不合而止，并以孔孟相勉。曾巩写这篇文章时，内心是非常激动的，但这种激动的感情却不让它在文章中表现出来，仍然写得从容不迫。将曾文与欧阳修同期作品《与高司谏书》[①]作一比较，就可看出二人情感强度的不同。欧阳修的《与高司谏书》也写得委婉曲折，文章下笔于遥遥十四年前，徐徐回顾对高若讷人品的认识过程，分三个层次写自己的疑惑，先写自己年轻时就听见他的名字，但“不知何如人也”；后来听尹洙说其正直有学问，但“余犹疑之”；又写自己对他为谏官的印象，“虽予亦疑足下真君子也”。从听闻到认识，一步步写出自己对他的印象，行文委婉曲折而又积蓄着巨大的情感力量。接下来从范仲淹被贬一事发端：“希文（范仲淹）平生刚正、好学、通古今，其立朝有本末，天下所共知，今又以言事触宰相得罪，足下既不能为辨其非辜，又畏有识者之责己，遂随而诋之，以为当黜，是可怪也。”话语说得和缓，但骨子里已是决不宽贷。后面更进一层指责说：“昨日安道（余靖）贬官，师鲁待罪，足下犹能以面目见士大夫，出入朝中，称谏官，是足下不复知人间有羞耻事尔!”欧阳修写这封信，心情很激动，虽然也用委婉曲折的写法，但是急言竭论，痛斥高若讷的激烈情绪比起曾巩来就强烈得多。

如果说诗歌更多地反映了个人的情感脉动，散文更多地承担着社会责任，那么散文中奏议这一类纯应用文更能反映作者的人格特点与处世态度。现在就奏议来探讨一下曾巩所表现的人格特点。与欧阳修、王安石诸人比起来，曾巩的奏议在情感和力度上显然不及以上诸人，反映的内容也不及他们深广。曾巩与欧阳修一样，偏重于儒家之道，但与欧阳修不同的是，欧阳修的道本诸人情且与凡常百事相连，而曾巩之道多来自儒家经典，未能像欧阳修那样将道与现实生活紧密结合起来，因而略显迂阔。这是他在奏议中显示出的弱点，也是他在为人处世上谨慎小心所表现出来的特点。从总体上看，曾巩的奏议言

---

① 欧阳修：《与高司谏书》，载《欧阳修全集·居士外集》卷68，中华书局2001年版，第988页。

辞比较平和，而欧阳修就显得较有锋芒。例如，庆历新政时期朝廷的两位丞相贾昌朝、陈执中都是守旧派的代表人物，欧阳修对他们的指斥尖锐直率，他说贾昌朝“禀性回邪，热心倾险。颇知经术，能文饰奸言；好为阴谋，以陷害良士”①，指责陈执中“不学无识”，“谄上傲下愎戾之臣”，批评仁宗“用相不得其人”，“近年宰相，多以过失因言者罢去，陛下不悟宰相非其人，反疑言事者好逐宰相”，又直言告诫仁宗：“天下之人与后世之议者，谓陛下拒忠言，庇愚相，以陛下为何如主也？”② 这样的直言谠论在曾巩的奏议中是很少见的，曾巩一般都是婉曲达意，即使很激动，也不让感情倾泻而下，这其实与其人格精神有很大关系。

第二节　学术思想对诗歌特色的影响

在儒家思想的深刻影响下，曾巩自然地要求自己成为一名符合儒家道德规范的君子。在现实社会中，曾巩对于自己的身份定位有着明确的认识，那就是作为一名士，必须遵循严格的立身原则，从而达到圣人君子的要求。对于曾巩而言，复兴儒学、重建士人的价值依据，只能到内心去寻求，而不假外在的功名来证明，这使他一方面对“道”的理解偏重于思孟的心性理论，注重阐发儒学的内省精神，另一方面在日用伦常中注重践履功夫。他在《与王深父书》中对士所履之事提出了“其心笃于仁，其视听言动由于礼，则无常产而有常心”的要求。他说：“夫学者苟不能其心笃于仁，其视听言动由于礼，则必不能不失其常心，此后之学者之患也。苟能其心笃于仁，其视听言动由于礼，则必不能失其常心，且既已皆中于礼矣，而复操何说而力行之哉？此学者治心修身，本末先后自然之理也。”在这段话中，曾巩把士人的首要追求定位在修养道德上，强调的重心是

① 欧阳修：《论贾昌朝除枢密使札子》，载《欧阳修集·奏议集》卷 170，中华书局 2001 年版，第 1667 页。

② 欧阳修：《论台谏官言事未蒙听允书》，载《欧阳修集·奏议集》卷 180，中华书局 2001 年版，第 1634 页。

“学”，对士来说，经过努力学习，刻苦修炼，使“视听言动由于礼”，就可以“不失其常心”。这一见解基本上与孟子“性善论”相同。孟子认为，所谓的圣人君子，就是认识到自己内在的道德潜质，并在此基础上保持并扩展之，他说：“大人者，不失其赤子之心者也。”[①] 由于曾巩的人性论直接承继了孟子的“性善论”，因此，在曾巩看来，对“常心”的持守就可进入圣人之境。他在《熙宁转对疏》中特别提到：“古之人自可欲之善，而充之至于不可知之神；自十五志学，而积之至于从心不逾矩，岂他道哉？”这句话描述《论语·为政》中孔子之言：“吾十又五而志于学，三十而立，四十而不惑，五十而知天命，六十而耳顺，七十而从心所欲，不逾矩。”[②] 曾巩从孔子这段话中体会到，对道的持守是一个长期的甚至终其一生的过程。

在修养过程中，曾巩还从颜回那里找到了精神榜样。曾巩并不满足于做一个“有常心”的“士”，他说：

所以始乎为士，而终乎为圣人也。颜子三月不违仁，盖谓此也。人不堪其忧而不改其乐，盖乐此也。(《与王深父书》)

颜回三十而夭，却以修身守道获得不朽的名声，这对曾巩无疑有很大的启示。曾巩在人格追求上始终把自己定位在圣人君子的精神高地，这种君子的要求自始至终都立足于内，把自我人格修养的完善看作人生最高目标，表现出不受现实境遇和习常的价值评判所左右的内在超越性。他在《与杜相公书》中云：

巩年齿益长，血气益衰，疾病人事，不得以休。然用心于载籍之文，以求古人之绪言余旨，以自乐于环堵之内，而不乱于贫贱之中，虽不足希盛德之万一，亦庶几不负其意……

① 《孟子·离娄下》，载朱熹《四书章句集注》，中华书局2005年版，第292页。
② 《论语·为政》，载朱熹《四书章句集注》，中华书局2005年版，第54页。

在曾巩看来，做圣贤最重要的是能像孔孟、颜回一样安贫乐道。孔子云："饭蔬食饮水，曲肱而枕之，乐亦在其中矣。不义而富且贵，于我如浮云。"朱熹对此句的注解是："圣人之心，浑然天理，虽处困极，而乐亦无不在焉。"① 对道的体认与追求不在于有什么样的生命形式，而在于用什么心态去对待它。有了这样的认识，曾巩在具体的人生中始终不放弃内心的道德修养，追求去就语默不悖于理，这是一种完全沉浸在自我精神之中的境界，无须外在的物质存在作为参照。

曾巩是北宋中期最注意从性理之学来开掘仁义之道的一位文学家，因此，表现在曾巩身上，其士人的自觉精神由直面现实的激情更多地演化成一种内敛自省的道德涵养。他对《大学》《中庸》《孟子》钻研极深，特别重视忠、信、孝、友、义等道德理念，强调治心养性的重要性。他的《烈女传目录序》批评"后世学问之士，多徇于外务而不安其守……苟于自恕，顾利冒耻而不知反己"，《说苑目录序》又批评刘向"何其徇外物者多而自为者少也"。这些话的重点都是在强调人的内心修养，注重内省功夫，将人生过程始终处于一种自我管束上，最终达到言动举止皆合于礼的"自得"。这样的思想倾向反映在他的文学思想中，温和的态度成为其诗学社会功用的一个基调。由于曾巩是一名醇儒，他自然地从儒家传统的文艺思想出发，坚持温柔敦厚的文学功用观。温柔敦厚的诗教观就是创作主体应保持一种温润和柔的情感态度：在诗中表露感情时不要过于张扬，即使愤郁不平也不是毫无节制的。综观曾巩的四百五十多首诗，有一部分表达对社会现实批判的诗大多作于早年未入仕时。总体看来，这类诗数量比较少，不占主流。大多数诗作体现出平和的风格。

第三节 语言观对诗歌特色的影响

曾巩的文学观散见于他的书、记、序、铭之中。曾巩为文强调尊

---

① 《论语·述而》，载朱熹《四书章句集注》，中华书局 2005 年版，第 97 页。

经明道、文道并重、文以经世，在重道的同时，也非常重视语言的表达功能。这些文学思想中包含着他的语言观，即言能尽意。

在对待儒家经典的态度上，曾巩体现了“言能尽意”的语言乐观主义。曾巩认为，圣人对世界的看法，以文字的形式遗留在“六经”中，后人能够通过语言去把握。老子、庄子都认为“道”是不可言说的，庄子认为后人通过书本读到的只是“古人之糟粕”（《庄子·天道》），魏晋时期玄学名士以“言不尽意”为理论前提，从而否定圣人语言的真理性与权威性。与此相反，曾巩以“言能尽意”为理论前提，认为圣人之道是不变的真理，圣人的言语是检验真理的标准。他在《王子直文集序》中说：“《诗》、《书》之文，自唐虞以来，至秦鲁之际，其相去千余载，其作者非一人，至于其间尝更衰乱，然学者尚蒙余泽，虽其文数万，而其所发明，更相表里，如一人之说，不知时世之远，作者之众也。”这段话说明曾巩认为好的语言不仅能在空间范围广为传播且具有历时性，能使后人通过文字“明圣人之心于百世以上”。为什么历时千年意义不会发生偏差？其原因就是语言准确地传播了圣人之意。《谢章伯益惠砚》诗认为心意的传达靠的是文字——“以文写意意乃宣”，圣贤的意志靠语言流播：“简书轴载道相联，驰夷走貊通百蛮。羲皇向今谷屡迁，言语应接旦暮间。圣人不死术以此……外之君臣内父子，仁义礼乐定笔端。”后人不能发明圣人之意，或是因为“先王之遗文虽在，皆绌而不讲”，或是因为“先王之道为众说之所蔽，暗而不明，郁而不发”（《新序目录序》），并非语言文字传达圣人之意不得当，不准确。

除了表意准确外，曾巩还认为圣人的经典言简意赅。他在《王容季文集序》中盛赞《尧典》“述命曦和，宅土，测日晷星候气，揆民缓急，兼蛮夷鸟兽，其财成辅相，备三才万物之理，以治百官，授万民，兴众功，可谓博矣。然其言不过数十”，认为圣人语言能包罗万象，可谓“博而约”。在《南齐书目录序》中曾巩又举例盛赞《尧典》和《舜典》“所记者岂独其迹也？并与深威之意而传之，小大精粗无不尽也，本末先后无不白也”，由于圣人之语无所不尽，表达清晰完备，所以“使诵其说者如出乎其时，求其旨者如即乎其人”。强调圣人的经典之作，是由于善于表达造成的，语言能否尽意，关键看作者的表达水平，圣人文字“简约”是因为“有法”，是因善于运用语言。虽然曾巩未明确对“言不尽意”的言意观进行反驳，但曾巩对语言的表现力度显然非常满意，并不存在丝毫的怀疑。在评价他人的诗文中，体现了曾巩对语言运用的高超技巧，作文说理深刻，遣词造句力求语工，能表达人们不易表达的思想感情，这是曾巩的论文标准，其言能尽意的语言观也隐藏其中。具体而言，曾巩认为语言是能表达丰富的思想情感的，其《王平甫文集序》说：“其于诗尤自喜，其忧喜、哀乐、感激、怨怼之情，一于诗见之。”明确表示王平甫的诗可以传情达意、宣泄感情。《范贯之奏议集序》也表现了言能尽意的观点：“后世得公之遗文，而论其本……则公言之不没，岂独见其志，所以明先帝之盛德于无穷也。”强调语言不仅能见志，而且能明盛德。

把语言作为明道教化的工具必然要求语言能清晰明白地达意。基于这个观点，曾巩对文学提出了具体的要求，如对史传文学的要求是：“古之所谓良史者，其明必足以周万事之理，其道必足以适天下之用，其智必足以通难知之意，其文必足以发难显之情，然后其任可得而称也。”认为“文”能够“发难显之情”。对志铭之著，提出了“公与是”的要求，“公”是公正，“是”是真实反映事物的本来面貌。文章要做到“公与是”，必然要求言语与其所表达的对象之间高度统一，强调语言的准确到位。为此，曾巩反复提到了“辞工”的问题。《寄欧阳舍人书》中说：“然则孰为其人而能尽公与是欤？非畜道德而能文章者无以为也。……而其辞之不工，则世犹不传。于是又在其文章兼胜焉。”既强调为文者道德修养的重要性，也讲究文辞的运用。在《南齐书目录序》中，他再次申明这一主张：“所托不得其人……或设辞不善，故虽有殊功伟德非常之迹，将暗而不彰，郁而不发。”“殊功伟德”借言辞才可以“彰”、可以“发”，可见语言的表现力之强。换一个角度看，言不尽意，言不能传情达意、化洽蒙昧、传之不朽是由于“辞不工”“辞不善”造成的，是言说者主体不善于驱遣词语、布局谋篇造成的，并非语言的表达能力有限。

葛兆光认为，宋诗对于唐诗的新变是由“表现”型的唐诗转型为“表达”型的宋诗。[①] 所谓“表达”，正包含着言能尽意的语言哲学观，即相信语言能存载穷形写物、抒情表意的任务。可以说，曾巩的诗歌以具体的创作呼应了宋诗尚意尚理的特点。曾巩虽然没有像欧阳修的《六一诗话》那样专门的诗论，但曾巩的诗歌受其散文的影响比较明显，其诗歌创作主张，与其论文之旨略同。他反对仅看重文辞而不重道的诗文，在重文的同时也很看重诗歌抒发情性、有补于世的功能。元代刘埙指出曾诗风格与其“深于经术，得其理趣”[②] 有关，又认为在表达上曾诗多用赋体，把曾诗放在宋诗“多尚赋，而比与兴寡”的潮流中进行定位。曾诗体现的这一特点与以梅尧臣、苏舜钦、欧阳修为先导而奠定的宋诗重理趣、用赋体特点是一致的。宋代诗文革新的主旨大致相同，即反对浮华之风，提倡言之有物，文以载道。

曾巩诗文从表达、结构、风格上体现了“言能尽意”语言观统率下的具体言说方式。曾巩的散文长于记叙，《叙盗》《广德湖记》《越州赵公救灾记》等都能“本末如画”或“擘画如掌”。他善于将纷繁杂乱的事件交代得一清二楚，详赡周匝。茅坤评其《越州赵公救灾记》云：“赵公之救灾，丝理发栉无一遗漏，而曾公之记其事，亦丝理发栉无一不入于机杼及其髻总。救灾者熟读此文，则于地方之流亡如掌股间矣。”[③] 其他如《李白诗集后序》仅用三百余字就将李白坎坷的一生展现出来。《秃秃记》仅用五百余字就把五岁小儿秃秃被生父遗弃并被杀害的悲惨遭遇交待清楚，将记叙、议论、抒情融为一体，做到了意无不达、情无不尽、理无不至。这种特点影响了诗歌的创作。曾巩诗歌善用叙述、描写，力求穷形尽相，同时好发议论。这种倾向明显是受散文与辞赋的影响。如《瀑布泉》《游麻姑山》《岘山亭置酒》《雪咏》等都描绘生动，形象鲜明。

---

① 葛兆光：《汉字的魔方》，辽宁教育出版社 1999 年版，第 194—210 页。

② 刘埙：《隐居通议》，载《丛书集成初编》，商务印书馆 1937 年版，第 74 页。

③ 茅坤：《茅鹿门先生文集》，载高海夫《唐宋八大家文钞校注集评》，三秦出版社 1998 年版，第 4058 页。

曾巩还长于议论。刘熙载《艺概·文概》云："曾文穷尽事理。"① 纡徐曲折，说尽事理是曾巩散文的突出特点。茅坤评其《救灾议》云："子固大议，其剖析利害处最分明。"② 即使是传统上不宜说理的题材，如亭台记一类的古文，本以写景、叙事为主，曾巩也篇篇大发议论。曾巩诗歌好发议论与"深于经术，得其理趣"有关。例如，《谢章伯益惠砚》由一方砚台引出一番大议论，认为"砚与笔墨乃舟船"，"仁义礼乐定笔端"。又如《流杯池》："行尽坛前石崖路，忽见一曲清泠。酒行到我不辞醉，安用了了分愚贤。"短短的篇幅中，虽是喝酒行令，也有一番关于愚贤的议论。好发议论实与曾巩的文道观相贯通，既然"文以贯道"是诗文的价值所在，那么议论理所当然地成为弘扬儒道、阐明观点的最直接可靠的手段。

总之，在言说的特点上，曾巩多用铺叙，力求穷形尽相；好发议论，力求明白显豁。刘埙认为曾巩在诗文中"少用比兴"，这实质是受"言能尽意"语言观影响的结果，因为运用比兴造成一种"隔"与"隐"，表达效果是含蓄蕴藉、朦胧婉约的，这正是从六朝到中唐"言不尽意"的语言哲学主流影响下的言说方式。③ 曾巩的言说方式是在北宋"言能尽意"语言哲学主流影响下所采取的与上不同的一种方式，它借铺叙与议论直达客观物象与心灵情志，是一种"通"与"显"，表达效果曲尽奇妙、明白无误。

第四节　诗学主张对诗歌特色的影响

一　反对仅看重文辞而不重道的诗文，论诗强调仁义道德

曾巩在《鲍溶诗集目录序》中立足诗歌历史的发展，以道衡诗，他评价鲍诗"清约谨严，而违理者少"，体现了其诗学观。他在《王

---

① 刘熙载：《艺概·文概》卷1，上海古籍出版社1978年版，第31页。

② 茅坤：《茅鹿门先生文集》，载高海夫《唐宋八大家文钞校注集评》，三秦出版社1998年版，第4156页。

③ 李贵：《言尽意论：中唐——北宋的语言哲学与诗歌艺术》，《文学评论》2006年第2期。

平甫文集序》中说："世谓平甫之诗宜为乐歌荐之郊庙，其文宜为典册施诸朝廷……"他还赞扬韩愈诗文"并驱六经中"（《杂诗》之四），从以上文字来看，曾巩对于诗歌的评价标准是首先合于儒家之道，反对只知道"嗜文辞，抒情思"的诗歌。

曾巩早期"尊韩重李"，有一些古体诗师法韩愈、李白，写得光大雄深。但综观曾诗，其主导风格还是平和质朴，其情感主流还是平和节制。孙觌《与曾端伯书》指出："荆公（王安石）屡称郭功夫（郭祥正字）诗，而南丰不谓然，功夫疑之，荆公曰：'岂非子固以谓功夫天分超逸，更当约以古诗之法乎？'据《历代诗话》载，郭功夫诗颇有雄奇壮丽之风，南丰论诗如此。"[①] 郭祥正效法李白横放之风，"史称其母梦李白而生。陆游《入蜀记》亦称祥正少时，诗句俊逸，前辈或许为'太白后身'又称青山太白祠以祥正侑食。盖因诗格相近，从而附会。然而足见其文章惊迈，时似青莲，故当时有此品目也。"[②] 观其大多数诗歌也的确如此。曾巩所取径的古诗之法是什么？从他批评郭祥正和李白的诗看，他还是不太喜欢超逸、豪放的诗风，倾向于创作风格温和的诗歌，强调"约以古诗之法"，主张严谨质朴的诗风。曾巩对李白诗"连类引义"稍有微词，说"虽中于法度者寡，然其辞闳肆隽伟"。"连类引义"一词出于韩愈《送权秀才序》，韩愈认为权秀才的文章做到了"引物连类，穷情尽变"[③]，意思是文章立"一义"时，能把说明此义的"物"连类引入，以使此义得以充分展开。韩愈的"引物连类"是说通过联想、比喻等文学手法来引出物类。早在《文心雕龙》"物色"篇中刘勰就提出"诗人感物，连类不穷"[④] 的说法，把"引物连类"看作诗人作诗时的一个很重要的思维活动。曾巩将连类引义与"不合法度"联系起来，可见

---

① 孙觌：《与曾端伯书》，载《鸿庆居士集》卷 12，《文渊阁四库全书》1135 册，台湾商务印书馆 1983 年版，第 125 页。

② 胡仔：《苕溪渔隐丛话·前集》卷 37，上海古籍出版社 1979 年版，第 251 页。

③ 韩愈：《送权秀才序》，载《韩愈全集·文集》卷 4，上海古籍出版社 1997 年版，第 205 页。

④ 刘勰：《文心雕龙·物色》，载《文渊阁四库全书》1478 册，台湾商务印书馆 1983 年版，第 64 页。

他对于李白那种想象奇特的诗歌有所不满。这种对于情思、想象的弱化，直接反映在曾诗中。曾巩的诗歌的确很少想象，即使是早期模仿李白、韩愈的诗歌也有这种缺陷，缺乏想象力也使曾诗严谨有余，情韵不足。

二 重视诗歌的济世作用

作家的创作意图和文章内容往往对文章的言说方式起着决定性的作用。北宋文坛“言尽意论”的语言观之所以成为语言哲学主流，很重要的原因是北宋士人“文以明道”“文以贯道”的诗文艺术价值观的提出，文作为“治平天下”的工具，必然要求它明白、清晰。欧阳修领导的诗文革新运动是在复兴儒学、治平天下的政治理念下兴起的，文学之用在于“明道”，清楚明白地表达治平天下的思想和具体措施成为此时期为文的要求，“道胜则文胜”，文章的高低优劣不在于辞藻的华美和意义的隐晦曲折，而在于是否清晰明白地传达了儒家之道。因此，传统文学中对艺术形式的刻意经营和迷恋追求受到宋人的反对，司马光在《答孔文仲司户书》中说：“古之所谓文者，乃诗书礼乐之文，升降进退之容，弦歌雅颂之声，非今之所谓文也。今之所谓文者，古之辞也。孔子曰：‘辞达而已矣。’明其足以通意斯止矣，无事于华藻宏辨也。必也以华藻宏辨为贤，则屈宋、唐景、庄列、杨墨、苏张、范蔡，皆不在七十子之后也。”① 以欧阳修为主导的诗文革新的一个重要方面就是主张平易的风格，这其实正是对宋初西昆体华美侈丽之风和“太学体”险怪艰涩文风的一种矫正与反拨，因为华美雕饰的文风与险怪艰涩的文风一样遮蔽了作者所要表达的意义，而不是使其明白显豁地表达思想。

曾肇为其兄曾巩所写《行状》云：“公未尝著书，其所论述，皆因事而发。”② 和先儒一样，曾巩强调诗文在政教方面的教化作用，其《说言》云：“吾有为而言之也”，目的是“期为有补于治而已”，

① 司马光：《司马温公文集》，康熙四十八年（1709）正谊堂刊本。

② 曾肇：《曾巩行状》，载《曾巩集》附录，中华书局1998年版，第792页。

把语言作为明道的载体，教化的工具，以期“明圣人之心于百世之上，明圣人之心于百世之下”（《上欧阳学士第一书》）。曾巩的散文本原六经，篇篇都是经邦治世之言。他甚至说：“文章之得失岂不系于治乱哉!”（《王子直文集序》）把文章、道德、政治联系在一起，诗文的功用是“经邦纬国”“治国平天下”，强调能从事治国安邦的实际事业，能通过文字宣传圣人之道，提出治国安邦的理论主张。因此，他矢志于文字间，在《与王安石第一书》中说：“文字不光耀于世，吾徒可耻也。”通观其诗文，“明圣人之心”以成天下之治的作文主旨是始终不变的，言能尽意的语言观背后隐藏着曾巩的政治观和文学观，言说的终极目标是扶衰救缺、治平天下。曾巩也很重视诗歌的济世作用，例如“庆历新政”失败之时，杜衍、韩琦、范仲淹、富弼、欧阳修、蔡襄等相继以朋党之罪被罢免贬谪，曾巩上书欧、蔡说：“二公相次出，两府亦更改，而怨忌悔骂谗构之患，一日俱发，翕翕万状……感愤之不已，仅成《忆昨诗》一篇，杂说三篇……欲启告觉悟天下之可告者，使明知二公志。次亦使邪者庸者见之，知世有断然自守者，不从己于邪，则又庶几于天子视听，有所开益。使二公之道行，则天下之嗷嗷者举被其赐。是亦为天下计，不独于二公发也。”（《上欧蔡书》）这一段话说明，曾巩即使对于主要用来抒发个人情志的诗歌，也重视其社会作用。他的诗歌，不乏反映现实社会的佳作，如《追租》《边将》《兵间》《杨颜》《黄金》《胡使》《降龙》等都针对现实，有感而发。虽然反映现实的诗歌占了全部诗歌的百分之六，并不算多，但这些诗表现了曾巩对现实的关怀，对冗政、冗官、冗兵等腐败现象的批判，是作者仁政思想的具体表现。

三　肯定诗歌的怨愤的价值，对穷愁之士的发愤之作表示理解与肯定

尽管曾巩对于诗歌的评价标准是必须合于儒家之道，反对只知道“嗜文辞，抒情思”的诗歌，但在不悖于道义的前提下，仍然给诗歌的审美性和抒情性留下了一席之地。

曾巩早年饱受生活的磨难，科场的屡次败北、儒家经世致用思想

的难以实现使其心理上并非总是很平静，尽管他以儒家中庸之道加以节制，但内心的郁勃之气仍然在其早期诗歌中显露出来。这一点非常突出地表现在对贾谊的同情共感上，他的《读贾谊传》直抒悲悯之情：

> 余悲贾生之不遇。观其为文，经画天下之便宜。足以见其康天下之心。观其过湘为赋以吊屈原，足以见其悯时忧国，而有触于其气。后之人责其一不遇而为是忧怨之言，乃不知古诗之作，皆古穷人之辞，要之不悖于道义者，皆可取也。贾生少年多才，见文帝极陈天下之事，毅然无所阿避。而绛灌之武夫相遭于朝，譬之投规于矩，虽强之不合，故斥去，不得与闻朝廷之事，以奋其中之所欲言。彼其不发于一时，犹可托文以摅其蕴，则夫贾生之志，其亦可罪耶？故予之穷饿，足以知人之穷者，亦必若此。又尝学文章，而知穷人之辞，自古皆然，是以于贾生少进焉。

贾谊才高命蹇，忧愤而终，使曾巩生出“同是天涯沦落人”的悲哀，曾巩认为，将自己的不平之气寄托在文字中“其亦可罪耶”？在此，曾巩明确提出了对“穷人之辞”的看法。在诗中抒发自己“不遇”的愤激与骚怨虽与社会有着千丝万缕的联系，却给个人情感的抒发打开了方便之门。诗歌更大程度上是属于个人的，曾巩在此肯定了诗歌的抒情性与个体性。他还对屈原在诗歌中抒发萧骚幽怨之情表示同情和肯定：“狂言屈子吟，浩哥仍子倡”（《答裴煜二首》），称道葛蕴的诗作“直可窥灵均”（《答葛蕴》），还在《祭王逵龙图文》中说：“至于称物引类，兴言寓怀，远参骚雅，近杂嘲谐，丽兼组藻，美轶琼瑰，皆足以声驾多士，望隆九陔。”王逵的文章“远参骚雅，近杂嘲谐”，这一点很值得注意，自中唐复兴儒道以来，为了强调“道”的重要性，屈骚往往被视为害道之物，而曾巩以文学家的眼光，看到了王逵之文源自“骚雅”，并肯定了其辞具有的审美特性：“丽兼组藻，美轶琼瑰。”可见，曾巩在评诗文时，虽然以道衡文，有着教条主义的倾向，但同时能就文论文，从审美角度对古今诗文进行评析，对各家的风格特点和表现方式都有准确的把握。

其实，孔子“诗可以怨”[①] 的说法说明儒家诗教中本身包含着诗“发乎情”的见解。韩愈提出“不平则鸣”的主张，他在《送孟东野序》中说：“大凡物不得其平则鸣。水之无声，风荡之鸣。其跃也，或激之；其趋也，或梗之；其沸也，或炙之，金石之无声，或击之鸣。人之于言也亦然，有不得已者而后言。其歌也有思，其哭也有怀，凡出乎口而为声者，其皆有弗平者乎！”[②] 这篇序文是为贫困潦倒、怀才不遇的孟郊所作，强调穷愁者抒发自己的不幸。韩愈还进一步强调说：“夫和平之音淡薄，而愁思之声要妙，欢娱之辞难工，穷苦之言易好也。是故文章之作，恒发于羁旅草野。至若王公贵人气满志得，非性能而好之，则不暇以为。”[③] “不平则鸣”理论的提出强调了诗歌的抒情功能。韩愈更重视散文的实用功能，认为诗只是抒写“感激怨怼奇怪之辞”（《上宰相书》）的。欧阳修继承司马迁“发愤著书”说和韩愈“不平则鸣”的见解，提出诗文创作“穷而后工”的理论：“世谓诗人少达而多穷，夫岂然哉！盖世所传诗者，多出于古穷人之辞也。盖愈穷则愈工。……然则非诗之能穷人，殆穷者而后工也。”[④] 这些都说明，通过文学创作，作家可以在诗文中抒发自己的感激忧怨之情。曾巩在《苏明允哀辞》中说：“明允每于穷达得丧，忧叹哀乐，念有所属，必发于此。”在《王平甫文集序》中说：“其于诗尤自喜，其忧喜、哀乐、感激、怨怼之情，一于诗见之，故诗尤多也。”明确肯定诗歌吟咏情性的功能，强调有感而发。从纯粹的儒家的眼光看，李白很明显不符合儒家中庸之道的要求，李白身上所具有的磊落使气的豪放狂恣与儒家伦理道德要求的温柔敦厚的诗教相左，但曾巩对其诗文赞叹之情溢于言表。他说：“白之诗连类引

---

① 《论语》，载朱熹《四书章句集注》，中华书局2005年版，第178页。

② 韩愈：《送孟东野序》，载《韩愈全集·文集》卷1，上海古籍出版社1997年版，第201页。

③ 韩愈：《荆潭唱和诗序》，载《韩愈全集·文集》卷1，上海古籍出版社1997年版，第201页。

④ 欧阳修：《梅圣俞诗集序》，载《欧阳修全集·居士集》卷43，中华书局2001年版，第612页。

义，虽中于法度者寡，然其辞闳肆隽伟，殆骚人所不及，近世所未有也。”（《李白诗集后序》）对诗歌抒情性与审美特质的重视，使曾巩能以开放包容的眼光来看待李白的诗歌。诗歌创作是与人生的种种况味紧密相连的，在一定程度上脱离儒家诗教标榜的美刺教化的藩篱，体现诗歌的抒情本质与审美特点，对穷愁之士的不平之鸣给予理解，给诗歌留下一个能自由发抒情感的艺术天地，使诗歌创作立足在现实人生的具体生活层面。当然，尽管曾巩肯定穷人之辞的合理性，但更多的还是强调“乐而不淫，哀而不伤”的中庸之道，主张节制情感，淡化不平。

第六章　曾巩诗歌的分期及依据

“诗较多地与文人式的生活态度有联系，而文章则与天下、国家、道德有较强的联系。”① 曾巩虽然严守儒家之道，但他热爱实际生活中的各种内容，他的诗，特别是出京外任时期的诗中充溢着生机勃勃的情趣。有论者认为：“北宋诗文革新，却没有出现元、白‘新乐府’那样以诗干时讽政的创作思潮，有了古文这一明本载道，施于礼乐刑政的得力样式，诗便轻松了许多，北宋的诗歌革新主要表现为艺术趣味、意境和风格的创新。”② 这段话并不是很符合当时的实际情况，事实上，庆历新政士风高涨，掀起经世致用的济世热潮，以诗干政的风气是很浓的。欧阳修、苏舜钦、梅尧臣等人在早期都很注重诗歌的政治功能，将诗歌作为治世的药石，注重发明教化讽谏之义。只不过宋人在以诗干预时政之时，也为诗歌抒发自己的情感留下了一片大有可为的天地。“一集之内，一生之中，少年才气发扬，遂为唐体；晚节思虑深沉，乃染宋调。”③ 这大致可以用来总结欧阳修等人在诗风上的前后变化。

曾巩的诗歌总体上显示出一种平和质朴之态，但任何一位作家的风格都不可能是单一的，事实上，曾巩的诗歌基于题材、体裁、创作环境和创作时期的差异而表现出多元化风格。自宋以来的评论家早就

① ［日］佐藤一郎：《中国文章论》，赵善嘉译，上海古籍出版社 1996 年版，第 134 页。

② 陈杰：《北宋诗文革新研究》，内蒙古教育出版社 2000 年版，第 294 页。

③ 钱锺书：《谈艺录》，中华书局 1984 年版，第 4 页。

注意到这个问题。如：

> 子固诗一扫昆体，所谓饾饤刻画咸无之，平实清健，自为一家。①
>
> 其格调超逸、字句清新、愈读愈不能释。②
>
> 其五七言古甚，排宕有气，近体佳句……皆清深婉约，得诗人之风旨。③

这些评价可谓仁者见仁，智者见智，从各自的角度表达了对曾诗的喜爱。综合起来，大致说明了曾诗的以下几个特点：其一，曾巩的诗歌风格有所不同，有的雄健，有的婉约；其二，曾诗在语言上的特点是平实，不像西昆体那样追求华美的形式；其三，注意到曾巩诗歌有前后期风格的变化，前期以古体为主，后期多为近体。古体诗“排宕有气”，近体诗“清深婉约”。倪惠颖将曾诗的分期划为两个阶段，并以通判越州为界，本书也赞同这一划分。④ 今人李震对曾巩前后期诗风的不同说得很清楚：“他早期多写古体诗，有着丰富的想象，豪纵的激情，写得洋洋洒洒，从容不迫，颇有太白遗风；后期多写格律诗，有许多寄意幽深和婉朴秀美的作品。”⑤他从体裁、手法、风格方面作出了前后期的区分。本文在吸收已有思想资源的情况下，力图从生活经历、情感基调、创作目的、艺术风格等方面来论述其前后诗风的变化原因。必须指出的是，曾巩诗风的发展并不是突变的，而是一个逐步发展的过程。因而前后期诗歌风格的区分只能是从主导方面来看，而不能决然区分。总结起来

---

① 方回：《瀛奎律髓》卷16，引自李庆甲《瀛奎律髓汇评》中册，上海古籍出版社2005年版，第620页。

② 符遂：《曾南丰先生诗注序》，引自王焕镳《曾南丰先生年谱》，商务印书馆1943年版，第15页。

③ 潘德舆：《养一斋诗话》卷4，载郭绍虞《清诗话续编》下册，上海古籍出版社1999年版，第2068页。

④ 倪惠颖：《论曾巩前后期诗风转变》，宁夏大学2004年硕士学位论文，第3页。

⑤ 李震：《曾巩年谱·前言》，苏州大学出版社1997年版，第2页。

曾巩前后期诗歌在四个方面有一些变化：前期古体多，后期近体多；前期率直，讲铺排，后期有重比兴、讲意境的倾向；前期多关心现实和咏史题材，后期多观照自然山水的内容；前期议论色彩较强，后期多清静恬淡的意境。

《曾巩集》（中华书局 1984 年版）共收诗 443 首。除收入《元丰类稿》外，又“从《南丰曾子固先生集》、《群书校补》等书中辑录了散佚诗文，计有诗三十三首，文七十八篇”①，是迄今收录曾巩诗文最为完备的集子。443 首诗中的一部分已经有了较为可信的编年，主要见王焕镳《曾南丰先生年谱》、李震《曾巩年谱》、夏汉宁《曾巩》和王琦珍《曾巩评传》中。其中《曾南丰先生年谱》有 126 首系年，《曾巩年谱》有 443 首全部系年，夏、王二人也提到了一些诗歌的作年分期，但是有一部分诗歌系年在诸年谱中分歧较大，因此曾巩有些诗文目前尚不能确定其作年，但可以确定作于某一时期，在这一点上诸家分歧倒不大。笔者参阅以上诸家年谱，将有争议的诗歌进行“系期”处理。

曾巩现存最早的诗歌作于十九岁（景祐四年，1037），到他去世六十五岁（元丰六年，1083），其诗歌创作凡 46 年。其间，他的人生经历虽然较为平和，没有大起大落，但细细寻绎，三十九岁（1057）应是他人生的转折点，经历二十一年科场败北的曾巩终于考取功名，从一名普通士子步入仕途，身份地位发生了相应改变，与之相应，曾巩的诗歌是否发生了显著的变化呢？我们看到，1057 年入仕并未在他的诗歌风格上造成显著变化，因为他主要从事馆阁校勘工作，仍然过着书斋生活。综合他的思想、心态、经历以及诗歌创作的体裁、题材、创作环境、目的、创作时期的差异和数量的一些变化，笔者也认为将诗歌的分期定在通判越州（1069）这一年较为合理。现在将曾巩各期诗歌篇数以表格的形式呈列如下。

---

① 曾巩：《曾巩集·前言》，晁继周、陈杏珍校点，中华书局 1998 年版，第 9 页。

前期（18—51 岁，共 33 年）				
求学期	养病期	耕读期	中举期	馆阁期
18—26 岁	26—29 岁	30—39 岁	39—42 岁	42—51 岁
23 篇	56 篇	63 篇	10 篇	43 篇

后期（51—65 岁，共 14 年）						
越州期	齐州期	襄州期	洪州期	福州期	明亳州期	京官期
51—53 岁	53—55 岁	55—57 岁	57—59 岁	59—60 岁	60—62 岁	62—65 岁
28 篇	82 篇	59 篇	20 篇	42 篇	11 篇	6 篇

表中以曾巩出任越州通判为限，这一分期的主要依据是什么？出任地方官之后，曾巩脱离了长期的书斋生活从而走入了大自然，与此相应，其思想心态、情感基调、创作目的和审美趣味也有了一些变化，从而使曾巩诗歌在风格上有前后期的转变，还可以看到曾巩诗歌在体裁上有明显不同，前期以古体诗为主，后期以律诗为主。具体而言，将之如此分期的依据有以下三个方面。

第一节　从沉郁到平和：情感基调的转变

曾巩思想构架中有着较为有效的调节机制，因而现实不如意造成的悲伤往往经过理性的稀释才进入情感层面，“和”的情感伴随着种种不如意的现实成为他情感中一以贯之的主导因素。但是一个人是不可能长久地没有任何不平的，只不过曾巩心态的复杂性并不表现为显意识中的激烈冲突，只有在其情感的细微之处才能窥其端倪。仔细研读曾巩诗歌，其前后期诗歌在情感上还是有些变化的，这是曾巩自我人生定位、人生经历的变化和时代的变化在其诗歌情感基调上的反映。曾巩有着较强的调适机制，但并不是说他完全能超脱现实困境，始终保持情感的中正平和。事实上，早年的曾巩也经历了诸多人生磨难，他的平和也不是始终如一的。

早期的曾巩以儒家道统传人自居，其诗歌充满理想在现实中碰壁的愤郁。在传统儒家那里，治国平天下是最大的理想和抱负。曾巩出身于儒学世家，祖父曾至尧是太宗、真宗朝有影响的人物，为人耿直，性格刚率，《宋史·文苑传》有传。父亲曾易占虽然含冤落职，却不以个人得失为怀，他留心国事，著有《时议》十卷。宋仁宗宝元年间，契丹叩关，曾易占立即上书朝廷陈述意见，书中所言事均为朝廷排忧解难，没有趁机为自己的冤屈辩解，时人颇称道于此。王安石《太常博士曾公墓志铭》云：

> 既仕不合，即自放，为文章十余万言，而《时议》十卷尤行于世。《时议》者，惩已事，忧来者，不以一身之穷而遗天下之忧。以为其志不见于事，则欲发之于文，其文不施于世，则欲以传于后。后世有行吾言者，而吾岂穷也哉？
>
> ……公之遭诬，人以为冤；退而贫，人为之忧也。而公所为十余万言，皆天下事，古今之所以存亡治乱，至其冤且困，未尝一以为言。……好学不怠，而不以求闻于世。[①]

曾巩出身于这样的家庭，儒学经世致用的一面通过祖父辈忧国忧民的爱国情怀具体而生动地表现出来。曾巩二十二岁谒见欧阳修时说："家世业儒，故不业他。自幼逮长，努力文字间，其心之所得庶不凡近，尝自谓于圣人之道，有丝发之见焉。周游当世，常斐然有扶衰救缺之心，非徒嗜皮肤、随波流，搴枝叶而已也。"（《上欧阳学士第一书》）他还言及受到欧阳修的教导："某之获幸于左右，非有一日之素，宾客之谈，率然自进于门下，而执事不以众人待之。坐而与之言，未尝不以前古圣人之至德要道，可行于当今之世者，使巩熏蒸渐渍，忽不自知其益，而及于中庸之门户，受赐甚大，且感且喜。"（《上欧阳学士第二书》）由此可见青少年时代的曾巩对自己的人生定位。

曾巩的青少年直至中年时代正处于仁宗明道、景祐、宝元、康

① 王安石：《太常博士曾公墓志铭》，载《王文公文集》下册卷87，上海人民出版社1974年版，第924页。

定、庆历、皇祐、嘉祐时期和英宗治平时期。庆历新政促进了士风的高涨。这一时期正好处于北宋儒学复古运动的大文化背景下。如果以熙宁二年（1069）曾巩五十一岁出京通判越州为限，曾巩前期诗歌创作活动正好集中于这一时期。此时期以范仲淹、欧阳修为领袖掀起的儒学复古运动，改变了宋初文人那种回避社会矛盾的创作倾向，使经世致用的济世热情成为时代主潮。范、欧二人的身体力行将庆历士风推到了一个全新的境界，文人和士大夫普遍以儒家名节自励，充满强烈的责任意识和忧患意识。此时的道德修养趋于与外在政事相联系，表现为“以直言谠论倡于朝”。在这样的大环境下，曾巩以道统传人自居，力图经世致用。庆历新政来临之际，曾巩曾在《代人上永叔书》中这样说道：“大有为时不世得，众贤既已遭遇其时，方夙夜唯道深微之际，明王体，断国论，建万世之长策，佐明主于唐虞之盛，非阘茸曲士所能仰望其辉光也。”这样激情荡漾的笔墨很少出现在曾巩以平正温雅为主导风格的散文中，很明显，是庆历时代的改革风云激励了曾巩。曾巩在年轻时关心国事，著《本朝政要策》五十篇即为最好的说明。在二十二岁（1040）所作《冬望》诗中，曾巩自叙怀抱曰：

> ……南窗圣贤有遗文，满简字字倾琪瑰。旁搜远探得户牖，入见奥阼何雄魁。日令我意失枯槁，水之灌养源源来。千年大说没荒冗，义路寸土谁能培？嗟予计真不自料，欲挽白日之西颓。尝闻古者禹称智，过门不暇慈其孩。况今尫人冒壮任，力蹶岂更余纤埃。龙潭瀑布入胸臆，叹息但谢宗与雷。著书岂即遽有补，天下自古无能才。

“千年大说没荒冗，义路寸土谁能培？嗟予计真不自料，欲挽白日之西颓”，曾巩的理想是将儒家道统传承下去。然而理想与现实往往存在遥远的距离，诗人的理想在现实中屡屡碰壁，其感情是沉重的，诗歌也表现出沉郁的色彩。这种理想不得实现的沉郁随着年龄的增长和经历人生的诸多坎坷变得更加强烈，庆历六年（1046），曾巩二十八岁作《写怀二首》之二云：

荒城绝所之，岁暮浩多思。病眼对湖山，孤吟寄天地。用心长者间，已与儿女异。况排千年非，独抱六经意。终非常情度，岂补当世治？幽怀但自信，盛事皆空议。气昏繁霜多，节老寒日驶。局促去朋友，咄唶牵梦寐。将论道精粗，岂必在文字？

“况排千年非，独抱六经意”这一与众不同的理想与现实格格不入，诗人在现实面前感到了古道不得行的孤独与悲哀。穷病、孤独折磨着诗人，但是诗人还是努力守着自己的理想不变，诗歌的情感仍然是沉重的。

儒家理想的事功境界是治国平天下，在曾巩生活的时代，要达到这个目标，只有一条路可走，那就是科举。然而，曾巩在这条路上并非一帆风顺，从十八岁开始应举，屡试不中，直至三十九岁才中举，困于科场近二十一年，其间所受的煎熬可想而知。“我本孜孜学《诗》、《书》，诗书与今岂同术？智虑过人只自雠，闻见于时未裨一。片心皎皎事乖背，众醉冥冥势凌突。出门榛棘不可行，终岁蒿藜尚谁恤？”（《秋怀》）理想与现实反差巨大，自然就不能心境平和。当他以满腔热情投入社会时，社会回应给他的是令人失望的蹉跌困窘。由于非常希望获得现实的功名，使他面对人生的困境显得不安、羞愧甚至激愤，此时他处在一种心理的煎熬中：“连年礼部试多士，白羽舍置操榛菅。君今忽忽负壮节，我亦春色羞衰颜”（《送吴秀才》），“嗟余龃龃才性下，弃置合守丘樊饿”（《送陈商学士》），“浩观万物变，飒尔生凉风。遂恐时节晚，芳兰从此凋。功名竟安在？富贵空寥寥”（《将之浙江延祖子山师柔会别饮散独宿空亭遂书怀别》）。致慨于友人，曾巩有“寥寥今非古，感激事真妄”（《答裴煜二首》之二）的倾诉；着眼于前途，他有“人生飘零内，何处怀抱宽”（《寄舍弟》）、“苍苍运乃尔，何地放我忧”（《至荷湖二首》之二）的忧怀忧思；辗转于学馆，曾巩甚至有“物色撩人思易狂，况跻别馆情何那”（《送陈商学士》）的情感自白。很多时候，曾巩常常为世俗的功名所困扰，其内心充满郁勃之气，虽然像那种激情澎湃、意气昂扬的文字在曾巩文中只占极小一部分，但却让我们能够看到曾巩积极进取的一面，也是他始终坚持入世的动力。面对理想的挫折与幻灭，曾巩常常情不自禁地感慨自己的命运多舛。

儒学中包含着经世致用和独善其身两个价值向度。读曾巩前期诗，会感到诗人虽然愤郁不平，但并不是一泻千里、毫无遮拦的激情奔放。在理想与现实的巨大反差面前，曾巩将人身价值的实现寄托于自身的修身守道上，这使他在一定程度上化解了难堪处境带来的心理挫败感，但是内心的隐痛与不平还是显现了出来。但他在诗中抒发的情感仍然是有所节制的，其“理想不得实现的郁勃之气亦趋于内敛，从而形成前期诗风的‘古朴凝重’，‘排宕有气’”[1]。例如，《答裴煜二首》之二一诗，虽然有感于世道人心的乖违险恶：“寥寥今非古，感激事真妄。曾谁省孤心？祇以饵群谤。”甚至“亲朋为忧危，议语数镌荡”，但是作者也并未因此将内心的痛苦不平化为滚滚怒涛，而是有所节制：“顾惭小人愚，未出众夫上”，以心灵的自得超越现实境遇，“时节虽已晏，梅柳幸欲放”，说明诗人在艰难境遇中重新收拾了身心，将希望投向未来。

晚年的曾巩辗转七州，又受疾病的困扰，随着年龄的老大，经历了人生的种种忧患，心境渐趋平和。这一时期，儒家内圣之学占据其思想的主导地位。他亲眼见到欧阳修的屡次贬谪，好友王安石也是升沉起落无常。他多次表达的是“一枝数粒身安稳，不羡云鹏九万飞”的求安求稳的思想。前期诗歌中那种“物色撩人思易狂，况跻别馆情何那”（《送陈商学士》）的情感状态，在后期诗歌特别是律诗和绝句中很少看到。曾巩虽然没有像同时代人那样大起大落，但是，现实毕竟与理想有着一定的距离。曾巩离开京城外任虽是自己申请，但也是在京城得不到重用所迫。在一定程度上，宋朝官员将出京外任当作一种变相贬谪。如曾巩《送钱纯老知婺州》一文中就表达了希望钱氏早日回朝的良好祝愿。可以说，曾巩离京外任，通判越州是有一些

① 倪惠颖：《论曾巩前后期诗风演变》，宁夏大学2004年硕士学位论文，第15页。

失意的。寄情山水是失意文人通常的栖居方式，曾巩后期的诗歌主要以山水为内容，很少前期那样直接干政的诗歌，山水的清音流荡在曾巩诗中，山水的清貌展现在曾巩诗中。在《羁游》诗中，曾巩表达了这样的心思："何由得洗尘埃尽，恣买沧州结草庐。"他把这种设想直接落实到现实境遇中，直接在魏阙中找到江湖的悠闲之乐，如：

客来但饮平阳酒，衙退常携靖节琴。(《静化堂》)
莫问台前花远近，试看何似武陵游。(《百花台》)
一枝数粒心安稳，不羡云鹏九万飞。(《次道子中问归期》)

然而诗人也常有现实不如意带来的隐微惆怅，比如长期离京外任，辗转七州、对家人的牵挂、客居他乡的幽怨等，使他诗歌情感的表现如同平静的水面时时溅起一点细微的波澜，但转瞬又恢复平静。试读下面一首诗：

左符千里走东方，喜有西湖六月凉。塞上马归终反复，泰山鸱饱正飞扬。懒宜鱼鸟心常静，老觉诗书味更长。行到平桥初见日，满川风露紫荷香。(《西湖二首》之一)

虽然有外任带来的不平，但是诗人在美丽的西湖中徜徉，心胸不再横亘着纷扰的政务和无聊繁杂的尘务，大自然中的一切都是那么新奇，那么富有诗意，诗人心闲意逸，于是决心像鱼鸟那样心静心闲。芦苇、清波、风荷，一切是那么随意自然，难怪曾巩说："何须辛苦求天外，自有仙乡在水乡。"(《西湖二首》之二)

曾巩以醇儒自居，往往执着于原则，用他自己的话说就是"迂"。这种"迂"在他的前期诗歌中多表现为一种直率耿介和孤芳自赏，在情感上因为与世不合而显得沉郁。后期追求平和自适，外部世界对他的影响微乎其微，他总是在社会与自然界中寻求一种清闲、清静，无论面对喧哗的酒席还是面对自然的宁静，他都保持一种平和与恬淡，因而在诗中表现的情感不再像前期那样有着一种郁勃之气，而是趋于平和自适。

第二节 从实用性到文学性：创作目的的倾斜

对宋代士大夫而言，社会政治批判诗无论在理念上还是在实践上都有重要的意义。但仔细翻翻他们的作品集，就能注意到这样一种倾向：其一，在整个人生生涯中大量创作社会政治诗的诗人似乎很少；其二，这类诗歌的创作年代偏于青壮年时期。诗人们更喜欢在散文中阐发自己治国平天下的政治理念，而诗歌则较多地承载着抒发个人情怀的任务。曾巩的诗歌创作也有这种特点。

庆历时期，文人论文即是论政。文以为用的思想几乎贯穿在此期文人的写作中。庆历党议的最根本精神是议政精神，庆历文学的核心精神是文学为改革服务。梅尧臣明确提出了自己的文学主张，苏舜钦、欧阳修、苏轼、王安石等人借诗歌讲论道德、反映实事、当作奏议，这种时代风气在曾巩的早期创作中留下了极深的印迹。曾巩早期诗歌以实用性为主，有很多反映实事，议政论政之作。由于受强烈的政治意识影响，宋人大多不在穷途中借诗来抚慰情感的创伤，而是努力在政治上寻求诗的价值。曾巩前期的诗歌以庆历时期为主，这一时期正是儒学复兴运动的高涨时期，士人莫不以名节相高，关心国事，讥责朝政。曾巩正是在这士气炽盛的时代大潮下，登上人生舞台的。《鲍溶诗集目录序》写于馆阁时期，这一时期属于曾巩前期诗歌风格的成熟期，他说："盖先王之迹息而诗亡，晚周以来，作者嗜文辞，抒情思而已。"称赞鲍溶诗"清约谨严，而违理者少"。在《王平甫文集序》中说："世谓平甫之诗宜为乐歌荐之郊庙，其文宜为典册施诸朝廷……"这几段文字对诗歌抒情性较为排斥，对诗歌实用功能较为强调，都说明曾巩前期诗学观是较为偏重诗歌的社会功能的，而对诗歌的审美性和抒情性是较为忽略的。即使对于主要用来抒发个人情志的诗歌，曾巩也重视其社会作用，他甚至说："文章之得失岂不系于治乱哉！"（《王子直文集序》）把文章、道德、政治联系在一起，诗文的功用是"经邦纬国""治国平天下"。

《追租》《边将》《兵间》《杨颜》《黄金》《胡使》《降龙》等诗都针对现实有感而发，是诗人悯时忧国的体现。《追租》诗云："暴吏理宜除，浮费义可削。"《边将》诗云："祖宗宪度存诸书，曜若白日明天衢。国容军政不可乱，荐此以为陛下娱。"《湘寇》："呜呼庙堂不慎择，彼士龊龊何能任？大中咸通乃商鉴，养以岁月其忧深。愿书此语致太史，献之以补丹扆箴。"这些诗句让我们感到曾巩对时政的关心，并想通过诗歌达到反映民瘼、上达天子、匡救时弊的效果。

强调诗歌的讽谏功能使诗歌体现出三个特点：一是有为而作；二是针砭时弊，讽谏以至议政；三是语言平实。要达到以上特点，诗歌在表达方式上就要力求显豁明白，议论无疑就具有这个特点。刘勰对"论说"这种体裁的评说是："原夫论之为体，所以辩正然否；穷于有数，究于无形，钻坚求通，钩深取极；乃百虑之筌蹄，万事之权衡也。"① 其中"穷"与"通"就是"尽意"，就是"透彻"。纡徐曲折、说尽事理是曾巩散文的突出特点。议论不但充溢于曾巩的各类散文中，也大量出现在其诗歌中。在刘勰看来，"论说"这种文体本为应用之"笔"，曾巩却引之入诗。《送钱生》《靖安县幽谷亭》诸诗都是通篇发议论。好发议论实与曾巩的文道观相贯通，既然"文以贯道"是诗文的价值所在，那么议论理所当然地成为弘扬儒道、阐明观点的最直接可靠的手段。宋代以文为诗的诗歌艺术探究在内容上紧密结合儒学复古运动的思潮，在诗中往往有较多讲论道德的内容，把诗作为教化的工具，让诗充当纲纪人伦的作用，在理学家那里显得尤为突出。曾巩也有这样一些诗歌。如《寄王介卿》也用了一半篇幅讲论儒家大道理。总之是完全把诗歌当作论事议政的工具，毫不隐晦地表达个人的政治见解，流露出强烈的参政议政意识。即景生情式的一挥而就，使议论过于直白，带有明朗率直的特征，但也使诗歌缺少一种含蓄与蕴藉，缺乏一种韵味深厚的美感。何焯评《秋怀》诗

---

① 刘勰：《文心雕龙·论说》，载《文渊阁四库全书》1478 册，台湾商务印书馆 1983 年版，第 64 页。

"太讦直"①，又评《豪杰》诗说："诗若此，复何味。"② 由于情感的发展基本上是直线型的，所以影响了诗歌的形象性和生动性，这些都是由于议论过多带来的弊端。

少比兴，多赋体是北宋诗歌的共同特点。刘埙认为曾巩在诗文中"少用比兴"，这实质是受"言能尽意"语言观影响的结果，因为运用比兴造成一种"隔"与"隐"，表达效果是含蓄蕴藉、朦胧婉约。曾巩的言说方式是在北宋"言能尽意"语言哲学主流影响下所采取的与上不同的一种方式，它借铺叙与议论直达客观物象与心灵情志，是一种"通"与"显"，表达效果曲尽奇妙、明白无误。

曾巩在诗中用铺排来写景状物，如《冬望》《咏雪》等诗；用铺排叙事的如《之南丰道上寄介甫》《读书诗》等。这种手法的大量采用使诗歌显得平实清健，表达的内容更细致、更形象，情感更直接、更有力量。曾巩诗歌善用叙述、描写，力求穷形尽相，同时好发议论。这种倾向明显是受散文与辞赋的影响。如《金山寺》诗："尘外岧峣鹫岭宫，架虚排险出清红。林光巧转苍波上，海色遥涵白日东。夜静神龙听咒食，秋深苍鹘起抟风。连荆控蜀长江水，尽在回廊顾盼中。"写景状物逼真传神，通过铺陈展衍表现了金山寺宏阔的气势，可谓"状难写之景如在目前"。曾巩善于描绘自然物象，在诗中可俯拾即是。如《瀑布泉》《游麻姑山》《岘山亭置酒》《雪咏》等都描绘生动，形象鲜明。相较而言，前期的铺排甚于后期。当然，铺排带来景物描写的细致，也带来直白无余的缺点。来看一看《九月九日》一诗：

凄凄风露滋，靡靡尘霭屏。已忻庐舍清，未苦裘褐冷。眠食味尤嘉，起坐日尚永。虚天照积水，精鉴出幽矿。石莹见山棱，林疏觉窗冏。黄花宿蕊破，艳艳晨妆靓。频寻远迳香，每爱苍池影。为谁佳色鲜？慰我贫斋静。寒醅出家法，异果得他境。甘腴

---

① 何焯：《义门读书记》卷41，人民文学出版社2006年版，第722页。

② 同上书，第720页。

馔新兔，丑怪荐修鬣。幽闲重时节，老大珍物景。献酬兴未薄，比讽思犹骋。况同亲戚欢，讵非田野幸。俱醉任栖鸦，烛矩尚可秉。

不能不承认此诗裁夺物象、刻画精微的写物之功，但同时也带来直白无余的隐患。何焯评曰："句句可人，但只有一层耳。"①

庆历新政之后，革新派屡遭打击，政治理想潮落，士人经世致用的激情内敛为道德主体的自省，在诗歌的情感与内容上都发生了一定的变化，与经世致用的目的拉开了一定的距离，这也使诗歌更多地表现作者情感和审美个性。曾巩诗歌多经世致用的实用功能，他自己也强调诗歌合于道，不违理。但是相较而言，其前期诗歌较少拉开与实用目的的距离，总体上表现出实用性较强的特征，后期诗歌则拉开了与实用目的的距离，更具有文学性，多表现自己内心情感或体验，多以日常生活中的一幕为内容，很少像前期那样对国计民生直接抒发议论。

后期描写性成分加强，注重意境营造和情韵生成。相较前期，铺叙减少，议论减少。例如：

水心还有拂云堆，日日应须把酒杯。杨柳巧含烟景合，芙蓉争带露华开。城头山色相围出，檐底波声四面来。谁信瀛州未归去，两州俱得小蓬莱。(《环波亭》)

荷芰东西鱼映叶，樵舟朝暮客乘风。清泉雨后分毛发，何必南湖是镜中。(《次绾得风字韵》)

曾巩前期多用古体，用赋的情况较多，后期更注意比兴手法的运用。曾巩后期诗歌基本是用形象说话。善于捕捉对象的精神，以精练的语言出之。如：

① 何焯：《义门读书记》卷41，人民文学出版社2006年版，第723页。

临池飞构郁岧峣，棂槛无风影自摇。群玉过林抽翠竹，双虹垂岸跨平桥。频依美藻鱼争饵，清见寒沙水满桡。(《水香亭》)

环环清泚旱犹深，炳炳芙蓉近可寻。苍壁巧藏天影入，翠奁微带藓痕侵。能供水石三秋兴，不负江湖万里心。照影独怜身老去，日添华发已盈簪。(《盆池》)

这些诗歌比起前期诗歌来更注意意象的选择，例如《水香亭》中的意象有亭、棂槛、翠竹、平桥、美藻、鱼、寒沙、水，虽然有铺陈的手法，但是这些意象不是生硬地罗列在一起，而是互相衬托，成为有机的整体。“鱼”与“美藻”、“水”与“寒沙”形成一种互相依存关系，更见景物的特点。同时能妥帖自然地运用比喻，如“群玉过林抽翠竹，双虹垂岸跨平桥”，将翠竹、平桥写得生动而有神韵。曾巩有时还全诗用比，如“乱条犹未变初黄，倚得东风势更狂。解把飞花蒙日月，不知天地有清霜”(《咏柳》)。把现实中的小人比附为随风而舞的柳絮，讽刺那些善于钻营投机者，颇为深刻。

可以说，曾巩后期诗歌的成就源于他对委婉含蓄诗美的追求，正因为如此，他的后期诗歌重意象的选择，用词的精练，同时又善于运用比喻等修辞手法，从而形成了清深婉约的风格。

第三节　从豪壮郁勃到清深婉约：艺术风格的转变

曾巩前期诗歌在两个不同侧面表现出两个特征：其一，由于科举入仕的失败对其“扶衰救困”人生理想的强烈打击，其诗歌创作实践与其坚持的平和自适的人生态度出现了抵牾，因而此期诗歌表现的情感常常并不平和，而是有着理想不得实现的郁勃之情。郁勃的情感指向是指向外部世界的，但曾巩的郁勃之气由于儒家中庸思想的节制而显得并不张扬；其二，曾巩前期诗歌与经世致用的实用目的结合紧密，其表现就是反映现实生活，重视诗歌的讽谏功能。上面两个特征的共同作用，使曾巩前期诗在总体上表现为郁勃质直的风格。与此不同，曾巩后期诗歌则表现出清深婉约的风格。

一　审美趣味的变化

不同的人有不同的审美趣味，同一个人在不同时期也往往会有不同的审美趣味。审美趣味因人因时而变，但并不是不可捉摸的，这可以从作家的创作理论或具体作品中进行考察。一个作家同一时期的同一体裁或不同体裁的作品往往表现出相同的审美趣味。庆历年间，欧阳修等人以“开口揽实事，议论争煌煌”[①] 的热情以诗干政，以李白、韩愈为诗学典范，正在于从李、韩诗中豪放不羁、张扬发越的精神气概中汲取矫正卑弱士风的力量。表现在诗歌创作上，就是矫正西昆体末流之弊。首先从诗歌体裁上，对于西昆体以密丽精工的律诗为特点的形式，有意识地进行反拨，以纵横自由的古体取代之；其次在表现手法上则采用以文入诗、以议论入诗；最后就是追求直白无隐的表达效果。然而，随着社会政局的动荡不安，诗的政治功能渐趋幻灭，以文为诗的艺术缺陷也逐渐显露。诗人们收拾了豪放之气，转而走向含蓄深沉。与好友王安石一样，曾巩的诗风也有前后期的变化。王安石早期的诗歌创作，与他的文章一样，同为经世致用思潮的产物，叶梦得《石林诗话》云：“王荆公少以意气自许，故诗语惟其所向，不复更为涵蓄。如‘天下苍生待霖雨，不知龙向此中蟠’，又‘浓绿万枝红一点，动人春色不须多’，‘平治险秽非无力，润泽焦枯是有材’之类，皆直道其胸中事。后为群牧判官，从宋次道尽假唐人诗集，博观而约取，晚年始尽深婉不迫之趣。”[②] “以意气自许”“直道其胸中事”，其实也正是曾巩前期诗歌风格的特点。

曾巩前期诗歌表达直白，大段的议论充斥其中，直接表达自己的感情。如“行尽坛前石崖路，忽见一曲清泠泉，酒行到我不辞醉，安用了了分愚贤。”（《流杯池》）这样的议论兼感慨的笔调使诗意直白

---

① 欧阳修：《镇阳读书》，载《欧阳修全集·居士集》卷2，中华书局2001年版，第35页。

② 叶梦得：《石林诗话》卷中，载何文焕《历代诗话》上册，中华书局2004年版，第219页。

无隐。“非同世俗顾颜色，所慕少壮成功名。……十年万事常坎壈，奔走未足供藜羹”（《初夏有感》），“况复辞貌拙，敢随车马奔。盥濯何所事？读书坐轩前。岂堪当世用，空味古人言”（《七月一日休假作》），议论基本上是即景生情的一挥而就，颇为率直秉气。

早期诗歌中景物描写的特点是或阔大雄奇，或阴郁晦暗，这是因为诗人的处境和心境使他无心体味大自然的和谐美景，此时的大自然在其笔下或多或少染上了诗人沉郁的情感色彩。《初冬道中》：“潦退蛟螭不可逃，溪潭清澈见秋毫。欲霜日射西山赤，渐冷天腾北极高。秀色更浓唯竹柏，孤根先动是蓬蒿。感时一抚青萍叹，马踏西风气自豪。”溪潭、霜日、冷天、孤根、蓬蒿意象清冷。动词“射”字突出阳光的力量和气势，描画出瑰丽的冬日山景，“腾”字运用拟物手法，将天空比作不受羁绊的骏马，极写冬日天空之高旷。诗人虽有其壮志难酬的青萍之叹，却仍然借马踏西风的形象传达了自己的凌云豪情。二十八岁病中所写的《苦雨》诗：“雾围南山郁冥冥，峡谷荒风驱水声。只疑日失黄道去，又见雨含沧海生，如催病骨夜寒入，似送客心衰思惊。”三十岁写有《宿尊胜院》诗：“起攀苍崖望，正受万虑戕。岁运忽当尔，我颜安得芳。”还有《咏雪》诗：“严严层冰塞川泽，汹汹北风鸣木石。”《一鹗》诗：“北风万里开蓬蒿，山水汹汹鸣波涛。”不妨还看几首：

> 木端青崖轩，惨淡寒日暮。鸣鸠已安巢，飞鹊尚求树。物情限与夺，兹理奚以据……（《南轩》）
>
> 霜余荆吴倚天山，铁色万仞光芒开。麻姑最秀插东极，一峰挺立高崔嵬。我生智出豪俊下，远迹久此安蒿莱……（《冬望》）
>
> 变秋长云豪，洒雨北风壮。余熇尚争威，积晦颇异状。山回攒枫颠，屋立悬狖上。饮槛聚石为，歌筵注溪当。欢言久喧哗，兴罢一怊怅。旅人正飘摇，岂得谐放荡。(《山槛小饮》)

“苍崖”“荒风”“青崖”“寒日”“霜余”“铁色”这些相近的词语在诗中出现频率极高，诗中景物因此显得沉郁幽冷。这其实与诗人此时的心态密切相关，此时的曾巩内心并不平静和安稳，因此在创作实践上追求韩、李那种壮阔激昂的风格，而他的儒学修养又使他有所节制，这部分诗的特征也就显得既豪壮又沉郁。从某种程度上说，其偏于沉郁豪壮的审美趣味正是他本人心态的不平和生活处境的不顺在诗歌上的反映。

惠洪《冷斋夜话》记载曾巩论诗之语："诗当使人一览语尽而意有余。"[①] 这句话可以从两个方面来理解：就"一览语尽"而言，是提倡语言的平易晓畅；就"意有余"而言，是说用简练的语言表达丰富的意思，也就是用平易的语言表达深微的含义。这一观点颇同于欧阳修的理论："诗家虽率意而造语亦难。若意新语工，得前人所未道者，斯为善也。必能状难写之景如在目前；含不尽之意于言外，然为至矣。"[②]"含不尽之意于言外""意有余"表现了对含蓄蕴藉这一审美趣味的追求。曾巩后期诗歌在表达上追求深婉含蓄。随着庆历新政的失败，士人们因为党争激烈而大批被放逐、贬谪。在熙宁前后，士人们从庆历时期的重外部事功转向内在的道德修养。政治理想的潮落使他们更加理性地思考人生，儒家思想中注重心性修养的内省功夫得到强化。欧阳修早在庆历新政失败后，济世热情也有一定的消减。他自号"醉翁"，在《依韵答杜相公宠示之作》中说："壮志销磨都已尽，看花翻作饮茶人"[③]，颇有忧谗畏讥，远离人事纷争的感慨。晚年又自号"六一居士"，向往归隐生活，认为"纷华暂时好，俯仰浮云散。淡泊味愈长，始终殊不变"[④]，这是欧阳修经历了人生的诸多磨难之后对自己人生历程的反省和总结，这促使他对人生采取一种达观的态度，这种达观的人生态度在诗歌创作中体现出平淡简易的风

---

① 皎然、朱弁、吴沆：《冷斋诗话　风月堂诗话　环溪诗话》，陈新点校，中华书局1988年版，第16页。

② 欧阳修：《六一诗话》，载何文焕《历代诗话》上册，中华书局2004年版，第267页。

③ 欧阳修：《依韵答杜相公宠示之作》，载《欧阳修全集·居士集》卷12，中华书局2001年版，第96页。

④ 欧阳修：《读书》，载《欧阳修全集·居士集》卷9，中华书局2001年版，第35页。

格。其实，早在梅尧臣那里，就反映出由追求雄奇壮大而归于平淡隽永的思想倾向，即使豪雄如苏舜钦也不乏平淡清丽之作。曾巩前期诗歌中也多有对清丽自然境界的描写，只不过在后期，在诗人相对内敛、平静的感情中，这种特点占据了后期诗歌的主导地位。

曾巩在通判越州之后，生活相对稳定，首先，离开了京城这一政治斗争的旋涡；其次，作为地方行政长官，在某种程度上真正实现了经世致用的理想；最后，离开多年的书斋馆阁，有了更多时间与大自然亲密接触。如此种种，使诗人在精神上获得了更大的自由。在他笔下，很少再有“北风萧萧鸣且歇，短日悠悠生复灭”（《咏雪》）的幽冷的景物描写；“悲风我眼酸，酸狖我耳愁”（《至荷湖二首》之一）的穷愁感受；“嗟余龌龊才性下，弃置合守丘樊饿”（《送陈商学士》的不平之语。但是诗人的情感并不是完全的平和，政治上的争斗、为官的高下、自身的衰病、宦游在外的种种烦恼忧愁并不能挥之即去。在曾巩的诗歌中，虽有明丽欢快的情调，但也绝不会是欣喜若狂的张扬。他的后期诗歌中不时会有一种淡淡的忧愁贯注其中，因而他后期诗歌的感情实际上也是有所节制的，既不过分欣喜，也不过分忧愁。例如，《汉阳泊舟》一诗：“暂泊汉阳岸，不登黄鹤楼。江含峨岷气，万里正东流。惊风孤雁起，蔽日寒云浮。只役虽远道，放怀成薄游。兴随沧洲发，事等渔樵幽。烟波一尊酒，尽室载扁舟。”诗人要表达的是自己孤高耿介的性情，这与前期的思想感情没什么两样。由“惊风”“孤雁”“昏日”“寒云”组成的一派寒秋景象加上“只役远道”的人事，很容易引发游子的种种离愁别恨。但诗人并没有深深的孤寂和萧瑟之感，尾联“烟波一尊酒，尽室载扁舟”表现出诗人在羁旅中超越现实处境、追求心灵自由自得的意趣。即使是容易流于庸常俗滥的赠答诗，曾巩也有意趣深婉的佳作，如《浮云楼和赵嘏》诗：

万里聊供远眼开，槛前不尽水声哀。朝云尚拂阳台去，羽猎曾围梦泽来。解带欲留长日坐，倾壶难饮故人杯。遭穷万里飘萍内，到此登临更几回？

这首诗虽是赠答诗，但是抒发的情感却相当复杂，不是简简单单的应酬文字。登高而赋，古今同慨，往事越千年，这是曾巩对历史的回顾。曾巩清楚地看到，尽管历史遗迹还在，但历史人物已逝。在这历史长河中，个人显得何其渺小，生命显得何其短促！人生如沧海浮萍，个人命运是那样难以把握。曾巩将历史的感慨与个人身世结合起来，把自我情感融入对自然景观的描写中，把历史沧桑与个体生命交织在一起，在苍凉沉郁中营造出一种婉曲的深情。

曾巩诗歌清静的特色表现在他诗歌的意境中。这一点特别体现在他后期的律诗和绝句中。曾巩内心情怀的淡泊使他在观照外部客观世界时往往选择那些既不是喧哗热闹的景象，也不是幽深冷僻的景象，他偏爱那些澄静清淡的景象。他将自己不同流俗而又超拔的品格融注在他所创造的意境中，他笔下那些清美的景物与他的人生态度糅合在一起，这些景物不再是前期借物抒情式的直白率意，而是一种经过理性思考的发现，用意深婉而又不露人工痕迹。曾巩笔下的景物往往冠以"清""幽""静"等类似的字眼，其中"清"字出现的频率最高，或修饰自然景物，或形容人事心境。如"远出清汉上"、"清风凛然在"、"主人事幽屏"（《题张伯常汉上茅堂》）、"清明动毛发"（《万山》）、"虚窗漱清音"、"竹静幽鸟鸣"（《谷隐寺》）、"俯仰林泉绕舍清"（《酬强几圣》）、"无数幽禽入镜飞"（《浮云楼和赵嘏》）、"碧天垂影入清光"（《西湖二首》）、"西湖雨后清心目"（《次综得花字韵》）、"雨洗还供远眼清"（《南轩竹》）、"玉沙清耳漱寒流"（《凝香斋》）、"插柳待清影"（《北湖》）。这些清静的境界与诗人的精神世界存在一种对应关系，"眼无尘土境殊清"（《陈祁秀才园亭》）、"心事长闲地自偏"（《到郡一年》），这是形成"清"境的主观原因。曾巩厌嚣喜静的个性气质使他自然远离了繁华喧嚣，他长期儒家道德涵养形成的精神平和境界使他自然接近这清而不凄的自然风物。

后期诗歌景物描写多清新自然明朗。曾巩笔下那些清美的景物与他的人生态度糅合在一起，他善于选择那些清新和柔的意象，营造出温润冲和的恬静意境，烘托出诗人平和自适的心境。不妨看看以下几首诗的景物描写：

杂花飞尽绿荫成，处处黄鹂百啭声。随分笙歌与樽酒，且偷闲日试闲行。(《旬日过仁王寺》)

河流萦槛色会辉，无数幽禽入镜飞。已映渚花红四出，更涵沙柳翠相围。不欺毫发公虽有，太尽妍媸道恐非。自笑病容随步见，未衰华发满缁衣。(《照影亭》)

这种景物描写一扫前期景物的幽冷凝重，显得明丽清新，诗人的心境也与之相合。

二　与师法对象有关

庆历士风的高涨带来诗歌创作理念和风貌的改变。张毅认为："经世致用思潮不仅改变了作家的创作态度和思维方式，亦影响到这个时期作家的心理状态和审美追求。随着古文运动的展开，诗歌领域也出现了不同前一时期的变革。诗人们在济世热情的鼓舞下，改变了清静无为、自然适意的生活态度，开始留意社会的现实问题，力图振作精神，焕发热情，在诗歌创作中出现了一种追求雄豪的思想倾向。"① 韩愈那种豪壮激越的诗歌风格正好与庆历时期昂扬的士风相得益彰，因此，此期的诗人如苏舜钦、欧阳修等人都把韩愈、李白作为自己的师法对象。正是从李诗横放绝出、韩诗雄横豪壮的精神气概中汲取矫正卑弱士风的力量。欧阳修的学韩实际上是为了力矫西昆体末流"包蕴密致"的特点。他们以纵横自由的古体诗相对抗，将散文的句法与气格写进诗中，以古体议论实事，诗中洋溢着昂扬的意气，不复更为含蓄。

曾巩前期诗歌步趋欧梅，模仿韩愈、李白等诗人，多用古体，铺叙抒写自己的豪放之情，如《麻姑山送城南尉罗君》是一首送别之作，作者饱含热情描绘了麻姑山路险峰奇的胜景："麻姑之路摩青

① 张毅：《宋代文学思想史》，中华书局2004年版，第71页。

天，苍苔白石松风寒。峭壁直上无攀援，悬蹬十步九曲盘。上有锦绣百顷之平田，山中遗人耕紫烟。又有白玉万仞之飞泉，喷崖直泻蛟龙渊……”境界阔大鲜明，充满浪漫主义色彩，显然深受李白诗风影响。类似的还有《一鹗》《欲求天下友》《读书》等诗。《欲求天下友》诗云：“欲求天下友，试为沧海行。……突兀万里怒，势疑九州倾。鲸鹏不自保，况此一舟轻。”《读书》诗云：“山川浩无涯，险怪靡不尝。落日号虎豹，吾未停车厢。波涛动蛟龙，吾方进舟航。”表现了年轻时期的曾巩为了追寻理想，不畏艰险的豪情壮志。这些诗步武李白和韩愈，追求雄奇的气势，以散文句法入诗，不求精雕细作，只求畅快而来。元代方回云：“子固诗一扫昆体，所谓饾饤刻画咸无之，平实清健，自为一家。”① 方回的评价说明两点：一是将曾巩古体诗歌的创作放在时代潮流中考察，认为曾巩前期诗歌是在反拨西昆体诗风的过程中确立自己的特点的；二是在矫正西昆体诗风的过程中，曾巩以自己“平实清健”的创作风格起到了扫除西昆体流弊的作用。当然，曾巩的诗歌在时代的共性中又有着与其个性气质密切相关的独特性。尽管他前期诗歌如《麻姑山送城南尉罗君》步武李白，抒写豪情壮志，充满了理想主义的激情，但并非李白式的英风豪气。尽管他师法韩愈，写出《冬望》这样境界阔大壮观的诗，但他的雄豪中还有着古拙沉郁的特点。人生的种种辛酸悲痛和政局的白云苍狗般的变化，使曾巩在雄豪与热情中总有那么一种沉郁与凝重。当然，作为一名醇儒，他将中庸之道作为最高的人生境界，始终严守儒家之道，这使他总是以中庸之道进行节制，其感情激荡却并不是一泻千里。

其后期诗歌则由于庆历新政的失败导致经世致用的政治激情的潮落。这一时期，由儒学孕育的经世抱负在现实的困顿和政治气候的变化中悄悄发生了转换，曾巩一贯服膺的儒学中的内圣之学更加占据主导思想地位，曾巩将早年伴随庆历新政改革而起的豪迈与激情内化为

---

① 方回：《瀛奎律髓》，引自李庆甲《瀛奎律髓汇评》中册，上海古籍出版社 2005 年版，第 620 页。

清静温和的思想态度。曾巩后期的诗歌很少浩歌慷慨，更多的是深婉不迫。他开始注意转益多师。《明妃曲》“二篇却参以齐梁风调。大抵南丰诗不能细润，只缘直以李杜韩三家为法，六朝略不留意故耳”。又之二“曾子固诗过于古直，此篇乃殊委婉曲折”[①]。《和贡甫送元考不至》诗，何焯评曰：“盖初年止于学韩，至此颇窥小谢之藩也。”[②] 何焯认为他后期诗歌受到六朝诗歌的影响，诗歌显得清深婉约。与前期相比，曾巩有更多的时间在诗艺上研磨。他后期的诗歌多律诗和绝句，这种诗歌体裁更适于表达清深婉约的情感，而且七律对于格律的要求很严，这也使曾巩更注意炼字琢句，这些都使曾巩后期诗歌不像前期诗歌那样率直秉气，而是含蓄深婉。

① 何焯：《义门读书记》卷41，人民文学出版社2006年版，第727页。

② 同上。

第七章　曾巩各体诗歌的特点

第一节　观照历史与现实的咏史诗

作为一名史学家，曾巩熟悉经史子集，因而，面对现实时，他往往想起历史人物。曾巩的咏史诗往往结合自己的个人命运和社会政治见解，这使他的咏史诗有一种深邃凝重的特点。

一　借对古人的评价表达种种人生感慨

贺裳云："咏史诗虽是意气栖托之地，亦须比拟当于其伦。"① 作为一名醇儒，当人生龃龉、不尽如人意时，曾巩便倾向于通过对古圣先贤的缅怀聊以自慰，以历史人物守道不阿作为表率，来排解漫长而平淡人生中的种种尴尬、失落，坚定自己对儒道的信念和决心。

老哺薇蕨西山翁，乐倾瓢水陋巷士。不顾无复问周公，可归乃独知孔子。自期动即重丘山，所去何啻轻糠秕？取合悠悠富贵儿，岂知豪杰心之耻？(《豪杰》)

扬雄纂言准仲尼，颜氏为身慕虞舜。千里常忧及门止，为山更欲一篑进。小人君子在所蹈，烈士贪夫不同徇。安得蠢蠢尚自恕，百年过眼犹一瞬。(《扬颜》)

---

① 贺裳：《载酒园诗话》，载郭绍虞《清诗话续编》上册，上海古籍出版社 1999 年版，第 220 页。

仲尼一旅人，吴楚据南面。不知千载下，究竟谁贵贱？（《咏史二首》之一）

赐也相国尊，子思终不慕。乃知古今士，轻重复内顾。（《咏史二首》之二）

这几首诗中所提到的历史人物，都是古圣先贤。《豪杰》中的颜回是孔子最喜爱的学生，孔子盛赞他说："贤哉，回也。一箪食，一瓢饮，在陋巷，人不堪其忧，回也不改其乐。"[①] 曾巩将颜回的安贫乐道与追逐功名富贵的世俗风气对立起来，颜回的形象也是他自己在生活中"志于古道"，不与世俗相谐的写照，诗歌后半部分由此带出抱负与感慨，认为自己抱道自守的选择是高尚的，那些追名逐利之徒没有人格操守，不知道什么是耻辱。《扬颜》一诗则以扬雄、颜回为吟咏对象，借二人孜孜于求道激励自己在短暂人生中修德进业，在对于扬雄立言不朽、颜回立德不朽的敬慕中隐约透露出自己的人生思考和价值取向。《咏史二首》之二以赐（冉有）与子思作对比，说明外在的荣华富贵不足以评判一个人的高低，孰轻孰重看的是自己内在的品德修养。这些诗歌虽是写历史人物，但这些历史人物有着共性，那就是他们不是以高官美宦而是以对道的持守获得身后的名声，曾巩对他们的赞美也落脚在这一点上，对自己的人生思考也落实在此处。

王安石《明妃曲》[②] 作于嘉祐四年（1059），历来为人传诵。曾巩也有两首和诗——《明妃曲二首》，诗歌内容论的是历史人物和历史事件"和亲"，但由此生发的思考却表现出曾巩对人生价值取向的一贯思考。其《明妃曲二首》之一，"丹青有迹尚如此，何况无形论是非。穷通岂不各有命，南北由来非尔为"，表达了对人生种种不幸的通达态度。《明妃曲》之二表现了曾巩对现实生活的种种复杂感情，曾巩在历史人物昭君身上读出了自己的人生遭遇，明妃虽然是"蛾眉绝世"，但由于"自信无由污白玉，向人不肯用黄金"，最终被

① 《论语·雍也》，载朱熹《四书章句集注》，中华书局 2005 年版，第 124 页。

② 王安石：《明妃曲》，载《王安石全集》卷 40，上海古籍出版社 1999 年版，第 351 页。

人忌妒，远嫁大漠。然而昭君的人生悲剧正在此处，虽然远嫁大漠，却仍然不能免于忌妒谗毁："汉姬尚自有妒色，胡女岂能无忌心?"曾巩借明妃的遭遇感叹世道险恶，知音难觅。然而曾巩的重心仍然落在对昭君操守的肯定上，诗中的"长安美人夸富贵，未央宫殿竞光阴。岂知泯泯沉烟雾，独有明妃传至今"，热情歌颂了昭君摒除皇权和黄金的诱惑，远嫁匈奴，沟通"塞路乡国"而流芳百世的不凡之举。联系曾巩的人生思考来看，对王昭君的评价实际契合着他自己的人生价值观，虽然抱道自守在现实社会中并不被人理解，甚至会终身不得志，但是，正如孔孟、颜回这些圣贤一样，终会流传后世并获得不朽的价值。

陶渊明是中国历史上与李白、杜甫比肩的大诗人，也是一位以隐居不仕而著名的隐士。关于陶渊明的隐居，历史上有多种多样的看法，曾巩从自己的人生理想和现实境遇出发，对陶渊明作出了自己的解读。他强调渊明"从容于浊世，以道自守"（《游山记》），认为渊明有别于慧远"溺于异学"的遁迹山林。他在《过彭泽》诗中说：

> 渊明昔抱道，为贫仕兹邑，幡然复谢去，肯受一官縶？予观长者忧，慷慨在遗集。岂同孤蒙人，剪剪慕原隰。遭时乃肥遯，兹理固可执。独有田庐归，嗟我未能及。

曾巩认为陶渊明的隐居并不同于佛道的弃绝人世，而是抱道自守的一种特殊方式，他对陶渊明无比仰慕，对他的生活方式也非常羡慕。宋代以前对陶渊明的评价多将之视为一位避世的隐士，宋代儒学复兴，很多人从儒学的角度对陶渊明进行解读。曾巩也是如此，但是曾巩的解读又有自己的独特性。曾巩非常强调心性修养，他认为以心得道就可自如应对纷纭世界，这使他把关注的重心落在内心是否得道上而不去过分关注外在的形式。基于此，曾巩对陶渊明的认同落在抱道自守这一本质特点上而无视其隐居的形式。对陶渊明的解读正契合曾巩一贯的人生价值思考。

曾巩咏史诗中咏叹的历史人物很多，如诸葛亮、荆轲、韩愈、侯嬴、王昭君等人，通过他们的人生际遇，曾巩表达了自己或羡慕或同情或自勉的感情，曲折地展现了自己的人生遭遇，表达了自己的人格理想和追求。其“借他人酒杯浇自己块垒”的意图体现在诗歌中。

称吴称魏已纷纷，渭水西边独汉臣。平日将军不三顾，寻常田里带经人。(《孔明》)

志士固有待，显默非苟然。孔明方微时，息驾隆中田。出身感三顾，鱼水相后先。开迹在庸蜀，欲正九鼎迁。垂成中兴业，复汉临秦川。平生许与际，独比管乐贤。人材品自异，自得岂虚传？(《隆中》)

侯嬴夷门白发翁，荆轲易水奇节士。偶邀礼数车上足，暂饱腥羶馆中侈。师回拔剑不顾生，酒酣拂衣亦送死。磊落高贤勿笑今，豢养倾人久如此。(《侯荆》)

人情当面蔽山丘，谁可论心向白头。(《人情》)

云中一点鲍山青，冬望能令两眼明。若道人心是矛戟，山前哪得叔牙城？(《鲍山》)

曾巩一生平淡，但“扶衰救缺”之志始终如一，他在追求内圣的同时也讲求外王。他除了描写那些怀才不遇之士外，对其不幸深表同情，同时表达自己不汲汲于名利，抱道自守的人格追求外，也有不少作品直接描绘仕途顺畅、功成名就的历史人物，他尤其羡慕他们的人生之际遇，对他们表示了向往钦羡之情，含蓄表达自己的建功立业之志。如《孔明》一诗，将诸葛亮隐居不仕放在三国纷争的历史风云之中，追溯诸葛亮功成名就的原因是得到刘备的知遇，“平日将军不三顾，寻常田里带经人”两句，说明曾巩对于人生命运的思考落脚在时势上，孔孟虽然有安天下的志向和才能，但没有有利的历史条件，就只能选择抱道自守来实现自己的人生价值，诸葛亮是得时势的幸运者，因而最终成就了安邦定国的伟业。《隆中》一诗，对刘备三顾茅庐，诸葛亮得遇明主终成大业表示了无限的羡慕之情，表达了作者自己渴望得遇明主的希望，也隐含着壮志难酬的失意之情。作为一位封建社会的士大夫，曾巩往往把济世安民的理想寄托在最高统治者的身上，他的散文《范贯之奏议集序》和《先大夫集后序》对于主圣臣直，君臣相得表现了无限的低回仰慕之情，"出身感三顾，鱼水相后先"，正是这种感情的体现。《侯荆》一诗，以极概括的笔墨叙述信陵君礼贤下士，侯嬴出谋划策最后以死酬恩的史实。曾巩赞扬侯嬴"士为知己者死"的豪迈气概，对于战国时期养士之风低回羡慕，隐约表达了希望得遇明主，一展抱负以报答知遇之恩的愿望。《人情》和《鲍山》两首诗，一方面有感于世道人心的险恶，痛恨那些心口不一的小人；另一方面又用历史上鲍叔牙和管仲真诚无猜的事实表现了对美好人心、真诚世界的期待。结合曾巩屡受诽谤的人生经历来看，这两首咏史诗实际上隐含着作者自己浓厚的忧谗畏讥之感。

二　借对历史事件的评价表达对现实的关怀

《剑溪说诗》云："咏史诗须别有怀抱"，"咏古人即采摭古人事迹。定非高手。"[①] 咏史诗将读者由现实带回千年前的历史空间中，而历史与现实又有着惊人的相似，作者正是利用历史与现实的叠合，借古讽今，造成深沉委婉的艺术效果。此类作品虽吟咏古人古事，其落脚点往往在今人今事，借古寓今的意图非常明显，实际上已成为一种政治抒情诗。唐人咏史诗多借古伤今，偏重于咏叹，而宋人咏史，则比较突出个人的史识。例如，欧阳修的《和介甫明妃曲二首》《唐崇徽公主手痕》都以议论见长，令人耳目一新，朱熹称赞曰："'玉颜自古为身累，肉食何人与国谋'，以诗言之，第一等诗；以议论言之，第一等议论也。"[②] 曾巩也很注重"以史为鉴"的作用，试看下面几首诗：

> 三杰同归汉道兴，拔山余力尔徒衿。泫然垓下真儿女，不悟当从一范增。（《垓下》）

---

① 乔亿：《剑溪说诗》，载郭绍虞《清诗话续编》上册，上海古籍出版社1999年版，第1101页。

② 朱熹：《朱子语类》卷139，中华书局1986年版，第3308页。

鸿门玉斗纷如雪，一万降兵夜流血。咸阳宫殿三月红，霸业已随烟烬灭。刚强必死仁义王，阴陵失道非天亡。……（《咏虞姬》）

《垓下》和《咏虞姬》诗在评价历史人物项羽时与惯常的评价不同，人们一般把项羽视为悲剧人物，失路英雄，对于刘项的纷争，大多将同情与赞美投向项羽一边，为其最终的失败深表遗憾，但曾巩的看法完全不同。上引两首诗，一从用人方面说明项羽的失策；二从是否行仁义方面指出项羽必亡。曾巩在《咏虞姬》诗中写道："咸阳宫殿三月红，霸业已随烟烬灭"，敏锐地看到项羽进入咸阳烧杀抢掠的残暴行径为其最终的灭亡埋下了祸根，他一针见血地指出"刚强必死仁义王，阴陵失道非天亡"，对项羽不仅没有丝毫同情，而且多有批评，这种态度主要受其仁政思想的影响。在其政治思想中，他反对暴政，强调以民为本，体恤民情，所以他将项羽的灭亡与是否行仁义结合起来，对项羽自然就是毫不留情的批评。这样的诗歌，已经由个人的情感体验上升到对国家兴亡问题的探讨，有着鲜明的现实指向性。诗人咏叹虞姬的悲剧命运，但又不囿于此，他在这位女性的不幸命运中发掘出有关国家民族存亡的治政理论，充分显示了其深远的政治识见。

由于曾巩很注意总结历史经验教训，因此，他的咏史诗在关注一些重大历史事件时，往往在其中寄予了理性的思考，融注着浓厚的兴亡感慨，将自己的政治理想隐含在对历史的评判中，并恳切希望统治者能从中吸取经验教训，引以为前车之鉴。他在读欧阳修编纂的《五代史》后，写诗曰："唐衰非一日，远自开元中。尚传十四帝，始告历数穷。由来根本强，暴戾岂易攻？嗟哉梁周间，卒莫相始终。行无累世德，灭若烛向风。当时积薪上，曾宁废歌钟。"作者运用对比，指出五代的更替频仍主要是"当时积薪上，曾宁废歌钟"的骄奢淫逸所导致，其中隐含着对宋王朝长治久安的担忧，表现了清醒的政治识见。又如：

蛮荆人事几推移，旧国兴亡欲问谁？郑袖风流今已尽，屈原辞赋世空悲。深山大泽成千古，暮雨朝云又一时。落日西楼凭槛久，闲愁惟有此心知。(《晚望》)

景升得二蒯，坐论胜凶残。正当丧乱时，能使憔悴宽。缤纷多士至，肃穆万里安。能收众材助，图大信不难。庞公龙凤姿，有待久盘桓。得一故足兴，致之岂无端？乃独采樗栎，不知取椅檀。盖元器有极，在理良足叹。(《刘景升祠》)

相去几年今与古，睢阳几人朱与紫？嗟哉二子独有名，义烈乃能长不死。当时美人欢未足，一日仓皇行万里。岂无公卿尊且宠，急反与胡为眼耳。丈夫感激世莫测，二子引身嵩下起。忠驱义激鬼神动，漠漠胡沙来此止。(《杂诗五首》之五)

《晚望》诗写于襄州任上，作者登临西楼，远眺荆楚大地，这片土地上的血雨腥风、改朝换代的历史在曾巩心中引起波澜，他说："郑袖风流今已尽，屈原辞赋世空悲"，有感于楚王亲小人远贤臣导致国破家亡，其中的警示是不言而喻的。《刘景升祠》也写于襄州任上，也许是荆楚一带的名胜古迹特别多，曾巩登临远眺，多有咏史之作。这首诗以三国纷争的历史事实为背景，其中"缤纷多士至，肃穆万里安"两句对刘表招募人才的做法予以肯定，又以"樗栎"比小人，以"椅檀"比贤才，说明得"天下之材"对于社稷存亡的重要性。在曾巩的治政思想中，特别强调由上而下的道德教化，他特别强调官吏的选用，他认为得"天下之材"是唐太宗治政成功的原因之一（《唐志》)。曾巩的散文如《与孙司封书》《抚州颜鲁公祠堂记》《徐孺子祠堂记》等文以及一些策论都表达了对于因循苟且士风的批判，曾巩赞扬孔宗旦、颜真卿以及东汉党人的忠义行为，对他们以身酬道的壮烈同样崇敬，在《杂诗五首》之五中曾巩歌颂了在唐代安史之乱中抗敌捐躯的守将张巡、许远，并将二人与那些卖主求荣的公卿对比，说明唐王朝最后能平息安史之乱，就是因为有张巡这样的官吏，表达了曾巩对于士人立身行事的历史关怀与理性思考，将张巡、许远的事迹上升到国家民族的高度，有着强烈的政治意识。

第二节 比兴寄托的咏物诗

咏物诗在曾巩诗中占有一定的比例。其咏物诗多作于未出仕时期。这一时期，是曾巩人生遭受较多磨难的时期。从十八岁至三十九岁的这一段时间里，曾巩一方面坚持应试，另一方面为生计奔波，除此之外，他还经历了父亲被诬落职、客死异乡的悲痛，还要忍受各种流言蜚语。曾巩在对物象的吟咏中，往往寄托深沉的内心情感，把人生的意气灌注其中。这些咏物诗或托物言志，或借景抒情，有时所咏之物就是作者的自我形象，咏物诗展现了诗人对自然、人生、社会多方面的认识，也展现了其丰富多彩的内心世界。他所咏对象极为广泛，风霜雨雪等自然现象，松竹柳桐等树木，菊花、杜鹃、梅花、山茶等花卉，橙子、荔枝、梨等水果，鹗、白鹭等鸟类都被写入诗中。

一 怀才不遇的怅惘与忧虑

曾巩早年对于自然百物在四季中的变化非常敏感，这种敏感来自他早年坎坷的生活经历。一方面他以振兴儒学道统的后继者自任，另一方面却又在现实中无法施展才能，酬志行道。

东篱菊花今已开，万物各自相驱催。却寻桃杏那复有，旧树惨惨空墙隈。年光日日已非昔，人世可能无盛衰。朱颜白发相去几，势利声名相抑排。三公未能逃饿死，九鼎竟亦为尘埃。乃知万事皆自枉，有便只宜持酒杯。(《菊花》)

家林香橙有两树，根缠铁钮凌坡陀。鲜明百数见秋实，错坠众叶倾霜柯。翠羽流苏出天仗，黄金戏球相荡摩。……江湖苦遭俗眼慢，禁御尚觉凡木多。谁能出口献天子，一致大树凌沧波。(《橙子》)

弃地瓦砾间，兹桐偶谁树？忽见拥西墙，俄成划烟雾。得时花叶鲜，照影清泉助。当轩蔽赤日，对卧醒百虑。惜哉禀受弱，安使鸾凤顾。商声动犹微，秀色触已沮。低摧乱繁条，逼迫畏清

露。暄晴幸未阙，飘落倘可拒。噫号冲飙回，激射阴霰聚。此势复可言，瞪视空薄暮。(《桐木》)

《菊花》诗由自然界的时序变化联想到人世的盛衰，从而得出富贵荣名不可久恃的道理。这首诗所抒发的情怀，实质上融入了作者人生漂泊、岁月蹉跎、功业难成的悲叹。秋风萧瑟、落叶纷飞、百物摧藏的景象使作者忧从中来，结句“乃知万事皆自枉，有便只宜持酒杯”，表现的感情似乎较为消沉，实质上来源于作者的生活经历了太多的失意。《香橙》诗细致描绘了香橙的形象，首先写橙树扎根在山坡，树根交错盘绕，接着写翠绿的枝叶、香橙点缀其间：“翠羽流苏出天仗，黄金戏球相荡摩”，描绘了香橙经霜结实的鲜明亮丽。这样的描写与香橙受冷落的遭遇形成反照：“江湖苦遭俗眼慢，禁御尚觉凡木多”，作者借香橙表达了怀才不遇的痛苦感情。这种感情在《桐树》诗中表现得更突出，桐木生长于“弃地瓦砾间”，受到秋风无情的摧折：“低摧乱繁条，逼迫畏清露。……噫号冲飙回，激射阴霰聚”，作者借桐木的命运形象地表达了自己屡受挫折的人生经历。让我们看看他的《舞鹤》一诗：“蓬瀛归未得，偃翼清溪阴。忽闻瑶琴奏，遂舞玉山岑。舞罢复嘹唳，谁知天外心。”鹤的高洁形象借“清溪”这一环境衬托出来，诗人描写了这只孤独的鹤的高远抱负以及不被人赏识的寂寞心境。曾巩将理想的实现一方面归于自己的努力，另一方面强调外在社会客观条件，这一点他在《唐论》一文中说得很明白，他总是将主观努力与客观结果分离，使自己不去过分在意现实的不如意。另外，面对人生的种种不如意，曾巩一方面强调自守，另一方面却不去抗争，而是具有某种退守的意味。

二　坚守独立清高的人格

曾巩对动植物的观照往往充满生命的意味，常常在吟咏对象中获取“生命的共感”①，于外在自然生命中呈现他自己。其《鸿雁》诗

① 叶嘉莹：《迦陵论诗丛稿》，中华书局1984年版，第276页。

从生活习性着手，着力突出鸿雁高洁的神情意态，显示了不同流俗的生命形态：

> 江南岸边江水平，水荇青青渚蒲绿。鸿雁此时俦侣多，乱下沙汀恣栖宿。群依青荇唼且鸣，煖浴蒲根戏相逐。长无罾缴意自闲，不饱稻粱心亦足。性殊凡鸟自知时，飞不乱行聊渐陆。岂同白鹭空洁白，俯啄腥污期满腹。(《鸿雁》)

鸿雁是季节性候鸟，每年春秋都要长途迁徙，使行旅征人和漂泊游子很容易在心理上产生联想和共鸣。《诗经》中就有鸿雁的形象："鸿雁于飞，肃肃其羽。之子于征，劬劳于野。"[①] 诗中的鸿雁是辛劳征人的化身。而曾巩描写的鸿雁则侧重其不同凡鸟的品性节操，诗歌首先描绘了鸿雁生活的环境是"江南岸边""水荇青青"的清幽之境，接着写鸿雁的生活习性，栖宿于沙汀，群依于青荇，戏逐于蒲根，"飞不乱行"，虽然"不饱稻粱"也不愿意像空有洁白的白鹭那样"俯啄腥污期满腹"，在与白鹭的对比中歌颂鸿雁的高洁品性。曾巩描写的清幽境界和鸿雁那淡泊的神情意态其实正是诗人内心追求向往之所在，鸿雁在某种程度上正是诗人自己的化身。

在人格追求上，曾巩始终抱道自守，不因为现实的不如意而"枉尺直寻"，总是安静地站在喧嚣的是非边缘，尽量不卷入人世社会的复杂矛盾斗争中，这使他所描绘的景物透露着一种清幽的特质。他特别爱慕的诗人是陶渊明，陶渊明远离污浊的世俗来保持自己操守的生存方式无疑对曾巩有着很大的启示。他的诗歌直接或间接提到陶渊明的地方有近十处，他在散文中还对陶渊明的隐居赋予儒家之道的意味。陶渊明对菊的爱好也影响了曾巩。他将主体的精神气质与菊花内蕴的历史气息氤氲相感，写出菊花所含有的生命象征。其《菊花》诗云：

---

① 《诗经·鸿雁》，载姜亮夫等撰《先秦诗鉴赏辞典》，上海辞书出版社 1990 年版，第 366 页。

菊花秋开只一种，意远不随桃与梅。游人有几爱孤淡，零落野水空岩隈。层层露萼间枝叶，金靥万个围苍苔。直从陶令酷爱尚，始有我见心眼开。为怜清香与正色，欲搴更惜常徘徊。当携玉轸就花醉，一饮不辞三百杯。（《菊花》）

《菊花》一诗从其开花时间之与众不同、生长地之僻远、香味之清、颜色之正四个方面写出了菊花的不同流俗。诗中引用陶渊明爱菊的典故，以游人与自己对比，表达了作者与众不同的爱好："为怜清香与正色，欲搴更惜常徘徊。当携玉轸就花醉，一饮不辞三百杯。"在喜悦赞叹中表达了自己的趣尚，其中隐隐流露出知音难求的落寞之情。僻地野菊的清高品格与诗人的内在人格具有同构性，物与人的彼此渗透散发出一种孤高自赏、磊落不凡的情味。

面对现实中的种种不如人意，曾巩有时也会生出无可奈何的消极思想，但儒家思想中那些追求独立人格，以对道德的持守来超越现实的思想在曾巩诗中表现得尤为突出。曾巩有些咏物诗寄托着"愚拙"自守的个性品格，表现自己坚守节操的决心，诗中的客观物象倾注着作者浓烈的主观感情。例如：

密竹娟娟数十茎，旱天潇洒有高情。风吹已送凡心醒，雨洗还供远眼清。……应须万物冰霜后，来看琅玕色转明。（《南轩竹》）

山茶花开春未归，春归正值花盛时。苍然老树昔谁种？照耀万朵红相围。蜂藏鸟伏不得见，东风用力先嘘吹。追思前者叶盖地，万木惨惨攒空枝。寒梅数绽少颜色，霰雪满眼常相迷。岂如此花开此日，终艳独出凌朝曦。为怜劲意似松柏，欲搴更惜长依依。山榴浅薄岂足比，五月雾雨空芳菲。（《山茶花》）

李重华云："咏物一体，就题言之，则赋也；就所以作诗言之，即兴与比也。”[①] 曾巩咏物诗多歌行体，歌行体篇幅较长，“赋”的特点就凸显出来。由于采用了与咏物赋类似的铺陈手法，上举诸诗中对物的形貌都刻画得精细生动，意脉显得很清晰。《南轩竹》借竹喻人，赞扬竹不怕干旱，不怕风霜雨雪的坚强不屈的精神。此竹种于作者的书房——南轩旁边，曾巩散文《南轩记》在开头有这样的交代："得邻之苇地蓄之，树竹木、灌蔬于其间，结茅以休，萧然而乐。"《南轩记》作于至和元年（1054），曾巩三十六岁，已经困于科场十八年。《南轩竹》诗当作于同一时期，从曾巩在诗中流露的感情看，其对竹的赞颂与期待无疑是对自己久困科场的一种自勉。《山茶花》一诗，以热情的笔触，赞美山茶花的坚强性格，山茶花的孤傲清高正是诗人迂阔不俗、守道不苟、超逸不群的人格写照，诗歌同样倾注了浓厚的主观感情色彩。

三 对社会现实的不满与批判

曾巩的咏物诗中有不少借物议论之作，这些诗歌表现了对社会现实的关注和对一些社会问题的批判。

> 高松高干云，众木安可到？汤汤鸣寒溪，偃偃倚翠纛。侧听心神醒，仰视目睛眊。风雨天地动，一叶不敢倒。岂同涧中萍，上下逐流潦。岂同墙根槐，卷卷秋可扫。凤凰引众禽，此木阴可焘。君求百常柱，星日此可造。般匠世有无，方钟野人好。（《高松》）
>
> 乱条犹未变初黄，倚得东风势更狂。解把飞花蒙日月，不知天地有清霜。（《咏柳》）

作为一名困于科场二十余年的士子来说，对于科举制度的陈腐和这种制度对人才的压抑多有不满是很自然的事。《高松》一诗通过与

---

① 李重华：《真一斋诗说》，载王夫之《清诗话》，上海古籍出版社 1999 年版，第 930 页。

“众木”“涧中萍”“墙根槐”作对比，表现了自己决不做趋炎附势、随波逐流的小人，突出松树的高耸入云、勇斗风雨的坚强形象，表现了自己清高孤傲的个性。作者特别凸显高松的用途：“凤凰引众禽，此木阴可泰。君求百常柱，星日此可造”，由此抒发了自己怀才不遇的愤懑，含蓄地表达了朝廷用人不择、埋没人才的不满。《一鹗》诗中以“鹗”自喻，抒发自己空怀壮志、生不逢时的郁愤之情：“酒酣始闻壮士叹，丈夫试用何时遭。”即使当了官，仕途充满着各种利害斗争，像曾巩这样坚守古道不与世谐的人也很难平步青云。《咏柳》诗借柳絮随风飘飞隐喻势利小人的本性，将柳絮人格化，讽刺了那些官场上急功近利、不顾一切往上爬的小人，还借“清霜”警告那些势利小人不要太张狂。曾巩生活的时代，改革风潮迭起，庆历新政、熙宁变法都起用了一批新人，曾巩与这些借势上爬的小人不同，他虽然与欧阳修、王安石分别是师友关系，但并不因此攀缘附会，而是始终在自己的职位上勤勤恳恳做事，踏踏实实为人。

《庭木》一诗云：“庭中有佳树，清影四面垂。……谁谓乌鸟恶？安巢最高枝。不顾白日照，直傍阴虹飞。自恃栖托稳，岂忧弹射危。……既务志意得，都为世可欺。……行路指之叹，童稚争骂讥。……莫如此鸟顽，饱食无所裨。一善不能有，丑声日交驰。但知嘉择处，巍然治其栖。众怒未易忽，徼幸亦有斯。安知无刀斧，崩分弃毛皮。”何焯认为此诗是讽刺当时宰辅陈执中刚愎自用，不学无识。[①] 曾巩以生动的语言描述乌鸦的行为习惯，揭示乌鸦肮脏丑恶的内心，讽刺乌鸦“一善不能有”，并警告乌鸦说：“安知无刀斧，崩分弃毛皮。”此诗写于三十六岁（1045），虽然用的是比喻手法，但敢于对炙手可热的宰辅冷嘲热讽，也是难能可贵。

又如其《荔枝四首》，主要借对荔枝的描绘传达思想感情，在生动形象的描写中蕴含着对社会现象的理性批判，其二：“玉润冰清不受尘，仙衣裁剪绛纱新。千门万户谁曾得？只有朝阳第一人。”其三：“绛縠囊收白露团，未曾封植向长安。昭阳殿里才闻得，已道佳

① 何焯：《义门读书记》卷40，中华书局2006年版，第723页。

人不奈寒。”对荔枝的描写抓住主要特征，着墨不多，但描写的目的是借物抒情，表达诗人对上层统治阶级骄奢淫逸的不满。对于贫困，曾巩有着切身体验，他在二十余年困于科场的人生经历中，多次饱尝贫困的滋味。他在《答袁陟书》中直接说：“公不敢便自许不应举者，巩贫不得已也。”这表明曾巩对贫富是有所认识的，他早期的诗歌有一些也表现了贫富不均的社会现象，如《秋日》诗：“绣帘锦幕不算重，从此朱门戒霜雪。谁言丱角歌者哀，岁岁苦贫思短褐。”《咏雪》诗：“高堂暖热厌罗绮，环堵萧条尚絺绤。”都颇近于杜甫“朱门酒肉臭，路有冻死骨”所揭露的社会现象，在反差强烈的对比中，展现了下层百姓的痛苦和统治阶级的奢华，在一定程度上揭示了社会的不公。

必须指出的是，曾巩的咏物诗多着力于细腻地刻镂物象，拘于形似，又喜铺排议论，这使他的一部分咏物诗缺少灵动意趣和深远兴寄，有着宋调开创之初的生硬与斧凿之弊。

第三节 寄寓儒者情怀和道德意识的山水诗

曾巩一生，为官的时间少，为普通士子的时间多；居住在城市的时间少，居住在山野的时间多。这种人生经历使他有更多时间接触山水田园，他的诗作大部分都离不开对风景的描写。他在山水中或写景，或抒情，或议论，将自己坎坷人生中喜怒哀乐的情感体验以及对人生的哲理思考都倾注到山水中。其山水诗与其生存状况息息相关，是其道德人格和林泉之志的投影。

自先秦以来，士人阶层就对治国平天下的事功有着满腔的热情，在古代政治生活中扮演着重要的角色。然而，就个体生命而言，实现“达则兼济天下”的人生理想并非那么容易，繁重的公务、官场的奔竞、人事的倾轧等都让士人有“忧谗畏讥”戒惧感，加之政局的明晦、君主的贤愚不同，士人的命运就变得更难以把握。纵观历史，历代都有士人为实现人生理想而遭受贬抑迁谪甚至付出生命的代价，不遇简直就是绝大多数人的人生写照。对于这一点，曾巩认识得很清楚，他说："由唐、虞之治，五百余年而有汤之治；由汤之治，五百余年而有文、武之治；由文、武之治，千有余年而始有太宗之为君。有天下之志，有天下之材，又有治天下之效，然而又以其未备也，不得与先王并而称极治之时。是则人生于文、武之前者，率五百余年而遇治世；生于文、武之后者，千有余年而未遏极治之时也。非独民之生于是时者之不幸也。士之生于文、武之后，千有余年，虽孔子之圣、孟轲之贤而不遇。虽太宗之为君，而未可以必得志于其时也。是亦士之生于时者之不幸也。故述其是非得失之迹，非独为人君者可以考焉，士之有志于道，而欲仕于上者，可以鉴矣。"（《唐论》）因此，在大部分士人对事功积极追求的时候，也有一些人放意于泉林，隐居不出。魏晋以后，以陶渊明为代表的一批士人，驻足山水，躬耕田园，过着怡情怡性的闲适生活。山水田园逐渐成为文人士大夫的精神避难所。在他们眼中，山水田园的纯净美好与社会的复杂丑恶形成鲜明的对比。文人们在山水中构筑心中理想的桃花源，对景物的刻画力避山水田园中的荒凉与丑恶，营造出或雄浑或精致或空蒙的意境。[①]

一 从沉郁到平和的情感体验

翻一翻曾巩早期的山水诗，会感到山水在其笔下并不是那么诗意盎然。在他的诗中，桃红柳绿、绿波荡漾、莺歌燕舞的意象基本没有，倒是有这么几组意象在诗中频频出现，如落叶、枯叶、寒日、寒气、寒泉、寒影、寒风、寒潮、寒花、寒梅、荒城、荒山、荒林、荒风；野水、野林、野岸、狭谷、幽谷、苍崖、苍烟、悲风、阴风、炎埃、病眼、冰谷、危根、孤根、空树、老树、赫日、赤云等。诗人在山水林泉前加上了"枯""寒""荒""野""幽""阴"等字眼，使笔下的意象在整体上呈现出阴冷、沉郁的特质。在令人心旷神怡的山水诗中加入这些意象，无疑会使人感到紧张压抑，难以安适。其《游麻姑山九首·丹霞洞》是早期未入仕时的作品：

① 戴建业：《孟郊论稿》，上海古籍出版社2006年版，第155页。

麻姑石坛起云雾，常意已极高峰颠。岂知造化有神处，别耸翠岭参青天。长松桀柏枝嵬砢，中画一道如流泉。林风飕飂满丘壑，山鸟啁哳凌飞烟。山腰古亭豁可望，下见秋色清无边。忽惊阴崖势回合，中抱幽谷何平圆。初谁凿险构楼观，更使绕舍开芝田。令人到此毛骨醒，欲构老笔丹青传。羌夷干戈今未解，天地疮痏谁能痊。大厦栋梁置沙莽，肯复顾眄桷与椽。吾徒于时直何用，欲住未得心茫然。

诗人登高望远，描写了麻姑山的崔嵬高大，然而，铁色、苍颜的色彩点染以及对藓花、长松的描绘都使诗歌意境呈现出一种沉郁的特质，再加之作者在诗中屡屡穿插自己的愤激之语，或叹息或讽刺，使整首诗显得气韵阻滞、情感压抑、风格沉郁。这种山水诗的描写透着荒凉冷落，难以让人心情愉悦，更谈不上成为心灵的栖居地了。

曾巩前期的山水诗特别是古体诗中所描绘的山水是其早期生活的投影，因而山水并不是那么让人畅怀舒心，而是显得阴郁紧迫。他在诗中屡屡对自己年龄老大功名未遂的境况感到担忧，因而愤激不平是这一时期的主调。如《宿尊胜院》："岁运忽当尔，我颜安得芳。"《青云亭闲望》："谅知茅草微，无补社稷重。"曾巩在观照山水时，往往把对人生的种种体验带入其中。他往往由自然界的四季更替联想到自己的人生短暂，从而生发出功名未成的紧迫感。春天的生机、夏天的繁盛、秋天的萧瑟、冬天的严酷都在诗人心中掀起情感的波澜。凛冽的秋天更是让人身心受到戕害，情感变得紧张、压抑、低沉，雨天对曾巩也是一种折磨，让我们读一读他的《苦雨》诗：

雾围南山郁冥冥，狭谷荒风驱水声。只疑日失黄道去，又见雨含沧海生。如催病骨夜寒入，似送客心衰思惊。扬州青铜不在照，应有白须添数茎。

寒雾、狭谷、荒风、苦雨，这样荒凉阴郁的氛围与诗人多病羁游的处境何其相协，难怪诗人"白须添数茎"了。在曾巩"齿发气壮"

的青壮年时期，由于人生的种种忧患，他笔下的山水就像他身处的环境，让他感到压抑、沉重、紧迫、难堪，因此，他在自然的山水中尚不能做到忘怀荣辱得失，享受山水的清音。现在再来看看北风是怎么在他的诗中肆虐的：

> 北风动地江翻天，我坐极浦维空船。浮云冥冥下无日，老树自摆相樛缠。薰琴空闻不可见，应已久绝朱丝弦。遂令阴飙自回干，安得岁物无疵愆。江头酒贱且就醉，勿复著口问陶甄。（《北风》）

北风搅得地动天翻，浮云蔽日，树木摇动，让人感到心神不定，只好买酒一醉。肆虐的北风横扫着一切，自然界的万物都受到它的戕害，作为万物之灵的人也不可能不受到影响。总之，诗人不能享受在外奔走谋食之际所看到的风景。再体会一下他笔下的那一场大雨：

> 茫茫月色如溪沙，万里不有纤云遮。今年寒气争春来，雪大如掌随惊雷。临川城中三月雨，城东大丘汩为渚。天地惨惨无开时，常恐蛰死和与义。此时谓月水中没，溺入蛙肠那复出。岂知今夜月光圆，照彻万物无遗偏。人间有人司重轻，安得知汝有时明。（《丁亥三月十五日》）

这场春天的大雨带给诗人的不是喜悦而是沉重的叹息！寒气争春、雪大如掌、惊雷阵阵、大雨沉沉、天地惨惨、日月无光、百虫不鸣，这是一幅多么沉重阴冷的画面！诗中沉郁感情的出现实际上是社会现实与自身处境通过曾巩心灵的发酵在景物上的投影。李白的诗歌中多有对山水的描写，他的《蜀道难》竭尽全力地夸张叙写蜀道的险峻难越："上有六龙回日之高标，下有冲波逆折之回川。黄鹤之飞尚不得过，猿猱欲度愁攀援。青泥何盘盘，百步九折萦岩峦。……连峰去天不盈尺，枯松倒挂倚绝壁。飞湍瀑流争喧豗，砯崖转石万壑雷。""诗囚"孟郊的山水诗中则更多是对穷山恶水的描绘，他的

《峡哀十首》之三中对山水的描写让人心惊肉跳："三峡一线天，三峡万绳泉。上仄碎日月，下掣狂漪涟。破魄一两点，凝幽数百年。峡晕不停午，峡险多饥涎。树根锁枯棺，孤骨袅袅悬。树枝哭霜栖，哀韵杳杳鲜。逐客零落肠，到此汤火煎。性命如纺绩，道路随索缘。莫泪吊波灵，波灵将闪然。"峡谷幽暗如同漫漫长夜，峡水如同吃人的怪兽，峡岸悬挂着枯朽的棺木，漂荡着死人的白骨，峡风发出凄厉的哀号，波光闪闪如鬼影幢幢。这种景象不仅不能给人美感，反而会吓得人头皮发麻。表面上看起来，曾巩对山水的描写与李白、孟郊对山水的描写很相似，都表现了山水的荒凉阴郁。曾巩还有模仿李白的一首诗《麻姑山送城南尉罗君》，但是抒情主体对山水的情感体验并不相同：李白对奇山异水的描绘包含着自己征服大自然的强大精神力量，抒发了自己不畏险恶的豪情壮志；而孟郊则表露出一介书生对社会的恐惧，对世道人心险恶的诅咒；[①] 曾巩对险恶山水的描摹表现出他早年怀才不遇背景下对社会不公的抱怨，还有一种对人心险恶的"忧谗畏讥"之感。然而，与孟郊等唐代诗人不同的是，曾巩在他的山水诗中发完牢骚后，不会让自己的感情毫无遮拦，呼天抢地，而是及时约束自己的不平感情，用孔儒之志来激励自己，稀释不平。上述《丁亥三月十五日》诗中，曾巩虽然极写自然景观的灰暗沉郁，但他还是用儒家的中正之道及时进行了规范，"岂知今夜月光圆，照彻万物无遗偏"两句就是灰暗画面中的一抹亮色，曾巩试图表明一种信心：虽然现实让人难以把握，但总会守得云开见月明！

再看看曾巩后期的山水诗，就会发现诗中更多闲适心境的展现。嘉祐二年（1057），曾巩经过二十一年的坚持，终于进士及第。他此后的人生虽然也不太顺遂，但比前期则要好很多。一是在经济上大有改善，二是社会地位也得以提高，心情也随之发生了变化。因而，早期山水诗中流露出来的郁勃不平之气消解了很多，此时的山水已成为曾巩诗意栖居的精神领地。他后期的山水诗在形式上也有所变化，更多以律诗、绝句为主。这一时期，曾巩示人的多是温润恬淡的世界。

① 戴建业：《孟郊论稿》，上海古籍出版社 2006 年版，第 75—155 页。

如“草软沙匀野路晴，竹枝乌帽称闲行。鸟啼绿树穿花影，风出青山送水声”（《闲行》）、“荷芰东西鱼映叶，樵舟朝暮客乘风。清泉雨后分毛发，何必南湖是镜中”（《雨后环波亭次韵四首·次绾得风字韵》）、“升山南下一峰高，上尽层轩未厌劳。际海烟云常惨淡，大寒松竹更萧骚。经台日永销香篆，谈席风生落麈毛。我亦有心从自得，琉璃瓶水照秋毫”（《元沙院》）。曾巩不再像年轻时那样，在风景中灌注自己的不平之情。他将人生的种种不平都过滤掉了，而更多出之以平和。

> 鸠呼连日始成阴，薄雨聊宽望岁心。浴雁野塘新浪细，藏鸦宫柳嫩条深。春寒巧放花迟发，人老嗟辞酒满斟。英隽并游知最幸，名园偷暇更追寻。（《雨中王驾部席上》）
>
> 杂雨零初急，因风洒更狂。英华倾月窟，光气泻天潢。宛转花飞密，纡余舞态长。化材随大小，成器任圆方。秀已滋山国，清尤助水乡。色严齐上下，明盛析毫芒。润屋情夸诞，埋轮兴激昂。收功归泽物，全德在包荒。预喜仓箱富，潜知海岳康。萧晨迎贺客，歌吹趣传觞。（《喜雪二首》之二）

风霜雨雪在曾巩那里不再是激发和加重忧愁的触发点，浴雁、野塘、新浪、藏鸦、宫柳、嫩条，早春的勃勃生机毕竟不是薄雨、春寒能遮挡的。杂雨、狂风、月华、飞雪在曾巩笔下长袖善舞，不再是摧折心肝让诗人穷愁顿生的催化剂，而是“化材随大小，成器任圆方”的瑞雪。这些山水诗无一不是诗人后期心灵影像的映射。

春天在他的笔下那么温润冲和，如《池上即席送况之赴宣城》：“池上红深绿浅时，春风荡漾水逶迤。南州鼓舞归慈惠，东观壶觞惜别离。远岫烟云供醉眼，双溪鱼鸟付新诗。陵阳岂是迟留地，趣驾追锋自有期。”同样是炎炎夏日，也不再如前期那么苦苦难熬。让我们体会一下两首有关暑热的诗：

> 忆初中伏时，怫郁炎气升。赫日已照灼，赤云助轩腾。积水

殆将沸，清风岂能兴。草木恐焚燎，窗扉似炊蒸。冰雪气已夺，蚊蝇势相矜，发狂忧不免，暑饮讵复胜。(《苦热》)

问吾何处避炎蒸，十顷西湖照眼明。鱼戏一篙新浪满，鸟啼千步绿阴成。虹腰隐隐松桥出，鹢首峨峨画舫行。最喜晚凉风月好，紫荷香里听泉声。(《西湖纳凉》)

前一首写于早期，后一首写于为官之后。早期诗中炎气、赫日、赤云、积水、蚊蝇等意象的出现，以及升、灼、腾、沸、焚、燎、夺、蒸等充满火热紧张感的动词的运用，使人感觉火烧火燎，没有一处是痛快熨帖的，而一个“狂”字则从主观感受上将酷热之烈提升到极致。而后一首同样写炎夏，则选用游鱼、新浪、绿荫、彩虹、松桥、画舫、凉风、好月、紫荷等意象营造一种清淡雅致的意境，隐隐、峨峨两个叠音词拉慢了诗歌的节奏，让人感到悠闲欢愉。也许，读曾巩的诗，有时会感到奇怪，同样的景物、同样的时间和季节，为什么曾巩会写得如此不同呢？例如，他在《送陈商学士》中既感慨“物色撩人思易狂”，又在《送叔延判官》中说“物色当前如图屏”。这种情感观照上的差别，其实跟曾巩的年龄、人生经历以及所服膺的儒学修养的深厚程度有密切关联。

二　儒者情怀与道德人格的体现

当诗人在现实中碰壁时，就退隐到山林中抚慰自己受伤的心灵，在山水中寻求精神的解脱。欧阳修因为生性刚直，屡被政敌构陷，亦时时萌生寄居田园的退隐思想，“欧阳公《乞致仕表》云：‘俾其解组官庭，还车故里。披裘散发，逍遥垂尽之年；凿井耕田，歌咏太平之乐。’客有面叹其工致平淡者。公曰：也不如老苏秀才，‘有田一廛，足以为养。行年五十，复将何求？’”[①] 王安石曾两度拜相，但一直对金陵钟山的山水念念不忘，“王荆公初罢相，知金陵，作诗曰：‘投老归来一幅巾，君恩犹许备藩臣。芙蓉堂上观秋水，聊与龟鱼作

① 邵博：《邵氏闻见后录》，中华书局2006年版，第124页。

主人。’及再罢，乞宫观，以会灵观使居钟山，又作诗曰：‘乞得胶胶扰扰身，钟山松竹绝埃尘。只将凫雁同为客，不与龟鱼作主人。’”① 表达了与龟鱼凫雁为伴，悠游泉林的愿望。曾巩一生平淡，他的前半生为科举考试过着艰辛的耕读生活，这一时期的山林在他那里是忧愁幽愤的触媒和催化剂，他的人生后阶段或供职于馆阁或辗转各地做一名普通的官员，此时的山水是他官余娱情养性的主要去处。当然，不管人生境遇如何，他从未走向虚无荒诞，其入世的理想和价值观从未动摇过。

“家世业儒”的家庭背景使曾巩深受儒家治平天下的入世思想的影响。他不会像陶渊明那样追求远离尘世的超旷洒脱，但他确实又有在林泉中寻求精神慰藉的需求。他在早期诗中的愤激之语是人生理想不能实现时的情感外化。因而，他羡慕诸葛亮的好运气，说他如果“平日将军不三顾”，也是“平常田里带经人”（《孔明》），又何谈后来的不朽功业！他也曾像孟郊一样感叹“人生飘零内，何处宽怀抱”（《寄舍弟》），“苍苍运乃尔，何地放我忧”（《至荷湖二首》之二）。他苦读《诗》《书》，自以为能金榜题名，然而，屡次不第的结局使他对陈腐的考试制度不满：“我本孜孜学《诗》、《书》，诗书与今岂同术。智虑过人只自仇，闻见于时未裨一”。（《秋怀》）他还以愚拙自称，对抗奸伪硗薄的世风。无论如何，曾巩早期的山水诗很少表现出闲适和谐的情调，而是存在一种沉郁、紧张之感。山水诗中出现的阴暗、冷涩的景象，表明他对自然的敏感与不适。如《秋声》：

> 乔柯与长谷，秀色故未浼。秋风来吹之，声如振江海。怒号无晨夕，唱和若有待。翏翏遍坳洼，岂独缘崔嵬。百川亦相投，取闹不知悔。竹篱更謞然，吕律焉足采。蜩螿岂知微，切切如怨慜。惟人亦吟哦，沸若烹鼎鼐。八荒同一鸣，静里安得在？独有虚室翁，恬然故无改。

---

① 魏泰：《东轩笔录》，中华书局2006年版，第70页。

萧瑟的秋风从高大的树木枝头和狭窄的峡谷吹过，发出的呼啸声如同江水在翻滚沸腾。这狂风不停地刮，这愤怒的呼号没有止息，好像有所等待。狂风刮过高山险峰、沟沟洼洼。百川也在狂风的肆虐下臭味相投，喧闹个不停。竹林篱笆也跟着起哄，大声喧哗。小小的蚉虫也跟着凑热闹，切切的穷鸣似乎在发泄怨恨不满。而人也不甘寂寞，吟哦之声如同鼎中的沸水汹涌不停。天下四方一片闹闹攘攘，哪里还有一方净土呢？在对秋声的描写中，曾巩用形象的笔墨为我们描述了一个众生喧哗、纷纭扰攘、营营追逐的大千世界，它们在狂风的肆虐下趋时赴俗，丧失了自己的本性和操守。此时的山水在曾巩诗中远不是心灵的栖息地。山水有时候使他的精神更趋紧张、不安。如果一直以这样的情感态度出现，自然不符合对曾巩"醇儒"的评价。事实上，曾巩还是以儒家圣贤的修身养性及时规范了自己，获得了心灵的淡定平和："独有虚室翁，恬然故无改。"当然，在这首诗中，可以明显感到曾巩是以一种道德理性来抑制自己躁动不安的感情。但无论如何克制，曾巩早期那种由担心功名不成带来的焦虑还是在山水诗中体现了出来。曾巩后期山水诗的内容主要体现在两个方面：

其一是在山水中表现儒者情怀。《论语·先进》中记载孔子让弟子们"各言己志"，子路、冉有等弟子多从齐家、治国、平天下的角度表明心志；最后表态的是曾点，他用平淡的语言描绘自己的人生志向："莫春者，春服既成。冠者五六人，童子六七人，浴乎沂，风乎舞雩，咏而归。"夫子喟然叹曰："吾与点也！"曾点的人生之志与其他几位弟子相比似乎太平常了，然而孔子却将赞叹与称赏给予了曾点。圣人之志与尧舜气象，除了事功与道德的一面外，还有天人合一、乐于山水的一面。朱熹将曾点之志解释得更为透彻："曾点之学，盖有以见夫人欲尽处，天理流行，随处充满，无少欠缺。故其动静之际，从容如此。而其言志，则又不过及其所居之位，乐其日用之常，初无舍己为人之意。而其胸次悠然，直与天地万物上下同流，各得其所之妙，隐然自见于言外。视三子之规规于事为之末者，其气象不侔矣，故夫子叹息而深许之。”① 欧阳修贬滁，乃自号醉翁，施政从简，放纵于山水之乐，而乐于山水的闲适情怀正是在为政宽简、民丰岁稔之际。与传统文士“寄情山水力求孤寂，托怀诗酒以为耽溺恣纵不同，表现出切近日常家用，在世俗生活中体验生命欢乐，捕捉人生价值的审美态度”②，欧阳修倡导以孔颜乐道忘忧的道德人格为前提把山水之乐融入人生实践，所谓“极道山林间事，以动荡其心意，而卒反之于正”③，从而将名教之乐与山林之乐统一起来，将道德意识赋予山林之乐。这一点，曾巩在《醒心亭记》中表达得极为清楚：“或醉且劳矣，则必即醒心而望，以见夫群山相环，云烟之相滋，旷野之无穷，草树众而泉石嘉，使目新乎其所睹，耳新乎其所闻，则其心洒然而醒，更欲久而忘归也。……吾君优游而无为于上，吾民给足而无憾于下，天下之学者，皆为才且良，夷狄鸟兽草木之生者，皆得其宜，公乐也。一山之隅，一泉之旁，岂公乐哉？乃公所以寄意于此也。”表达了在天下太平、政通人和时栖身山水的闲适情怀。中唐以来，以白居易为首的士人提倡“中隐”“吏隐”，实质上是提倡身在官场享受山水田园之乐。

曾巩的《拟岘台记》规模欧阳修的《醉翁亭记》，在描写了登台所见的壮观景物后，他同样借此文表现出儒家理想的人生境界：“其民乐于耕桑以自足，故牛马之牧于山谷者不收，五谷之积于郊野者不垣，而晏然不知枹鼓之警，发召之役也。君既因其主俗，而治以简静，故得以休其暇日，而寓其乐于此。州人士女，乐其安且治，而又得游观之美，亦将同其乐也。”赵抃是北宋名臣，曾巩与他有几首互相酬答的诗歌，他对赵抃的称赞中就包含着这层意思，其《寄赵宫保》：

铜扉得谢从今日，玉铉辞荣已十年。素节谠言留简册，高情

---

① 《论语·先进》，载朱熹《四书章句集注》，中华书局2005年版，第130页。

② 程杰：《北宋诗文革新研究》，内蒙古教育出版社2000年版，第346页。

③ 欧阳修：《山中之乐》，载《欧阳修全集·居士集》卷15，中华书局2001年版，第261页。

清兴入林泉。海边爱日疲人恋，剑外仁风故老传。门外最应潇洒客，喜公平地作神仙。

诗中“素节谠言留简册”与“高情清兴入林泉”对举，政事业绩与林泉高致是赵抃作为一名士人实现人生理想的一体之两面，二者并不矛盾。一方面是将治国平天下的事功在官任上实现，另一方面在政事之余做一个潇洒的“神仙”。必须注意的是，曾巩所谓的“神仙”并不是佛、道两家忘怀世事、不顾一切的虚无的人生态度，而是在“平地”，即在关心国计民生的前提下的潇洒自适。因此，即使“山中无尘水清白”，又“安得去吟梁甫辞”（《洪州》）。

在后期的诗歌中，曾巩善于将山林之乐与为官的羁绁进行调和，表现出自得的情感状态，整体诗风偏于清静平和，这种特质实质来源于其儒家修养的深厚纯正。曾巩在担任地方官时期真正实现了欧阳修所说的山林之乐。他在官任上采取宽简的措施，即为政宽而不苛，简而不烦。再读一读下面这首诗：

挥手红尘意浩然，夙兴招客与扳联。烟云秀发春前地，草木清含雪后天。已卜耕桑临富水，暂抛鱼鸟去伊川。更追羊杜经行乐，况有风骚是谪仙。（《和张伯常岘山亭晚起元韵》）

这是曾巩为官襄州（今湖北襄阳）时所作的诗。曾巩化用了“羊杜”的典故。西晋羊祜、杜预均为著名的政治家、军事家，二人先后镇守襄阳，有政绩，后人并称为“羊杜”。诗人在烟云、草木、白雪构成的初春景象中，既关心着耕桑之事，也享受着美好的春光；既借“羊杜”表明自己的为政业绩，也像李白这个谪仙一样过着以文学自娱的风雅生活。这种为官的理想生活方式还出现在曾巩和其他官员的酬和赠答诗中。如《雨后环波亭次韵四首·次李秀才得鱼字韵》：“候月已知星好雨，卜年方喜梦维鱼。从今拨置庭中事，最喜西轩睡枕书。”闲适的前提是有好雨，而好雨预示着年年有余，因而诗人可以欢欢喜喜、放心大胆地枕书而睡。林希《曾巩墓志》云：

"公素慨然有大志于天下事，仕既晚，其大者未及试。而外更六州皆剧处，然公为之无难。始至，必先去民所甚患者，然后理颓弊，正风俗。凡所措画，皆曲折就绳墨。其余力比次案牍簿书。与属县为期会，以省追呼。………故所至有惠爱，既去，民思之不已。"① 曾肇《曾巩行状》亦云："至于澄清风俗，振理颓坏，斗讼衰熄，纲纪具修，所至皆然也。其余废举后先，则视其时，因其便为之。……盖公所领州多号难治，及公为之，令行禁止，莫敢不自尽。政巨细毕举，庭无留事，囹圄屡空。人徒见公朝夕视事，数刻而罢，若无所用心者，不知其所操者约且要，而聪明威信足以济之，故不劳而治也。吏民初或惮公严，已而皆安其政，既去，久而弥思之。"② 可见，曾巩所反复提到的"闲"实际上也是以勤于公事、政事清明为前提的。曾巩有相当数量的山水诗表现了其乐于山水的儒者情怀。如：

欲休还舞任风吹，断续繁云作阵随。已塞茅蹊人起晚，更迷沙渚鸟飞迟。混同天地归无迹，润色山川入有为。太守不辞留客醉，丰年佳兆可前知。(《喜雪二首》之一)

土膏初动麦苗青，饱食城头信意行。便起高楼临北渚，欲乘长日劝春耕。(《二月八日北城闲步》)

傍人应总笑为生，病体朝朝踏雨行。红饭白菹妻具饷，青身绿水自催耕。止知索寞簞瓢计，岂论喧哗内素名。胜事山风吹木石，暂如韶夏管弦声。(《田中作》)

在这类诗中，诗人虽然仍然注意营造清幽的意境，但是诗中的烟火气却让人感觉并不清冷。曾巩并没有忘怀社会民生的疾苦，《郡斋即事二首》之一云："画戟森门宠误蒙，从来田舍一衰翁。囷仓穰穰逢康岁，闾里恂恂有古风。眮氏宿奸投海外，伏生新学始山东（时大奸周高投海岛而学校讲说《尚书》）。依然自昔兴王地，长在南阳佳

① 林希：《曾巩墓志》，载《曾巩集》附录，中华书局1998年版，第799页。
② 曾肇：《曾巩行状》，载《曾巩集》附录，中华书局1984年版，第794页。

气中。”这首诗写到了百姓安居乐业，也记载了一场叛乱被平息的事实。在日常为官的生活中，曾巩会留意瑞雪，是因为它是丰年的预兆；他会写钻出泥土的青青麦苗，是因为他顶着太阳劝百姓春耕；他观察到麦子在雨中长得更加清秀，白胖的蚕在桑叶中安眠；他欣喜地看到田间地头劳作的农人、桑下飞转的纺车……其《凝香斋》一诗：“每觉西斋景最幽，不知官是古诸侯。一尊风月身无事，千里耕桑岁有秋。云水醒心鸣好鸟，玉沙清耳漱寒流。沉心细细临黄卷，疑在香炉最上头。”表达的正是在治平天下的前提下的自得自在的儒者情怀。

其二是在平淡清静的山水意境中体现淡泊自守的道德人格。曾巩善于在山水中营造超尘脱俗的境界，表现怡然自得的淡泊人格，在精神上获得自在和自由。这类诗也不少。如：

> 黄金驷马皆尘土，莫靳当欢酒百瓯。篮舆朝出踏轻尘，拂面毵毵柳色新。曲水岂能留往事，南湖空解照行人。最宜灵运登山屐，不负渊明漉酒巾。老去飘零心未折，暂须同醉海边春。（《游天章寺》）
>
> 茅舍开扉胜事稠，况携佳客此中游。妖红落后坚松在，南涧清时野潦收。林带寒烟如水合，山含晴日似尘浮。不嫌淡薄幽人趣，欲进藜羹更少留。（《留山中诸君子见访》）
>
> 未拥双驺谒汉庭，暂留车马憩林坰。多情置驿邀佳客，好事磨铅勘旧经。芳草连门三径远，朝云临幌数峰青。春醪有禁无繇寄，谁为江潭访独醒。（《伯常少留别业寄诗索酒因以奉报》）

在《游天章寺》中，曾巩将“黄金驷马”当作“尘土”，在南湖的名山秀水中表示了对谢灵运、陶渊明的仰慕之情。在《留山中诸君子见访》中，曾巩描述了“淡薄”的“幽人趣”。在《伯常少留别业寄诗索酒因以奉报》中，曾巩表示了对“三径”的追寻。曾巩多借山水来抒发自己恬淡的情怀，自然会用细腻的笔墨勾勒出清静脱尘的“桃花源”。如：

丹杏一番收美实，绿荷无数放新花。西湖雨后清心目，坐到城头泊暝鸦。(《雨后环波亭次韵四首·次维得禽字韵》)

百级危梯屈曲成，栏干朱碧半空横。天垂远水秋容静，雪压群山霁色明。海燕力穷飞不到，郊园阴合坐犹清。风前有客须留醉，莫放归时月满城。(《清风阁》)

在清新雅致的山水中，诗人静坐穷思，最后获得的是像“西湖雨后清心目”，“天垂远水秋容静”这样的对山水的观感。在这个过程中，诗人将外界的烦恼一一化解，只剩下一片清心与万物周流。宋代士人寄情山水虽然追宗陶渊明，但与陶渊明毕竟还是有些不同。罗宗强认为，山水在陶渊明那里，不只是美的感受，而是生活的需要，“他对于自然，不是欣赏者，不是旁观者，他就生活于其中，与之融为一体”①。而宋代士大夫有着为官的身份、优厚的俸禄、丰厚的赏赐，基本上是优游山林，故而不用像陶渊明那样辛辛苦苦躬耕于田园。曾巩在早期的耕读生活中虽然买田于南丰，也只是佣人代耕，并未亲身参加田间劳动。因而，虽然同样是表现山水田园的题材，陶渊明在山水田园中是亲自实践的，其淡泊情怀其实是其淡泊胸怀的自然流露，而宋代士大夫则更多地借山水田园之美来表达名教之乐或淡泊的人格，他们仍然是以主观的情感去观照山水。

第四节　人际往还的赠答送别诗

曾巩早年受知于欧阳修，成名较早。因此，尽管他在科场仕途屡屡失意，却并不妨碍他的交友面之广，上自宰辅名卿，下自儒学后进，都有赠答唱和之作。在曾巩的诗歌中，此类题材所占的比重相当大。它不仅是诗人外部活动的投影，更是诗人内心情怀的折光。人是社会关系的总和，每个人在纷纭复杂的社会中都扮演着多种社会角

① 罗宗强:《魏晋文学思想史》，中华书局2004年版，第166—167页。

色。曾巩就扮演着普通士子、及第进士、儒雅名士、正直循吏、文坛前辈等各种角色。赠答诗虽然有时表达的情感千篇一律，但在不同的时间和场景中，由于诗人赠答往还的对象不同而体现着诗人彼时彼地的心态和情思的复杂性。可以说，赠答诗是在人际往还中展现自我情怀、抒发社会政治见解的最佳媒介。

一 坎坷人生的情感体验

曾巩早期的赠答送别诗，基本上写于尚未出仕之前，这一时期从时代和社会背景而言，正是范仲淹领导的庆历新政方兴未艾之时，庆历新政的主要影响就是对卑弱士风的改变。这一时期的士人普遍关心国事，建言时政，体现出一种"先天下之忧而忧，后天下之乐而乐"的博大胸怀。曾巩的青少年时代正处于这样一个改革风云激荡的社会环境中。尽管曾巩此时还是一名涉世未深的青年，但自我意识已非常明确。他在《与欧阳舍人书》（1042）中已明确表明了人生志向，决心要做一名道德学问兼备的大儒，在情感凝聚的焦点中透射出一种少年才子希望建功立业的志向。

庆历六年（1046）曾巩不幸罹患肺病，他写诗回答一位朋友的问候，在诗中表达了自己要坚守儒道、战胜病魔的决心，还表达了希望建功立业的理想："灸灼君所劝，感君书上辞。勿难火艾痛，要使功名垂。我道世所背，君知余有谁？筋骸尚且健，学行肯教隳。"（《答所劝灸》）又如《将之浙江延祖子山师柔会别饮散独宿空亭遂书怀留别》："蜀客向何处？欲观浙江潮。舣舟吴门栅，况会故人招。置酒吴亭上，无人吹紫箫。浩观万物变，飒尔生凉飙。遂恐时节晚，芳兰从此凋。功名竟安在？富贵空寥寥。鸿鹄举千里，鸾凤翔九霄。胡为蓬蒿下，日夜悲鷦鷯。车马夕已远，行人亦飘飖。浩然沧海志，寂寞守空宵。"从中依稀可见"齿发气壮"的少年诗人焕发的才情和对功名的渴望，落魄情怀中跃动着一种羁勒不住的气势，其感奋昂扬中有着怀才不遇的郁勃之气。

宋代重文抑武的既定国策得到了宋朝历任君主的支持和贯彻，文人的社会地位得到极大的提高，在曾巩生活的北宋中期，读书仕进是士人的首要选择。然而，曾巩的仕进之途并非一帆风顺，他从十八岁开始应试，直至三十九岁才中举，其间共有二十一年过着布衣耕读的清贫生活，他的好友王安石则已在仕途十几年了。曾巩对于考中进士入仕本来是抱着很大希望的，初入社会就尝到了人生的坎坷滋味，这使曾巩诗歌中的落魄情怀有了现实的人生经验做基础。作为人际交往的一种形式，赠答送别诗的创作受人与人之间相互关系的制约。曾巩对与自己有着相同遭际的文人颇有同病相怜之感。《送陈商学士》（1045）：“柳黄半出年将破，溪溜浸苔强万个。……城东日晚公将去，纛影未离愁四座。……嗟余龊龊才性下，弃置合守丘樊饿。”《寄孙正之诗》（1043）云：“貌癯心苦气飘飘，常饿空林不可招。能举丘山惟笔力，可磨云日是风标。诗篇缀辑应千首，学术窥寻岂一朝。耳冷高谈经岁远，江南春动雪初消。”这种感受显然与诗人屡试不第的处境有关，它反映了诗人处于科举考试尚未改革时期屡被有司所弃的怀才不遇的心态。当然，曾巩内心的平衡机制较为健全，他并未因此而放弃自己的理想，或一变为狂狷之士。面对现实，曾巩毫不放弃，他以二十年的漫长岁月坚守自己的作文宗旨，并坚持应举。即使进入仕途，也不是一帆风顺，官场的奔竞倾轧也使曾巩多有感慨，如《东轩小饮呈坐中》：“二年委质系官次，一日偷眼看青山。念随薄禄困垂首，似见故人羞满颜。及门幸得二三友，把酒能共顷刻闲。海鱼腥咸聊复进，野果酸涩谁能删。谈剧清风生尘柄，气酣落日解带镮。瑰材壮志皆可喜，自笑我拙何由攀。高情坐使鄙吝去，病体顿觉神明还。简书皇皇奔走地，管库碌碌尘埃间。功名难合若捕影，日月据易如循环。不如饮酒不知厌，欲罢更起相牵扳。”虽然不再像早期的诗歌那样写得梗概多气，但为官的种种心酸还是在字里行间透露出来。除了对自己怀才不遇的慨叹外，此一时期曾巩还有一些忧国忧民，对艰难时局的感慨在赠答诗中出现。如《之南丰道上寄介甫》诗：“……野苗杂青黄，雨露施尚悭。巫觋谒群望，箫鼓鸣空山。忧农非吾职，望岁窃所叹。”《自介甫还自舅家书所感》：“旱气满原野，子行归旧庐。吁天高未动，望岁了何如。荒土欲生火，涸溪容过车。民期得霖雨，吾岂灌园蔬。”在与王安石的互赠往还中表达了对时事的关注，也表示了不想效法于陵廉士陈仲子的思想。王安石原诗则见于其文集卷十六。面对严重的灾情与民生疾苦，王安石表示“沮溺非吾意”。可见二人在关心民生这一问题上有相同的看法与决心。

这一时期，曾巩的交往并不仅仅限于与他一样的布衣文士，他的交友面较为广泛。特别值得一提的是他以布衣的身份与当时文坛领袖欧阳修的交往，以及与少年得志的王安石的交往。这些诗歌表达了诗人对知音的渴慕。庆历元年（1041）曾巩虽然再次落第，却博得了欧阳修的赏识，欧阳修称赞他说：“过吾门者百千人，独于得生为喜”，且“不以众人待之”（《上欧阳学士第二书》），又说：“吾奇曾生者，始得之太学。初谓独轩然，百鸟而一鹗。”[①] 他还在《送曾巩秀才序》中鼓励曾巩“广其学，坚其守”，他说：“广文曾生来自南丰，入太学，与其诸生群进于有司。有司敛群才，操尺度，概以一法，考其不中者而弃之。虽有魁垒拔出之材，其一累黍不中尺度，则弃不敢取。……不幸有司尺度一失手，则往往失多而得少。呜呼，有司所操果良法耶？何其久而不思革也？况若曾生之业，其大者固已魁垒，其于小者，亦可以中尺度。而有司弃之，可怪也！”[②] 之所以要照录这一段话，是因为这段话中，欧阳修告诉曾巩两个信息，一是朝廷取士之法不当，二是曾巩落榜不是学业不精。这些话使曾巩在精神上得到极大鼓舞，而且，欧阳修以他当时在文坛的声望使曾巩得到极大声誉。欧阳修的鼓励和赏识使曾巩持心守道的内在修为在现实中得到价值印证，使他在后来的漫长不遇的岁月中始终没有放弃内心的持守，并以内心的持守来平衡对现实的失望。

正像曾巩在学术思想上皈依儒道一样，在现实生活中，曾巩也需要一种皈依。与欧王的结交在某种程度上是他的一种心理需要。曾巩是一个对自己身份认定有着较强要求的人，“士”这一身份的认定最

---

① 欧阳修：《送杨辟秀才》，载《欧阳修全集·居士集》卷2，中华书局2001年版，第22页。

② 欧阳修：《送曾巩秀才序》，载《欧阳修全集·居士集》卷44，中华书局2001年版，第625页。

终要在现实生活中得到回应。曾巩表现了在长期不遇的处境中寻找皈依的倾向性："岂独以愚蒙之质、动作语默与俗多违，而忌且怨谤之者多，而独大贤知遇之最深，欲成其区区乎？诚以素颇有志于古君子之道，忘其力之不足而趋之，求今有古君子之道而可依归，舍门下安往哉？是以未尝一日而不在也。"（《与欧阳龙图书》）他的《寄致仕欧阳少师》云："四海文章伯，三朝社稷臣。功名垂竹帛，风义动簪绅。此道推先觉，诸儒出后尘。忘机心皎皎，乐善意循循。大略才超古，昌言勇绝人。……策画咨询急，仪刑瞩想频。应须协龟筮，更起为生民。"曾巩高度评价了欧阳修的道德文章，对欧阳修表现了无限的景仰。曾巩与欧阳修的师生之谊一直很融洽，从仁宗庆历二年（1042）投入欧阳修门下直到欧阳修于神宗熙宁五年（1072）去世，在三十余年的时间里都保持着亲密的关系。

曾巩对王安石同样存在一种皈依之情。景祐三年（1036）曾巩十八岁入京赴试时，与王安石结交，写有《怀友一首寄介卿》："圣人之于道，非思得之，而勉及之，其间于贤大远矣。然圣人者不专己以自蔽也，或师焉，或友焉，参相求以广其道而辅其成。故孔子之师，或老聃、郯子云；其友，或子产、晏婴云。师友之重也，圣人然尔，不及圣人者，不师而传，不友而居，无悔也希矣。予少而学，不得师友，焦思焉而不中，勉勉焉而不及，抑其望圣人之中庸而未能至者也。……自得介卿，然后始有周旋恳摘予之过而接之以道者，使予幡然其勉者有中，释然其思者有得矣……"并有《过介甫》诗："日暮驰马去，停镳扣君门。颇谙肺腑尽，不闻可否言。……"自京城结交，曾、王二人之间便书信往来，诗文寄赠也非常频繁，他们共同探讨文学创作，共同探寻人生意义，相互鼓励、相互支持，这种纯真的友谊持续了三十多年，给患难中的曾巩以精神上的支持。曾、王二人赠答诗文和书信很多。《寄介甫诗》（1037）云："出门无所抵，归卧四楹寂。术学颇思讲，人事多可恻。含意不得发，百愤注微臆。"这首诗表现了对王安石的怀念，同时也表达了自己应举不中后的思想状态。《之南丰道上寄介甫》（1042）"吾本心皎皎，彼诟徒嚬嚬"，王安石有《答曾子固南丰道中所寄》（1042）诗云："吾子命世豪，术学穷无间。直气慕圣人，不问闵与颜。彼昏何为者，污构来嚬嚬。……爱子所守卓，忧予不能攀。永矢从子游，合如扉上环。愿言借余力，迎浦疎潺潺。"[①] 曾巩此时被人谤讪，王安石有《与段逢书》为之辩诬甚力，劝段逢不要轻信流言，他说："巩文学议论，在某交游中不见可敌。"[②] 并有《赠曾子固》诗云："曾子文章众无有，水之江汉星之斗。挟才乘气不媚柔，群儿谤伤均一口。吾谓群儿勿谤伤，岂有曾子终皇皇。借令不幸贱且死，后日犹为班与杨。"[③] 可见王安石推重曾巩的文学才能和人品，这也是对曾巩的莫大鼓励。

曾巩《赠介甫诗》（1043）云："维时南风熏，木叶晃繁碧。颓云走石濑，逆坂上文鹢。欣闻被檄来，穷阎驻镳轼。促塌叩其言，咸池播群绎。行深抗渊损，及物窥龙稷。雾草变衰黄，吟蛩闹朝夕。君子畏简书，薄言反行役。自从促櫂去，会此隆冬逼。"这首诗表现了曾巩对王安石的眷眷之情。在生活中，王安石的友谊与支持对于曾巩而言是非常重要的，他说："余自洪州归，虽其身去介卿之侧，其心焦然，食习坐作，无倾焉不在介卿也。人有自介卿之门者，虽奴隶贱人，未尝不从之委曲反复问介卿起居状与其行事，得其所施为，虽小事皆识之，以自警且自慰也。"（《喜似赠黄生序》）

二　温文尔雅的名士风范

在有着相同官方身份的诗人之间，更容易产生共同的语言，培养深厚的友谊。曾巩与具有相似官方身份的诗人之间的友谊有着更为密切、稳固的实质性内容。进入仕途之后，曾巩的赠答诗数量大大增加。就其所往还的对象与诗中内容来看，基本上是仕途为官之人。这些诗作体现了一定的共性，就风格而言，多用典，显得典雅雍容；就

---

① 王安石：《答曾子固南丰道中所寄》，载《王安石全集》卷 41，上海古籍出版社 1999 年版，第 356 页。

② 王安石：《与段逢书》，载《王文公文集》上册卷 8，上海人民出版社 1974 年版，第 101 页。

③ 王安石：《赠曾子固》，载《王安石全集》卷 43，上海古籍出版社 1999 年版，第 474、374 页。

内容而言，其诗篇的绝大多数篇幅多集中于对对方政声、吏才及品行的揄扬称颂之上。这一写作模式反映了当时宋代官场赠答篇什的普遍特色，这类赠答诗有着浓厚的社会性，无论是对对方的德行还是才能的褒扬，在曾巩笔下都有着一致性，与北宋社会崇尚儒学，复兴古道，追求君子人格的风气相应。相形之下，个人情谊的表达反倒退居次位了。在人际的互动往还中，流露着诗人对自己社会角色意识的认同。这种相近的地位身份使曾巩此期的赠答诗体现出一种强烈的群体认同感，这些诗在某种程度上表现的是自我身份定位的追寻。在送别师友出使、外任的诗中，曾巩表现出一种雍容的气度和对仕途远大前程的期望和自信。例如：

野岸涨流水，名园纷杂英。旭景冠盖集，清谈樽酒倾。重此台省秀，驾言江海行。已喜怀抱粹，况推材实精。众许极高远，时方藉经营。讵止富中廪，固将泽东氓。还当本朝用，不待方岁更。功名自此始，勿叹华发生。(《送韩玉汝》)

方拥使君节，驾言自东还。又闻白丞相，怀绂出九关。遂纵大船去，欲追讵能攀。已喜所寄径，幽寻足溪山。仍夸越西部，迥在云林间。屋瓦遍高下，青苍更回环。穿路竹袅袅，鸣沙水潺潺。会有尊酒适，每需庭讼闲。况席鼓琴旧，政行故非艰。岁暮当趋召，驰归复玉班。(《送章婺州》)

鹢舟金碧照溪沙，帆上风吹五两斜。罢郡紫泥催向阙，过江红旆引还家。因将旧社人携酒，应喜新林树见花。莫作山斋久留意，中台虚位有清华。(《送陈郎中还京兼过九江新宅》)

这三首诗写出了温文尔雅的名士风范，没有了早期赠答诗中那种抑郁不平的情感基调。对功名的向往扫却了离朝外任的惆怅，对前途的希望冲淡了惯常的离情别绪。又如《送沈谏议》：“东南经济得时英，方底除书下汉庭。将幕鼓旗惊白昼，谏垣冠剑动青冥。指㧑瓯越归谈笑，镇压江吴出醉醒。金鼎盐梅须大用，九霄应已梦仪刑。”在表达对同僚美好祝福的同时也间接表现了诗人内心对前程的自信。这种送别诗在作者为官的晚年更体现出一种从容不迫、悠游缓行的姿态。如《送郑州邵资政》诗云：

江夏无双誉，菑川第一才。笑谈成黼藻，咳唾落琼瑰。紫气锋芒露，青冥羽翼开。隽游追幕府，高步集蓬莱。探讨篇章洽，研磨术业该。九霄新汉邸，万目注梁台。选择真儒用，招延急诏催。衣冠惊角绮，宾友重邹枚。每右横经席，宁虚置醴杯。八荒披日月，万里散云雷。始去东山榜，俄参北斗魁。庙堂奇计得，羌虏鸷心摧。帝念人求旧，朝须汝作梅。避荣言屡切，请外志难回。际海归封略，连吴入剸裁。夕冰承命出，昼锦过乡来。许国风猷壮，容民宇量恢。节旄恩换镇，京室地称陪。赐觐亲中扆，通班接上台。壶浆空度洧，公位在三槐。

个人现实境遇的改变和社会提供给文人的种种优待是产生这种雍容典雅之音的现实基础。诗中反映了通过科举入仕的士子对仕途的憧憬，也有着自觉润色鸿业的责任意识。即使是送别失意者，曾巩也会在劝慰失意者的诗歌中奏出和平之音，例如：

琐闱延阁腹心臣，籍甚声华动缙绅。药石言行天下雨，袴襦恩达国中春。召南去后余思在，纶氏归来壮志新。莫为流年嗟白发，济时须仗老成人。(《酬吴仲庶龙图暮春感怀》)

穰穰秦州铁马群，青衫吾子仕犹屯。高谈消长才惊世，藐视公侯行出人。古气欲尊奔日月，畏途曾触滞荆榛。明夷夬决应斟酌，自向穷通有屈伸。(《送孙颖贤》)

……岂当白首淹风力，自合青云纵羽力。北部经营应不久，玉阶朝夕是归期。(《送关彦远赴河北》)

瘦马君将去，清樽酒谩开。眼看新雨露，身带旧尘埃。但喜丹心在，休惊白发催。穷通莫须问，功业有时来。(《送王补之归南城》)

虽然身在平稳的仕途，曾巩一方面有着经世致用的入世情怀，另一方面又表现出向往闲适的心态。如《和邵资政》云："拂衣久欲求三径，窃食聊须把一麾。世路贱贫从所好，老年胸臆固无奇。樊笼偶得沧州趣，芜类难酬白雪辞。督府由来恩礼厚，每容商也与言诗。"《寄郓州邵资政》："簿书偷暇日，杖屦想幽人。……形縻甘鹤怨，心泰得鸥驯。督府恩荣久，芳笺讯问频。门庭严卫戟，樽俎从华绅。却起烟霞兴，还思水石邻。自嗤田夫乐，那可荐鸿钧？"《游天章寺》"曲水岂能留往事，南湖空解照行人。最宜灵运登山屐，不负渊明漉酒巾"。一方面吟唱着"政平无横吏，刑省绝冤民"，另一方面羡慕着青云烟霞，眷恋着"鸿飞开羽翼，骥逸露精神。却理烟霞宅，重寻水石邻。青嵩消鹤怨，碧落见鸥驯"（《送任逵度支监嵩山崇福宫》）。这种似乎矛盾的心理状态并不能说明曾巩处于一种冲突尖锐而无法摆脱的生存窘境，而是经世致用的进取精神和独立自守的人格理想相互调适的结果。"樊笼"和"沧州趣"并非不可调和，官场的羁绁使曾巩在儒家思想中特别重视内圣之学，他在孔孟的言行中看到了独立自主的人格精神，这使他身在官场保持着内心的自由自适，从而使他的诗歌平行流动着庙堂志和沧州趣两股情思。

对于后进，曾巩也以极大的热情勉励他们进德修业，曾巩任越州通判期间，有一首《答葛蕴》诗："我初未识子，已知子能文。春风吹我衣，暮召入九阍。众中得子辞，默许非他人。方将引飞黄，使出万马群。……得子百篇作，读之为忻忻。大章已逸发，小章更清新。远去笔墨畦，徒识斧凿痕。相当经营初，落笔如有神。勉哉不自止，只可窥灵均。我老未厌此，持夸希代珍。朝吟忘日晷，暮吟忘日曛。发声欲荐子，自笑不足云。"曾巩以长辈的口吻勉励后进，对葛蕴诗文进行了热情洋溢的赞赏，表达了荐贤的愿望。又如《孔教授张法曹以曾论荐特示长笺》："绿发朱颜两少年，出伦清誉每相先。壁中字为时人考，圯上书从老父传。泮水笑谈邀法饮，高斋闲燕属佳篇。衰翁厚幸怀双璧，更起狂心慕荐贤。"温厚如曾巩竟然在诗中"起狂心"，可见是多么爱惜这两位才子！曾巩一贯对人才的选拔非常重视，因此对后进的引导推荐不遗余力，这其实是儒家治国平天下理想在另一个方面的体现。

自熙宁二年（1067）出任地方官，曾巩有了更多的时间体验大自然的美景。这也影响到他的赠答诗内容的变化。其中的景物描写颇多佳句，表达了流连山水的闲适情怀，显示出清新婉约的诗境。例如：

> 黄流浑浑来沙际，佳气葱茏近日边。河汉槎虽通远客，蓬莱风未纵船归。山城剧饮销红烛，水驿高吟襞彩笺。老去相逢情自密，不关清赏合留连。（《酬王微之汴中见赠》）
>
> 故人容下榻，清宴得传杯。地秀偏宜竹，天寒未见梅。云林千嶂出，烟艇一帆开。且醉休言别，归期信召催。（《和郑微之》）
>
> 挥手红尘意浩然，夙兴招客与扳聊。烟云秀发春前地，草木清含雪后天。已卜耕桑临富水，暂抛鱼鸟去伊川。更追羊杜经行乐，况有风骚是谪仙。（《和张伯常岘山亭晚起元韵》）

晚年的曾巩受神宗知遇，在朝任中书舍人，在仕途达到了人生最如意的时刻。他在赠答送别诗中更多地通过自得的诗境来表现生命的从容安闲。他的闲适更多来源于心性修养的自然合道而不是刻意追求。例如《朝退即事呈大尹正仲龙图》：“六街尘断早凉生，细葛含风体更清。官府吏闲时乐易，市廛人喜政和平。捋金簌簌宫槐蕊，鸣玉淙淙御水声。观阙渐迎初日上，马头还傍绿阴行。”“吏闲”与“政和”的字眼表明了他此时的心境平和。从根本上说，深厚的儒学修养所酿就的中正平和是曾巩人生的主导面，曾巩总是努力在人与自然、人与社会的关系中追求一种和谐，诗中折射的正是一位醇儒修身养性趋于平和的人生意趣。

赠答送别诗在人际往还中发挥着重要的应酬功能，也伴生着文学性、抒情性的贫弱。曾巩有些赠答送别诗由于诗意的庸常俗滥而缺乏动人的情感和鲜明的个性。当然，曾巩的赠答送别诗虽未能独创一格，但诗人通过赠答诗展现了自我的情怀和生命的印迹，通过赠答诗可以了解曾巩人生各个阶段自我角色意识。如果将曾巩的赠答诗一概否定，实在是有失公允。无论如何，即使在赠答送别诗这种容易流于陈腐俗滥的体裁中，曾巩也多多少少刻下了心灵和生命的印记。

第八章　平易·清静·平和

——论曾巩诗歌的主导风格

宋代文学中更多对于现实社会、政治、历史诸方面的考察分析，因此更多理性思维的成分，而这又决定了为文时采用一种平和的心态，明晰冷静的表述。而且，理性精神在面对人生的种种不幸与缺憾时所表现出的情感就是一种节制与冷静，心态平和。这种平静淡泊的情感特征在文学中表现为温和淡定的文风。曾巩为人行事取法中庸，不走极端，在感情上趋向淡泊平和的情感特征，遇事往往将情感淡化。这种淡泊的心态与情感特征必然影响曾巩的文章写作，进而也影响着他的诗歌。曾巩以散文闻名于世，对于他的诗歌，则批评多于赞誉，正所谓"文掩诗名曾子固"。总体来说，曾巩诗歌的主导风格是平正质朴。而形成这种诗歌风格的原因固然有个性、社会思潮、人生经历等诸方面的原因，但笔者觉得，在诸多原因中，恐怕还是曾巩一生服膺的儒学思想起着最重要的作用。众所周知，曾巩是北宋中期最注重从心性的角度开拓传统儒家思想的文学家。儒家心性理论主要是思孟学派的思想，因着性格、人生经历等原因，曾巩较多地接受了思孟学派的心性理论。

在诗歌史上，曾巩的诗几乎毁誉参半。陈师道认为"曾子固短于韵语"[①]。秦观则云："曾子固以文名天下，而有韵者辄不工。"[②]

---

① 陈师道：《后山诗话》，载何文焕《历代诗话》上册，中华书局2004年版，第312页。

② 秦观：《东坡题跋》卷3，津逮秘本。引自夏汉宁《曾巩》，中华书局1998年版，第110页。

与此相对，有些评价却非常高，后世有许多人为曾巩翻案，王士祯云："渊才恨曾子固不能诗，今人以为口实。今观《类稿》中诸篇，亦荆公之亚，但天分微不及耳。"① 贺裳云："俗传曾子固不能诗，真妄语耳。"② 胡应麟云："宋诸人诗掩于文者，宋经文、苏明允、曾子固、晁无咎……"③ 对曾巩的诗歌评价成为一个公案，真是"公说公有理，婆说婆有理"，这种截然相反的评论不能不引起我们的思考，的确，曾巩的诗歌既少刚健的豪气，也少横放的逸气，更没有浪漫的柔情。对于曾巩这位将人生过程始终连接在自我管束上的醇儒而言，他总是将人生的穷达、忧喜用道德自律进行化解。因此，很少表现出愤激难耐、骚动不安的心理状态。但相比之下，曾巩的诗歌比他的散文更能真切地反映其人生态度和情感体验。

第一节　诗思之"平"

曾巩作诗与他的散文一样，不矜奇炫博，不故作寄托，不雕琢堆砌，他的诗歌给人的总体感受是平实。

平实首先表现在结构上非常严谨有序。曾巩诗歌在结构上非常严谨有序，很少省略缺失和错综倒置，其目的是取得一种明朗的表达效果，以便使读者通过意脉的清晰连贯获得对文意的准确把握。曾巩在散文构思上思致明晰，很少纵横变化、腾挪跌宕。如《宜黄县学记》先叙古人建学之完备，次叙后人废学之危害，再叙宜黄立学之迅速，最后以勉励士人进学作结，全文一气呵成，由古及今，叙议结合，每一段后面都以感叹句收尾，表达了作者对"兴学"的热切期盼与赞扬。又如《序越州鉴湖图》在叙越州鉴湖的治理问题时，先叙鉴湖的地理环境，次历叙宋代十位官员对盗湖为田提出的八种策略，中间又分两大类辨核参驳，最后斥"湖不必复"的谬说，提出治湖以收

---

① 王士祯：《带经堂诗话》卷1，人民文学出版社1998年版，第45页。

② 贺裳：《载酒堂诗话》，载郭绍虞《清诗话续编》上册，上海古籍出版社1999年版，第424页。

③ 胡应麟：《诗薮》杂编卷4，上海古籍出版社1979年版，第314页。

利的主张。文章由历史而及现状，纵横分合，首尾照应，思致严密，观点鲜明。曾巩的散文对诗歌的影响很大，“以文入诗”导致的结果是曾巩将散文谋篇布局之法用于诗中。方东树评论说“有有车之用，无无车之用”①，大抵是说曾巩诗歌在结构上的绵密谨严，其诗歌如《寄子进弟》，先写弟弟的离家，次写对弟弟的想念，再写接到弟弟的来信，又按前后次序叙述弟弟来信的内容，最后写读信的喜悦和希望兄弟见面的心情。全文以叙写为主，层次井然，结构上没有什么跳跃，平平写来，语意的表达非常明晰。三首古体《咏雪》诗都采取对“雪”尽情描摹叙写的手法，先从下雪以前的天气写起，其次具体描摹大雪飞舞的景象和雪后的景象，最后写自己的感受，发议论作结。全诗以时间为序，细致严密，布局分明，基本上分为三个部分，层次清楚。其他如《游麻姑山》《答葛蕴》《地动》等都以叙写为主，注重形象，结构上也没有大的跳跃，层次井然。后人评其诗文“严”“密”，称赞其诗文善于照应，长于安排，正体现了结构上清晰谨严的特点。例如《会稽绝句三首》：

> 花开日日去看花，迟日犹嫌影易斜。莫问会稽山外事，但将歌管醉流霞。
>
> 花开日日插花归，酒盏歌喉处处随。不是心闲无此乐，莫叫门外俗人知。
>
> 年年谷雨愁春晚，况是江湖两鬓华。欲载一樽乘舆去，不知何处有残花。

这三首组诗彼此之间构成了一个以时间为线索的清晰脉络，第一首诗写看花，第二首诗写插花，第三首诗写残花，人的感情也随之发生着相应的变化。具体到每一首诗，在构思行文上也不刻意求奇。第一首诗写花开之时日日去看花，看花入迷之时则“迟日犹嫌影易斜”。这也不是夸张，因为当人沉迷于某件喜爱的事物中时，时间自

---

① 方东树：《昭昧詹言》卷6，人民文学出版社2006年版，第167页。

然过得很快。第二首诗同样表现爱花的心情，前两句与后两句构成意思上的因果关系，作者强调因为心闲才有赏花之乐。第三首诗开头两句是让步转折关系，说明在远离朝廷、渐进暮年、客居他乡的境况下，面对潇潇春雨的晚春时节产生了愁绪，后两句紧承前两句之意，以转折关系表明了作者对春天逝去的怅惘和追怀。《喜雪二首》均为律诗：

欲休还舞任风吹，断续繁云作阵随。已塞茅蹊人起晚，更迷沙渚鸟飞迟。混同天地归无迹，润色山川入有为。太守不辞留客醉，丰年佳兆可前知。

杂雨零初急，因风洒更狂。英华倾月窟，光气泻天潢。宛转花飞密，纤徐舞态长。化材随大小，成器任圆方。秀已滋山国，清尤助水乡。色严齐上下，明盛析毫芒。润屋情夸诞，埋轮兴激昂。收功归泽物，全德在包荒。预喜仓箱富，潜知海岩康。萧晨迎贺客，歌吹趣传觞。

这两首咏雪诗虽然是律体，但仍然按时间的先后顺序行文，第一首诗从下雪时的情景写到雪后的景象。第二首诗则按雪前、雪中、雪后的时间顺序一一写来，结尾表达了“瑞雪兆丰年”的喜悦之情。中间则着重描写雪花飞舞的情态和大雪覆盖万物的景象，体现了诗人写物之功。

平实还表现在对实词和虚词的运用上。实词的运用特别集中在动词的锤炼上，这些动词均能传神会意。

飞花不尽随风起，野水无边带雨流。（《郡楼》）

娟娟野菊经秋淡，漠漠沧江带雨浑。（《送陈世修》）

好音忽有双鱼至，喜气遥知五马来。（《和张伯常自郢中将及敝境先寄长句》）

渚梅江柳弄佳色，林鸟野蜂吟好声。（《送关彦远》）

青冥日抱山腰阁，碧野云含石眼泉。（《圣泉寺》）

烟云断溪树，风雨入山城。(《秋日感事示介甫》)

《郡楼》中的动词“随”与“带”，虽然是常见的字眼，却写出了飞花被风吹落，细雨随溪而流的春天景象，营造出温润冲和的恬静意境，烘托出诗人平和自适的心境。《送陈世修》诗中的“经”与“带”两个动词表达出的意境是那么自然、随意、亲切。《和张伯常自郢中将及敝境先寄长句》中“忽”“遥”则表现出友人即将到访时的喜悦。《送关彦远》诗写关彦远将要远去千里之外，诗人摆酒为他饯别，想起过去交往的点点滴滴，诗人的惜别之情溢于言表。一“弄”一“吟”何其生动！以醉眼望去，江岸边的梅柳打扮得花枝招展，似乎也为送别友人助兴，林鸟和蜜蜂也似乎在合奏一曲动人的歌曲，诗人借明媚的春光表现了送别的浓浓情意。《圣泉寺》中的“抱”与“含”、《秋日感事示介甫》的“断”与“入”均为最普通不过的动词，也就是这些平平常常的字却鲜明、生动、准确地表现了景物的特征。曾巩对于字句的追求虽深得方东树的好评，但是他对字句的推敲并没有达到出膏自煮的程度。他在用词造句上虽然精心打造，但并没有如贾岛、姚合般的苦吟之态；他重视字句的推敲，但也不像孟郊那样借奇字僻句来表达自己寒苦的心态。

虚词的使用使句子之间形成一种线性结构，有的是顺承关系，有的是转折关系，读起来亲切如故，见其性情之温和。例如《北归三首》之一：“终日思归今日归，著鞭鞭马尚嫌迟。曲台殿里官虽冷，须胜天涯海角时。”这首绝句写于明州任上，前两句构成因果关系，思念之情如此浓厚，因此连快马加鞭都嫌太慢。诗人不避重字，第一句出现两个“归”字，第二句出现两个“鞭”字，表现出诗人久放外任，急欲回到京城与亲人团聚的心情。后两句构成让步转折关系，虽然回京担任的职务不高，但能与亲人团聚，也胜过在天涯海角为官的孤独。

在对仗上也很有特点。有的诗只求流水对，畅快而来，而不介意是否工对。例如“物情簪屦尚须念，人道交亲那可轻”(《送关彦远》)，“自古幸容元亮醉，凡今谁喜子云书”(《羁游》)，“最宜灵运登山屐，不负渊明漉酒巾”（《游天章寺》），“射弈未应今独有，嘲雄何必史能评”（《雪后》）。还有有无对、是非对。例如，“一尊风月身无事，千里耕桑岁有秋”（《凝香斋》），“身无事”与“岁有秋”在字面上构成对照，在内容上则构成因果关系，“岁有秋”是“身无事”的原因，表现了诗人为官一方、乐民所乐的儒者情怀。其他如“耕桑千里正无事，况有樽酒聊开言”（《北渚亭雨中》），“自有文章真杞梓，不须雕琢是璠玙”（《简翁都官》），“天禄阁非真学士，玉麟符是假诸侯”（《人情》），“进道由来轻拱璧，传经知不羡籝金”（《送韩廷评》），这些诗歌的前后句基本是有无对或是非对，虚实相济，避免了过于呆板。

平实还表现在笔触的简洁自然上，这特别体现在绝句中：

雨过横塘水满堤，乱山高下路东西。一番桃李花开尽，惟有青青草色齐。（《城南二首》之一）

葛叶催耕二月时，斜桥曲岸马行迟。家家买酒清明近，红白花开一两枝。（《出郊》）

去年六月焦原雨，入得东州第一朝。今日看云旧时节，又来农畔听萧萧。（《去年久旱六月十三日入境得雨今年复旱得雨亦六月十三日也》）

这三首诗没有一个难懂的字词，但每一句诗都不事雕琢，不用典故，明白如话，具体生动。诗歌语言洁净，结构平实，流水对如行云流水，少用僻典，不押险韵。无拗折艰深之感，无雕琢藻饰之痕，表现了诗人在心态上的平和。

第二节　诗境之“清”

早年的豪情壮志在现实面前屡屡碰壁，使曾巩在功名不可把握的情况下，转向内心的道德修炼。除去早年模仿韩愈、李白的古体诗写得逞材厥张之外，曾巩的大部分诗歌都创造出一种清静的意境。生活的磨砺不是激发他更加慷慨不平的斗志，而是使他回到内圣之学，把自己人生价值的证明寄托在内心的修养上，这使他面对外面世界的一切时，总能以平和的心态去调适。当他写到社会不公、人情险恶时，总有一种平和、退避的格调：

念非形势迫，免有弹弋惊。幽闲固可乐，勿慕高远名。（《秋怀二首》之二）

念时方有为，众志各驰骋。独此得逍遥，固知拙者幸。（《北湖》）

对于现实的不公、人情的冷漠，曾巩没有像韩愈式的愤激不平，孟郊式的寒虫苦吟、柳宗元式的幽怨难耐、欧阳修式的感慨淋漓、王安石式的正面迎击、苏轼式的坚忍不拔。曾巩有着自己的特点，他以深厚的儒学修养来应对纷扰的世事，对世道人心的深刻体验与厌恶在他那里都被冷静的笔墨、含蓄的情感、平缓的节奏淡化了。

平和是曾巩立身行事的基调。在他那平淡的人生旅途中，他有着与常人一样的失意与愧疚，但是他的儒学修养使他超越了现实境遇："转觉所忧非己事，尽从多难见人情。闲中我乐人应笑，忙处人争我不争"（《闲行》），"颇喜市朝内，独无尘土喧"（《七月一日休假作》），诗人追求的平淡，已不是即景生情式的一挥而就，前期诗歌中那种"物色撩人思易狂，况跻别馆情何那"（《送陈商学士》）的情感状态，在后期诗歌特别是律诗和绝句中很少看到，外部世界对他的影响微乎其微，他总是在社会与自然中寻求一种清闲清静，无论是面对喧哗的酒席还是面对自然的宁静，他都尽力保持着平和与恬淡。载道文化与闲适文化心态的冲突使曾巩多次表白自己不能即刻归隐田园的惭愧，但曾巩在魏阙与田园之间并非难以选择，他无心放弃仕途轩冕，同时又羡慕着田园的自由与安闲。曾巩的这种矛盾心态体现着宋人为官的普遍心理代偿。他们不再像唐代以前的诗人，将为官与归隐看作不可调和的两极，他们理智平和不动声色地实现了二者的圆融和合。在曾巩的诗歌里，表现出既不迎合喧闹与繁华，也不退避到僻冷一隅的淡然心态："客来但饮平阳酒，衙退常携靖节琴"（《静化堂》），"适意藜羹与布裘，结庐人境地还幽"（《寄题饶君茂才葆光庵》）。对中国古代的文人士大夫而言，"清"更多趋向冷清、凄清之意，带有浓浓的感伤情绪，更多叹时伤命的凄苦，"清"与人的忧愁幽思缠结在一起，加重了诗人的忧愁。陆机《文赋》云："尊四时以叹逝，瞻万物而思纷；悲落叶于劲秋，喜柔条于芳春。"[①] 钟嵘则云："气之动物，物之感人，故摇荡性情，形诸舞咏。"[②] 刘勰也说："春秋代序，阴阳惨舒，物色之动，心亦摇焉。"[③] 以上说法都认为四季更替会引起人在情绪上的变化。春天草木的萌发让人感到生机勃勃，所以引发欢喜的情绪，秋天草木的凋零让人联想到生命衰老与终结，因此会让人感到忧愁和悲伤。很多诗人写"清"的意境，偏爱在春夏秋冬中选取秋冬季节，在阴雨晴晦中着意于阴雨寒天、夕阳斜晖，借此来表现自己的忧愁幽思。曾巩的"清"不是这样的，春夏秋冬四时之景、阴雨晴晦天气之变都在曾巩的诗中表现出"清"的意境。例如春天之"清"：

石蹬萦回入杳冥，筠松高下簇虚亭。春归野路梅争白，雪尽沙田麦正青。马窟飞云临画栋，凤林斜日照疏棂。长年酒量殊山简，却上篮舆恨独醒。（《岘山亭置酒》）

行春门外是东山，篮舆宁辞数往还。溪上鹿随人去远，洞中花照水长闲。楼台势出尘埃外，钟磬声来缥缈间。自笑粗官偷暇日，暂携妻子一开颜。（《大乘寺》）

即使是炎热的夏天，也一样表现出"清"：

---

① 陆机：《文赋》，载郭绍虞编《中国历代文论选》第1册，上海古籍出版社1979年版，第170页。

② 钟嵘：《诗品》，人民文学出版社1961年版，第1页。

③ 刘勰：《文心雕龙·物色》，载《文渊阁四库全书》1478册，台湾商务印书馆1983年版，第64页。

文犀剡剡穿穿林笋，翠鬣田田出水荷。正是西亭销暑日，却将离恨寄烟波。(《离齐州后》五首)

秋天的“清”：

神仙恍惚不可明，空有池莲变红碧。清香冷落秋风前，似被麻姑妬颜色。(《碧莲池》)

来时秋不见桃花，空树寒泉泻石涯。争得时人见鸾凤，不教身去忆烟霞。(《桃花源》)

冬天的“清”：

印奁封罢阁铃闲，喜有秋毫免素餐。市粟易求仓廪实，邑犹无警里闾安。香清一榻氍毹暖，月淡千门雾凇寒。闻说丰年从此始，更回笼烛卷帘看。(《冬夜即事》)

春夏秋冬，除了四时之景在发生变化，诗人笔下“清”境一如既往。这种“清”境不受寒冬炎夏的影响，炎夏在曾巩的诗中被驱除热度，清秋在曾巩诗中抹走凄凉，严冬在曾巩眼中少了苦寒，当然，曾巩在诗中描绘得最多的是春天，春天的不温不火，正如人格气象：“堂堂风骨气如春”（《韩魏公挽歌词二首》）；正如立身行事：“待物气如春”（《送任逵度支监嵩山崇福宫》）。这样的“清”境，正融合着诗人自己情感之平之和之正之中，没有奇情壮采，没有激烈的情感冲突，也没有山崩地裂的气势。这种“清”的境界是清而不僻，试看曾巩所写：

芙蓉花开秋水冷，水面无风见花影。飘香上下两婵娟，云在巫山月在天。清澜素砾为庭户，羽盖霓裳不知数。台上游人下流水，柱脚亭亭插花里。栏边饮酒棹女歌，台北台南花正多。莫笑来时常著屐，绿柳墙连使君宅。(《芙蓉台》)

当时泛西湖，已觉烟水永。北堤复谁开，长涵一川静。久幽繇地偏，跬步人迹屏。我初得之喜，指顾辟榛梗。种花延妙香，插柳待清影。飞梁通两涯，结宇临四境。包罗尽高卑，开拓极壬丙。洒然尘滓消，恍尔心目醒。兴物振滞淹，如人出奇颖。日携二三子，杖屦屡观省。念时方有为，众智各驰骋。独此得逍遥，固知拙者幸。(《北湖》)

上面两首诗所描写的“清”境并不在与尘世隔绝的山中，或是在想象中营造的虚无缥缈的世界，这个世界就在诗人生活的凡尘俗世中，它就在使君宅旁的芙蓉台，它就在诗人公事之余的衙门。诗人感受到的“清”最终来自心中。他不同于王维的山中之趣，幽独清冷，与世隔绝。曾巩笔下的清境就在世俗人间，不用刻意去寻求，“与众饱而嬉，陶然无外慕”(《百花堤》)。

“清”在温度上偏于冷，但绝不是苦寒，而是带有一种“清寒”“清凉”“清冷”的意味。“寒”“冷”“凉”正是曾巩经常用的字眼：“林影易斜寒日短”(《雪后同徐秘丞皇甫节推孔教授北园晚步》)，“冷浸平湖别有天”(《舜泉》)，“喜有西湖六月凉”(《西湖二首》)，“溪寒素砾偏宜月”(《郓州新堂》)。在曾巩这里，“寒”“冷”“凉”这样的字眼不是心境凄苦的表现，也不是穷途寒饿的呼号，更不是超越世俗烟火的无情无绪，它是经过多年儒家道德涵养淬炼的主体人格对冷与热、寒与凉的主动性调适，包含着对情感的节制与规范。

曾巩境界之清还来自他很少写香艳的色彩，在他的诗中，最频繁出现的颜色是绿色系，如“群玉过林抽翠竹”(《水香亭》)、“鹊山浮黛入晴天”(《鹊山亭》)、“开阁终朝对翠微”(《次道子中问归期》)、“鸟啼绿树穿花影，风出青山送水声”(《闲行》)、“秋山过抱翠岚新”(《赠安禅勤上人》)。即使写花，曾巩也很少在花色的绚丽上着浓墨敷重彩，例如他的《芍药厅》一诗：

小碧栏杆四月天，露红烟紫不胜妍。肯为云住阳台女，恐逐风飞饰室仙，洧外送归情放荡，省中番直势拘挛。何如潇洒山城守，浅酌清吟济水边。

这首诗写春光明媚的四月，姹紫嫣红，大自然一片生机勃勃。然而，诗人那萧散的情怀使整个景物都罩上了一层清淡的色泽，再艳丽的颜色、再奔放的激情、再难平的躁动，都淡化在诗人平静的“浅酌清吟”之中。除去早期的古体诗外，曾巩也很少写狂风暴雨，他笔下的风雨大多是柔和的，如“入坐松雨湿，吹衣水风凉”（《初发襄阳携家夜登岘山置酒》）、“一番雨熟林间杏，四面风开水上花”（《水西亭书事》）、“飞花不尽随风起，野水无边带雨流”（《郡楼》）、“娟娟野菊经秋淡，漠漠沧江带雨流”（《送陈世修》）。即使是狂风暴雨，在曾巩的笔下也化作了解除旱灾的霖雨，并不给人狂暴或忧愁的感受，如“好风吹雨来，暑气一荡涤”（《延庆寺》）。

他还有意识地选择“清音”和“清香”，他所欣赏的天籁是：绿树花影深处的鸟鸣，穿林绕舍的泉声，驱除旱气的潇潇雨声……他所心仪的人间声韵是：缥缈云端传来的声声疏钟，明月画桥传来的袅袅歌吹……他所嗅到的是那种淡淡的“清香”：“满川风露紫荷香”（《西湖二首》之一）、“繁香泫清露”（《百花堤》）、“清香先得五峰春”（《以白山茶寄吴仲庶见贶佳篇依韵和酬》）。这些“清音”“清香”的共同特点是宁静淡远，和人情绪的冲和闲静恰相对应，在“清”境中体现的正是诗人冲淡的襟怀。在曾巩的诗中，与“清”相对，出现得最多的字眼是“尘”。“绕舍泉水不受尘”（《郡斋即事二首》）、“振衣已出尘土外”（《北渚亭雨中》）、“黄金驷马皆尘土”（《郡楼》）、“洒然尘滓消”（《北湖》）、“尘埃消尽兴何长”、“世道嚣尘岂可干”（《灵岩寺》）。从字面看，这些“尘”无非是指自然界的尘土，但联系曾巩的思想倾向看，这些“尘”更多地与世俗有关，表现了曾巩坚守儒家道德、鄙弃功名富贵的朴愚自守。

在曾巩的诗中，与“清”联系得最多的字眼是“闲”，他的诗总是力避繁忙热闹的场面，淡化强烈突然的情感冲动，呈现着静谧的境界和冲淡的情怀。“清”与“闲”的联系得之于淡化仕途奔竞的心理状态。对热衷于官场奔竞的人而言，清闲意味着失意和冷落，但对曾巩这样一位善于将山林之乐与做官的羁绁进行调和的人而言，清闲则是平息心底波澜之后自得的情感状态。“偶携闲客此闲游”（《郡楼》）、“蜡屐方偷半日闲”（《风池寺》）、“经年闲卧济南城”（《酬强几圣》）、“高闲物外身”（《寄致仕欧阳少师》）、“且偷闲日试闲行”（《旬日过仁王寺》）。这种“闲”源于心理的自持，它不同于佛教的“四大皆空”，泯灭世间一切烦恼产生的清净之心；也不同于道家的“致虚极，守静笃”（《老子》第十六章）的虚静无为。曾巩的“闲”是将所有现实境遇中的不如意淡化后体现出的心平气和。《寄晋州孙学士》写于三十五岁，曾巩困于科场已经十七年，这首诗表现出他化解人生不如意的心理轨迹：

> 风标闲淡易为安，晋陕应忘道路难。学似海收天下水，性如桂奈月中寒。素心已向新书见，大法常留后世看。自送西舟江上别，孤怀经岁未能宽。

此诗的送别对象孙甫（字之翰）是曾巩的好友。撇去诗中表达的送别之情，可以看到曾巩应对人生行路之难的法宝就是“闲淡”，以心理的自持超越现实境遇。曾巩还有一些诗如“好鸟自飞还自下，白云无事亦无心”（《静化堂》）、“鱼鸟自翔泳，白云时往还”（《西湖二月二十日》），既是自然万物自在自得的表现，也是诗人内心自得的表现。“独此得逍遥，固知拙者幸”（《北湖》），无论世道如何，心中那份自得常在，足以抵御外来的尘嚣。

第三节　诗情之“和”

宋人生唐后，面对唐诗这座高峰，宋人在诗歌理论和创作实践上都表现出异于唐诗的自觉，从而开创出与“唐音”相对的“宋调”。文学是时代的产物，诗歌风格的演变与社会变迁和时代风潮有着或隐或显的割不断的联系。周裕锴认为：“宋代文化精神在制约宋诗的意识方面发挥了巨大的影响，使得宋诗人在理论与实践上都鲜明地体现出异于唐诗的自觉。”他从四个方面谈到了宋诗学意识指向异于唐诗的特征：“一是忠君体国的忧患意识；二是明心见性的内省态度；三是睿智静穆的理性精神；四是典雅高尚的人文旨趣。”[①] 曾巩作为一名醇儒，其诗歌因其个性气质及其学养经历的不同显出自己的独特性，但宋代的学术文化背景和社会心理也对曾巩产生了深远的影响。其诗歌也体现出强烈的忧患意识、内省节制的理性精神，在情感表现上则更多平和淡泊之音。

即使将曾巩诗歌分为前后两期，也不影响我们在诗风的前后变化中找到贯穿一线的共同点，那就是曾巩诗歌主导风格的形成比较合理的解释还是源于情感的节制。曾巩情感的节制首先表现在对社会生活的批判力度上。的确，他的有些诗特别是古诗也写得逞材厥张，很像韩愈，但是他的不平不是毫无节制的。曾巩个性偏于沉静，喜欢恬淡安静的生活：“泊无势利心，自觉衿虑宽”（《延庆寺》），“淡尔非外乐，恬然忘世喧”（《过介甫》），“八荒同一鸣，静里安得在？独有虚室翁，恬然故无改”（《秋声》），这种个性与心态使曾巩在诗歌中表现出温和平静的风貌。郭豫衡对曾巩和欧阳修在情感上的不同作了一些比较，认为：“曾巩之似欧者，也不仅在于‘淳厚’，而也在于有所愤慨和不平，只是不像欧阳修那么激烈罢了。”[②] 因此，读曾巩的诗，尽管前期由于受时代风气的鼓荡，师法李白和韩愈，其诗歌也并非是一味的豪雄，而是有着沉郁凝重的风格，后期诗歌虽已不复有李白的豪放、韩愈的雄奇，但由于经历了学李学韩、追求雄豪的阶段，在一些看似平淡的诗中，仍然有着有关社会人生的忧思感愤，但此期诗歌犹如进入人生的中年，感情显得相对平和，不会有大起大落，而是更深沉隐微。具体而言，曾巩的“诗情之和”的特点体现在以下几个方面：

一、曾巩诗歌的情感主流是温和含蓄，这是形成其诗歌平和特质的重要物质前提。曾巩情感的节制与他的“养气说”有关。将欧王

① 周裕锴：《宋代诗学通论》，上海古籍出版社 2007 年版，第 73—111 页。

② 郭豫衡：《曾巩为人和为文的特征》，载《历代散文丛谈》，山西人民出版社 1986 年版，第 326 页。

二人的诗论对照看，二人都强调一种“盛气”。欧阳修这样谈论韩愈的诗歌风采：“退之笔力，无施不可，而常以诗为文章末事。……然其资谈笑，助谐谑，叙人情，状物态，一寓于诗，而曲尽其妙。此在雄文大手，故不足论。”① 王安石作于皇祐五年的《杜甫画像》对杜甫的人格及诗歌的思想意义高度评价，他在诗歌开头说：“吾观少陵诗，为与元气侔。力能排天斡九地，壮颜毅色不可求。浩荡八极中，生物岂不稠。丑妍巨细千万殊，竟莫见以何雕锼。”② 王安石在杜甫的诗中看到的是一种“元气”，这种“元气”具有“排天斡九地”的力度。苏辙对杜甫也有相近的评语：“予爱其辞气如百金战马，注坡蓦涧，如履平地，得诗人遗法。”③ 但是，欧阳修对文章写作也反复提出“中节”的要求，他说：“然作文之体，初欲奔驰，久当收节，使简重严正，或时肆放以自舒；勿为一体，则尽善矣。”④ 他赞陈之方：“辨明而曲畅，峻洁而舒迟，变动往来，有驰有止，皆中于节。”⑤ 当然，欧阳修的“中节”是对盛气的一种引导，并不是完全将之压制住。

曾巩也谈气，“虽有刚柔缓急之异，皆可以进之于中，而无过不及，使其识之明，气之充于其心，则用于进退语默之际，而无不得其宜；临之以福祸死生之故，而无足动其意者”（《宜黄县学记》）。他所认可的气是一种中正和平之气：“持权心似水，待物气如春”，这种气不同于盛气，它像止水一样澄澈安静，像春天那般温润春容。曾巩论文也拈出一个“气”字，在《读贾谊传》中说：“吾读三代两汉之书，至于奇辞奥旨，光辉渊澄，洞达心腑，如登高山以望长江之活

① 欧阳修：《六一诗话》，载何文焕《历代诗话》上，中华书局 2004 年版，第 272 页。

② 王安石：《杜甫画像》，载《王安石全集》卷 50，上海古籍出版社 1999 年版，第 410 页。

③ 苏辙：《苏辙集·栾城三集》卷 8，中华书局 2004 年版，第 1229 页。

④ 欧阳修：《与徐无党书》，载《欧阳修全集·居士集》卷 70，中华书局 2001 年版，第 1023 页。

⑤ 欧阳修：《与陈之方书》，载《欧阳修全集·居士外集》卷 70，中华书局 2001 年版，第 1013 页。

流，而恍然骇其气之壮也。……既而遇事辄发，足以自壮其气，觉其辞源源来而不杂，剔吾粗以迎其真，植吾本以质其华。其高足以凌青云，抗太虚，而不入于诡诞；其下足以尽山川草木之理，形状变化之情，而不入于卑污。及其事多，而忧深虑远之激捍有触于吾心，而干于吾气，故其言多而出于无聊，读之有忧愁不忍之态，然其气要以为无伤也，于是又自喜其无入而不宜也。”曾巩所讲的“气”重在通过明道积理和读书积学来充实自己，重在壮其气而不欲伤其气。曾巩的学生刘莾在《上通运判王司封书》中云：“其气完者其气浑，其气拘者拘以卑，是故排而跃之非怒张也，缀而留之非惧协也。”[①] 这可以说是对曾巩养气说的具体阐释。因此曾巩在诗中表现出来的主要是一种平和之气，何焯评曾巩《送任逵》诗“长篇诗稳切有气”[②]，正说明曾巩诗歌意在以稳重沉着的风格见长，不求纵恣激烈。

二、曾巩诗歌在情感表现上的第一个特征是淡化情感，这是他化解不平情感的手段之一。经理性思考之后的诗歌语言和缓、平静。重道德性命之学，知性的反省，忧患的存养使宋代文化呈现思辨的倾向。以《明妃曲》为例，欧王曾三人都对昭君远嫁这件事发表了评论，他们的共同之处在于都不囿于写一个弱女子的幽怨情感和悲剧命运，都能超越前人的感伤情调。比之前人借昭君远嫁来抒发人生的悲怨之情不同，欧阳修等人在昭君的历史事实中发现的是有关人生际遇的理性的、普遍的法则。然而由于三人个性气质以及各人对“道”的理解不同，三首诗仍然体现出三人不同的诗歌风格。王安石的《明妃曲》[③] 别出新意，议论精警：“人生失意无南北”，“汉恩自浅胡自深，人生乐在相知心”，体现了一代政治家的拗折性格。曾巩也有两首和诗《明妃曲二首》，其立意与王安石接近：“丹青有迹尚如此，何况无形论是非。穷通岂不各有命，南北由来非尔为。”此诗虽

---

① 刘莾：《上通运判王司封书》，见《龙云集》卷18，载《文渊阁四库全书》1119册，台湾商务印书馆1983年版，第213页。

② 何焯：《义门读书记》卷40，中华书局2006年版，第729页。

③ 王安石：《明妃曲》，载《王安石全集》卷40，上海古籍出版社1999年版，第351页。

然对昭君流落异域的命运寄予同情，但同时又理智地看到人生的复杂性和悲剧的普遍性。欧阳修《和王介甫明妃曲二首》的议论也很尖锐："虽能杀画工，于事竟何益"，紧接着将议论上升到对国事的批判："耳目所及尚如此，万里安能制夷狄？汉计诚已拙，女色难自夸。"欧诗由国家大事的理智批判转换到对人物具体命运的深切同情，比曾诗关注的内容更深刻、更宽广，抒发的感情更深挚，内容更丰富，这就使欧诗更富感情和力量。曾巩情感的平和来自于理性与节制，淡化情感使曾巩诗歌温厚平和的风格得到充分而有效的表达。结合宋人"以议论为诗"这一点而言，曾巩早期诗歌就有很多议论，这样的议论使他更多地表现出一种平和冷静的态度，从而减弱情感的强度与浓度。至于晚期的诗歌，则尤为含蓄深婉，无意于感奋昂扬、幽怨萧骚。

三、曾巩诗歌注重平衡式抒情或说理，这是形成诗歌平和情感的手段之二。曾巩有很多诗歌表现出一种"四平八稳"式的结构形式。例如他早期的古体诗多不平之气，在抒发愤怒时多从两边说来，先述说内心的不平，接着写经过克制后的平和与无奈，这种行文方式自然消解了不平愤激的情感。读一读曾巩前期写得感奋昂扬的古体诗，也会感到诗人的情感是有节制的，并非一泻无余。例如《秋怀》诗写于年轻时代，诗中充满了不被赏识的愤懑："出门榛棘不可行，终岁蒿藜尚谁恤？"与唐代孟郊"出门即有碍，谁谓天地宽"几乎同调，不同的是曾巩在发牢骚后并没有指天斥地，愤激难耐，而是在结尾适时地将感情进行节制："消长穷通岂须诘？圣贤穰穰力可攀，安能俯心为苟曲？"曾巩以圣贤为榜样，以道德持守超越外界的"消长穷通"从而获得心理平衡。情感过分节制后，诗歌不免显得四平八稳，情感力量较弱。像《初夏有感》一诗，开头铺叙初夏季节万物滋荣的景象："物从草木及虫鱼，无一不自盈其情"，并将之与自己的衰病对比，感慨自己"十年万事常坎坷，奔走未足供藜羹"，然而作者并没有停留在悲叹和不平之中，而是强调自己有着与众不同的远大的理想："非同世俗顾颜色，所慕少壮成功名"，并以此来超越现实的不平："但令命在尚可勉，屑细讵足伤吾平。"《读书》《江湖》《靖安县幽谷亭》等诗也都采用一种“两边说来”的平衡的行文方式，他总是在叙说了自己人生的种种失意后，并不让感情肆意地流泻，而是以对道德的持守超越现实的不平，在精神上获得一种优越感，这使他的诗歌一般都能将不平的情感淡化，不那么激烈。

方东树提到曾巩篇章的问题实质上还是情感力度的问题。其实这正是曾诗中缺乏一种淋漓的元气所致。方氏批评曾诗“其失在不放”①，究其根本原因在气不盛，而这又最终源于曾巩对情感的过分节制，使诗歌缺乏大气纵放。清人赵翼评苏轼诗云：“东坡大气旋转，虽不屑屑于句法、字法中别求新奇，而笔力所到，自成创格。如《百步洪》诗：‘有如兔走鹰隼落，骏马下注千丈坡，断弦离柱箭脱手，飞电过隙珠翻荷。’形容水流迅速，连用七喻，实古所未有。”②对苏轼的评价与对曾巩的评价形成鲜明的对比，苏轼不拘于句法、字法，感情不受制约，奔放纵恣。如果过分拘泥于字句，当然会使诗歌显得呆板，如《剑溪说诗》云：“作意全篇，勿贪好句。前人标举一句两句，以定工拙，乃偶然谈及如此，讵意后来学者，尽有句无篇也。”③ 这是说过分贪求字句的精工，会影响诗歌的整体气势。但在曾巩那里，主要还是对激情的克制与压抑。他总是将内心涌动的激情化入沉着和平淡中，例如他的名诗《西楼》：“海浪如云去却回，北风吹起数声雷。朱楼四面钩疏箔，卧看千山急雨来。”此诗前两句写出了一场大雷雨即将来临时的雄壮阔廓的场景，诗人的心中也有一种充满期待的激情涌动，然而内心的激动却被外表的安详所掩盖，“卧看”一句写出的是雍容平和的气度。又如《华不注山》诗：

虎牙千仞立巉巉，峻拔遥临济水南。翠岭嫩岚晴可掇，金舆陈迹久谁探。高标特起青云近，壮士三周战气酣。丑父遗忠无处

① 方东树：《昭昧詹言》，人民文学出版社 2006 年版，第 16 页。

② 赵翼：《瓯北诗话》，载郭绍虞《清诗话续编》上册，上海古籍出版社 1999 年版，第 1199 页。

③ 乔亿：《剑溪说诗》，载郭绍虞《清诗话续编》上册，上海古籍出版社 1999 年版，第 1100 页。

问，空余一掬野泉甘。

此诗写出了华不注山的高峻崔嵬，以及登高远眺的壮观奇伟景象："翠岭嫩岚晴可掇""高标特起青云近"，但诗人在极尽豪迈之中时带着一种历史的苍凉悲壮，末尾两句"丑父遗忠无处问，空余一掬野泉甘"，表现了对历史人物的低慕追怀的叹惋、敬仰、流连、沉思之情。又如《上元》诗："金鞍驰骋属儿曹，夜半喧阗意气豪。明月满街流水远，华灯入望众星高。风吹玉漏穿花急，人近朱栏送目劳。自笑低心逐年少，祇寻前事捻霜毛。"这首诗用简洁的笔墨描绘出"金鞍驰骋"的"儿曹"豪迈的意气，作者虽然已近花甲之年，但内心对少年时代的意气风发颇有向往之情，"自笑低心逐年少，祇寻前事捻霜毛"，则颇有一种从豪迈复归闲适的从容。

曾巩总是在诗歌中保持一种情感的正当和规范，使情绪保持温静和平和。羁愁感叹的减少，并非内心没有忧思忧愁，而是以道德的持守、人生的智慧去化解。例如《送黎安二生序》一文，曾巩同样杂以诙谐，但与柳宗元的《愚溪诗序》、韩愈的《进学解》作一对照，就可看出唐宋文人之不同。曾巩的笔法与韩柳以自嘲来嘲世十分接近，但不同的是，他在表达了自己行为乖世的迂阔后，仍然以平静的心态重申内心的操守，这种超越世态炎凉的恬淡心境，正是由道德涵养而成的结果。有学者指出："作为对'不平之鸣'的反拨和补救，宋人提出'自持'的新观点。传统儒家诗论有'诗者，持也'的说法，是专指《诗经》的功能，宋人把他推广到一般诗歌创作中。所谓'持'，从伦理上看，是要保持诗中情感的正当和规范；从心理上看，是要保持诗中情绪的平静与温和。一言以蔽之，'持'的重要功能就是情绪的理性化。"① 作为一名醇儒，曾巩以儒家中庸之道来指导自己的立身行事，这使曾巩在整体的人生态势上显得不温不火，不像庆历先贤那样指陈时政，言辞剀切，带有一种狂直之气，他也没有好友王安石掀起翻天覆地的社会改革的猛将气势，也不像苏轼在大起

① 周裕锴：《宋代诗学通论》，上海古籍出版社2007年版，第61页。

大落中仍然对前途抱有坚定的信心而始终洒落不羁。曾巩的特点是面对复杂生动的社会生活，不做时代的弄潮儿，也不做与烟霞为伴的隐士，而是安静地站在是非争端的边缘，保持安静沉稳的生命状态。正是在儒家中庸之道的影响下，曾巩的诗歌创作形成了语言平易、诗意淡泊、诗情平和的特色，创造出清静的意境。在这一境界里，一切现实和心理上的冲突都得到化解，显出相对平和的风格，并能保持清高独立的人格。

总之，曾巩的诗歌与其散文一样，有来自时代、社会，个性、才力方面的影响，但更多地来自儒家修身养性带来的平和节制，曾巩的诗歌其实也正是其人生境界的一种文字表达形式。

第九章　淡而深·平而畅·质而雅

——论曾巩诗歌的语言特征

曾巩对语言的追求有着独特的思考。当曾巩平静地应对人生时，他也在思考如何用文字来表达思想的问题。魏晋以来的语言是“竞一韵之奇，争一字之巧。连篇累牍，不出月露之形，积案盈箱，唯是风云之状”[①]。崇尚繁文丽辞，注重外表的装饰性，这种浮华艳丽的外表，遮蔽了道的内涵，甚至以文害道。曾巩以敏锐的眼光审视，越过汉唐魏晋，直追三代之文。当他在人生中以儒家之道为归依时，他也从语言上回到简易平凡，也可以说，正是通过追踵儒家经典语言的简易平淡，他才得以回归到内在的简易平淡，再进而表现出应世观物的从容平和。《宋史》本传评曾巩文“纡徐而不烦，简奥而不晦，卓然自成一家”[②]。其中“不烦”是指峻洁简练，“不晦”是指平易明快。繁文缛辞、奇僻险怪往往阻碍作品思想的表达，造成读者对文意准确理解的困难。曾巩的散文师从欧阳修，善于用平易的言辞表达思想，显得明白而不晦涩。这本是对散文而言的，但曾巩的诗歌也表现出这种特点。清人何乔新《读曾南丰诗》说曾巩诗“一扫西昆陋，力追骚雅遗”，认为“欲造风雅域，斯文乃阶梯。勖哉追古作，峻途极攀跻；毋为拾红紫，点缀斗妍媸”[③]。曾巩的诗歌不争妍斗艳，无浮言腴语，由于他追求儒家的心性修养，其诗歌表现出一种平易质朴

---

① 魏徵：《隋书·李谔传》卷66，中华书局1973年版，第1037页。

② 脱脱：《宋史·曾巩传》卷319，中华书局1977年版，第10390页。

③ 何乔新：《读曾南丰诗》，转引自柏春修《南丰县志》，清同治十年（1871）刻本。

的特征。

诗歌的风格与诗歌的语言总是紧密相连的。曾巩诗歌语言的特征是怎样的，与其诗歌风格如何相适应，是值得探讨的。就曾巩诗歌来说，很少有人就其语言进行评论。因此，从风格上去寻找也许可见一些端倪，因为对曾巩诗歌风格的评价必然关涉语言的评价。总体来说，曾巩诗歌中的语言一般素淡清净，基本上找不到那种浓妆艳抹、剪红叠翠的语句。需要指出的是本章所论的语言特色与后面在“以文为诗”背景下所谈的语言并不是简单的重复。本章更注重通过具体的文字分析并结合相关写作背景，从文化层面来解读其语言风格。

第一节 淡而深

曾巩的诗歌基本上没有鲜艳的色彩和华美的辞藻，它示人的外在特征不是浓妆艳抹，而是清淡朴素。将曾巩四百五十多首诗歌一一研读，也有“金地夜寒消美酒，玉人春困倚东风”（《钱塘上元夜陪咨臣郎中丈燕席》）、“画桥南北水东西，高下花枝绿间红”（《北园会客不饮》）、“渚花红四出，沙鸟翠相亲”（《寄郓州邵资政蒙问敝邑山水之景，见索新诗，重意之辱，谨吟二百字上寄》）这样色彩艳丽的诗，但也仅几首而已，绝不是曾巩诗歌中的主流。即使是早期那些运用铺陈排比所作的诗歌，也不是给人雕绘满眼的感觉，在色彩上仍以素淡为主。

曾巩的诗歌特别是前期古体诗在表达上多铺叙议论，但所用的语言并不花哨，而是多用素淡的色彩写景，用明白的话语来抒情。后期以近体诗为主，也少用比兴，但却多模仿唐诗，用白描手法，极少涉及鲜丽的色彩，基本上设色清淡，抒情含蓄深婉。总之，在色彩的选择上，曾巩前后期诗歌基本上都偏向冷色调。早期诗歌如《李节推亭子》：“盱江郭东门，江水湛虚碧。东南望群峰，连延倚天壁。长林相蔽亏，苍翠浮日夕。青冥窗户寒，居者非咫尺。子初得从谁，有此烟雾宅。燕坐远世喧，及门无尘客。筑亭更求深，缓带聊自适。时花笑婀娜，山鸟吟格磔。家酿熟新樽，欢言命良席。故已轻华簪，宁论珍拱璧。我亦有菑田，相望在阡陌。安得巾柴车，过从伫三益。”诗人站在麻姑山上远眺，看到的是澄澈的江水、直耸青天的山岭，林木交互掩映，夕阳如同漂浮在苍翠的树林上。筑在半山的亭子在苍翠的树林中隐约显现，如同天上的仙宅。山花灿烂地开放，山鸟自由地鸣叫。江水、群峰、长林、林风、飞烟、亭子构成了全诗清幽冷淡的境界。即使写红紫烂漫的春天，他也极少用到红色、黄色等炫目的暖色调。他的《寄顾子敦》：“清旷亭边雁欲回，南湖分浪入城来。空山过腊犹藏雪，野岸先春已放梅。三径未归聊自适，一尊寻胜每同开。如今试想长松下，玉尘高谈岂易陪。”虽然写春天，但并没有着眼于梅花的鲜艳明媚，仍然是一派清旷淡然的景象。无论是春夏还是秋冬，曾巩很少用到鲜艳的色彩，他或者勾勒苍劲古淡的画面，或者描绘出清冷娴雅的意境。

晚期更多含蓄深婉的作品，在诗歌中大量运用白描手法。白描是中国传统绘画的一种技法，纯用墨线勾勒，不着色彩而只用淡墨点染，对描摹对象能抓住对象的精神，准确地表现对象的特征与个性。这种技法移之诗文，就是不用浓墨重彩，力避铺陈，不用繁缛的修饰；在感情的表达上则尽量用简练的笔墨抒情。白描手法的运用首先表现在设色造景上。如《水西亭书事》：“一番雨熟林间杏，四面风开水上花。岸尽龙鳞盘翠条，溪深鳌背露晴沙。陇头刈麦催行馌，桑下缫丝急转车。总是白头官长事，莫嫌粗俗向人夸。”运用白描手法，写出了一幅自然生动的农村风光图：雨水催熟了杏子，风吹过后水波荡漾如同千万朵花一起绽放。远远望去，溪岸曲折如同龙鳞，岸上的树木如同翠绿的条带环绕，溪中露出的石头如同沙滩上的鳌背。田头正在割麦的农夫被催促着吃饭，桑树下农妇正急急地摇着纺车缫丝。作为一地的父母官，看着这一派平和的农村风光，心中觉得陇头桑下的农事并不粗俗而是值得夸耀的事！诗人准确地描写了绿树、青山、溪岸、大石、晴沙、陇头、桑下等风景，形成清淡而不失活力的境界，而结尾两句用简练的笔墨抒发了喜悦之情。

由于曾巩注意炼字炼句，往往能一下抓住对象的精神。他有一些比兴用得非常好的诗歌，如《咏柳》《降龙》《桐树》等。但总的来说，曾巩在写景状物时用比兴少，用白描多。可以说，后期诗歌平实的特点也与他少用比兴，多用白描有关。金线泉是济南的著名景点，宋人吴曾在《能改斋漫录》中作了极为生动的描述："石甃方池，广袤丈余，泉乱发其下，东注城濠中。澄澈见底，池心南北有金线一道隐起水面，以油滴一隅，则线纹远去。或以杖乱之，则线辄不见，水止如故，天阴亦不见。"① 而曾巩的描写更见精神且富于想象："玉甃常浮灏气鲜，金丝不定路南泉，云依美藻争成缕，月照寒漪巧上弦"（《金线泉》）又如趵突泉，据北魏郦道元《水经注》载："泺水出历城县故城西南，泉源上奋，水涌若轮，觱涌三窟，突出雪涛数尺，声如隐雷。"曾巩的描写准确地把握了趵突泉的这一特点："已觉路傍行似鉴，最怜沙际涌如轮。"（《趵突泉》）又如华不注山，曾巩在题下自注："《水经》云：'华不注山虎牙桀立，孤峰特起，青崖点翠，望如点黛。'"他对华不注山的描写抓住其险峻的特点着笔："虎牙千仞立巉巉，峻拔遥临济水南。翠岭嫩岚晴可掇，金舆陈迹久谁探。"突出了"峻拔"的特征。又如"云中一点鲍山青，东望能令两眼明"（《鲍山》），对鲍山的描写只扣住"青"字就境界全出。其他如《上元》《鹊山》《甘露寺多景楼》等都具有这种特点。其他状物也写得很简练出神，如"尝闻一鹗今始见，眼驶骨紧精神豪"（《一鹗》）中对"鹗"的形象描绘抓住了"眼""骨""精神"，只用七个字就使鹗矫健的形象跃然纸上。"苍然老树昔谁种？照耀万朵红相围"（《山茶花》）写出了山茶花开放时千朵万朵、红艳照人的盛况。其他如"风雨天地动，一叶不敧倒"的高松（《高松》）、"低催乱繁条，逼迫畏清露"的梧桐（《桐树》）、"江湖苦遭俗眼慢，禁御尚觉凡木多"的香橙（《橙子》）等都能用简练的笔墨，写出对象的精神。

曾巩善于用平淡的记叙、议论表达深沉的感情。他的诗歌中，往往没有繁复的修饰、绚丽的色彩、浓烈的抒情、激昂的议论。他的叙述一般平直，议论抒情的调子也较为平淡，较少气促词激、高亢难抑

① 吴曾：《能改斋漫录·方物》卷15，载《武英殿聚珍版丛书》本。王辟之《渑水燕谈录》"佚文"对此记载更为详细，详见第131页。

的强音。曾巩早期诗歌多用赋体铺陈，好议论，有些诗歌显得诗情枯槁，略无余韵，但是其大多数诗歌都能将情与景有机地融合在一起，创造出情韵深婉的意境。曾巩诗歌散文化很明显，这与宋调初创期的诗歌创作主流是一致的。“以文字入诗”带来的直接影响就是大量古文句式进入诗中。散语的使用比意象密集、语序省略的语言形式更能准确地抒情说理、叙事状物，从而在表达上曲尽其妙。如《半山亭》：“树杪苍崖路屈盘，半崖亭榭午犹寒。平时举眼看山处，到此凭栏直下看。”《千丈岩瀑布》：“玉虬垂处雪花翻，四季雷声六月寒。凭槛未穷千丈势，请从岩下举头看。”结尾两句就是散文句法，但是其中揭示的哲理却让人回味无穷。又如《恩藏主送古梅求诗》：“折得前村雪里枝，殷勤来聘老夫诗。请公静看横斜影，便是当年一字师。”亦淡而有味，不尽之意可从言外赏之。最有意思的是下面这首古体诗：

鹊声喳喳宁有知，家人听鹊占归期。物情固不等人事，尔意自惊思别离。秋花粲粲正可爱，黄菊芙蓉开满枝。春枫千树变颜色，远水静照红霞衣。梧桐杨柳岂知数，沙步露冷银床攲。新黄暗绿各自媚，烂漫未减春风时。谁言秋物不可赏，人意自移随盛衰。山田正冷酒味美，禾黍半收鸡雁肥。霜梨野栗处处有，雪蜜荐口清香随。乡园物物可想见，我意只随魂梦飞。家人未用占鹊语，应到归时春亦归。(《听鹊寄家人》)

诗人从对方着笔，想象家人“听鹊占归期”，又通过想象写秋花、黄菊、春枫、远水、梧桐、杨柳、霜梨、野栗等“乡园物物”，描画了故乡秋天的烂漫妩媚。诗人不说对故乡的深情怀念，而说故乡人对自己的怀念，虽不言情而情自见。整首诗将情语、景语、理语结合在一起，其中“物情固不等人事，尔意自惊思别离”“谁言秋物不可赏，人意自移随盛衰”“家人未用占鹊语，应到归时春亦归”等句颇为精警，将浓烈的思归之情融化在理智的思考中，感情显得和平温厚。这样的议论使思乡之情超越了具体的人生事件而具有了普泛意义。虽然抒发的思念之情并不像唐代诗人那样通过比兴的方式来表达，但穿插于写景叙事中的抒情说理却使诗歌别有韵味。

曾巩的大多数诗歌特别是后期律绝亦能做到语淡情深，韵味悠长。《到郡一年》："薄材何幸拥朱轩，窃食东州已一年。陇上雨余看麦秀，桑间日永问蚕眠。官名虽冗身无累，心事长闲地自偏。只恐再期官满去，每来湖岸合留连。"诗人在齐州为官近两年，政事整肃，官余颇有心情流连山水，"心事长闲地自偏"，因而舍不得离开。一"恐"字写对离去的不舍，形象地表现了诗人对齐州山水景物的赏爱与留恋。再如《忆越中梅》："浣沙亭北小山梅，兰渚移来手自栽。今日旧林冰雪地，冷香幽艳向谁开。"此诗写于离开越州知齐州任上，越州是曾巩离开京城后就任地方官的第一站，其时曾巩已经离开越州一年。这首诗在写法上很有特色。前二句直接切入过去，回到越中，通过回忆写出诗人爱梅之心。后两句则在空间上挪移回到越中，抓住"旧林冰雪""冷艳幽香"描绘出梅花高洁孤傲的特点。诗人不直说自己离别越中后对亲手栽种的梅花的依恋，而是用问句结语，问其"向谁开"，不动声色地显示了自己的怀念之情，从对面着笔，情景交融，景色虽然平淡，但是感情很深沉。又如《雾淞》："园林初日静无风，雾淞开花处处同。记得集英深殿里，舞人齐插玉笼鬆。"集英殿是北宋皇宫宫殿建筑之一，是皇帝策试进士和每年举行春秋大宴的场所（主要作为宴殿和策试进士使用）。这首诗写于熙宁五年（1072），是曾巩在京城馆阁任职九年多后外任齐州地方官时期的诗歌。曾巩此时离开京城已三年，面对雾淞，曾巩不由想到了昔日京城见到的雾淞并产生了重回京城任职的期待。此诗前两句用白描手法写园林雾淞，素淡简练；后两句也是白描，寥寥两句描绘了集英殿载歌载舞的盛况。雾淞是诗人感情的触发点，但是诗人不说自己的怀念和内心的期望，而是从对面着笔，写京城雾淞满园时集英殿歌舞升平的盛况。虽是白描手法，但是在这简练的笔墨、素淡的景物中包含着诗人复杂的感情。晚期的诗歌以清淡明丽见长，往往在清淡的景物描写中贯注淡淡的感情，让人于言外赏之。如《北渚亭雨中》："振衣已出尘土外，卷箔更当风雨间。泉声渐落石沟涧，云气迴压金舆山。寒沙漠漠鸟飞去，野路悠悠人自还。耕桑千里正无事，况有樽酒聊开颜。”诗人在北渚亭上感受的这场雨，虽是疾风暴雨却并不让人感觉狂乱，虽是潇潇冷雨也未给人压抑沉重之感，那“寒沙漠漠鸟飞去，野路悠悠人自还”的雨中景给人一种气定神闲的悠闲之感，诗歌显示的不是风雨对人的摧折而是娴雅自适的心境。虽然诗的前四句还颇有早期诗歌写景状物气势豪雄的特点，但“寒沙”句营造的清淡意境则含蓄表达了诗人超然物外的闲适心境。

曾巩写人也能抓住人物精神。“夺标一一飞步急，盘槊两两翻身劲”（《晓出》）描写了士卒的矫健身手，“几成新曲无人听，弹向东风泪空垂”（《明妃曲》）寥寥数笔写出了昭君远嫁他乡、知音难觅的幽怨，“师回拔剑不顾生，酒酣拂衣亦送死”（《侯荆》）则突出了侯嬴和荆轲义不顾身、慷慨赴死的形象。“君子从戎碧油下，绿发青瞳笏袍整”（《送叔延判官》）刻画了叔延判官英气勃勃的神采。对那些文人士子，诗人或从文章或从政绩上进行揄扬：“叩门忽去我，跃马振轻裘”（《瞿秘校新授官还南丰》）刻画了新授官职春风得意的瞿秘校；“闳材壮思风雨发，绿鬓少年冰雪清”（《送丰稷》），几笔勾勒出丰稷的品行节操和文学才能。“篇什高吟凤凰下，翰墨醉洒烟云生。拨置簿书有余力，放意樽罍无俗情”（《送宣州杜都官》），杜都官的政事、文学、情操都在妙笔点染中展现出来。“子来满橐书，璨璨璧与玑。一字未得读，叩门忽言归”（《送钱生》），将钱生好学求道的书生形象展现得淋漓尽致。他写自己也能抓住精神，如写自己衰病：“呻吟千里外，仓皇值亲丧”（《读书》），“胸气卧立常怦怦。筋酸骨楚头目眩”（《初夏有感》）；写自己官余的闲适也很生动：“且坐蒲团纸窗暖，两衙退后睡敦敦。”（《不饮酒》）

曾巩有些绝句，语言清新，明白如话，诗意盎然，颇有民歌率直的风致。仔细阅读，可见都是用白描手法，不着意铺陈修饰，也不精雕细刻。曾巩一生其实大部分时间都身处农村，在三十九岁中举做官前都过着耕读生活，入仕后的大部分时间也是做地方官，有很多时间接触农村生活，对山水田园有着天然的喜爱之情。如：

水满横塘雨过时，一番红影杂花飞。送春无限情惆怅，身在天涯未得归。(《城南二首》之二)

云帆十幅顺风行，卧听随船白浪声。好在西湖波上月，酒醒还对纸窗明。

画船终日扒沙棹，已去齐州一月程。千里相随是明月，水西亭上一般行。

文犀剡剡穿林笋，翠靥田田出水荷。正是西亭销暑日，却将离恨寄烟波。

将家须向习池游，难放西湖十顷秋。从此七桥风与月，梦魂长到木兰舟。

荷气夜凉生枕席，水声秋醉入帘帷。一帆千里空回首，寂寞船窗秪自知。(《离齐州五首》)

白描的语言使曾巩诗歌显得平实。不同于孟郊诗歌，白描手法的运用使其诗歌语言变得瘦硬，亦不同于白居易，白描手法的运用使其诗歌则显得浅俗。在一般人看来，平实质朴往往给人直白浅陋的感觉，曾巩早期的一些诗歌由于好发议论具有这种特点。事实上，平淡的语言亦可表达深远的意趣或深沉的感情，曾巩晚期的律绝由于在结构上紧凑，字句上精练，而具有一种含蓄深婉的美。不同于宋初白体诗的直白，也不同于西昆体的繁缛密丽，曾巩的诗歌语言平实而情意深婉，虽然用字平常，语调平淡，但构思细密，意蕴丰富。如《北园会客不饮》："画桥南北水西东，高下花枝绿间红。殢得春风人尽醉，独醒谁似白头翁。"诗歌前两句用白描手法写景，简练传神，结尾两句亦用白描手法，简练传神地刻画了诗人的精神意趣，其中的感情自可于言外赏之。整首诗字句精练，语言朴素，具有一种含蓄深婉的美。可以说，曾巩后期的诗歌基本做到了词约义丰。

欧阳修与梅尧臣反复讨论"意新语工"的话题，其实质在于两点：一是有新意有思想，二是有超强的表现力，即"无施不可"的笔力。"宋人先学乐天，学无可，继学义山，故初失之轻浅，继失之绮靡。都官倡为平淡，六一附之。”① 在这种有意与唐诗相区别的理念驱使下，以欧阳修、苏轼为主的北宋文坛提倡平易自然的文风，从而使奇崛险怪的文风渐息。宋代人对平淡的审美理想多有谈论。梅尧臣在《依韵和邵不疑以雨止烹茶观画听琴之会》中说：“作诗无古今，唯造平淡难。”② 欧阳修也多次说到平淡，“覃思精微，以深远闲淡为意”③，“淡泊味愈长，始终殊不变”④。苏轼认为平淡远胜于浮华，他说：“凡文字，少小时须令气象峥嵘，彩色绚烂。渐老渐熟，乃造平淡。其实不是平淡，绚烂之极也。”⑤ 而王安石的平淡受佛老思想影响。葛立方在《韵语阳秋》中说：“大抵欲造语平淡，当自绚丽中来，落其华芬，然后可造平淡之境。”⑥ 梅尧臣与欧阳修的关系如同孟郊与韩愈的关系，梅尧臣一生仕途蹭蹬，久居下僚，心情未免落寞，虽得欧阳修的力荐但终未能从根本上改变命运。因而，梅尧臣的平淡总是带着一种古硬奇峭，正如《六一诗话》所言：“圣俞平生苦于吟咏，以闲远古淡为意，故其构思极艰。”⑦ 曾巩的平淡不同于欧阳修的平淡而思深，不同于王安石平淡中参以摩诘，也不同于梅尧臣的平淡中寓奇峭，而是平淡中有着质朴的美。淡而深最终来自思想的深刻，简淡的语言形式必然要求内容充实。如果内容不充实，一用朴素通俗的语言，则底里毕露。“太羹玄酒”之谓，本出自儒家经典

---

① 贺裳：《载酒园诗话》，载郭绍虞《清诗话续编》上册，上海古籍出版社 1999 年版，第 416 页。

② 梅尧臣：《依韵和邵不疑以雨止烹茶观画听琴之会》，又见《读邵不疑学士诗卷，杜梃之忽来，因出示之，且伏高致，辄求一时之语以奉呈》，又见《依韵和晏相公》，《宛陵先生集》卷四十六，《四部丛刊》本。

③ 欧阳修：《六一诗话》，载何文焕《历代诗话》上册，中华书局 2004 年版，第 265 页。

④ 欧阳修：《依韵答杜相公宠示之作》，载《欧阳修全集·居士集》卷 20，中华书局 2001 年版，第 196 页。

⑤ 苏轼：《与二郎侄书》，载《苏轼全集》卷 60，上海古籍出版社 2000 年版，第 1950 页。

⑥ 葛立方：《韵语阳秋》，载何文焕《历代诗话》下册，中华书局 2004 年版，第 483 页。

⑦ 欧阳修：《六一诗话》，载何文焕《历代诗话》上册，中华书局 2004 年版，第 265 页。

《礼记·乐记》，太羹是兼包众味而本身无味的肉汁，元酒乃祭祀之清水，当指曾文在平实无奇的文字中蕴含了丰富的内涵，它像太羹那样非酸、非咸、非甘、非苦，而酸、咸、甘、苦无不在其中，本身无味而又曲包众味，它以感性的淡薄和理性的深永为其特色，它是宋代儒家思想的复归强化的作用，文学的价值不在于外在华丽的形式，而在于本质的实际内容。因此，读曾诗，没有博学精思的功底、没有平和淡然的心态，的确很难超越形式与曾巩心意相通。曾巩的诗歌语言应该说基本上是符合以上说法的，表现了平易与深刻、平淡与醇厚的统一。

第二节 平而畅

宋诗追求语言的平易是在革除西昆体弊端的过程中确立的，方东树对欧阳修诗歌的评价就指出了这一点："欧阳文忠诗，始矫西昆体，专以气格为主，故其言多平易疏畅，律诗意所到处，虽语有不伦，亦不复问。"[①] 曾巩的诗，散文化的倾向较明显，多以立意为主，以叙写客观事物和表达自己的思想情感为主，很少用寄托手法，不雕琢堆砌，不夸张，更不用奇字怪句，深入浅出，做到明白易懂，像他的古文一样，力求"指摘说尽"，言辞表达崇尚简练明白，不追求奇僻险怪。欧阳修曾称其文曰："明白详尽，虽使聋盲得之，可以释然矣。"[②] 威克纳格把文章分为智力、想象、情感三种风格，这三种风格的特点分别是：清晰、生动、激情。就智力的风格而言，"智力创造的表现意图在于促成可以理解的再现。因而必须鲜明确切和明白晓畅，一句话，要求清晰性"[③]。这与曾巩"言能尽意"的语言观不谋而合，即用浅近的文辞条达畅通地表述内容，

---

① 方东树：《昭昧詹言》，人民文学出版社 2006 年版，第 525 页。

② 欧阳修：《答曾舍人书》，载《欧阳修全集》卷 149，中华书局 2001 年版，第 2460 页。

③ ［德］威克纳格：《诗学·修辞学·风格论》，见王元化译《文学风格论》，上海译文出版社 1982 年版，第 15 页。

切合客观事理，准确、清晰地表达心中之意，并不需要“立象以尽意”。当然，曾巩文章的平易自然不等同于对文字运用得完全放松，曾巩在语言上实践着“语工”的要求。其《学舍记》因谈到“不得专力尽思，雕琢文章”的遗憾而被张伯行批评：“专力尽思雕琢文章以追作者，恐为未见道之言。”[①]《南轩记》被后人评为：“生硬摺叠排垛，惟子固能。”[②]

以上说法表明曾巩追求平易风格时，非常注意文字的驱遣。曾巩作诗与他的散文一样，不矜奇炫博，不故作寄托，不雕琢堆砌，他的诗歌给人的总体感受是平实。方东树的评价颇值得深味：“南丰字句极奇，而少鼓荡之气，又篇法少变换、断斩、逆折、顿挫，无兀傲起落，故不及杜、韩。大约南丰学陶谢鲍韩，功夫到地，其实在不放，一字一句，有有车之用，无无车之用。然以句格求之，则其至者，直与陶谢鲍韩并有千古，其次者亦非诗家所梦及。”[③] 这段话说了四个意思：一是曾巩在遣词造句上字法句法精到；二是运思谋篇上篇法平衍；三是师从陶谢鲍韩；四是缺少盛气。其中，方东树对曾巩炼字炼句的功力极为夸赞，认为其诗歌“字句极奇”。这个“奇”字非指奇险、奇怪，而是指用字的准确，富有表现力。欧阳修在矫正太学体的流弊时明确提出平易自然的语言风格的要求。他通过曾巩将自己对语言的要求转述给王安石：“孟韩文虽高，不必似之也，取其自然耳。”（《与王介甫书》）明确提出“自然”的语言要求。

首先表现在用字上力求平易。即使是早期的古体诗，虽学韩愈，亦少用生字、僻字、怪字，因而诗歌风格整体上显得清健平实。曾诗在选字造句时注意精工锤炼，刻意选择，既注意用字的准确精到，也避免用字的生僻奇崛。

其次看看曾诗中的比喻。宋诗多赋体，鲜有比兴。曾巩用比兴的情况也不多，有些比喻夹杂于铺陈叙述中，但从中仍然可以看出曾诗

---

① 张伯行：《唐宋八大家文钞》，上海古籍出版社 2007 年版，第 311 页。

② 浦起龙：《古文渭全》，载高海夫《唐宋八大家文钞校注集评》，三秦出版社 1998 年版，第 72 页。

③ 方东树：《昭昧詹言》，人民文学出版社 2006 年版，第 16 页。

的某些特点。如《读书》诗中写自己勤学："譬如勤种艺，无忧匮囷仓。又如导涓涓，宁难致汤汤。昔废渐开辟，新输日收藏。经营但亹亹，积累自穰穰。既多又须择，储精弃其糠。"其中以辛勤耕耘有粮满仓的事例喻学习的过程要勤奋，又以涓涓细流终成江海的事例说明学习中积累的重要性，另外又以"储精弃其糠"喻学习过程中选择的重要性。这种比喻基本上是日常生活中常见的事物，非常平凡。"开苞日星动，落刃冰雪剖。烟浔择新汲，远负盈素缶。英华两相发，光彩生户牖。初尝蜜经齿，久嚼泉垂口"（《食梨》）中将梨的光彩色泽形容成"日星""冰雪"，对其味道则以"蜜""泉"比拟。《一昼千万思》诗："我如道边尘，安能望嵩丘。又若涧与溪，敢比沧海流。景山与学海，汲汲强自谋"，将自己和王安石进行对比，以"道边尘""涧"形容自己，以"嵩丘""溪"形容王安石，形象地说明自己在进学求道的路上相差甚远，还将学问比作"景山""学海"，表达自己勤学不止的决心。又如"学似海收天下水，性如桂奈月中寒"（《寄晋州孙学士》）、"篇什高吟凤凰下，翰墨醉洒烟云生"（《送宣州杜都官》），"子来满橐书，璨璨璧与玑"（《送钱生》）等句，都是以"风雨""冰雪""烟云""璧与玑"这些平常物象作为喻体。要说明曾巩用词的特点，最好的方法是比较。先看看孟郊的比喻，如"一尺月透户，仡栗如剑飞"（《秋怀十五首》之三）、"老骨惧秋月，秋月刀剑棱"（《秋怀十五首》之六）、"老虫干铁鸣，惊兽孤玉咆"（《秋怀十五首》之十二）、"峡水剑戟狞，峡舟霹雳翔"（《峡哀十首》之十）等。透窗而来的月光像飞剑一样迅疾；秋月像刀剑一样锋利；秋夜老虫的鸣叫像干铁在风中铮铮作响，受惊的野兽的咆哮声像敲打孤玉发出的铿锵鸣声；峡水汹涌奔腾如同剑戟一样狰狞可怖，船行在峡水中如同在响雷中飘荡。"飞剑""刀剑棱""干铁""孤玉""剑戟"是孟郊用来形容月光、虫鸣、惊兽、峡水这些本体的喻体，这些喻体都是有硬度的、尖利的东西。再与韩愈比较一下，韩愈的《游青龙寺赠崔大补阙》盛赞柿树"光华闪壁""赤气冲融"的气势："光华闪壁见神鬼，赫赫炎官张火伞。然云烧树火实骈，金乌下啄赪虬卵。魂翻眼倒忘处所，赤气冲融无间断。有如流传上古时，九轮照烛乾坤旱。”[①] 火红的柿子挂在万株红叶丛中，如炎官张着无数的火伞、如燃烧的云、如点着火的树、如太阳里的金乌下到人间啄食金龙赤色的卵。其夸张不可不谓神奇，比喻不可不谓怪异。这一系列的比喻与柿子这种美味食品给人的可爱甜美的感觉相去甚远，可见韩愈喜欢用生猛有力甚至丑恶的东西作为喻体。与韩、孟两位诗人一比较就可看出，曾巩诗歌中的喻体不会是丑恶的、狰狞的或锋利的，他选择的喻体都是平常习见的，因而不会让人感到寒苦峭硬或奇僻险怪。

再次看动词的使用。动词连接主体和客体，是一个句子中最具有表现力的词。韩愈《石鼓歌》一诗中这样形容书法：“年深岂免有缺划，快剑斫断生蛟鼍。鸾翔凤翥众仙下，珊瑚碧树交枝柯。金绳铁索锁钮壮，古鼎跃水龙腾梭。”[②] 其中的动词“缺划”“斫断”“壮”“跃”“腾”大都有劲健、狠厉、粗重、奇险的特点，有助于形成其诗歌豪雄的特点。孟郊诗歌“波澜抽剑冰，相劈如仇仇”（《寒溪九首》之六）中“抽”“劈”等动词的使用使诗句简劲瘦硬；杜甫“风急天高猿啸哀，渚清沙白鸟飞回”（《登高》）中“啸”“飞”等动词的使用使诗句沉郁顿挫；王维“人闲桂花落，夜静春山空。月出惊山鸟，时鸣春涧中”（《鸟鸣涧》）中“闲”“落”“静”“空”“出”“惊”“鸣”使诗句空旷寂静。曾巩早期的诗歌在用字上也学韩愈，但摒弃了韩愈怪奇的特点。近体诗在用字上颇费推敲，有些深得后人称赞，如潘德舆、贺裳、方东树等人都有细致的体会与评价。此不赘述。

曾巩特别注意对动词的推敲，如“云林千嶂出，烟艇一帆开”（《和郑微之》）中，字句精练而浓浓的离别之意寓于其中，“出”与“开”这一对动词形象地表现了乘船启程后的景象，远处的山林从云雾缭绕的山峦中一下子突现在眼前，小船从烟雾中驶出，形象地写出

---

① 韩愈：《游青龙寺赠崔大补阙》，载钱仲联《韩昌黎诗系年集释》上册卷5，上海古籍出版社1989年版，第563页。

② 韩愈：《石鼓歌》，载钱仲联《韩昌黎诗系年集释》上册卷5，上海古籍出版社1989年版，第796页。

了船只航行在崇山峻岭中山水给人的感觉和意态，非常生动。又如“烟云秀发春前地，草木清含雪后天”（《和张伯常岘山亭晚起元韵》），“发”与“含”之前还分别加了“秀”和“清”使诗歌显得闲适清淡。其他如：“渚梅江柳弄佳色，林鸟野蜂吟好声”（《送关彦远》）、“鸟啼绿树穿花影，风出青山送水声”（《闲行》）、“浮蛆满瓮尝春酒，垂露临窗理素书”（《简翁都官》）、“杨柳巧含烟景合，芙蓉争带露华开”（《环波亭》）、“黄沙浑浑来天际，佳气葱葱近日边”（《酬王微之汴中见寄》），“弄”“吟”“啼”“出”“穿”“送”“尝”“理”“含”“带”“来”“近”这些日常习见的词，既不狠厉也不怪奇。这样的用词使诗歌显得平易质朴。即使是早期古体诗，曾巩也没有韩愈用词怪奇狠重的特点，他在用字造句中自动过滤掉了怪奇狠重，只模仿韩愈劲健有力的特点。如《喜寒》诗：“纯阳四时行，无复气节劲。日火相吐吞，乾离力还并。玄冥失所安，恇怯擅操柄。我行东南野，愦愦若酣醟。喜逢青林长，叶蔓可韬映。正嗟天之高，玉色万里净。忽惊西山云，毫末生一镜。须臾油然合，点滴飞雨迸。飕飕渐相扶，滂霈一何盛。积阴类潜师，形势久已侦。乘时出幽墟，奋发精爽竞。亘天逐炎官，颛面修火令。威如乾坤从，冽冽气貌正。人无焦烦忧，冰释天下病。岂须雪包林，已压朱鸟横。南方天精兵，瘴湿灾可屏。争难夺刀殳，发巧搜堑阱。收功当在今，杀伐顺天正。况云辫麦祥，已觉闾里庆。高歌叩吾辕，上颂天子圣。”诗中“行”“劲”“吐吞”“并”“失”“操”“行”“逢”“映”“嗟”“净”“惊”“生”“合”“迸”“扶”“盛”“类”“侦”“出”“发”“逐”“修”“从”“正”“无”“释”“须”“压”“屏”“夺”“搜”“顺”“云”“觉”“叩”“颂”等动词的使用虽劲健却不奇崛险怪。曾巩极少选用刺耳的字词和火爆激越的音节，这当然不是曾巩在刻意追求某种音乐效果，而是他节制平和的心境远离高亢激昂节奏的结果。

复次，虚词的运用使曾巩诗歌显出平和、流畅、自然的特色。有些虚词的使用有助于突出诗人的感情。如“太守自吟还自笑，归来乘月尚流连”（《鹊山亭》），“自”与“尚”二虚字传神地写出了诗人徜徉于大自然的自得情状，表现了诗人在政通人和之际享受山川美景的闲适情怀。“空山过腊犹藏雪，野岸先春已放梅”（《寄顾子敦》）诗句中“犹”“已”二字写出了冬末春初早梅绽放，春天即将到来的勃勃生机。“白鹤已飞泉自涌，青龙无迹洞常寒……更闻雷远相从乐，世道嚣尘岂可干?”（《灵岩寺》）中“已”“自”“无”“常”表现的是世间万物的自在自得，而“更”“从”“岂”则表现了诗人乐于山水、致意泉林的怡然自得。“薄宦红尘常拂面，早衰黄发已盈颠”（《王虞部惠佳篇叙述昔与湘潭亡弟游从仍以亡弟旧诗见示》）中“常”与“已”二字写尽了身在官场的拘束，诗人为物所役不得自由的心曲自现。有些虚词的使用使句子与句子之间的衔接自然，成为表现诗人情感脉络的关键节点，使句子之间成一种线性结构，有的是顺承关系，有的是转折关系，读起来亲切如话。如《鲍山》：“云中一点鲍山青，东望能令两眼明。若道人心是矛戟，山前那得叔牙城。”这首七言绝句，意象的平行组合方式已被打破，成为一种线性关系。诗歌前两句是因果关系，没有对鲍山进行仔细的描写，而是用白描的手法抓住鲍山最主要的特点着笔，强调其高——“云中一点”、其苍翠——“青”，并从诗人的主观感受方面进一步强化“东望能令两眼明”。后两句是假设复句：“如果说人心都像矛戟一样，为什么鲍山前耸立着叔牙城?”以假设关系绾合前后两句，结尾又以反问句收束，给人留下思考的空间。整首诗因为虚词的使用以及反问句的使用使句间关系明晰流畅，感情上抑扬顿挫。又如《郧口》：“我行去此二十年，郧水不改流潺湲。风光满眼宛如昨，故人乘鸾独腾骞。今人随我不知昔，我记昔游何处言。泪向幽襟落如泻，况闻江汉断肠猿。”这首诗是一首悼亡诗，按照时间脉络叙写。八句四联中，前三联通过今与昔、今人与昔人、人生的迅疾与自然的永恒进行对比，每一联都隐含着转折关系，结尾一联则是让步转折复句，产生强大的感情张力，同时，“宛如”“何处”“况”等表示关系的虚词运用进一步凸显了物是人非的凄怆。这首诗注重的是句间的逻辑关系，而句式则如同日常口语，晓畅明白。

最后，曾巩诗歌的平易还体现在题材的选择上。在进行散文创作时，曾巩将眼光投注到现实生活中的凡常诸事，他将自己的笔触伸向水利建设、荒政措施、建筑用工等方面，他常常肯定和提倡一些具体的好办法，供后人借鉴。其《越州赵公救灾记》将救灾之法写得井井有条，足以为“荒政可师者”；其《襄州宜城县长渠记》写得本末如掌，其原因是“山川与民之利害者，皆为州者之任”。他的传记都是生活中的小人物，注意写小人物的“人人所易到”的事迹，不求“摭奇动俗”的效果（《洪渥传》）。在诗歌中同样如此，山川景物、人情世态、羁旅行役、个人情感、民生疾苦等在他的诗中都有表现。他很少去关注那些怪奇丑恶、惊世骇俗的东西，他所描写记叙的就是自己的生活与情感。即使写山水园林，他也没有刻意去表现自己的与众不同，他只是不动声色地在世俗尘嚣中完成了对自我精神的建构。由于在题材的选取上能立足现实，致意于凡俗，其诗歌语言自然也是平易畅达的。

经历了庆历新政和熙宁变法的失败，士人们指陈实事、改革弊政的热情退却。诗歌的风格开始发生转换。在诗中表现平淡的志趣成为风尚。儒家的温厚平和之气表现在诗文风格上就是一种平淡的风味，平淡自然不仅是语言上的锤炼，也是道德修养的外在表现。欧阳修在《答祖择之书》云：“夫世无师矣，学者当师经。师经必先求其意，意得则心定，心定则道纯，道纯则充于中者实，中充实则发为文者辉光，施于世者果致。三代两汉之学，不过此也。”① 强调道德充实对文章的决定作用。曾巩也明确提出了“蓄道德而能文章”的见解（《上欧阳舍人书》）。曾巩的超然来自儒家道义，有了充实于内的道，故不怨天尤人，发为文章就显得温厚淳朴、平易畅达。朱熹说：“文字到欧、曾、苏……方是畅。”② 曾文的畅达其实正源于心情的平正冲和。

第三节　质而雅

“质”指未加雕琢的自然状态，在语言运用上则表现为字句朴

① 欧阳修：《答祖择之书》，载《欧阳修全集·居士外集》卷69，中华书局2001年版，第1009页。

② 朱熹：《朱子语类》卷139，中华书局1986年版，第3309页。

素、不加修饰的特点，这种概定对于曾巩诗歌语言而言仅仅只反映了问题的一个方面，因为谈到语言的“质”，往往会让人想到“俚”“俗”。宋代文学以俗为雅的审美取向直接影响着文章语言。禅宗语录、理学语录、文人随笔的大量出现以及词曲、说唱等市井艺术的兴起，使宋代文学语言走向简明扼要、平易近人、轻松随意。这一点特别地体现在欧阳修那里，他在《笔说·驷不及舌说》中有这样一种看法，认为孔子“驷不及舌”一语不如俗语“一言既出，驷马难追”来得合理、通俗。[①] 可见，欧阳修感兴趣的不是经书的简古质实和典雅，而是口语的明白简练。由于欧阳修对儒道的认识最主要的着眼点在易道易晓上，因而他更强调在文字上的平易近人。曾巩语言的“质”，更多地体现为一种平实质朴。

“质”特别体现在曾巩的赋体诗歌中。铺陈议论的运用使诗歌显得古拙质朴。宋诗重在表达，就是显豁明白地表达自己的思想情感，因此，诗歌在表现手法上多用赋体，少用比兴，以铺叙、白描、夹叙夹议为主。曾巩早期诗歌将山水之景的沉郁幽深与低沉焦虑的心境相配合，情景交融，感情自然流泻出来的，因而显得质直朴素。其古体诗在写景状物时往往不厌其烦地对景物进行铺陈。他的三首咏雪诗是他在诗中采用赋体的突出典型，此不絮言。下面看看其《多雨》诗：

> 嗟江之滨地多雨，冬雷不收开蛰户。阴气浊晦化为雾，或云于山水于础。杂花万株红与紫，腊风吹开不可数。入春十日寒始至，春气欲归寒格住。群山巉空霜相亘，摧折草木何可御。霖倾潦汹那复止，穹林大丘灭无渚。及今孟夏理宜热，重裘无温坐当午。四时云然了安谓，吁吾有愁谁可语。

诗人按照时间的顺序一一叙写，从冬天到初夏的季节轮回中，寒雨霖霖下个不停，阴气涨满了天地山川，虽然腊风吹开了千万朵花，

---

① 欧阳修：《驷不及舌说》，载《欧阳修全集·笔说》卷129，中华书局2001年版，第1967页。

然而早春的天气仍然被寒气控制，寒霜摧折着草木。即使在炎热的夏天正午也让人感受不到一点温暖。在这首诗中，诗人反复铺陈阴气、浊晦、寒霜、霖雨、水潦等意象，形成了全诗冷淡凄清的境界。诗人还进一步从自身感受方面写多雨给人带来的寒冷感受："及今孟夏理宜热，重裘无温坐当午。"这绵绵不断的冷雨又直接影响了诗人对自己人生境遇的忧愁幽思："吁吾有愁谁可语。"诗中对冷雨的铺排、结尾处直白的抒情与议论均使其诗歌显得平实质朴。

至于"雅"，是说"镕试经诰，方轨儒门者也"[①]。具体的要求体现在《宗经》里："一则情深而不诡，二则风清而不杂，三则事信而不诞，四则义贞而不回，五则体约而不芜，六则文丽而不淫。"也就是感情深厚中正，风格清明纯正，言事真实可信，义理雅正不偏，结构简练而不芜杂，文辞不过分雕琢。总之，是对作品中从内容到形式的各种成分都提出了一种共同的对于雅正基质的要求。[②]"雅"在曾巩诗中多有提及。如《孙少述示近诗兼仰高致》诗中准确评价了杜甫和陶渊明诗歌风格的不同："少陵雅健材孤出，彭泽清闲兴最长。"《鹊山亭》："少陵骚雅今谁和，东海风流世谩传。"《送任逵度支监嵩山崇福宫》："雅淡琴声古，温纯玉性真。"欧阳修在《释秘演诗集序》中亦称道释秘演的作品"雅健有诗人之意"[③]，又在《谢氏诗序》中说谢景山作诗"以雄健高逸自喜"[④]。其后苏舜钦、释契嵩都在评诗时提到"雅健"。有学者认为，宋代诗学出现的尚健思潮涉及宋代的儒学背景、古文传统以及宋人的人格意识。而"雅"也是宋代诗论中常见的术语，作为一种价值取向，"雅"强调规范正统、文明儒雅，还有与"俗"相对的高尚典雅之意。[⑤]在曾巩诗中表现的

---

① 刘勰：《文心雕龙·体性》，载《文渊阁四库全书》1478 册，台湾商务印书馆 1983 年版，第 135 页。

② 罗宗强：《魏晋南北朝文学史》，中华书局 2004 年版，第 346 页。

③ 欧阳修：《释秘演诗集序》，载《欧阳修全集·居士集》卷 43，中华书局 2001 年版，第 611 页。

④ 欧阳修：《谢氏诗序》，载《欧阳修全集·居士集》卷 43，中华书局 2001 年版，第 608 页。

⑤ 周裕锴：《宋代诗学通论》，上海古籍出版社 2007 年版，第 333 页。

"雅"，更主要地体现出一种以儒学为正统、讲论道德学问的特点。

曾巩诗中的"雅"表现在大量用典上。"雅"的反面是"俗"。从语言运用上而言，"俗"多指用口语、俚语。而曾巩很少用口语、俚语，而是大量用典，或直接引用经典中的语句或化用经典中的语句，总之是大量引用经典中的故实。如"应笑天禄阁，寂寥谁见求"（《瞿秘校新授官还南丰》）、"已无楚泽行吟意，便有南阳坐啸名"（《康定军使高秘丞自襄阳农寺勾业寺丞自光化相》）、"郑袖风流今已尽，屈原辞赋世空悲"（《晚望》）、"偶似鲁连能肆志，肯如刘备耻求田"（《雨中》）、"洗耳厌闻夸势利，濯缨羞去傍尘埃"（《阅武堂下新渠》）、"天禄阁非真学士，玉麟符是假诸侯"（《人情》）等。这些句子中化用的典故中涉及的人物有扬雄、屈原、诸葛亮、鲁仲连、刘备、许由、谢灵运等人，他们或有着不世的功业，或有着高洁的人品，展现着儒家的事功境界或修身之志。诗人借用典故展现了对有道之士的心慕手追和对自我道德人格的持守，用于诗中自然体现出"雅"的特点。

"雅"在写作上通过模仿化用经典而形成一种温文尔雅的特色。大量古文句法的使用使诗歌的意象变得稀疏，而将经史子集中的散语入诗，加上虚词的运用，则形成一种温文尔雅的风格，具体表现为：一是在节奏上显得散缓；二是感情上抑扬顿挫，一唱三叹。如"缅矣霸王业，信哉文章伯"（《延庆寺会景纯正仲希道介夫明叟纳凉同观建邺宫中画像翰林墨迹延庆寺者刘裕故宅中有寿丘山》），"明义每所希，古人不难侔"（《送徐竑著作知康州》），"衣冠济济归儒学，俎豆诜诜得古风"（《和孔教授》）、"去矣善自立，毋使嗣音稀"（《送钱生》）、"鷦鷯一枝亦自得，去矣黄鹄高飞鸣"（《送宣州杜都官》）等。其中"赐也相国尊，子思终不慕。乃知古今士，轻重复内顾"（《咏史二首》之一）中"赐"是指孔子的学生子贡，姓端木，名赐，字子贡，善于经商，是七十二子中最富有的人。孔子与子贡有许多对话，《论语·公冶长》中有这么一段：子谓子贡曰："女与回也孰愈？"对曰："赐也何敢望回？回也闻一以知十，赐也闻一以知二。"子曰："弗如也。吾与女弗知也。"朱熹对这一段的解释是：

“此其所以终闻性与天道，不特闻一知二而已矣。”[①]“督府繇来恩礼厚，每容商也与言时”（《和邵资政》）中的“商也”亦出自《论语》：“子贡问：‘师与商也孰贤?’子曰：‘师也过，商也不及。’曰：‘然则师愈与?’子曰：‘过犹不及。’”[②]将儒家经典直接入诗，颇有孔子教诲学生，娓娓论道的儒家风范，自然有一种“雅”的风致。

此外，曾巩诗中惯用疑问句或感叹句。疑问句不同于陈述句的肯定短截，本是一种肯定意见，却用不肯定的语气或疑问语气出之，在舒缓的语气中营造一种娓娓而谈的氛围，显得穆穆而有余味；感叹句则以慨叹的情绪感染读者，显得意绪绵长。有时运用疑问的语气说出来，或自问自答，或无疑而问，或强调，或商量，显得抑扬顿挫；有时用感叹语气，便于更淋漓尽致地表达感情。总之是用问句、叹句和语气词来舒缓文气、婉曲达意，从而使诗歌显得平顺自然。贺贻孙《诗筏》云：“诗家有一种至情，写未及半，忽插数语，代他人诘问，更觉情致淋漓。最妙在不作答语，一答便无余味矣。”[③]曾诗如《西亭》：“岁月淹留随日老，乾坤狼狈几时宁。欲知世事今何似?万里波涛一点萍。”连用两个疑问句，前一句疑问不作答语，后句的一问一答则将自己比作汪洋中的一叶浮萍，形象地表现了自己游宦生涯的漂泊无定。全诗虽然简短，但通过问句表达的情感却连绵悠长。

曾巩诗歌的语言从整体而言，与其散文的风格有着一致性。由于强调“蓄道德而能文章”，其诗歌也显出一种温文尔雅的格调。宋代诗歌以“理趣”胜，这更多地表现为以议论入诗。表现在前期的古体诗上，曾巩由于受到以文为诗风气的影响，写诗多用赋体，以文为诗、以议论为诗。这种破体为文打破了诗和散文的界线，将诗的表现力大大提高。具体而言，在早期的曾巩诗歌里，有许多讲论道德的内容。这些内容夹杂在景物描写和抒情中，使诗歌有时体现出一种娓娓

---

① 《论语·公冶长》，载朱熹《四书章句集注》，中华书局2005年版，第77页。

② 《论语·先进》，载朱熹《四书章句集注》，中华书局2005年版，第126页。

③ 贺贻孙：《诗筏》，载郭绍虞《清诗话续编》上册，上海古籍出版社1999年版，第174页。

论道的风致。如《读书》一诗基本就是一篇有韵的论学书，与其散文《南轩记》在内容上没有什么两样。这首诗叙述了自己坎坷的人生经历和艰难的读书生活。本可以写得义愤填膺、慷慨激昂，但曾巩没有这样做，对于自己困窘的经历，用叙述娓娓道来："吾性虽嗜学，年少不自强。所至未及门，安能望其堂?"又用细致的笔墨叙述自己进学修道的过程与体会："譬如劝种艺，无忧匮囷仓。又如导涓涓，宁难致汤汤。昔废渐开辟，新输日收藏。经营但亹亹，积累自穰穰。既多又须择，储精弃其糠。一正以孔孟，其挥乃韩庄。宾朋顾空馆，议论据方床。试为出其有，始如宫应商。纷纭遇叩击，律吕乃交相。须臾极万变，开阖争阴阳。南山对尘案，相摩露青苍。百鸟听徘徊，忽如来凤凰。乃知千载后，坐可见虞唐。施行虽未果，贮蓄岂非良。"在诗歌中讲论道德使诗歌变得质朴而典雅。

曾巩有些诗歌直接就所见所闻所感振笔直书，表达的感情直白但不激烈，其中所表达的对自我道德人格理想的坚守等内容也使诗歌显得质朴典雅。如《戏书》："家贫故不用筹算，官冷又能无外忧。交游断绝正当尔，眠饭安稳余何求。君不见黄金籝要心计，大印如斗为身雠。妻孥意气宾客附，往往主人先白头。"以戏谑的形式写出了自己不慕荣华、名利的情怀。又如《羁游》："粗饭寒齑且自如，欲将吾道付樵渔。羁游事事情怀恶，贫病年年故旧疏。自古幸容元亮醉，凡今谁喜子云书。何由得洗尘埃尽，悠买沧洲结草庐。"诗人虽然"情怀恶"且贫病交加，但是并没有愤慨到无以复加的地步，而是以陶渊明为榜样，开解自己。在咏史、咏物诗中，夹叙夹议用得较多。曾巩对历史人物的品评结合自己的人生体验，同时又以儒家正统的道德观来评价历史人物，这使他的诗歌也凸显出雅正的特点。

下　编

第十章　宋代"以文为诗"对曾巩诗歌创作的影响

第一节　诗歌散文化、议论化的尝试

南宋以后，人们批评宋诗，多从"以文为诗"的角度立论，强调诗歌应该具有与文不同的特性，责难宋诗好议论说理，混淆了诗歌和散文各自不同的体裁风格，从而忽略了诗歌的抒情审美特质。先将各家说法录于下文：

> 近代诸公作奇特解会，遂以文字为诗，以议论为诗，以才学为诗。以是为诗，夫岂不工，终非古人诗也。①
>
> 有谓唐人以诗为诗，主性情，于三百篇为近；宋人以文为诗，主议论，于三百篇为远。②
>
> 理语不必入诗中……言理而不言情，终宋之世无诗。③

以上诸家在批评宋诗时，是站在古典抒情诗传统的角度进行的，

---

① 严羽：《沧浪诗话》，载何文焕《历代诗话》下册，中华书局2004年版，第688页。

② 叶燮：《原诗·外篇》，载王夫之《清诗话》，上海古籍出版社1999年版，第607页。

③ 潘德舆：《养一斋诗话》卷1，载郭绍虞《清诗话续编》下册，上海古籍出版社1999年版，第2007页。

这种批评确实抓住了宋诗的特点和弊病，宋诗的成就和缺陷都在“以文为诗”这一点上展开。因此在探讨宋诗时，应该根据具体的创作实际进行具体分析。诗歌散文化的特点从唐代李白、杜甫就开始了，到白居易、韩愈手中得到进一步发展。韩愈以文为诗的创作特点，在北宋中期也未能完全被社会接受，这是因为它与传统诗歌的面貌和内涵相去甚远。当时曾发生过一场关于如何认识和评价“文人之诗”的没有结果的争论，《临汉隐居诗话》记载了这场争论：“沈括存中、吕惠卿吉父、王存正仲、李常公择，治平中同在馆下谈诗。存中曰：‘韩退之诗乃押韵之文尔，虽健美富赡，而格不近诗。’吉父曰：‘诗正当如是。我谓诗人以来未有如退之者。’正仲是存中，公择是吉父，四人交相诘难，久而不决。”[①] 这种争论一直在后世延续。在坚持唐音的宋人看来，“诗人之诗”应当“轻秾纤丽”，文采斐然。但是，自欧、苏之后，用散文句法作诗成为潮流，而“文人之诗”也就成为宋诗主流，以粗为豪，化俗为雅，瘦硬峭拔，构成宋诗的基本风貌。今人祝尚书进一步指出以文为诗兴起的深层原因：韩、欧在“以文为诗”方面既一脉相承，而又各自开拓，他们虽以古文名家，而在诗歌创作领域也成就斐然。我们知道，韩、欧分别是中唐和宋初古文运动的领袖，他们的诗歌深受古文影响，这是“文人之诗”兴起的大背景。我们还知道，古文运动的指导思想来自中唐的儒学复古思潮，因此“文人诗”又与学术思想密切关联：“以文为诗”不仅仅将散文的章法、句法引入诗歌创作，更重要的是引进了“古文”以儒家思想为核心的社会价值评判体系及其表达方式，这就是所谓的“议论化”。可以这样说，儒学复兴乃“文人诗”勃兴的深层原因。[②]

事实上，韩愈诗歌创作的具体情况比较复杂，对其诗歌应当从两个方面来理解：一是在注重诗歌文学性的前提下，散文化手法的运用

---

① 魏泰：《临汉隐居诗话》，载何文焕《历代诗话》上册，中华书局 2004 年版，第 323 页。

② 祝尚书：《论宋人的“诗人诗”、“文人诗”与“儒者诗”之辨》，《北京大学学报》（哲学社会科学版）2009 年第 2 期。

有助于表现诗歌的情感，如《八月十五夜酬张功曹》《山石》等；二是完全不讲诗歌的抒情性、形象性，一味逞才使气，堆砌铺张，淡化了诗歌的文学色彩，如《嗟哉董生行》《符读书城南》等诗。

钱锺书先生针对古体诗讲过欧阳修诗歌的不足：“他深受李白和韩愈的影响，要想一方面保存唐人定下来的形式，一方面使这些形式具有弹性，可以比较畅所欲言而不至于削足适履似的牺牲了内容，希望诗歌不丧失整齐的体裁而能接近散文那样的流动潇洒的风格。在‘以文为诗’这一点上，他为王安石、苏轼等人奠定了基础，同时也替道学家邵雍、徐积之流开了个端；这些道学家常用诗来讲哲学、史学以至天文水利，更觉得内容受了诗律的限制，就进一步散文化，写出来的不是摆脱了形式整齐的束缚的诗歌，而是还未摆脱押韵牵累的散文。”[①] 钱先生指出了欧阳修“以文为诗”的尝试带来的负面影响。曾巩是欧阳修的得意门生，欧阳修“以文为诗”的诗歌尝试势必对曾巩产生影响，曾巩的诗歌创作也是以模仿韩愈、李白开始的，这从其早期古诗《麻姑山送城南尉罗君》《冬望》等诗中可见。其诗歌“以文为诗”“以议论为诗”“以赋为诗”的特点是很突出的。分析曾巩诗歌艺术成就及其优劣也主要从散文化、议论化方面入手。

一　用散文铺叙笔法创作的诗歌贯注主观情感

曾巩有一部分诗歌注重诗歌的文学性，能将情、景、事、理融为一体，有较强的艺术性。例如他的一些反映时事的诗歌，能将强烈的情感贯注于对实事的叙述描写中，加强了诗歌的感人力量。试看《胡使》一诗：

南粟鳞鳞多送北，北兵林林长备胡，胡使一来大梁下，塞头弯弓士如无。折冲素恃将与相，大策合副艰难须。还来里闾索穷下，斗食尺衣皆北输。中原相观失颜色，胡骑日肥妖气粗。九州四海尽帝有，何不用胡藩北隅？

---

① 钱锺书：《宋诗选注》，人民文学出版社 1979 年版，第 27 页。

此诗主旨反映的是“澶渊之盟”以后宋朝统治者妥协投降造成的现状。虽然是对时事的感发，但由于将对胡人的愤慨、对百姓的同情和对国事的忧虑很好地结合在一起，主观情感与客观事实对应，造成感发人心的情感力量，与实用的政论文有一定的区别。全诗以前日之“备胡”输送军备与今日之“畏胡”送“和议银”作对比，“胡使一来大梁下，塞头弯弓士如无”两句构成对比，写出了南北和议之后的屈辱和沉痛，“还来里闾索穷下，斗食尺衣皆北输”，又将达官公卿对胡人的卑躬屈膝与对百姓的穷凶极恶作对比，对和议后百姓被盘剥一空的不幸遭遇深表同情。结句“九州四海尽帝有，何不用胡藩北隅”造成强烈的反讽，看似异想天开不合情理之语，实际上包含着作者对丧权辱国政策的讽刺和愤慨。这种散体化的叙说中渗透强烈的情感，给人很大的触动。这首诗与欧阳修《边户》、王安石《河北民》在内容和主题上非常相近，都揭露了宋王朝屈辱外交、苟且偷安给人民带来的深重灾难。此外，曾巩的《楚泽》《追租》《降龙》《喜晴》《上人》等诗，都能在叙论时事中贯注真实、深厚的感情。从诗的内容和风格看，可以说是杜甫忧国忧民之诗和白居易的一些优秀讽喻诗的接续，表现了诗歌传统中关心现实生活的积极面。

除此之外，曾诗也有较多通过历史来抒发感情的诗作，咏史诗虽吟咏古人古事，其落脚点往往在今人今事，有着较强的现实性，曾巩往往在对历史人物的咏怀中达到抒情写志的目的。曾巩作于嘉祐四年（1059）的《明妃曲》二首之一：

明妃初出汉宫时，秀色倾人人不知。何况一身辞汉地，驱令万里嫁胡儿。喧喧杂虏方满眼，皎皎丹心欲语谁？延寿尔能私好恶，令人不自保妍媸。丹青有迹尚如此，何况无形论是非。穷通岂不各有命，南北由来非尔为。黄云塞路乡国远，鸿雁在天音信稀。度成新曲无人听，弹向东风空泪垂。若道人情无感慨，何故魏女苦思归？

开首六句以散文笔法铺叙明妃的形迹，字里行间隐藏着明妃的清高与怨愤，虽然叙事简洁，但留下了很大的想象空间。接着转入议论，痛斥画工的颠倒黑白，其中包含着诗人对美好的东西被恶意破坏的痛惜，又由画工事托出“丹青有迹尚如此，何况无形论是非。穷通岂不各有命，南北由来非尔为”的主旨，由个人的遭遇上升到普遍意义上的人生思考，即事明理，隐含着诗人自我人生体验的情感寄托。后段则由叙论转入和缓的结语和动人的描写，在想象中勾画出昭君远嫁塞外思念故乡的凄婉冷落的图景，结尾抒发了对昭君的深挚同情。全诗运用了散文的句法和手法，叙述、议论、描写交融在一起，理性的思考消融在个人感情的强烈宣叙中，对历史的品位、人生的感慨都统一在浓浓的历史情怀中，整篇文字就像一篇情浓意深的散文。《明妃曲》之二：“但取当时能托意，不知何代有知音。长安美人夸富贵，未央宫殿竞光阴。岂知泯泯沈烟雾，独有明妃传至今。”同样将历史事实、个人遭遇、理性的思考融合在一起，显示出一种理性的激情。曾巩另有一首七言古诗《咏虞姬》：

> 鸿门玉斗纷如雪，十万降兵夜流血。咸阳宫殿三月红，霸业已随烟烬灭。刚强必死仁义王，阴陵失道非天亡。英雄本学万人敌，何用屑屑悲红妆。三军散尽旌旗倒，玉帐佳人坐中老。香魂夜逐剑花飞，青血化为原上草。芳菲寂寞寄寒枝，旧曲闻来似敛眉。哀怨徘徊愁不语，恰如初听楚歌时。滔滔逝水流今古，汉楚兴亡两丘土。当年遗事久成空，慷慨尊前为谁舞！

此诗描写了楚霸王与虞姬的爱情悲剧。司马迁《史记》有《项羽本纪》记载“鸿门宴”“垓下之围”“火烧咸阳”事，曾诗的前四句显然是对楚汉战争的形象性概括，虽然简略，但联系史实，产生了很大的故事空间，但作者的兴趣显然又不在讲故事上，他实际上是在为自己的情感寻找一种寄托，形成一种浓郁的情景氛围，诗虽用散文笔调，但不同于一般的叙事散文。接下来转入议论：“刚强必死仁义王，阴陵失道非天亡，”指出项羽的悲剧在于失道寡助，这正是曾巩仁政思想的表现。诗至此显得有些质直，议论枯燥乏味，表现出宋诗在形成期的生硬特点。接下来两句却将英雄与美人并举，揭示了美人悲剧的可悲性。诗歌从对英雄项羽的理性批判转入对美人虞姬的动人描写，使用想象和虚构，描写虞姬在项羽兵败后拔剑自刎的凄婉形象，对虞姬的生命为霸王无辜消逝而深表同情，结尾又借想象铺陈描写虞姬寂寞的芳心，哀怨不语的情态，表现对美人不幸的深切同情，对美的毁灭的沉重感伤，使诗歌缠绵悱恻，风情摇曳，生动流转，最后以兴亡发端，感叹一切成空，留下的是无尽的反思、感慨、同情、怅惘，于含藏不尽中让人回味。《谒李白墓》将“遗草三千”与“林下荒坟”对比，一代大诗人高度的艺术成就与人们对他的漠视对比，将一代文人的身后凄凉写得婉转动人，均能将历史、现实以及强烈的情感融汇一起，起到了一种感发人心的力量。这类诗歌在艺术上与欧阳修《唐崇徽公主手痕和韩内翰》《凌溪大石》等诗相比，可以说毫不逊色。

以上是借咏史来表现一种历史情怀，曾诗抒发日常生活情感的诗篇也有许多成功之作。虽然曾巩在用散语写日常生活时，缺乏欧阳修那种淋漓风神和王安石的拗折简劲，但由于是生活经历引发，因而感情真挚自然。这些日常题材的诗作大多与自己的情感体验有着直接的关系。这类诗多为借景抒情类。《泝河》写于作者未出仕前为生计到处奔波的旅途，是一篇七古长篇，全诗十八韵，始写河流汹汹，雨恶风疾：

> 客舟泝河西北行，日夜似与河流争。不知汹汹竟何为，怒意彼此何时平。但疑天地送秋至，恶雨疾风相触声。我病入寒饶睡思，归梦正美还遭惊。东南水乡我所住，杨花散时春水生。湖江渺邈不见岸，汩汩自流无可憎。石泉百丈落山觜，此纵有声清可听。莫如此水极凶恶，土木暂触还轰轰。吁嗟造化何厚薄，恶物受禀无由更。

诗人对客观景物的恶劣感受与自己穷愁的心境两两相应。接着笔锋一转，生动地描摹了故乡的山水之美：杨花散漫、春水初生、江湖渺邈、溪流汩汩、石泉百丈，清声可听。故乡的一切景物无不给人亲切可爱之感，诗人的热爱思念之情流贯其中。诗至此笔锋又一转，在对比中更强烈地表达了对此地河水的厌恶。结句归结到造化所由：“吁嗟造化何厚薄，恶物受禀无由更。”其实，诗人曾表达“谁言秋物不可赏，人意自移随盛衰”（《听鹊寄家人》）的理性认识，但在这首诗中，诗人恶劣的情感意绪却使客观对象笼上了一层强烈的主观色彩。由烦闷、喜悦、厌恶到无奈，意思转而复接，表现了情感的曲折变化。《发彭泽》诗表现了“去家今夜一千里，谁见愁来坐方榻”的思乡之情，其情感的抒发与行旅所见融为一体，做到了情景交融。《北归三首》《招隐寺》《九月九日》《题张伯常汉上茅堂》《游金山寺作》等诗由于能把主观感情贯注于写景叙事中，也较为成功。

曾巩以赋为诗的诗歌特点受到韩愈的影响。如《山水屏》：“山乱若无穷，负抱颇重复。高棱最当中，桀大势尤独。回环众峰接，趋向若奔伏。矜雄跨九州，争险挂星宿。深疑雪霜积，暗觉烟雾触。泉源出青冥，涨潦两崖束。历远始纡徐，派别轮众谷。轻舟漾其间，沿泝无缓速。微寻得修迳，侧起破苍麓。远到无限极，穷升犯云族。游子定何之，顾眄停马足。盘石长自闲，空原偶谁筑。尘氛见荒林，物色存古俗。粲粲弄幽花，苍苍荫嘉木。遗牛上岩颠，惊麋出槎腹。”写屏上所织内容，由远而近，乱山、烟雾、泉流、轻舟、游子、磐石、荒林、空原、幽花、嘉木、遗牛、惊麋等无不鲜明万状，使人身临其境。又如《东津归催吴秀才寄酒》一诗：

> 荒城懒出门常掩，春风欲归寒不敛。东邻咫尺犹不到，况乃傍溪潭石险。风光得暖才几日，不觉溪山碧于染。欣然与客到溪岸，衣帻不避尘泥点。谷花洲草各萌芽，高下迸生如刻剡。梅花开早今已满，若洗新妆竞妖脸。柳条前日尚憔悴，时节与催还荏苒。沙禽翅羽亦已好，争趁午暄浮翠潋。从今物物已可爱，有酒便醉情何慊。……

此诗写早春景象，谷花、洲草高下迸生，梅、柳、沙禽全都充满勃勃生机，采用铺排的写法，作者将早春万物复苏的景象鲜明生动地刻画出来。

曾巩善于用赋的手法，通过事件的记叙，来描画对象，表达真挚的情感。熙宁五年（1072），曾巩任职齐州，得知二弟将侍奉母亲到来，非常高兴，他在诗中写道："似闻笑语已仿佛，想见追随先踊跃。共眠布被取温暖，同举菜羹甘淡薄。山花得折随好丑，村酒可醉无清浊。……"（《喜二弟侍亲将至》）通过对生活细节的想象性叙写，将家庭生活的温馨以及兄弟间的深厚情谊展现出来。《之南丰道上寄介甫》诗："应逮冒繁暑，驱驰山水间。泥泉沃渴肺，沙风吹汗颜。疲骖喘白沫，殆仆负肩殷。仰嗟早云高，俯爱方陂潺。空邮降尘榻，净馆排霞关。城隍壮形势，冈谷来回环。红芰姹相照，翠树郁可攀。野苗杂青黄，雨露施尚悭。"描写行进南丰道上所感受的暑热，运笔用笔非常细致。又如《初夏有感》写自己病中所见："红英紫萼逐风尽，高干密叶还阴成。山亭水馆处处好，朱碧万实相骈擎。林鸟梁燕各生子，翅羽已足争飞腾。雉鸡五色绣新翮，鹭鹭慕匹相随鸣。穴蜂露蝶亦有类，欻往复聚何翾轻。箔蚕满室事方盛，茧缀上下如连星。麦芒秧颖错杂处，高垄大泽填黄青。物从草木及虫鸟，无一不自盈其情。"这些景物的铺叙，描绘了初夏之际万物滋荣的景象，与后文作者的衰病形成鲜明对比，自然引出了作者有关人生的种种感慨。

曾巩还有些赋笔注意在"真似"之中捕捉对象的精神和情韵。欧阳修《戏答圣俞》诗云："画师画生不画死，所得百分二三尔。岂如玩物玩其真，凡物可爱惟精神。"[①] 王安石云："意态由来画不成，当时枉杀毛延寿。"[②] "丹青难写是精神"[③] 这些都说明欧阳修、王安

① 欧阳修：《戏答圣俞》，载《欧阳修全集·居士集》卷6，中华书局2001年版，第102页。

② 王安石：《明妃曲》，载《王安石全集》卷40，上海古籍出版社1999年版，第351页。

③ 王安石：《读史》，载《王文公文集》卷73，上海古籍出版社1999年版，第562页。

石注意在散文化的描述中捕捉客观对象的"精神"。曾巩的一部分诗歌也注意抓住对象的特点和神韵，如《送郑生》抓住郑生"双瞳"信笔点染，描绘出郑生意气风发的形象："郑生双瞳光欲溢，我意海月藏其中。齿清发绀心独老，秋崖直耸千年松。"此外曾巩还写了"着红少年里中出，百金市上裁轻罗。插花步步行看影，手中掉旗唱吴歌"（《南湖行》）的竞渡儿；"轻舟短楫此溪人，相邀水上亦湔裙。家住横塘散时晚，分明笑语隔溪闻"（同上）的农家少女；"俚歌声到日西斜"的酤酒客（《寒食》）。虽然都只寥寥数笔，却能抓住特点。

二　以议论为诗的进一步发展

宋人与唐人创作不同，唐人的创作多缘起于热烈的兴会或沉郁的悲慨，宋人则更多理性的反思。叶燮《原诗·外篇》引前人语云："宋人以文为诗，主议论。"[①] 欧阳修、王安石、苏轼的诗文都表现了这种共同趋向。欧阳修的山水风景诗时常结合个人的人生思考，例如他的《题滁州醉翁亭》《暮春有感》《远山》等都借对景物的描写引出议论。曾巩在散文中好发议论，议论说理不仅贯串在他的奏议、章表等应用性散文中，也渗透在他的许多记和诗文集序中，反映出宋学好议论的倾向。议论说理的盛行导致了"破体为文"现象的产生，与此同时，随着诗歌的散文化，散文的议论说理特点也影响到诗歌。议论说理的成分在曾巩诗中占有很大比重，当然，诗中的议论说理是需要具体分析的，有些议论能够寓理于景、寓理于情，将情景事理融为一体。沈德潜云："须带情韵以行，勿近伧父面孔耳。"[②] 强调的是情理的结合。

曾巩有不少即物穷理诗，能将议论与记事、写景、状物广泛地联系在一起。曾巩的即物穷理诗有两个方面的特点，其一，在题材方

---

① 叶燮：《原诗·外篇》，载王夫之《清诗话》，上海古籍出版社 1999 年版，第 607 页。

② 沈德潜：《说诗晬语》，载王夫之《清诗话》，上海古籍出版社，1999 年版，第 553 页。

面，他很少选择奇闻逸事，更多的是在日常的生活中，身体力行的经历中，耳闻目睹的事实中去感受、体会、把握社会历史、天地人生，把握为人的道理。其二，由于曾巩以经学致用为依托，又加上有多年史馆工作的经历，看事看物时能立足社会历史，表现出既平实而又深厚的理性色彩。这一点不同于唐人多取譬寄讽、寓物写愤，也不同于宋初柳开、石介等人的好高务奇。曾巩有些诗歌的议论能将理性的认识建立在自己独特的个人情感和人生体验上，使情理交融。如著名的《咏柳》诗："乱条犹未变初黄，倚得东风势便狂。解把飞花蒙日月，不知天地有清霜。"抓住"弱柳扶风"的姿态，曾巩以冷峻的笔墨揭示了这一形象具有的哲理内涵：小人得势只是一时，待到"清霜"时节，自会有一个清白乾坤。面对自然与社会人事，曾巩较少停留在外在的感性形象上，而是更多理性的思考。他的许多诗歌往往用形象述说哲理：

春条始秀出，蠹已病其芽。……本不固其根，今朝谩咨嗟。(《种牡丹》)

园林秀色已渐失，次第岂能无叶脱。(《秋日》)

风光得暖才几日，不觉溪山碧于染。(《东津归催吴秀才寄酒》)

今看桃李花未出，不知花开能几日。日寻桃李不暂停，恐未十回花已失。(《简如晦伯益》)

春来远近不可闻，冷碧先归在流水。(《送吴秀才》)

平时举眼看山处，到此凭栏直下看。(《半山亭》)

雪消山水见精神，满眼东风送早春。明日杏园应烂漫，便须邀约看花人。(《正月六日雪霁》)

年光日日已非昔，人世可能无盛衰。朱颜白发相去几，势力声名相抑排。三公未能逃饿死，九鼎竟亦为尘埃。(《菊花》)

隆名盛位知难久，壮字丰碑亦易忘。(《送孙莘老湖州墨妙亭》)

丹青有迹尚如此，何况无形论是非。穷通岂不各有命，南北

由来非尔为。(《明妃曲二首》之一)

这些诗中的议论分别涉及自然、社会、人生和历史诸方面，它们不同于非文学性议论文字，而是建立在主体与对象之间的情感关系上。因此，诗歌虽是说理，却未入"理障"，仍然见出诗意的美。在诗中发议论，并非始于宋诗，杜甫《自京赴奉县咏怀五百首》和《北征》等诗，中唐元和诗坛的新乐府诗以及晚唐杜牧等人的咏史诗中议论都占有一定的分量。宋人好议论的倾向随着诗歌的散文化而进入诗中。曾巩有些诗歌的议论有别于道德说教，缘事而发、即物而起、感而有思，从一事一物中去感受、从亲身经历中去体会，并非直接、纯粹、生硬的说理，而是将记叙、抒情、描写、状物联系在一起。其理性化的思考与形象化过程同步，其说理的方式具有"即事明理"的特点，如十六韵的《落叶》诗：

秋雨与风相喷薄，树木可能无叶落。琅玕散漫不可收，野步满船谁扫掠。垂杨千树旧所惜，颜色易衰由力弱。空条尚舞不自休，物意岂能知索寞。菊花虽开能几许？新酒纵酸犹可酌。朱颜久已拼消减，岂有功名堪写貌。衣冠尘土欲更洗，岂奈满堤河水浊。花开叶落须强醉，壮士岂忧常落魄。

诗人对于秋天的感受是非常敏感的，首句"秋雨与风相喷薄，树木可能无叶落"已表现了由生活常识所积累的理性认识，这种理性认识不是外在于诗歌的意象和意境而是融汇在其中。诗人又更深刻地认识到人之有情不同于物之无情，因而人对于明知的客观规律难免会有"索寞"之感，然而理性精神最终超越了客观物象引发的悲情："花开叶落须强醉，壮士岂忧常落魄。"此诗将人与物、有情与无情、理性与非理性进行交错对比，表达了诗人那种瞬息之间百念回转的深沉复杂的思想感情。又如《瞿秘校新授官还南丰》：

柳色映驰道，水声通御沟。虽喜芳物盛，未同故人游。叩门忽去我，跃马振轻裘。佩印自兹始，过家当少留。中园何时到，薇蕨亦已柔。山翠入幽屐，渚香浮回舟。阡陌有还往，壶觞时献酬。应笑天禄阁，寂寥谁见求。

曾巩这首诗是为其好友兼同乡瞿秘校送行。从送行之地京城写起，表达了不能与好友一同回家乡的遗憾。接着写好友来告别的场景，诗人希望好友在家乡多多逗留。再接着思绪飞到千里之外的家乡，好友回家的时候应该已是“薇蕨亦已柔”的时节了，家乡的人是多么好客热情：“阡陌有还往，壶觞时献酬。”可是，诗人却不能观赏美好的风物，感受温馨的人情。这种寂寥的思乡情在现实和想象的双重对比中显得那样深沉。又如《送关彦远》一诗也写得很有情感：“莫辞为我百分饮，从此送君千里行。物情簪屦尚须念，人道交情哪可轻？渚梅江柳弄佳色，林鸟野蜂吟好声。对之但醉余可置，明日此杯谁共倾？”此诗如果绳之以唐人七律体制，则由于借用散文语言形式而显得不大工整。诗的开头即点明送别的题旨，真率自然，如同面谈，诗人的感情也倾泻于这明白如话的语言中。但诗人的惜别之情仍未完全宣泄出来，接下来的二句“物情簪屦尚须念，人道交情哪可轻”展现生活中人人共有的一种感受：一簪一屦尚且能引发人内心的感动，何况人与人之间那种真情呢？这两句诗既是生活中真实的情感体验，同时又具有普遍性的哲理意味。此诗正是以动人的情感揭示了人与人之间的美好感情，其议论的成功根源于作者浓浓的情意。

贺裳就列出了曾巩值得称道的诗句：“‘凭栏到处临清泚，开阁终朝对翠微’，‘诗书落落成孤论，耕稼依依忆旧游’，如此风调，不能诗耶！《齐州阅武堂》‘柳间自诧投壶乐，桑下方安佩犊行’，不独循良如见，兼有儒将风流之致。‘侯嬴夷门白发翁，荆轲易水奇节士。偶邀礼数车上足，暂饱腥膻馆中侈。师回拔剑不顾生，酒酣拂衣亦送死。磊落高贤勿笑今，豢养倾人久如此。’说得奇节之士索然意消，不惟竿头进步亦其识见高处。”① 曾巩的诗歌对宋人“以议论为诗”这一特点进行了尝试和实践。与唐人相比，宋人诗歌较少外在的张扬与发越，更多是对日常生活的知性的体认。从整体看，曾巩没有那种过于铺张扬厉之笔，主要是立足日常生活中的事情，一般都非常质朴，有着更多的对人生的审慎和理性。他的议论有如下特点：有时与铺叙结合，二者相互穿插，如上引《听鹊寄家人》《明妃曲二首》等。有时直接议论，直抒胸臆，如《写怀二首》《论交》《江湖》等。《促促为物役》为生活中的体验引发，虽然没有形象性的描写，诗句也很平直，但由于是真情流露，显得真率自然，也能感发人心，引起共鸣。有时议论包含强烈的感情，爱憎鲜明。如“延寿尔能私好恶，令人不自保妍媸”（《明妃曲》）二句就表达了对玩弄权术、颠倒黑白者的痛恨。

第二节　以文字为诗的语言特点

一　宋人对言意关系的新认识

对言意关系的认识一直是传统诗学的重要问题之一。“言不尽意”的观点最早见于儒家经典《周易》和道家著作《庄子》，三国时期王弼提出了“立象以尽意”的理论，从六朝到盛唐的诗人一直追求着“兴象玲珑”的诗歌语言，通过呈现各种物象来表现世界和自我，不注重情感与意义的完整。然而，随着安史之乱的发生，社会危机四伏，士人们社会安全感丧失，以及观物致思方式的变化，对语言详尽地传情达意的要求增强了。中唐元和诗坛常被后世视为中国诗歌的大转折，这一点从白居易、韩愈的诗歌创作尚实尽意的总体特征中体现得很明显，反映出不同于六朝和盛唐的言意观。韩愈在体现其诗学思想的《荐士》诗（作于元和元年）中梳理了从《诗经》到唐代

---

①　贺裳：《载酒园诗话》，载郭绍虞《清诗话续编》上册，上海古籍出版社 1999 年版，第 402 页。

的诗歌发展史，他批评六朝诗歌“搜春摘花卉，沿袭伤剽盗”，同时借称赞孟郊诗表达了自己的诗学主张。他说孟郊诗“横空盘硬语，妥贴力排奡”①，即指诗歌语言详尽准确地表达了作者之意，他还批评崔立之“才毫气猛易语言，往往蛟螭杂蝼蚓”②，对诗歌语言的创新格外关注，将诗歌的创新最终落实到语言而不是意象上。

宋代诗人基本继承了韩愈论诗这一视角，欧阳修在《六一诗话》中提出“语新意工”的语言要求，要达到“意新语工”的高度，诗歌就必须在状物与写意方面“造语”，即言能尽意，实际上最终还是把诗歌创作归结到语言上。在言意关系上，欧阳修的《试笔·系辞说》提出自己的观点，他说：“‘书不尽言，言不尽意’。然自古圣贤之意，万古得以推而求之者，岂非言之传欤？圣人之意所以存者，得非书乎？然则书不尽言之烦而尽其要，言不尽意之委曲而尽其理。谓‘书不尽言，言不尽意’者，非深明之论也。”③ 这是一种折中的观点，一方面强调诗歌应当准确地传达客观之事理，胸中之情意，一方面也认同传统诗学“言尽而意不止”的韵味。因此，欧阳修的思考更加成熟理性，他一方面强调“言能尽意”，另一方面也赞同梅尧臣“含不尽之意见于言外”的说法。司马光在《温公续诗话》中亦云：“古人为诗，贵于意在言外，使人思而得之，故言之者无罪，闻之者足以戒也。近世诗人，惟杜子美最得诗人之体，如‘国破山河在，城春草木深。感时花溅泪，恨别鸟惊心’。山河在，明无余物矣；草木深，明无人矣；花鸟，平时可娱之物，见之而泣，则时可见矣。”④ 司马光是站在儒家诗教的角度谈“言外之意”。曾巩也持大致相同的

① 韩愈：《荐士》，载钱仲联《韩昌黎诗系年集释》上册卷5，上海古籍出版社1989年版，第527页。

② 韩愈：《赠崔立之评事》，载钱仲联《韩昌黎诗系年集释》上册卷5，上海古籍出版社1989年版，第569页。

③ 欧阳修：《系辞说》，载《欧阳修全集·试笔》卷130，中华书局2001年版，第1985页。

④ 司马光：《温公续诗话》，载何文焕《历代诗话》上册，中华书局2004年版，第277—278页。

观点，他说：“诗当使人一览语尽而意有余，乃古人用心处。”[①] 要达到这种表达效果，必须突破唐人以兴象为主的作诗方式。韩愈十分重视心智、胆力和对物象的主观裁夺，造端命意、遣词造句都力避流俗。[②] 韩愈在提出语言创新的观点时也在具体创作中进行实践，在表现手法上，他不仅以文为诗，而且以赋为诗，在诗中大量采用赋体铺陈展衍的艺术表现手法。有学者对韩愈以文为诗的方式大致作出了归纳：一、句式散文化，不用对偶句，使用大量虚字。二、以文章气脉入诗，布局构思有古人文章脉络，如《孟东野失子诗》。三、以古文章法、句法为诗。四、以议论入诗。五、诗多赋体。六、诗兼散文体裁。[③] 清人李重华说：“诗家奥衍一派，开自昌黎。”[④] 清代叶燮则将韩愈推为宋代诗歌的鼻祖：“唐诗为八代以来一大变，韩愈为唐诗之一大变。其力大，其思雄，崛起特为鼻祖。宋之苏、梅、欧、苏、王、黄，皆愈为之发其端，可谓极盛。”[⑤] 宋诗初创时期，欧阳修等人就从韩愈的诗中得到启示，他称赞韩愈文字的表现力“无施不可”，能“曲尽其妙”[⑥]，体物而驱从物外成为宋人规避唐人作诗方式的方法之一。这里最有意味的是欧阳修的“禁体物诗”，他在《六一诗话》中记载：“国朝浮图，以诗名于世者九人，故时有集号《九僧诗》，今不复传矣。……当时有进士许洞者，善为辞章，俊逸之士也。因会诸诗僧分题，出一纸约曰：‘不得犯此一字。’其字乃山、水、风、云、竹、石、花、草、雪、霜、星、月、禽、鸟之类，于是诸僧皆阁笔。洞咸平三年进士及第，时无名子嘲曰‘张康浑裹马，

---

① 《冷斋诗话风月堂诗话环溪诗话》，陈新点校，中华书局1988年版，第16页。

② 孟二冬：《韩孟诗派的创新意识及其与中唐文化趋向的关联》，《中国社会科学》1989年第6期。

③ 罗联添：《论韩愈古文的几个问题》，载《唐代文学研究》第3辑，广西师范大学出版社1992年版。

④ 李重华：《贞一斋诗说》，载郭绍虞《清诗话续编》下册，上海古籍出版社1999年版，第932页。

⑤ 叶燮：《原诗》，载王夫之《清诗话》，上海古籍出版社1999年版，第570页。

⑥ 欧阳修：《六一诗话》，载何文焕《历代诗话》上册，中华书局2004年版，第272页。

许洞闹装妻'是也。"[①] 不仅如此，欧阳修在具体的诗歌实践中也是身体力行："欧阳修在颍州作雪诗，戒不得用玉、月、梨、梅、练、絮、白、舞、鹅、鹤、银等事。"苏轼也对禁体物诗进行了进一步的探索："后四十年，子瞻继守颍州，小雪，与客会饮聚星堂，复举前事，请客各赋一篇。客诗不传，两公之什具在，殊不足观。"[②] 从欧阳修到苏轼，虽然间隔四十年，但他们对诗歌表现手法的探索却一直没有间断过，这些记载也从另一个方面说明宋人与唐人争胜的心理。在探索过程中，宋人对题材、风格、用字作出规定，主要是比较形式的完美或是立意的新颖。欧阳修、苏轼咏雪诗中的禁体物语指描写时不用直接形容和比喻事物外部形态特征的词。试看欧阳修的《雪》诗：

> 新阳力微初破萼，客阴用壮犹相薄。朝寒棱棱风莫犯，莫雪绥绥止还作。驱驰风云初惨淡，炫晃山川渐开廓。光芒可爱初日照，润泽终为和气烁。美人高堂晨起惊，幽士虚窗静闻落。酒垆成径集瓶罂，猎骑寻踪得狐貉。龙蛇扫处断复续，猊虎团成呀且攫。共贪终岁饱麰麦，岂恤空林饥鸟雀。沙墀朝贺迷象笏，桑野行歌没荒屩。乃知一雪万人喜，顾我不饮胡为乐。坐看天地绝氛埃，使我胸襟如洗瀹。脱遗前言笑尘杂，搜索万象窥冥漠。颍虽陋邦文士众，巨笔人人把矛槊。自非我为发其端，冻口何由开一噱。[③]

此诗没有正面写雪的外形，只写下雪时的天气变化等环境气氛以及下雪带给人的感受，"追求一种超以象外，以虚衬实的艺术表现方

① 欧阳修：《六一诗话》，载何文焕《历代诗话》上册，中华书局2004年版，第266页。

② 贺裳：《载酒园诗话》，载郭绍虞《清诗话续编》上册，上海古籍出版社1999年版，第243页。

③ 欧阳修：《雪》，载《欧阳修全集·居士外集》卷54，中华书局2001年版，第764页。

法”[1]。再看苏轼的《聚星堂雪》并引：

元祐六年十一月一日，祷雨张龙公，得小雪，与客会饮聚星堂。忽忆欧阳文忠公作守时，雪中约客赋诗，禁体物语，于艰难中特出奇丽，尔来四十余年，莫有继者。仆以老门生继公后，虽不足追配先生，而宾客之美，殆不减当时。公之二子又适在郡，故辄举前令，各赋一篇。

窗前暗响鸣枯叶，龙公试手初行雪。映空先集疑有无，作态斜飞正愁绝。众宾起舞风竹乱，老守先醉霜松折。恨无翠袖点横斜，只有微灯照明灭。归来尚喜更鼓永，晨起不待铃索掣。未嫌长夜作衣棱，都怕初阳生眼缬。欲浮大白追余赏，幸有回飙惊落屑。模糊桧顶独多时，历乱瓦沟裁一瞥。汝南先贤有故事，醉翁诗话谁续说？当时号令君听取，白战不许持寸铁。[2]

苏轼采用白描手法，细腻地摹写飞雪的种种姿态，还写到宾客与诗人由雪引发的醉酒后的喜悦之情。接着描写了宴会散去回家之后，诗人继续关注下雪的深浅程度以及大清早观赏雪景的情景。这其中所用的以赋为诗的铺叙方法其实可以追踪到韩愈那里，韩愈的咏雪诗有着明显的避熟趋生的趋向，读一读他的《咏雪赠张籍》诗：[3]

只见纵横落，宁知远近来。飘飖还自弄，历乱竟谁催。座暖销那怪，池清失可猜。坳中初盖底，垤处遂成堆。慢有先居后，轻多去却回。度前铺瓦陇，发本积墙隈。穿细时双透，乘危忽半摧。舞深逢坎井，集早值层台。砧练终宜捣，阶纨未暇裁。城寒装睥睨，树冻裹莓苔。片片匀如剪，纷纷碎若挼。定非燖鹄鹭，真是屑琼瑰。纬繣观朝萼，冥茫瞩晚埃。当窗恒凛凛，出户即皑

---

① 张毅：《宋代文学思想史》，中华书局2004年版，第93页。

② 苏轼：《苏轼全集》卷34，上海古籍出版社2000年版，第417页。

③ 韩愈：《咏雪赠张籍》，载钱仲联《韩昌黎诗系年集释》上册卷2，上海古籍出版社1989年版，第161页。

皑。润野荣芝菌，倾都委货财。娥嬉华荡漾，胥怒浪崔嵬。碛迥疑浮地，云平想辗雷。随车翻缟带，逐马散银杯。万屋漫汗合，千株照曜开。松篁遭挫抑，粪壤获饶培。隔绝门庭遽，挤排陛级才。岂堪裨岳镇，强欲效盐梅。隐匿瑕疵尽，包罗委琐该。误鸡宵呃喔，惊雀暗徘回。浩浩过三暮，悠悠匝九垓。鲸鲵陆死骨，玉石火炎灰。厚虑填溟壑，高愁掇斗魁。日轮埋欲侧，坤轴压将颓。岸类长蛇搅，陵犹巨象豗。水官夸杰黠，木气怯胚胎。著地无由卷，连天不易推。龙鱼冷蛰苦，虎豹饿号哀。巧借奢华便，专绳困约灾。威贪陵布被，光肯离金罍。赏玩损他事，歌谣放我才。狂教诗硉矹，兴与酒陪鳃。惟子能谙耳，诸人得语哉。助留风作党，劝坐火为媒。雕刻文刀利，搜求智网恢。莫烦相属和，传示及提孩。

再读读曾巩长达一百韵的《雪咏》诗：

雪花好洁白，不待咏说知。区区取相似，今古同一辞。薛能比众作，小去笔墨畦。谁能出千载，为雪立传碑。四座且勿歌，听我白雪诗。天地于降雪，其功大艰难。去年暖风日，冬在春已还。山屏尽深碧，危溜声亦潺。草萌各已动，梅花开最繁。炉火殆可谢，衣絮谁复言。推排腊已过，一变天更寒。飘风动木石，激射难出关。深房拥高燎，领肘曾不温。仰视云压叠，垂欲藉屋山。元气不复呵，飞鸟折羽翰。谁排河汉流，欲堕莽苍间。道为黑风遮，凝冻无住著。纷纷成片缕，六出非刻削。初时漏余滴，杂雨犹可恶。迤逦纵飞洒，态状不可名。或稀若有待，或密似相萦。或弱久宛转，或狂自轩腾。群来信汗漫，孤飘亦零丁。屋角初渐斑，瓦沟忽皆平。坳洼一已满，茅茨压将倾。树木遍封裹，冈山助峥嵘。阶除断纤秽，池台有余清。流尘寂已掩，物象窅皆明。厨烟或中镵，里表仍孤擎。长街隐缺甃，荒城混觚棱。沙水渺相合，扁舟在图屏。啄草鸟雀踪，篆字遗纵横。顿惊宇宙内，侈丽皆天成。引望谁倚楼，秀色乱目睛。永怀衡门士，辛苦守六经。山藜不充腹，笔砚久已冰。柔茵坐中堂，谁问公与卿。世事泊无意，烛换犹飞觥。文犀压朱箔，阳春谢秦筝。所处殊处所，苦乐固异情。谁致此不齐，上天意何营。苍苍不可问，奕奕洒未停。明晨起相处，寒日已满窗。井甃破圆素，砌苔还故苍。万物去覆冒，颜色皆复常。融为大田水，其流日滂滂。方塘接深甽，澄彻碧玉光。岂惟疠疫消，庶验百谷祥。愿彼守经士，幸可继粳粮。忧民既非职，空致新诗章。

韩愈的雪诗用铺排的手法写大雪覆盖天地的壮观景象，同时从人的感觉入手写下雪带来的寒冷感觉。曾巩的雪诗从去冬写起，一直写到秋天气候变冷，接着写一场大雪来临的前兆，又铺叙下雪时雪花飞舞的景象，随后写第二天雪化的情景。其中“雪花好洁白，不待咏说知。区区取相似，今古同一辞。薛能比众作，小去笔墨畦。谁能出千载，为雪立传碑。四座且勿歌，听我白雪诗”几句，包含着诗人在艺术技巧上追求争胜的心态，充分说明曾巩在“以文为诗”这个艺术技巧的探索上是积极的、主动的。

对言意关系的认识逻辑地影响了宋人“以文为诗”的特点。之所以这样说，是因为宋调的形成还与时代社会的发展有着密切的关系，即北宋儒学复古主义思潮和唐宋古文运动的影响。士人主体的创作意图和文章内容往往对文章的言说方式起着决定性的作用，北宋士人“文以明道”“文以贯道”的诗文艺术价值观的提出，文作为“治平天下”的工具，必然要求它明白、清晰。欧阳修诗文革新运动是在复兴儒学、治平天下的政治理念下兴起的，文学之用在于“明道”，清楚明白地表达治平天下的思想和具体措施成为此时期为文的要求，“道胜则文胜”，文章的高低优劣不在于辞藻的华美和意义的隐晦曲折，而在于是否清晰明白地传达了儒家之道，正是由此直接引发了诗歌创作观念的大转变，诗歌创作上出现“以文为诗”的现象原本是对旧有近体诗及相关文学观念的反拨。宋人对言意关系的新认识具体表现在“以文为诗”的创作特点上，在语言形式上借鉴散文的字词、句法、章法以及借鉴散文的议论、说理、铺叙手法成为宋诗创作上最基本的特点。

之所以要谈到宋人对言意关系的新认识，是因为曾巩诗歌语言特点明显带有这种共性。曾巩的散文师从欧阳修，善于用平易的言辞表达思想，显得明白而不晦涩。这本是对散文而言的，但曾巩的诗歌也表现出这种特点。

二　曾诗的语言特点

在宋诗平淡自然的总体特点中，曾巩的诗歌平实质朴。元人方回："子固诗一扫昆体，所谓饾饤刻画咸无之，平实清健，自为一家。"[①] 方回的评价重心落在语言层面，以华贵富赡、刻琢呈巧的西昆体为参照，说明曾诗没有"饾饤刻画"的弊病，同时指出曾诗力追风雅，不求浮艳藻饰的特点。何焯则评其诗曰"古直"[②]。把这些评价联系起来看，曾诗在语言上具有平实质朴的特点。

（一）句中虚字及句首、句尾助词大量运用

曾巩的古体诗在句子构造方面，对仗不那么整齐，多用虚字。周裕锴认为，所谓活字指句中转折斡旋之字，主要是指非标示物象、动作或性质的虚词，如副词、连词、介词等。这些活字虽不能直接表现对象的审美特征，但能够调整意象之间的关系，能传达复杂微妙的感情以及曲折丰富的意蕴，[③] 如："偶徇一官偷禄计，便怀千里长人忧。桑间举箔蚕初茧，垄上挥镰麦已秋。更喜风雷生北极，顿驱云雨出灵湫。从今菽粟非虚祷，会见瓯窭果满沟。"（《喜雨》）首联为因果复句，诗中有"偶""便""初""顿""从今""会"这些非标示物象的语助词使全诗显得疏朗流畅。又如：

信矣辉光争日月，依然精爽动山川。（《谒李白墓》），
苍苍运乃尔，何地放我忧。（《至荷湖二首》）

---

① 方回：《瀛奎律髓》，载李庆甲《瀛奎律髓汇评》，上海古籍出版社2005年版，第619页。

② 何焯：《义门读书记》卷41，人民文学出版社2006年版，第724页。

③ 周裕锴：《宋代诗学通论》，上海古籍出版社2007年版，第504—508页。

自怜野性生来拙，谁许交情晚最亲？(《书阁》)

嗟余怀抱徒蠢蠢，二弟胸中何落落。(《喜二弟侍亲将至》)

不如饮酒不知厌，欲罢更起相牵扳。(《东轩小饮呈坐中》)

信使忧惴息，讵无勤苦侵。……岂惟智所拙，曾是力难任。(《茅亭闲坐》)

江上信清华，月风亦潇洒。故人在千里，尊酒难独把。由来懒拙甚，岂免交游寡。朱弦任尘埃，谁是知音者？(《江上怀介甫》)

虽然《诗经》里的虚字和助词屡见不鲜，但五七言兴起后，由于诗歌内在语言节奏的要求，诗句中的虚词与助词大量减少，像“信矣辉光争日月”中的“矣”，“苍苍运乃尔，何地放我忧”中的“乃尔”，这种情况较为少见，实际上已是用散文的笔调了，意脉语流完全是散文性的。这些诗句已不注重意象的选择，而注重的是如何调整意象之间的关系，能更自由地表达情感意绪。一方面是在整齐的五字、七字句中，插入虚词，使句子显得舒缓顿挫，另一方面，句子与句子之间又因为虚词的绾结而显得流畅，总体读来，诗歌显示着一种参差之美，诗歌语言显得随意、自然、畅达。

（二）诗歌的句法与章法安排也受到散文的影响

散文的直叙和铺陈排比的手法进入诗歌，句式上多用散文化的句法、古文句法、字法入诗。诗歌的句与句的连接密切连贯，有时用复句构成一种紧凑严密的意脉。其句型结构、语序与传统的五七言诗体都有不同。

促促为物役，区区迫世情。但嗟束缚急，未觉章绶荣。奈此两鬓白，顾无一廛耕。所求亦云几，脱粟与藜羹。(《促促为物役》)

《促促为物役》整首诗显豁流动，开头两句运用“促促”“区区”这样的重字造成急迫的腔调，作者似乎再也忍受不了仕途的羁绁了，那种压抑沉重的心情呼之欲出。接下来的感受不出读者意料，紧承上两句作了进一步的强化，“但”与“未”领起的两句两下对勘，表达的却同样是对仕途羁绁的厌倦之情。再接下去读者自然会有这样一种期待：既然受不了官场的束缚，那就辞官归田吧。很明显，诗人已经预想到读者的想法，他对自己厌倦仕途却又不能抽身离开仕途做出了回答：“奈此两鬓白，顾无一廛耕”，“奈此”这个虚词的运用非常自然，这两句本身构成问答形式，诗人在回答别人的疑问，也在思考自己的行为：我这样做是否矫情？由这一思考自然就引出了最后两句：“所求亦云儿，脱粟与藜羹”，这两句同样是自问自答的句式，既是答人，也是自答。如果将此诗翻译成现代白话，就更可见其意脉的严密和流畅。请看译文：身在官场，我总是感到被外物所役使，被流俗所逼迫。我只能感叹我身上的束缚太重了，并没有觉得官位的荣耀。可是，我为什么不辞官归田呢？怎奈我两鬓斑白，家里还没有可供耕种的田地。其实我所求的是多少呢？不过是每天能吃上米饭，喝上菜汤罢了。其律诗也体现了这个特点，如：

丹青有迹尚如此，何况无形论是非。穷通岂不各有命，南北由来非尔为。(《明妃曲二首》之一)

吾性虽嗜学，年少不自强。所致未及门，安能望其堂？(《读书》)

《明妃曲二首》之一中的四句诗注重的是句式之间的逻辑关系，“尚”与“何况”使“丹青有迹尚如此”两句构成让步转折复句。“穷通岂不各有命”两句，将上下数千年、远近几千里的具体事实，融合在“岂不”“由来”两个语助词之间，可谓视通万里，思接千载，诗人感慨俯仰之怀皆见于言外。《读书》诗中四句采用的完全是语意前后缩结的线性结构，句式非常接近日常语言，“吾性虽嗜学”两句是转折复句，“所致未及门”两句是因果复句，行文流畅，明白如话。

（三）在谋篇布局上也从散文的章法中取得借鉴

诗歌的气脉和节奏突破了传统古诗的规范，章法结构与古文有一定程度的相似。曾巩在这一点上也显得很突出。由于意脉比较流畅，段落之间较少跳跃，像散文一样有脉络可循，这个特点特别地体现于古体诗中。如《读书诗》首写少年求学的艰苦环境，次写读书时苦无老师解惑的情状，再次写经过自己的努力探求，最后终于学有所得的喜悦。长诗结构严整而又起伏照应，中间交替使用铺叙、议论、抒情手法，使诗歌如同一篇头尾完整的散文。《寄王介卿》诗，从回忆与王安石在京城邂逅开始，琐琐言及与王安石坐论诗书的动人情景，兼及对王安石道德文章的高度赞扬，接下来将笔墨转到二人依依惜别的场景，又一笔折回到现实，极言自己对安石思念和思而不得的怅惘之情。又如《雹》：“穷谷结时雷已动，荒台看处雪犹埋。崩腾沙雳乘风下，宛转珠玑压雨来。已激山声如骇浪，更回天色似寒灰。何繇得见晴辉上，愁放昏昏睡眼开。”先写雹的产生，再写雹夹着风声雨势到来的气势，以及下雹时的天气状况，最后从心理感觉入手，希望早日天晴使昏昏睡眼大开。在章法上没有刻意出奇，基本按时间顺序写下来。再看看《游金山寺作》一诗中的景物描写：

> 侯潮动鸣舻，出浦纵方舟。举篙见兹山，岿然峙中流。朱堂出烟雾，缥缈若瀛洲。十年入梦想，一日恣寻游。展履上层阁，披襟当九秋。地势已潇洒，风飙更飕飗。远挹蜀浪来，旁临沧海浮。壶觞对京口，笑语落扬州。久闻神龙伏，况睹鸷鸟投。行缘石径尽，却倚岩房幽。颇谐云林思，顿豁尘土忧。昏钟满江路，归榜尚夷犹。

这首诗模仿韩愈《山石》而来，虽是诗歌，其实是以古文章法写诗。它开始写乘方舟到江之中流，看见了江中岿然屹立的山峰，远望此山如蓬莱仙岛，山腰的寺庙在烟雾中时隐时现，作者情不自禁地表达了自己十年的梦想一朝得成的畅快心情。接下去写登临金山寺的所见所闻所感。登临高阁，临风而立，秋天的景物尽收眼底，远眺则境界鲜明阔大："远挹蜀浪来，旁临沧海浮。"特别是"壶觞对京口，笑语落扬州"两句则极尽夸张，写出了诗人登临送目的豪情。又写传说中的神龙、晚归的鸷鸟、屈曲的石径、幽静的禅房，将神话与现实纠结在一起，给人一种神秘之感，最后写自己在这幽静的环境中脱去了世俗的烦恼和忧愁，并且表达了自己对此地的留恋。起结遥相呼应，中间层次分明。《喜二弟侍亲将至》一诗写于熙宁五年（1072），曾巩任齐州知州，得知二弟曾宰将陪母亲来任所的消息，非常高兴。先写得知消息的雀跃，其次在想象中铺叙兄弟二人共眠布被、同醉村酒等细节，表现兄弟间的深厚感情，最后又写渴望早日见到亲人的急切心情。《游麻姑山》诗是一首长达五十韵的七言古诗。诗首先从麻姑山的地理位置写起，其次分别写山势、山景、庙宇、碑文，以下转笔写山人留宿、夜不能寐、晓听泉音，最后写对此次旅游的留恋之情。

例如《代书寄赵宏》诗：

忆承昨岁致书召，遂入江城同一笑。羸奴小马君所借，出犯朝寒鞚频掉。从来万事固已拙，况乃病敦颜不少。去随众后已自枉，更苦世情非可料。一心耿耿浪诚直，百口幡幡竞诃诮。独君踊跃于我顾，譬于真玉火空烧。别来未几岁云换，杨柳得春还窈窕。东溪最好水已渌，桃李万株红白照。当时病卧不能出，日倚东风想同调。逡巡红白委地休，新叶可书阴可钓。君持使传入南师，忽领貔貅过蓬藋。僧堂取酒就君饮，不觉乘欢盏频釂。屋西明月过帘白，帘角有时飞熠耀。明闻钲鼓催军发，共上高楼看旗旐。日高行忽又别君，从此闭门谁可啸？秋风已尽始得书，喜听车轮返穷徼。身欲追随病未能，目断珊瑚遮海峤。是时肺气壮更恶，日以沉冥忧不疗。岂其艰苦天所悯，晚节幸值巫彭妙。放心已保性命在，握手犹惊骨骸峭。今年霜霰虽未重，室冷尚无薪可燎。一亩酸寒岂易言，局促不殊鱼在罩。劳君书札数问讯，深愧薄材无象肖。君心卓荦众未识，安得辨口闻廊庙。

全诗的心理流程非常清晰，开篇写与赵宏的友谊，“忆承昨岁致书召，遂入江城同一笑”，其中“遂”字将上下句绾结在一起，表现了诗人对往昔友谊的珍视。“从来万事固已拙，况乃病敦颜不少。去随众后已自枉，更苦世情非可料”几句中，“从来”“况乃”“已”“更”都是借虚词构成让步转折关系，将诗人自己的种种苦闷凸显出来。“独君踊跃于我顾，譬于真玉火空烧”中一“独”字突出了赵宏对自己的信任。又自然引出对赵宏的思念：“当时病卧不能出，日倚东风想同调。逡巡红白委地休，新叶可书阴可钓。”想到与赵宏离别时一起畅饮的情景：“僧堂取酒就君饮，不觉乘欢盏频釂。”其次又写自己的思念之情和得到书信的欢喜，再次叙述自己穷苦多病的处境，最后又再次致以感谢。诗歌从回忆展开，最后回到现实，基本按时间流程来写，中间穿插着诗人的心理情绪。

（四）运用古文中的一些表现手法

以文入诗对诗歌的影响不仅在字句、篇章方面，叙述、议论、说理等表现手法也大量进入诗中，使传统诗歌含蓄蕴藉的特色大为改观。

宋诗重在表达，就是显豁明白地表达自己的思想情感，因此，诗歌在表现手法上多用赋体，以铺叙、白描、夹叙夹议为主。像《靖安县幽谷亭》以“其如此中吏”进行铺陈展衍，均为散文化的五字句：“岂如此中吏，日高未开关。一不谨所守，名声别妖奸。岂如此中吏，一官老无鳏。愔愔谋谟消，汩汩气象孱。岂如此中吏，明心慑强顽，况云此中居，一亭众峰环。崖声梦犹闻，谷秀坐可攀。……对之精神恬，可谢世网艰。人生慕虚荣，敛收意常慳。诚思此忧愉，自应喜榛菅。”诗歌先写偏僻小县的清幽环境，次将官卑职微的县令与公卿对比，突出县令的闲适、恬淡，最后发出感慨，劝谕世人不要贪恋荣华富贵。整首诗像散文一样，有脉络可循，没有大的跳跃。句与句之间不追求工整的对偶，中间段落以“岂如此中吏”句铺陈展衍，在对比中极为明白详尽地说明做一个与世无争的小县官比公卿王侯要好得多。《咏雪》《读书诗》《送刘医博》《谢章伯益惠砚》《游瑯琊山》等诗或直叙游历，或用赋铺写景物，有些叙写铺陈伴随着许多具体的、感性的描写，也体现出生动形象的特点，有些过于平铺直叙，使诗歌缺乏形象、缺乏诗味。

把古文字法、句法带入诗歌，这是宋诗的一大特点。有些无可厚非，有些则破坏诗歌特有的形式美，在诗句中显得生硬不协调。由于使用赋体，反复的陈说导致直露无隐，也使诗歌不够精练含蓄。曾诗在语言上无疑也有这样的缺陷。

第三节　艺术技巧的尝试与发展

宋人主张意新语工，“故以意胜而不以境胜，表达事理更为精微深刻”①，因此比前代任何诗人都更注意去寻找恰当的语言，贴切的字眼。曾巩对诗歌语言的追求同样不遗余力。他的诗歌特别是晚期诗歌在造语用字、对偶、用事上都颇为精当。方东树云：“以句格求之，则其至者，直与陶谢鲍韩并有千古，其次者亦非宋以来诗家所梦及。”② 又在卷六再次指出，曾巩在字句上与鲍韩同工，“无一字不着力”③。方东树这种认识说明曾巩在实际的诗歌创作中是很注意字句上的追求的。曾巩诗歌艺术上的成就主要体现在律诗和绝句中。

首先可以从诗体上看一看。曾诗现存四百五十多首，其中古体193首左右，近体251首左右，古体占43%，近体占57%。古体诗歌基本在前期写的，近体多后期从政之后写的。古体诗有五古、七古，近体诗有律诗和绝句。这说明曾巩在重视古体那种发扬激越的写作风格时，也同时注意近体诗在技巧方面的尝试。方东树对曾巩在字句方面的称赞主要落脚在近体方面，今人钱锺书选注曾巩的《西楼》和《城南》两首诗均为七言绝句，并认为曾巩绝句兼有王安石的风致。④

其次是对仗。世人对王安石诗歌的对仗精工多有评论，如叶梦得

---

① 陶文鹏：《论胡宿诗学观与诗文创作》，载沈松勤编《第四届国际研讨会论文集·宋代文学》，浙江大学出版社2006年版，第358页。

② 方东树：《昭昧詹言》卷1，人民文学出版社2006年版，第16页。

③ 方东树：《昭昧詹言》卷6，人民文学出版社2006年版，第166页。

④ 钱锺书：《宋诗选注》，人民文学出版社1979年版，第46页。

《石林诗话》说：“荆公诗用法甚严，尤精于对偶。”① 曾巩的诗名为文名所掩，很少有人关注他诗歌中对对仗的精细追求。由于曾巩做事认真，学力精深，其近体诗多学唐人，因此在对仗方面着意追求，诗歌没有流于粗率。如律诗，特别注意严守格律，一般都注意对仗工稳，如“风吹已送烦心醒，雨洗还供远眼清”（《南轩竹》），“鸟啼绿树穿花影，风出青山送水声”（《闲行》），“烟树疑从古画见，水轩真在碧天行”（《陈祁秀才园亭》），“杨柳巧含烟景合，芙蓉争带露华开”（《环波亭》），“群玉过林抽翠竹，双虹垂岸跨平桥”（《静化堂》）等。其他还有：

地名对，如“夏口楼台供夕望，晴川风物待春游”（《送双渐之汉阳》），“壶觞对京口，笑语落扬州”（《游金山寺作》），“指撝瓯越归谈笑，镇压江吴出醉醒”（《送沈谏议》），“泺水飞绡来野岸，鹊山浮黛入晴天”（《鹊山亭》），“春风不觉岷山远，和气还从锦水生”（《送赵资政》），“溪堂兴足登临后，滕阁今归笑傲中”（《送关彦远》），“江厦无双誉，菑川第一才”（《送邵资政》）等。

动物对，如“猿狙未惯裹章绶，鱼鸟宁忘慕溪谷”（《京师观音院新堂》）；“白鹤已飞泉自涌，青龙无迹洞常寒”（《灵岩寺兼简重元长老二刘居士》）；“龙衔烛抱金门出，鳌负山趋玉座来”（《和御制上元观灯》）；“行齐鹓鹭常随仗，步稳骅骝不起尘”（《正月十一日迎驾呈诸同舍》）等。

颜色对，如“红云灯火浮沧海，碧水楼台浸远空”（《钱塘上元夜祥符寺陪咨臣郎中文燕席》），“溧水飞绡来野岸，鹊山浮黛入晴天”（《鹊山》），“已绕渚花红灼灼，更萦沙竹翠娟娟”（《金线泉》），“黄蜀葵开收宿雨，紫桑葚熟啭新禽”（《次维得禽字韵》），“青云宝构虽同直，白发鱼符各未归”（《寄留交代元子发》），“薄宦红尘常拂面，早衰黄发已盈颠”（《王虞部惠佳篇叙述昔与湘潭亡弟游从仍以亡弟旧诗见示》），“将幕鼓旗惊白昼，谏垣冠剑动青冥”

① 叶梦得：《石林诗话》卷上，载何文焕《历代诗话》上册，中华书局 2004 年版，第 406 页。

(《送沈谏议》)，“野泊转平绿，梅梢弄繁白”(《寄王介卿》)，“春归野路梅争白，雪尽沙田麦正青”(《岘山亭置酒》)等。

典故对，如“每寻香草牵狂思，曾向幽兰费苦吟。明月几人非按剑，高山从古少知音”(《和陈郎中》)，“樊笼偶得沧州趣，芜类难酬白雪篇”(《和邵资政》)，“洗耳厌闻夸势利，濯缨羞去傍尘埃”(《阅武堂下新渠》)，“客来但饮平阳酒，衙退常携靖节琴”(《静化堂》)，“楚汉旧歌流俚耳，韩彭遗壁冠荒墟”(《彭城道中》)，“从军王粲笔，记礼后苍篇”(《丁元珍挽词》)，“鸿门玉斗纷如雪，一万降兵夜流血”(《咏虞姬》)等。

叠字对，如“寒沙漠漠鸟飞去，野路悠悠人自还”(《北渚亭雨中》)，“已绕渚花红灼灼，更萦沙竹翠娟娟”(《金线泉》)，“虹腰隐隐松桥出，鹢首峨峨画舫行”(《西湖纳凉》)，“促促为物役，区区迫世情”(《促促为物役》)，“一心了了无人语，两鬓萧萧奈何老”(《戏书》)，“嗟余怀抱徒蠢蠢，二弟胸中何落落”(《喜二弟侍亲将至》)，“方塘滂滂春先渌，密竹娟娟午更寒”(《上巳日瑞圣园锡燕呈诸同舍》)等。

人名对，如“丈夫壮志须坦荡，曲士阴机谩翻覆”(《京师观音院新堂》)，“少陵骚雅今谁和？东海风流世谩传”(《鹊山亭》)，“翰林明月舟中过，司马虚亭竹外开”(《鹊山》)，“少陵雅健材孤出，彭泽清闲兴最长”(《孙少述示近诗兼仰高致》)，“自古幸容元亮醉，凡今谁喜子云书”(《羁游》)，“最宜灵运登山屐，不负渊明漉酒巾”(《游天章寺》)，“射弈未应今独有，嘲雄何必史能评”(《雪后》)等。

流水对，如“已散浮云沧海上，更飞霖雨泰山傍”(《仁风厅》)，“已映渚花红四出，更涵沙柳翠相围”(《照影亭》)，“空山过腊犹藏雪，野岸先春已放梅”(《寄顾子敦》)，“物情簪履尚须念，人道交亲那可轻”(《送关彦远》)，“不忧待月乾诗笔，已欲看华泛酒杯”(《阅武堂下新渠》)，“白鹤已飞泉自涌，青龙无迹洞常寒”(《灵岩寺》)等。

再次，注意炼字琢句。曾诗在选字造句时注意精工锤炼，刻意选择。周裕锴指出，宋诗话讨论的炼字，分为“健字”与“活字”两大类。所谓健字指句中刚硬有力之字，一般是动词。所谓活字指句中转折斡旋之字，主要指非标示物象、动作或性质的虚词，如副词、连词、介词等。①

动词的使用颇见匠心，往往巧妙、形象而贴切，也就是方东树所言“字句极奇”之所在。曾巩特别注意对动词的推敲，如“云乱水光浮紫翠，天含山气入青红”（《甘露寺多景楼》）一句，“浮”与“入”、“乱”与“含”两两相对，炼字贴切，山倒映在水中，水面波光粼粼，如同漂浮着紫翠色的浮云，在天与山的交接处，似乎连天空也被山染成青红色，语言圆润，境界鲜明、生动。这种动词运用的精确效果，是单纯的意象罗列所无法达到的。又如“梅粉巧含溪上雪，柳黄微破日边风”（《虞公庵》）一句中梅与雪的关系，雪对梅的衬托，用一个“含”字将雪中盛开的梅花写得清丽绝俗，又以风衬柳，把柳芽初绽的风中形态写得淋漓尽致。“虹腰隐隐松桥出，鹢首峨峨画舫行”（《西湖纳凉》），其中“出”字的运用就很见匠心，若换成“显”“现”等字，就很难体现出人在画舫曲折而行时，突然看见隐于松林之后的虹桥的自然状态。其他一些七言绝句则秀丽自然，生机盎然。如《城南二首》：“雨过横塘水满堤，乱山高下水东西。一番桃李花开尽，惟有轻轻草色齐。”下面列举几家对曾巩诗句分析较细的文字：“《惠洪诗话》讥苏明允、曾子固皆不能诗。……子固如方氏《律髓》所收‘明月满街流水远，华灯入望众星高’，足为佳句。方氏舍之，而取‘金地夜寒消美酒，玉人春困倚东风’及‘风吹玉漏穿花急，人倚朱栏送目劳’二联，此皆词耳。然则谓二君不能诗，岂公哉！”② 胡应麟和方回尽管对曾巩诗歌的精妙之处理解不同，但都认为曾巩的诗歌颇有可观之处。上面所引诗句中“满”和“入”、“消”与“倚”、“吹”与“倚”、“穿”与“送”均为动词的相对，运用得非常贴切。潘德舆也标举了一些佳句：“近体佳句，如

① 周裕锴：《宋代诗学通论》，上海古籍出版社 2007 年版，第 504—508 页。

② 胡应麟：《诗薮》杂编卷 4，上海古籍出版社 1979 年版，第 314 页。

‘流水寒更澹，虚窗深自明’，‘宿幌白云影，入窗流水声’，‘一径入松下，两峰横马前’，‘壶觞对京口，笑语落扬州’，‘时见崖下雨，多从衣上云’，颇得陶谢家法。七言如‘溧水飞绡来野岸，鹊山浮黛入晴天’，‘一尊风月身无事，千里耕桑岁有秋’，‘微破宿云犹度雁，欲深烟柳已藏鸦’，‘一川风露荷花晓，六月蓬瀛燕坐凉’，‘娟娟野菊经秋澹，漠漠江潮带雨浑’，‘入陂野水冬来浅，对树诸峰雪后寒’。”① “一径入松下，两峰横马前”，“入”和“横”二字非常有力，静态的小径和山峰顿有生气，充满了生命力。“壶觞对京口，笑语落扬州”一句中“对”与“落”二字，极尽夸张，惟妙惟肖。其他诗句中“飞”与“浮”、“无”与“有”、“度”与“藏”、“经”与“带”等动词的运用也能生动传神。以上两段文字说明人们对曾巩诗歌精工已有细致的认识。

虚词的运用颇有特色。“好鸟自飞还自下，白云无事亦无心”（《静化堂》），“自”与“还”二虚字传神地写出了大自然万物皆自得的情状，鲜明地表达了诗人畅快于山川风物的恣肆情怀，其表意之功非动词所能代替。“已散浮云沧海上，更飞霖雨泰山傍”（《仁风厅》），“已映渚花红四出，更涵沙柳翠相围”（《照影亭》）“已”“更”二字如浮云著风，飘忽迅速，其妙处在于写出了风雨变化的迅速，春天万物争荣的生机勃勃。“自古幸容元亮醉，凡今谁喜子云书”（《羁游》），“自”与“凡”二字则将上下千年之事绾合一处，极尽变化开阖之能，而仰俯古今之怀则于言外见之。“薄宦红尘常拂面，早衰黄发已盈颠”（《王虞部惠佳篇叙述昔与湘潭亡弟游从仍以亡弟旧诗见示》），“常”与“已”二字写尽了身在官场的拘束，诗人为物所役，不得自由的心曲自现。“宿幌白云影，入窗流水声”，一“宿”字，一“入”字将白云流水写活了，使无生命力的白云、流水具有生命的力量，充满生气。这些虚字的运用标示着语态意脉，也是诗人情感脉络的关键点。因为虚字的运用，更显意义的曲折、层

① 潘德舆：《养一斋诗话》，载《清诗话续编》下册，上海古籍出版社 1999 年版，第 2068 页。

次的丰富、语脉的连贯。

有时颠倒词序或改变词性，来达到一种新奇的感觉。“宿幌白云影，入窗流水声”（《写怀二首》），本来正常的语序是“白云影宿幌，流水声入窗”，曾巩将主谓搭配调换位置后，变成谓语在前，主语在后，这种主谓的倒装使动词显得特别突出，更具有运动性的活力。“微破宿云犹度雁，欲深烟柳已藏鸦”（《早期赴行香》），“微破”与“宿云”、“欲深”与“烟柳”也是主谓的倒装，谓语的提前使景物的特征显得更突出，有一种动态的美。“犹度雁”“已藏鸦”如果换成“雁犹度”和“鸦已藏”这样的主谓结构，则在全句的整体表达上失去了生动的效果，在曾巩的原句中，“宿云”与“烟柳”均被拟人化了，富有生命力。“篇什高吟凤凰下，翰墨醉洒烟云生”（《送宣州杜都官》），按照一般诗歌语言的语法，“高吟篇什凤凰下，醉洒翰墨烟云生”才是合乎语义逻辑的叙述方式。曾巩将“篇什”与“高吟”、“翰墨”与“醉洒”的位置互换，显然是以动宾关系的错位造成对语言习惯的破坏，“篇什”与“翰墨”被拟人化了，有一种动态的生命感。其他如“翰林明月舟中过，司马虚亭竹外开”（《鹊山》），“云水醒心鸣好鸟，玉沙清耳漱寒流”（《凝香斋》），“偶归塞马应何定，粒食鶢鶋颇自安”（《招泽甫竹亭闲话》），“溪堂兴足登临后，滕阁今归笑傲中”（《送关彦远》）等诗句都有如上特点。

最后，注意用典。宋代书籍的广泛传播和学子的博闻通识用典空前普遍，成为时代潮流，从西昆酬唱到江西诗社，用典蔚成风气。这实际上是宋人以学问为诗的具体展现。曾巩学问丰富，又有很深的史学修养，因此，诗歌用典较多。曾巩《南轩记》曾自道为学之富，如此学问功底，为他使事用典提供了极大的方便。有些用典精切明当，自然妥帖，毫无斧凿之迹。好的用典，能充分利用前代文化的积淀，言简义丰，以少胜多，具有浓厚的艺术效果。“作诗不能不用故实，眼前情事，有必须古事衬托而始出者。然用事之法最难，或侧见，或反引，或暗用，吸精取液，于本事恰合，令读者一见了然，是为食古而化。”①

曾巩有些诗化用典故，将故实与本事融为一体，颇使诗歌增色。如《北园会客不饮》：“画桥南北水东西，高下花枝绿间红。蹭得春风人尽醉，独醒谁似白头翁？”此诗中“白头翁”的典故既切合曾巩年过半百的实际情形，又暗合唐代刘希夷《代悲白头翁》诗中“白头翁”的形象，表达了对时光流逝的感伤情调。曾巩用典较多的诗多为赠答诗，如《王虞部惠佳篇叙述昔与湘潭亡弟游从仍以亡弟旧诗见示》一诗：“薄宦红尘常拂面，早衰黄发已盈颠。棣华零落曾谁语？鸿羽萧条只自怜。已矣空闻怀旧赋，泫然犹获济江篇。殷勤慰我如君少，更务之他友最贤。”“怀旧赋”源于潘岳的哀诔文《怀旧赋》，“济江篇”用事源于谢灵运《酬从弟惠连五章》之三中诗句“倾想迟嘉音，果枉济江篇”②，这两个典故凝聚着浓厚的历史文化内涵，诗人对亡弟不幸早逝的悲戚之情借助典故的运用而显得高度凝练含蓄。

从对典故运用的不同角度来说，又有正用、反用之别。正用是在语义上忠实于原典，反用则是从相反的一面加以运用来达到效果。如《赠张伯常之郢见过因话荆楚故事仍贶佳什》：“一见心亲十载前，相望南北久茫然。喜倾白发论文酒，重访清江下濑船。志大肯同悲抱璞，识高宁许笑求田。已窥品藻传荆楚，更味阳春白雪篇。”诗写故旧重逢之喜。“志大肯同悲抱璞，识高宁许笑求田”句反用“卞和献玉”和“求田问舍”的典故，说明张伯常志大识高又得明主赏识，不会像卞和那样空有宝玉，无人赏识，也不会像庸俗的官吏那样求田问舍，不问世事。“更味阳春白雪篇”又正用“阳春白雪”的典故，说明张伯常不仅品节高尚，而且文采风流，笔力高瞻。《招泽甫竹亭闲话》：“偶归塞马应何定，粒食鹪鹩颇自安。云压楚山春后雪，风吹襄水坐来寒。诗豪已分材难强，酒圣还谙量未宽。赖有佳宾堪下

① 方南堂：《方南堂先生辍锻录》，载郭绍虞《清诗话续编》下册，上海古籍出版社1999年版，第1937页。

② 谢灵运：《酬从弟惠连五章》，见《宋诗》卷3，载逯钦立《先秦汉魏晋南北朝诗》，中华书局1998年版，第1175页。

榻，且将清话对檀栾。”诗中正用“塞翁失马”的成语说明人世社会福祸相倚的道理，“鷦鷯”则化用西晋张华《鷦鷯赋》之意，说明为人不应过多贪求外在的利禄，在极低的生活要求中保持心灵的安定，“下榻”用东汉陈蕃礼遇徐稚典故，檀栾则借用古人对竹的雅称。又如《送双渐之汉阳》：“楚国封疆最上流，夹江分命两诸侯。何年南狩牙樯出，六月西来雪浪浮。夏口楼台供夕望，晴川风物待春游。可能频度渔阳曲，不负当年鹦鹉洲。”后四句化用唐人崔颢《黄鹤楼》诗中“晴川历历汉阳树，芳草萋萋鹦鹉洲”语。又如《和陈郎中》：“材薄安时甘寂寞，身险乘兴喜登临。每寻香草牵狂思，曾向幽兰费苦吟。明月几人非按剑，高山从古少知音。数篇清绝庾歌意，默见冯唐异俗心。”此诗典故非常丰富，但却不使人感到堆垛生硬，原因是曾巩在短短一首诗中运用典故手法多变，如颔联中的“香草”“幽兰”化用屈原诗歌中的意象，表达了自己也曾像屈原那样忧怨忧愁，颔联中的“明月”“高山”句则化用曹操《短歌行》诗中的意象和伯牙子期遇知音的典故，借古人怀抱抒自己性灵，表达了怀才不遇的痛苦，尾联则借汉代冯唐的典故表明了理想不得实现的抑郁之情。曾巩虽然身在官场，但心中却常常恋慕田园自由自在的生活，他的诗中常常出现“三径”“沧州”一类的字眼，如“三径未归聊自适，一尊寻胜每同开”（《寄顾子敦》），“我亦退公思蜡屐，会看归路送人来”（《鹊山》），“经年闻说风池山，蜡屐方偷半日闲”（《风池寺》）等这些典故的运用恰到好处地表明了曾巩的闲适情调。

然而，由于有些典故的反复运用，造成了诗意的庸常俗滥，在曾巩的赠答诗中也是很突出的。像“卞和献玉”“陈蕃挂榻”“芝兰玉树”“梁甫吟”“阳春白雪”这些典故反复出现，如《送程殿丞还朝》：“如云青发拥朝簪，佳誉喧喧动士林。自重肯悲三献玉，不欺常慎四知金。芝兰秀出清门盛，鸿鹭翻飞紫殿深。别后斋中挂尘榻，更将梁甫向谁吟？”化用“卞和三献玉”与“杨震四知金”的典故，意在说明程殿丞清高的操守，接下来以“芝兰”“鸿鹭”比拟程殿丞，说他出身于书香门第，出入于皇宫禁苑，总之是前途远大，最后抒发别后思念之情又用“陈蕃挂榻”和“梁甫吟”的典故。这首诗中的典故在曾巩其他赠答诗中反复出现，重复泛滥，读后给人感觉是情感干瘪，类于应酬，已经极大地损害了诗歌的审美性和抒情性。

总之，曾巩诗歌有如下积极意义：一、在语言形式上追求一种平易流畅的风格，为宋诗破除西昆体的雕琢起到了应有的作用；二、大部分诗歌能将情、理、事、意融合在一起，为宋诗的进一步成熟作了宝贵的尝试。曾巩处于宋诗体建立之初，其诗歌虽然打上了模仿的印迹，并不都很成功，却反映了诗人通过学韩力开宋调的努力，为宋诗的成熟即苏黄时期的到来作了可贵的尝试。其实，欧阳修早期也有一些模仿之作，如《鬼车》《读书》《感二子》等诗，曾巩对宋调的开创之功虽不如欧阳修、王安石，成就也不及二人高，但却起到了推波助澜的作用。

第十一章 “以文为诗”带来的艺术缺陷

当诗歌借用了散文的语言形式和表现手法后，“文以载道”还带来了诗歌与“道”的联系，“道”在曾巩那里并非空洞之物，而是与日用伦常、政教事功连接在一起，如果诗歌的散文化直接表达这样的内容，完全不讲诗歌的抒情性和审美性，那么以文为诗、以议论为诗就只能是押韵的记事文和议论文。必须指出的是，曾巩诗歌艺术上的缺陷主要体现在早期学习韩愈、李白所写的古体诗中，体现着宋诗初创期尚未形成自己风格时的一些弊病。这个弊病主要是在“以文为诗”的现象中体现出来的。这一点也与宋代文人有补于国的文学用世观有关。最著名的当推王安石的文学主张：“所谓文者，务为有补于世而已矣。……要之以实用为本。”[①] 即使是苏轼，也将诗歌当成疗饥的五谷，祛病的药石：“先生之诗文，皆有为而作，精悍确苦，言必中当世之过，凿凿乎如五谷必可以疗饥，断断乎如药石必可以伐病，其游谈以为高，枝词以为观美者，先生无一言焉。”[②] 从宋初的田锡、柳开、石介到欧阳修，再到苏轼、司马光、王安石，宋代文人重实用而轻审美的观念非常盛行，曾巩的诗歌无疑也体现了这种特点。但是，曾巩的后期诗歌，特别是律诗和绝句，则因转益多师而具

---

① 王安石：《上人书》，载《王文公文集》上册卷 3，上海人民出版社 1974 年版，第 44 页。

② 苏轼：《凫绎先生诗集序》，载《苏轼全集》卷 10，上海古籍出版社 2000 年版，第 850 页。

有情深婉曲的特点，较少前期诗歌粗率直白的缺点，这一点是应该区别对待的。

第一节　以议论为诗带来的诗情枯淡

“以文为诗”还带来了好发议论的特点。诗歌的主要功能不在议论，而在抒情。当然，恰如其分地在诗歌中发议论，也会使诗歌变得理趣盎然。然而，片面地强化议论，必然损害诗歌的情韵。

一　过分专注诗歌的实用功能带来情蕴匮乏

在庆历前后，经世致用思潮加强了作家的社会责任感和历史感，使作家的文学观念和创作内容发生着改变，伴随着古文运动的展开，诗歌领域也出现了不同于前期的变革。诗人们把济世的热情投注在诗歌中，但由于过分专注诗歌的实用功能，往往以丧失诗歌的艺术性和情感浓度为代价，给诗篇添加一个议论的尾巴或作不必要的重复。例如欧阳修就有一些诗用来议论实事，评述政治，让诗充当政论文。如《答杨辟喜雨长句》[①] 写于天圣九年（1031），诗人借用诗歌的形式分析北宋王朝国困民穷的原因，提出以农为本、施行仁政、改革吏治的政治主张。这与欧阳修在康定元年（1040）撰写的散文《原弊》[②] 中表达的思想内容完全一致，不同的只是体裁而已。又如《奉答韩子华学士安抚江南见寄之作》[③] 一诗写于皇祐三年（1051），诗歌针对庆历新政失败后朝廷因循守旧、得过且过、不思进取的现状发论，认为要革除弊端，首先要澄清吏治，整顿士风，而且应该雷厉风行，坚决果断。这些观点正是庆历新政时期欧阳修的章表奏疏中反复论证

---

① 欧阳修：《答杨辟喜雨长句》，载《欧阳修全集·居士外集》卷51，中华书局2001年版，第717页。

② 欧阳修：《原弊》，载《欧阳修全集·居士外集》卷60，中华书局2001年版，第869页。

③ 欧阳修：《奉答韩子华学士安抚江南见寄之作》，载《欧阳修全集·居士集》卷5，中华书局2001年版，第78页。

的。这些诗歌反映了诗人关心时政的热情，但是让诗歌充当政论文，同时也对诗歌自身的审美功能造成损害。曾巩有一些反映实事的诗就有这种缺憾。庆历六年（1047），曾巩二十八岁时作的《湘寇》，就是一篇议论时事的诗作：

衡湘有寇未诛剪，杀气凛凛围江浔。北兵居南匪便习，若以大舶乘高岑。伧人操兵快如鹘，千百其旅巢深林。超突溪崖出又伏，势变不易施戈镡。能者张弓入城郭，连邑累镇遭驱侵。群党争夸杀吏士，白骨弃野谁棺衾？貔貅数万值何用？月费空已逾千金。楚为贫乡乃其素，应此调发宁能禁？捷如马援不得志，强曳两足登嵚崟。乌蚁睢盱倚岩险，此虑难胜端非今。较然大体著方册，唯用守长怀其心。祝良张侨乃真选，李瑑道古徒为擒。呜呼庙堂不慎择，彼士龌龊何能任？大中咸通乃商鉴，养以岁月其忧深。愿书此语致太史，献之以补丹扆箴。

诗的前十二句用铺叙手法展现了庆历年间湘寇作乱、朝廷不能禁止的事实：庆历三年（1044），湖南桂阳监境内五千瑶族“蛮人”因反对官盐盘剥，揭竿而起，宋廷调集军队多次征剿，到庆历七年才用安抚手段平息了此次反抗。此事又见于《宋史·西南溪峒诸蛮传》和《续资治通鉴长编》卷一四七“庆历四年三月”条。诗的中间几句分析具体情况，说明“征剿”之法不可行，又以汉代祝良、张侨成功安抚“蛮人”为例，指出了解决问题的具体办法。诗的后段感叹朝廷用人不当：“呜呼庙堂不慎择，必是龌龊何能任？”紧接着举唐大中、咸通年间老百姓因不满官吏盘剥而最后引发黄巢起义事为戒，说明问题的严重性，结尾则更清楚地交代了作诗目的：“愿书此语致太史，献之以补丹扆箴。”欧阳修对这段时事有《讨论蛮贼任人不一札子》[①] 和《论湖南蛮贼可招不

① 欧阳修：《讨论蛮贼任人不一札子》，载《欧阳修全集·奏议集》卷160，中华书局2001年版，第1596页。

可杀札子》[1] 两篇奏章，与曾巩这首诗表达的意见是一样的。将曾巩《送赵宏序》和《南蛮》二文与此诗并观，完全有理由认为，《湘寇》一诗不过是上述文章片段的押韵之作而已。整首诗在以散语道时事之余，并不具有多少情采，基本上同于一篇奏章。而在《代书送赵宏》诗中也提及了与上一首诗几乎相同的时事："君持史传入南师，忽领貔貅过蓬翟。"诗中虽有"实事"，却将对时政的关切、对朋友的友情和对自身多病困厄的无奈交织在一起，显得较有情韵。又如《地动》一诗，写的是庆历六年大地震发生时的情状，诗的前后部分将地震的发生归咎于"邪臣专恣"导致阴阳不和，基本上是议论和说教的堆积，带有严重的道学气。整首诗除中间记述地震摧枯拉朽的骇人力量外，都是诗人对朝廷政治的批判，诗的结尾说："祖宗威灵陛下圣，安得直语闻明堂"，同样表现了作者希望借此诗达到上闻天子的实用目的，显得迂阔、枯燥。《送徐竑著作知康州》一诗，作于仁宗至和元年（1054）狄青破侬智高之后，是一首典型的时事诗。全诗如下：

> 溪蛮昔负命，杀气凌南州。城郭涨烟火，堂皇啸蜉蝣。被发尽冠巾，吾人反缧囚。行剽至杪忽，归载越山丘。驱攘事虽定，收合信疮疣。不有异泽霈，何令余患瘳。寒风在林鸣，君马不能留。初佩太守章，慨然任人忧。问俗灰烬余，咄喈令心谋。士材为世用，因难乃知尤。烦苛一荡涤，幽远遍怀柔。四封鸣鸡犬，五谷被原畴。里闾多娱宴。歌股振溟陬。明义每所希，古人不难侔。日月有常运，志士无安舟。山川自兹始，努力千里游。

又如《兵间》《扬颜》《黄金》诗，虽然是生活中的事情有所触而发，却由于过于关注批判性而在一定程度上忽略了诗歌的情韵。这类诗实际上受到韩愈《县斋有怀》《符读书城南》和欧阳修《答朱采

---

[1] 欧阳修：《论湖南蛮贼可招不可杀札子》，载《欧阳修全集·奏议集》卷160，中华书局2001年版，第1597页。

捕蝗诗》《送任处士归太原》等诗的影响。

诗以散文化语言道时事，以此来表达诗人对现实社会中具体事件的关怀，早在杜甫、白居易等人的创作中就有突出的反映。白居易在元和初所作的《策林》中提出：“褒贬之文无核实，则惩劝之道缺矣；美刺之诗不稽政，则补察之义废矣。虽雕章镂句，将焉用之？”①白居易想恢复“采诗”制度，让诗歌成为惩恶劝善、补察时政的工具，将诗歌的功能提高到治国平天下的高度，这种理论强化了诗歌的社会功能。他的《新乐府序》及《与元九书》都明确地把《诗经》中的讽喻诗作为文学的最高目标。康定元年，欧阳修在《赠杜墨》诗中云：“京东聚群盗，河北点新兵。饥荒与愁苦，道路日以盈。子盍引其吭，发声通下情。上闻天子聪，次使宰相听。……子诗何时作，我耳久已倾。”② 说明他对诗歌反映时政时事的态度。然而，这种诗歌社会功用的极端体现会使诗过于专注“有补于世”的实用功能，从而弱化了诗歌的抒情特征。曾巩对于主要用来抒发个人情志的诗歌，也重视其社会作用，然而过分突出诗歌的现实功利色彩，从而将诗等同于奏议、章表，则会带来削弱诗歌抒情性的问题。

曾巩有些诗议论史事，有时过分专注于“以史为鉴”的实用功能，例如《边将》一诗是借史实批评朝廷用人失当的错误，诗人在诗中以太祖太宗任用李汉超、何继筠评定边疆的事实，说明任用官吏的重要性。全诗如下：

> 太祖太宗能得人，长垒横边遮虏人。太傅李汉超，侍中何继筠，二子追接吴与孙，振齐抚棣功业均。卓哉祖宗信英特，明如秋泉断如石。一朝出节合二子，口付心随断纤惑。磨笄之旁郡城下，酒利商租若山积。二子开库啖战士，以物量金乘量帛。洪涛入坐行酒杯，牛截羊蒸委若灰。岁费巨万不计藉，战士酣饮气皆百。二子按辔行边隅，牙纛宛转翻以舒。汛扫沙碛无纤埃，塞门

① 白居易：《策林序》，载《白居易集》卷45，中华书局1979年版，第974页。

② 欧阳修：《赠杜墨》，载《欧阳修全集·居士集》卷1，中华书局2001年版，第14页。

千里常夜开。壮耕老哺安且愉，桑麻蔽野华芬敷。济南远清书乐石，百井夜出摧穹庐。神哉祖宗知大体，赵任李牧真如是。汉文龌龊岂足称，郎吏致激面污骍。当今羌夷久猖獗，兵如疽瘫理须决。堂堂诸公把旄钺，硕策神韬困羁绁。祖宗宪度存诸书，燿若白日明天衢。国容军政不可乱，荐此以为陛下娱。

诗的开篇写太祖太宗重用李汉超、何继筠，接着铺叙二将如何犒劳士兵鼓舞士气，最后获得平定边疆的功业，结尾四句道出此诗的写作目的是给朝廷提供借鉴。细品诗歌可见，诗人本意在于通过历史事实来比附现实，更像一篇史论，对历史事实的回顾就是为了解决现实问题。曾巩《本朝政要策》中有《任将》篇，讲述太祖善于运用将帅从而强兵保国的事实，强调正确运用将帅的重要性，诗文对照，可见诗基本上是文意的转述和概括。曾巩明确说过奏议章表具有工具性，事实上，作者也希望此诗具有奏议、章表一样的实用性效果。但如果让诗歌来承担奏议的任务，势必会减少许多诗情。其实，曾巩有些咏史诗是很成功的，如前面引述的《明妃曲二首》《蔡洲》《晚望》《垓下》等诗，都能将主体情感与历史事实融汇在一起，实现情景事理的诗意融合。但曾巩有时候忽略了这些要素，直接在诗歌中对史事作一种道德判断和价值判断，影响了诗歌的情感意蕴，在诗歌创作观念上已混同于非文学性散文。如《读五代史》：“唐衰非一日，远自开元中。尚传十四帝，始告历数穷。由来根本强，暴戾岂易攻?嗟哉梁周间，卒莫相始终。行无累世德，灭若烛向风。当时积薪上，曾宁废歌钟。”这首诗是观史所得，总结唐到五代的衰亡原因是“根本”不强和行为“无德”，其中贯注着强烈的“以史为鉴”的道德劝善的目的。曾巩在对唐太宗“贞观之治”的得失进行分析后说：“故述其是非得失之迹，非独为人君者可以考焉，士之有志于道而欲仕于上者可以鉴矣”（《唐论》）。将诗文对照，作者的命意谋篇完全与《唐论》等议论文一样，作者只关注诗歌内容是为抒发“史论”服务的，基本上没有在诗味与情采上过多注意。

曾巩还有些叙事写景诗喜欢加上议论的“尾巴”，不仅与全诗的内容不协调，也使诗歌在结构上显得堆垛生硬，议论迂腐。如《喜寒》一诗，先写“日火相吞吐”的炎热，接言“点滴飞雨迸”带来的喜悦。结尾却转到议论：“人无焦烦忧，冰释天下病。……收功当在今，杀伐顺天正。况云辨麦祥，已觉闾里庆。高歌扣吾辕，上颂天子圣。”这个结尾就显得尤为生硬迂腐，“正嫌有造作之劳”①。相比较而言，欧阳修在这方面有较多成功之作。如《远山》能够寓理于景，在情景交融中显出理性深思的特点，《题滁州醉翁亭记》《暮春有感》都借自然风景议论人生，并不显得生硬迂腐。

曾巩诗中议论时事的倾向表明，源于中唐儒学复古的批判现实主义精神经过韩愈、欧阳修延及曾巩，诗中关注现实民生的思想是可贵的，但如果过分强调诗歌的实用性，甚至将之作为章表奏疏以期“有补于世”，则在某种程度上弱化了诗歌的抒情本质，成为“未摆脱押韵的牵累的散文”②。曾巩上述诗歌不能算是成功的。葛立方批评元稹、白居易之诗：“其述情叙怨，委曲周详，言尽意尽，更无余味。”③ 将之移评曾巩此类诗，的确有此种缺陷。

二 以散语叙论道德学问带来的诗情枯燥

理性的精神表现在诗文中是对强烈的抒情动机的消解，但是对日常生活不加提炼的铺叙、知性的直陈和理性的反省，有时会使诗歌显得直木无文。韩愈的《符读书城南》已体现这个特点。欧阳修在这方面有得有失，其《送黎生下第还蜀》就是以诗晓谕学者如何学习儒家经典，《赠学者》一诗则本于《荀子·劝学》篇，勉励学子努力求学，强调人的禀赋天资是成才的基础，更重要的是后天的努力。全篇以议论为诗，更像一篇观点鲜明的议论文。这种好议论的风气与北宋儒学复古主义思潮中通经学古、发明义理有很大的关系。元代刘埙在《隐居通议》中指出曾诗的特点之一是“盖其平生深于经术，得

① 何焯：《义门读书记》卷40，人民文学出版社2006年版，第717页。

② 钱锺书：《宋诗选注》，人民文学出版社1979年版，第24页。

③ 葛立方：《韵语阳秋》，载何文焕《历代诗话》上册，中华书局2004年版，第322页。

其理趣”[1]，曾巩好发议论，不仅表现在散文中，也表现在诗歌中。这种议论如果能与个人独特的情感经验结合，也能产生一种情味，但如果单纯以散文化语言论事说理，则会使诗歌流于粗率露骨、枯槁无味。《谢章伯益惠砚》是一首答谢诗，诗云：

人生对门东西陌，口耳一间心谁传。况乃天地相去远，一在南海一在燕。古今万世复万世，彼亦居下此在前。是非得失错且繁，以情相话何由缘。造化岂不大且渊，到此缩缩智且悭。圣人智出造化先，始独俯仰模坤乾。一人诘曲意百千，以文写意意乃宣。简书轴载道相联，驰夷走貊通百蛮。曦皇向今谷屡迁，言语应接旦暮间。圣人不失术以此，又与其类殊蚑蠕。外之君臣内父子，仁义礼乐定笔端。砚与笔墨乃舟船，论功次第谁能攀？

开篇“人生对门东西陌，口耳一间心谁传”句甚有情味，紧接着便转入对文章与仁义关系的阐发，结尾稍稍说及谢意，诗人的兴趣显然不在叙友情，而是大谈儒家的礼乐文化及圣人著述六经之功。何焯认为此诗“太迂远”[2]，实际上指的是曾巩利用诗歌大谈道德学问带来的道学气和学究气。除此之外，何焯几乎用相同的评语批评了曾巩这类诗：如《慧觉方丈》诗：“七言老意苍松皤，百金古字青霞镌。儒林孟子先生是，墨者夷之后代传。”何焯评曰“恶诗”[3]。《和孔教授》也是大谈仁义礼乐：“衣冠济济归儒学，俎豆诜诜得古风。”何焯评曰：“虽切孔君，然亦太腐。”[4] 这类诗不惟不带情韵，不合理趣，内容本身还显得迂腐可笑。《围炉诗话》云：“宋人力贬绮靡，求高淡，而随入酸陋。”并指出酸陋的几种情况：“虚字恶甚”，“村

① 刘埙：《隐居通议》卷7，见《丛书集成初编》本，商务印书馆1937年版，第74页。

② 何焯：《义门读书记》卷41，人民文学出版社2006年版，第719页。

③ 同上书，第722页。

④ 同上书，第730页。

儿之语”，“太学究气”①。曾巩的这类诗就体现出由于长期书斋生活带来的“学究气”。将“论学”之旨由己及人，曾巩时时不忘在诗中大谈道德持守。不妨看看下面几首：

灸灼君所劝，感君书上辞。勿难火艾痛，要使功名垂。我道世所背，君知余有谁？筋骸尚且健，学行肯教隳。（《答所劝灸》）

一书千万思，一夜千万愁。昼思复夜愁，昼夜千万秋。故人远为县，海边勾践州。故人道何如，不间孔与周。我如道边崖，安能望嵩丘？又若涧与溪，敢比沧海流。景山与学海，汲汲强自谋。愁思虽尔勤，故人得知否？（《一书千万思》）

孙侯腹载天下书，崔嵬岂啻重百车。伏羲以来可悉数，孰若自作何有余。更能议论恣倾倒，万里一泻昆仑渠。谁为胸中斡太极，元气浩浩随卷舒。昔来谏官对天子，何秽不欲亲芟除。不容乃独见磊落，出走并海飘长裾。孙侯风节何所似？雪洗八荒看太虚。亲如国忠眼不顾，旧若张禹手所除，归来已绝褒贬笔，进用只调敖仓储。合持《诗》《书》《白虎论》，更护日月金华居。（《寄孙之翰》）

《答所劝灸》一诗在直白的陈述中诗情被淡化，从诗人好议论的趣尚来看，诗中的散语直接承担了明理说道的任务。《一书千万思》一诗虽然运用了夸张和比喻，表达的感情却显得枯燥干瘪，其原因就是表达的感情过于直白。《寄孙之翰》诗是曾巩写给好友孙之翰的，此诗属个人之间的情感交流，然而内容却主要是赞扬、鼓励孙氏避声利趋仁义。又如《写怀二首》之二，写的是自己皈依儒学的决心，完全是一篇人生宣言：“用心长者间，已与儿女异。况排千年忧，独抱六经意。”《寄王介卿》诗写曾巩对王安石的思念。曾王二人的友

① 吴乔：《围炉诗话》卷5，载郭绍虞《清诗话续编》上册，上海古籍出版社1999年版，第618页。

情是非常深厚的，诗歌以叙为主，中间不厌其烦地铺叙二人相见讲论道德的过程。诗人情感全以散语出之，不求意之委曲，显得露骨，失之枯槁。《豪杰》一诗，本是“借他人酒杯浇自己块垒”之作：“老哺薇蕨西山翁，乐倾瓢水陋巷士。不顾无复问周公，可归乃独知孔子。自期动即重丘山，所去何啻轻糠秕？取合悠悠富贵儿，岂知豪杰心之耻？”何焯评此诗曰：“诗若此，复何味。”[①] 其他如《幽谷晚饮》《杂诗五首》《游瑯琊山》都有此缺陷。葛立方云：“诗者述事以寄情，事贵详，情贵隐，及乎感会于心，则情见于词，此所以人入深也。如将盛气直述，更无余味，则感人也浅，乌能使其不知手舞足蹈。”[②] 将葛氏此语移评曾巩这类古体诗，颇中弊病。曾巩好发议论的特点体现在各类诗体中。这些议论若能与诗歌内容融为一体，倒也无可厚非，但若完全无视诗歌的特点，过于注重诗的现实功利目的，用理念结构诗篇，必然影响情感的浓度，最后给人的感受就像押韵的论文。

第二节　过度铺叙带来的诗情疲弱

以文为诗扩大了诗歌的表现力，使诗歌走出狭小的抒情天地，不再是个人的流连哀思。然而，将日常生活中的凡常诸事纳入诗歌范畴，如果不加以择拣，沉湎于生活经验的叨叙，将日常人情当作诗情，往往走向另一个极端，即平泛无余味，情感也是烦冗平弱，言止意尽。[③]《围炉诗话》卷一云：“宋诗率直，失比兴而赋犹存。”“比兴是虚句活句，赋是实句。有比兴则实句变为活句，无比兴则实句变为死句。”又云：“大抵文章实做则有尽，虚做则无穷。”[④] 指出了宋

---

① 何焯：《义门读书记》卷41，人民文学出版社2006年版，第715页。

② 葛立方：《韵语阳秋》，载何文焕《历代诗话》上册，中华书局2004年版，第322页。

③ 参见郭鹏《“以文为诗”辨——关于唐宋诗变中的一个文学观念的检讨》，《北京大学学报》1999年第1期。

④ 吴乔：《围炉诗话》卷1，载郭绍虞《清诗话续编》上册，上海古籍出版社1999年版，第483页。

诗用赋体带来的不足。其实，在宋诗的形成过程中，欧阳修也有这样的缺陷：“欧公古诗，叙事处，累千百言，不枝不衍，宛如面谈；惜其意尽言中，无复余意，而曲折变化处亦少。”① 曾巩处于宋诗风格的开创期，在向韩愈、欧阳修学习的过程中也不可避免地带有这种特点。曾巩在采用“赋体”铺陈时显出平叙和质直的特点，其一百二十四韵的《读书》诗更像一篇学习心得：

吾性虽嗜学，年少不自强。所至未及门，安能望其堂。荏苒岁云几，家事已独当。经营食众口，四方走遑遑。一身如飞云，遇风任飘扬。山川浩无涯，险怪靡不尝。落日号虎豹，吾未停车箱。波涛动蛟龙，吾方进舟航。所勤半天下，所济一毫芒。最自忆往岁，病躯久羸尫。呻吟千里外，苍黄值亲丧。母弟各在远，计归恐惊惶。凶祸甘独任，危形载孤艎。崎岖护旅榇，缅邈投故乡。至今惊未定，生还乃非常。忧虑心胆耗，驰驱筋力伤。况已近衰境，而常犯风霜。驱之久如此，负疴固宜长。朝晡暂一饱，百回步空廊。未免废坐卧，其能视缣缃。新知固云少，旧学亦已忘。百家异旨趣，六经富文章。其言既卓阔，其义固荒茫。古人至白首，搜穷败肝肠。仅名通一艺，著书欲煌煌。瑕疵自掩覆，后世更昭彰。世久无孔子，指画随其方。后生以中才，胸臆妄度量。彼专犹未达，吾慵复何望。端忧类童稚，习书倒偏傍。况令议文物，规摹讵能详。轮辕孰挠直，冠盖孰缥黄。珪璋国之器，孰杀孰锋铓。问十九未谕，其一犹面墙。几微言性命，萌兆审兴亡。兹尤觉浩浩，吾讵免伥伥。因思幸尚壮，曷不自激昂。前谋信已拙，来效庶云臧。渐有田数亩，春秋可耕桑。休问就医药，疾病可消禳。性本反澄澈，情田去榛荒。长编倚修架，大轴解深囊。收功畏奔景，窥星起幽房。虚窗达深暝，明膏续飞光。搜穷力虽惫，磨砺志须偿。譬如劝种艺，无忧匮囷仓。又如导涓涓，

① 吴乔：《围炉诗话》卷5，载郭绍虞《清诗话续编》上册，上海古籍出版社1999年版，第624页。

宁难致汤汤。昔废渐开辟，新输日收藏。经营但亹亹，积累自穰穰。既多又须择，储精弃其糠。一正以孔孟，其挥乃韩庄。宾朋顾空馆，议论据方床。试为出其有，始如宫应商。纷纭遇叩击，律吕乃交相。须臾极万变，开阖争阴阳。南山对尘案，相摩露青苍。百鸟听徘徊，忽如来凤凰。乃知千载后，坐可见虞唐。施行虽未果，贮蓄岂非良。何殊厩中马，纵龁草满场。形骸苟充实，气力易腾骧。此求苦未晚，此志在坚刚。

诗开篇反复铺衍，首先不厌其烦地说自己在艰难的生活环境下，无老师导引的读书之难，中间还指责俗儒妄议经典的浅薄鄙陋。其专注于讲论道德、表明心迹的铺叙琐琐碎碎，诗歌语言未经精心择拣和提炼，诗歌的情感完全淹没在直白的陈述中。其次，诗歌又以农民辛勤耕作、涓涓细流集成大海来譬喻自己对经传研读之勤奋，并进而将自己积年所学比喻为一个大仓库，经过去粗取精后，又以音乐和律来比喻反复切磋终于体悟的过程，最后说自己终于达到"坐可见唐虞"的境界。到此意犹未尽，又用比喻说自己读书充实的效果如同"厩中马"，因为草吃得多，因此"腾骧有气力"。这样说虽然不乏趣味，但比喻不过是用来说明钻研经传的实际经验，并没有转化成文学性的诗情和想象。试把曾巩的《南轩记》对照来看：

然而六艺百家，史氏之籍，笺疏之书，与夫论美刺非、感微托远、山镵冢刻、浮夸诡异之文章，下至兵权、历法、星官、乐工、山农、野圃、方言、地记、佛老所传，吾悉得于此。皆伏羲以来，下更秦汉至今，圣人贤者魁杰之材，殚岁月，惫精思，日夜各推所长，分辨万事之说，其于天地万物，小大之际，修身理人，国家天下治乱安危存亡之致，罔不毕载。处与吾俱，可当所谓益者之友非邪？

窥圣人旨意所出，以去疑解蔽。贤人智者所称事引类，始终之概以自广，养吾心以忠，约守而恕者行之。其过也改，趋之以勇，而至之以不止，此吾之所以求于内者。(《南轩记》)

可见《读书》诗不过是将《南轩记》文字转化成押韵的散文罢了。诗歌最后还表明了自己读书的决心：“此求苦未晚，此志在坚刚。”从整体上看，这首诗叙论的是个人的一种独特感受和思考，与前引《湘寇》《边将》等诗的关注时事和赠和酬答诗在题材上不同，应该说《读书》诗更能表达自我的真实情怀。然而，诗人的感想基本上是以质实切近的散语表达出来，差不多就是一种心得体会，诗人叙述自己的生计艰难絮絮叨叨、不厌其烦，并没有将感情进行提炼，将日常的人情等同于文学性抒情，基本上是“言随意尽，无复余音绕梁之意”①，没有处理好以文为诗这一特点下的言意关系，“意”既不新，“语”亦平直，从而使诗情寡淡，意蕴全无。当然，这种缺陷并不是曾巩独有，在宋调初创之际，欧阳修也有这样的毛病。试看他的同题之作《读书》②：

> 吾生本寒儒，老尚把书卷。眼力虽已疲，心意殊未倦。正经首唐虞，伪说起秦汉。篇章异句读，解诂及笺传。是非自相攻，去取在勇断。初如两军交，乘胜方酣战。当其旗鼓催，不觉人马汗。至哉天下乐，终日在几案。念昔始从师，力学希仕宦。岂敢取声名，惟期脱贫贱。忘食日已晡，燃薪夜侵旦。谓言得志后，便可焚笔砚。少偿辛苦时，惟事寝与饭。岁月不我留，一生今过半。中间尝忝窃，内外职文翰。官荣日清近，廪给亦丰羡。人情慎所习，酖毒比安宴。渐追时俗流，稍稍学营办。杯盘穷水陵，宾客罗俊彦。自从中年来，人事攻百箭。非惟职有忧，亦自老可叹。形骸苦衰病，心志亦退懦。前时可喜事，闭眼不欲见。惟寻旧读书，简编多朽断。古人重温故，官事幸有间。乃知读书勤，其乐固无限。少而干禄利，老用忘忧患。又知物贵久，至宝见百链。纷华暂时好，俯仰浮云散。淡泊味愈长，始终殊不变。何时

---

① 贺裳：《载酒园诗话》卷 1，载郭绍虞《清诗话续编》上册，上海古籍出版社 1999 年版，第 411 页。

② 欧阳修：《欧阳修全集·居士集》卷 9，中华书局 2001 年版，第 139 页。

乞残骸，万一免罪谴。买书载舟归，筑室颍水岸。平生颇论述，铨次加点窜。庶几垂后世，不默死刍豢。信哉蠹书鱼，韩子语非讪。

欧阳修的这首诗几乎同于一篇自传。与曾巩在《读书》诗中的叙述内容及表现手法几乎如出一辙。当然，欧阳修也意识到单纯的语言技巧并不能达到真正意义上的创新，他提出了“意新语工”的观点。下面记载了他与梅尧臣论诗的一段对话：“圣俞尝语予曰：‘诗家虽率意，而造语亦难。若意新语工，得前人所未道者，斯为善也。必能状难写之景，如在目前，含不尽之意，见于言外，然后为至矣。……’余曰：‘语之工者固如是。状难写之景，含不尽之意，何诗为然？’圣俞曰：‘作者得于心，览者以会意，殆难指陈以言也。’”[①] 欧阳修关于“造意”“意深”“趣远”与“语工”关系的阐述，说明了对诗歌韵味的追求是有明确认识的。

这种缺陷更多地表现在曾巩后期的赠答送别之作中。就其所往还的对象来看，大多是与其身份一致的官员；就内容而言，绝大多数篇幅集中于对对方政事才能及道德学问的揄扬称颂之上；就风格而言，化用故实，显得典雅雍容。这一写作模式，反映了当时宋代官场赠答篇什的普遍特色。这类赠答诗有着浓厚的社会性，与北宋社会崇尚儒学，复兴古道，追求君子人格的风气相应。相形之下，个人情谊的表达反倒退居次位了。试看曾巩下面两首诗：

好问逢真主，能言迈古风。犯言天意沃，造膝众情通。弹治心忘势，澄清谊匪躬。朝廷推指佞，都邑避乘骢。白简威方厉，青规遇更隆。析符霄汉上，开幕斗牛中。里聚追胥息，阶庭讼诉空。纪纲官特峻，帷幄地弥崇。吏治连城肃，仓储绝塞充。锦官清镇俗，玉垒静临戎。膏泽涵荒阻，春阳煦滞穷。……（《送赵

① 欧阳修：《六一诗话》，载何文焕《历代诗话》上册，中华书局2004年版，第267页。

资政》)

使传东驰下九天，此邦曾屈试鸣弦。仁声又向新年入，惠泽犹为故老传。翠巘烟云生席上，沧溟风雨到尊前。经营智略多余暇，赏燕谁酬白雪篇？(《送韩玉汝使两浙》)

送别的感情退居次位，专言道德政事，颇似一篇任职鉴定书。至于《送任逵度支监嵩山崇福宫》一诗将道德修养与治政绩效夹写，情感普泛平淡，在普泛的人情中没有提炼自己独特的感受。类似的还有《送郑州赵资政》《送程公辟使江西》《送章婺州》等诗，都是对对方政声吏才的赞扬，公文性质很强，感情显得平淡，这样的内容可以移评任何一位称职的官员。《与杜相公》《寄致仕欧阳少师》诗则更像对一个人一生的“盖棺定论”，同样没有显出对象的独特个性。将之与曾巩写给二人的书信作一对比，表达的意思基本一致，不同的只是限于体裁相异而产生的押韵不押韵、字数多寡的问题，产生这种结果的原因是诗人让诗充当了非文学性散文的功用。用欧阳修评梅诗所肯定的“写人情之难言”来移评曾巩这类诗，正好道出问题的实质，那就是曾巩没有表现出深微曲折的人情。沈德潜曾云：“事难显陈，理难言罄。……倘质直敷陈，绝无蕴蓄，以无情之语而欲动人之情，难矣。”① 又如《寄孙之翰》一诗，也是借诗述评孙甫（字之翰）平生事迹，诗中所言与曾巩写的《故朝散大夫刑部郎中充天章阁待制兼侍读上轻车都尉赐紫金鱼袋孙公行状》基本一致。如庆历三年，孙甫改右正言，知谏院，故诗云：“昔来谏官对天子，何秽不欲亲芟锄。”庆历四年后，孙甫为官迁徙辗转，行状中有详细的记载与说明：“奉使契丹，还迁右司谏，知邓州、徙安州。又徙江南东路转运使，又徙两浙，迁起居舍人、尚书兵部员外郎，改直使馆。”故诗云：“不容乃独见磊落，出走并海飘长裾。”诗歌虽然对行状中的内容有所概括提炼，但是基本上围绕孙甫的生平展开叙述，表达的情

① 沈德潜：《说诗晬语》，载王夫之《清诗话》，上海古籍出版社，1999 年版，第 523 页。

感也不过是对孙甫人品才能的赞扬，诗歌显得较为平泛。有些写景状物的抒情之作也存在感情浅露贫弱的缺陷，如《路中对月》：

山川困游人，而不断归梦。其余惟日月，朝夕南北共。日光驱人身，扰扰逐群动。相思须暂忘，世事那止重。岂如月可喜，露坐息倥偬。清明入襟怀，万里绝纤雾。爱之不能飧，但以目睛送。想知吾在庐，皎皎上修栋。慈亲坐高堂，切切儿女众。怜其到吾前，不使降帷幕。岂不应时节，荏苒更季仲。而我去方急，岂能计归空。我非土木为，耳目异聋瞢。念之何由安？肠胃百忧中。何言月可喜，喜意亦有用。为其同此时，水土光可弄。犹胜梦中事，记之聊一诵。

此诗写的是羁旅行愁，诗人由此及彼，由望月而生乡思，遥想家中情事，反衬自己离家在外的寂寞清冷。此诗中不乏妙句，如“清明入襟怀，万里绝纤雾”句就写得清丽可喜。但诗中其他语句，如“岂如月可喜”“岂不应时节”“而我去方急，岂能计归空”等句表达的感情虽然真实率直，但却过于直白，了无余韵。何焯评曾巩《九月九日》诗说“句句可人，但只有一层耳”[①]，评《山茶花》诗又云“终是没意思”[②]，这些评语都说明曾巩诗歌没有把主观情感与客观物象很好地融合在一起，导致太“尽”、太“直白”的缺陷。《西圃诗话》云：“诗有字字皆是无瑕可指，语音亦澹丽，但细论无功；景意总全，一读便尽，无可讽咏。”[③] 曾巩的一些写景状物诗无疑也具有这样的缺陷。

欧阳修有许多写得比较成功的赋笔。他的《凌溪大石》《紫石屏歌》《鹦鹉螺》用散文的描写、叙述、议论来造成一种兴寄的效果，其忧思感愤之情直接寄托在客观的物象上，体现了对主体抒情深度的

---

① 何焯：《义门读书记》卷41，人民文学出版社2006年版，第723页。

② 同上书，第720页。

③ 田同之：《西圃诗说》，载郭绍虞《清诗话续编》上册，上海古籍出版社1999年版，第754页。

关注。其《鹦鹉螺》将自己对人生的体验并入对鹦鹉螺的描写中："负材自累遭刳肠，匹夫怀璧古所伤。"[①] 在对《凌溪大石》的描写中，抒情主体与客观物象之间建立了一种主客对应关系，他将自己的感情意绪贯注到大石上，写大石实际就是写自己，在整个描叙中贯注着一种强烈的感情。诗中“行穿城中罢市看，但惊可怪谁复珍”“皆云女娲初锻炼，融结一气凝精纯”[②] 等句都凸显了巨石的卓尔不群，大石是诗人不同流俗的人格象征。欧阳修评梅尧臣诗说：“凡士之蕴其所有而不得施于世者，多喜自放于山巅水涯之外，见虫鱼草木、风云鸟兽之状类，往往探其奇怪。内有忧思感奋之郁积，其兴于怨刺，以道羁臣寡妇之所叹，而写人情之难言，盖愈穷则愈工。然则非诗之能穷人，殆穷者而后工也。……若使其幸得用于朝廷，作为雅、颂，以歌咏大宋之功德，荐之清庙，而追商、周、鲁颂之作者，岂不伟欤！奈何使其老不得志，而为穷者之诗，乃徒发于虫鱼物类、羁愁感叹之言，世徒喜其工，不知其穷之久而将老也，可不惜哉！”[③] 强调诗歌抒写主体内心的感愤忧思，这使欧阳修在面对客观物象时往往有强烈的情感移入，正如方东树所云：“欧公情韵幽折，往反咏唱，令人低回欲绝，一唱三叹，而有遗音，如啖橄榄，时有余味，但才力稍弱耳。”[④] 情韵幽深，正是从诗中所蕴含的情味着眼的。将之对照曾巩诗歌，可以看出，曾诗在散文化的描写、议论中抒情主体的情感相对平淡。“发乎情，止乎礼义”的儒学修养在某种程度上冲淡了诗情，他的思想感情给人的印象多是平和中正的，较少诗人常有的汹涌澎湃的激情，这一点与散文有一致性。比之于韩、欧、苏轼等人，曾巩的散文较少文学性散文的写作，在抒情的力度上也比不上以上诸人。曾巩“以文为诗”的特点表现直接来源于他自身的散文写作实

---

① 欧阳修：《鹦鹉螺》，载《欧阳修全集·居士集》卷4，中华书局2001年版，第71页。

② 欧阳修：《凌溪大石》，载《欧阳修全集·居士集》卷3，中华书局2001年版，第50页。

③ 欧阳修：《梅圣俞诗集序》，载《欧阳修全集·居士集》卷43，中华书局2001年版，第612页。

④ 方东树：《昭昧詹言》卷12，人民文学出版社2006年版，第276页。

践，由于感情的节制，导致直观平叙，冷静落笔，忽略了波澜起伏和奇思壮采。

第三节　篇章平衍无势带来的平淡无味

方东树喜用古文章法演说诗歌章法，他对于历来不大被人注意的曾巩诗特有赏会："南丰字句极奇，而少鼓荡之气，又篇法少变换、断斩、逆折、顿挫，无兀傲起落，故不及杜、韩。大约南丰学陶谢鲍韩，功夫到地，其失在不放，一字一句，有有车之用，无无车之用。然以句格求之，则其至者，直与陶谢鲍韩并有千古，其次者亦非宋以来诗家所梦及。"① 又一再指出其诗"体平而无其势"，"平漫无势"，"未深讲篇体"，认为曾巩篇法上的失败在于"不放"②，这实质上是说曾巩诗文在结构上非常严谨有序。例如叙事诗《和贡甫送元考元考不至》：

> 蓬山有行客，欲上北城舟。学问本闳博，言谈非谬悠。尝陈帝王略，得试紫云楼。一时惊豪捷，况复富春秋。朋游所欣附，争欲致绸缪。承明动乡思，岁久道苦修。忽怀淄川组，夙昔愿始酬。出饯集俦侣，清欢期少留。酒阑竟不至，眷眷久临流。微我独有咎，此诗聊可求。

先写元考学问宏富，仕途顺利，即将远赴官任。朋友们都争着为他饯行。而元考因为思乡心切而启程回家了。诗人接着写朋友们集资出钱以期把酒言欢，共叙友谊。由于元考没有到场，酒阑意尽而眷眷之情却如同流水一样深远绵长。全诗以叙写为主，层次井然，结构上没有什么跳跃，平平写来，语意的表达非常明晰。此诗实质上写一场送别酒会，从送别原因写起，再写集资办酒会，到送别酒会中主角未

① 方东树：《昭昧詹言》卷1，人民文学出版社2006年版，第16页。
② 方东树：《昭昧詹言》卷6，人民文学出版社2006年版，第167页。

到产生的怅惘，整个过程都做了清晰的交代，连元考这位主角未到的原因也分析得清清楚楚。其实《和贡甫送元考元考不至》这个诗题也表明了这一点。即使是律诗也具有这个特点。如：“欲休还舞任风吹，断续繁云作阵随。已塞茅蹊人起晚，更迷沙渚鸟飞迟。混同天地归无迹，润色山川入有为。太守不辞留客醉，丰年佳兆可前知。”（《喜雪二首》之一）诗歌以下雪前、下雪时、下雪后的景色为结构顺序，一一写来，平稳细致，最后以喜悦的感情收束全篇。方东树在评杜甫的叙事诗《哀江头》中指出：“起二句点题。以下用开合笔夹写‘哀’字，此正格也。‘忆昔’句开。‘明眸’句合。”[①] 杜甫大胆略去次要情节，强烈地表现与主题关系最深的部分，造成意象之间的跃动，再加上随之而来的跌宕顿挫的节奏，起到了极好的艺术效果。相比之下，曾巩以上几首诗歌都有完整的脉络，在结构上四平八稳，不免导致诗意的平直无味。

曾巩篇章的问题与过度使用铺叙有关，也与对想象的排斥有关。“拙于纪事，寸步不遗，犹恐失之”[②] 的叙事方式过于详明，议论过于直露易使诗如同记事论理的散文，导致诗歌结构上非常严谨有序，没有委曲层折之美。方东树认为：“一叙也，而有逆叙、倒叙、补叙、插叙，必不肯用顺用正。一议也，或夹叙夹议，或用于起最妙，或用于后，或用于中腹。一写也，或夹于议中，或夹于叙中，或用于起尤妙，或随手触处生姿。”认为章法之妙无非是“颠倒顺逆、变化迷离而用之”，他对欧公章法也进行了评论：“学欧公作诗，全在用古文章法”，又说“欧公之妙，全在逆转顺布，惯用此法，故下笔不犹人，读者往往迷惑，又每加以事外远致，益令人迷”[③]。

方氏清楚地看到欧诗的成功得益于两个方面，一是在安排意脉的章法和层次上摇曳多姿，在平和中自有委曲层折之美；二是欧阳修深得“史迁风神”，意绪婉曲，情韵不匮。曾巩的散文深受欧公影

① 方东树：《昭昧詹言》卷12，人民文学出版社2006年版，第258页。

② 苏辙：《杂说九首·诗病五事》，载《栾城集·三集》，中华书局2004年版，第1229页。

③ 方东树：《昭昧詹言》卷11，人民文学出版社2006年版，第233—276页。

响，章法上纡徐委备，但并不像欧文那样流宕逸丽，风神绰约。曾巩不追求奇巧的构思，而是以思理的绵密见长，往往先确立文意，再一层一层推演论证下去，又加之情感节制，因此散文显得平正温雅，这种散文风格也影响到诗歌。还是以《凌溪大石》为例，欧阳修推想大石的经历，视通万里，思接千载，“‘皆云’十四句，平叙中入奇，议以代写”①，此诗的成功除了议论的精警外，还与丰富的想象有关。苏轼的古体诗规模宏大，变幻莫测。他的七古常常想落天外，显示出独特的个性和艺术才华。他的《石苍舒醉墨堂》《韩干马十四匹》《李思训画长江绝岛图》《百步洪》《登州海市》《书王定国所藏烟江叠嶂图》等诗，笔力雄肆，气象开阔，受到人们的好评。即使是七律，苏轼一样显示出一气流走、旋转自如的风格。“东坡（七律）出，又参以议论，纵横变化，不可捉摸……声调风格，则去唐日远也。”② 苏轼的诗歌创作显示出一种自由创作境界，“以文为诗”带给他的不仅仅是字法、句法、章法上的变化，更重要的是精神的自由，思路的开阔，格局的变化。相比较而言，曾巩的诗歌很少想象，基本上是前后连贯一致，使其诗给人的感觉有时不免平淡无余味。何焯对曾巩大部分诗歌都作了评论，每一首都有具体的说明，几次提到“古直”二字。他对《明妃曲》诗的肯定是以否定其他一些诗章为前提的，这让我们正好领悟个中消息，他说：“《明妃曲》二篇却参以齐梁风调。大抵南丰诗不能细润，只缘直以李杜韩三家为法，六朝略不留意故耳。”又评价《明妃曲》之二云：“曾子固诗过于古直，此篇乃殊委婉曲折。”③ 将“古直”与“委婉曲折”对举，实际上是说曾巩大多数诗歌在篇章结构与情感意绪上的平直导致诗情的平淡。

总之，讲论道德事功这些由非文学性散文表现的内容如果毫无顾忌地进入诗歌中，同时又醉心于不加择拣的琐碎铺叙，势必带来削弱

---

① 方东树：《昭昧詹言》卷 12，人民文学出版社 2006 年版，第 278 页。

② 赵翼：《瓯北诗话》卷 12，载郭绍虞《清诗话续编》上册，上海古籍出版社 1999 年版，第 1101 页。

③ 何焯：《义门读书记》卷 41，人民文学出版社 2006 年版，第 724 页。

诗歌抒情性的隐患。[①] 宋代诗人关注的是语言如何质实切近地传达“事”“理”“意”，但不处理好言意的关系，则容易走向平易流衍，诗情平淡。这种弊病也可以说是没有达到“意新语工”的要求，意不新，语质实，二者的结合造成了诗意的庸常、诗情的枯槁。当然，曾巩被人所诟病处，也是由于他有一些诗歌多用赋体、以议论入诗，长篇大论的铺排使诗歌变成有韵之文，损害了诗歌的审美特性。但是，曾巩出现的这种情况要放在宋代“以文为诗”的大背景中来看，苏舜钦、梅尧臣、欧阳修、王安石都有宋调初创期以文为诗带来的类似的缺陷。例如贺裳《载酒园诗话》说苏舜钦诗“麄豪殊甚”，说梅尧臣“诗诚有品，但其拙恶者亦复不少”，说苏轼“其病亦不胜摘，大率俊迈而少渊渟，瑰奇而失详慎，故多粗豪处、滑稽处、草率处，又多以文为诗，皆诗之病”[②]。对欧阳修的批评更多、更细致、更激烈：“欧公古诗苦无兴比，惟工赋体耳。至若叙事处，滔滔汩汩，累百千言，不衍不支，宛如面谈，亦其得也。所惜意随言尽，无复余音绕梁之意。又篇中曲折变化处亦少。公喜学韩，韩本诗之别派，其佳处又非学可到，故公诗常有浅直之恨。公尝谓人曰：‘吾《庐山高》惟韩愈可及。《琵琶前引》韩愈不可及，杜甫可及；《后引》李白可及，杜甫不可及。’《石林诗话》则曰：‘吾诗《庐山高》，今人莫能为，惟李太白能之。《明妃曲》后篇，太白不能为，惟杜子美能之；至于前篇，则子美亦不能为，惟吾能之也。’二说聚讼，总可不论，大抵自矜，则断然者矣。（黄白山评：‘宋人沾沾自喜，如夜郎之不知汉大，欧公盛德，亦不免尔尔。’）今观《庐山高》仅仅铺叙，言外别无意味。至若‘君怀磊落有至宝，世俗不辨珉与工’，丈夫壮节似君少，嗟我欲说安得巨笔如长扛，虽曰‘横空盘硬语’，实伧父声音耳。至《琵琶引》前篇，散叙处已是以文为诗，至‘推手为琵却于琶’，大是训诂，诗法所不尚。惟后数语‘玉颜流落死天涯，琵琶

① 参见郭鹏《诗心与文道：北宋诗学“以文为诗”问题研究》，北京语言大学出版社 2003 年版，第 56—76 页。

② 贺裳：《载酒园诗话》，载郭绍虞《清诗话续编》上册，上海古籍出版社 1999 年版，第 413—427 页。

却传来汉家。汉宫争按新声谱，遗恨已深声更苦。纤纤女手生洞房，学得琵琶不下堂。不识黄云出塞路，岂知此声能断肠’！稍呜咽可诵。其后篇‘绝色天下无，一失再难得。虽能杀画工，于事竟何益。’亦落议论。惟结处‘明妃去时泪，洒向枝上花。狂风日暮起，飘泊落谁家？红颜胜人多薄命，莫怨东风当自嗟。’点染稍为有情。此以追踪乐天《妇人苦》《李夫人》诸篇，尚犹河汉，以较李、杜，岂非夸父逐日父！诗道至庐陵，真是一厄。”① 贺裳论诗站在肯定唐音的角度来鄙薄宋调，未免过激过当。但其中一些评论也切中宋诗弊病。其中说欧阳修诗“粗鄙”，似乎过当，但由于铺叙过多而冲淡了风神情韵倒是实情。曾巩在这方面也有刻意形容物象、力求穷尽导致诗意直白的毛病。他与欧阳修不同的是，欧阳修在结构安排上注意“逆转顺布”，在一定程度上弥补了由于铺排、议论带来的情韵直白的缺陷，而曾巩在结构安排上只求紧凑严谨，这使他的诗歌比之欧阳修在情韵上逊色许多。不过，曾巩大多数诗歌还是能做到情理俱佳的。今人曾子鲁的评价应该很中肯：“曾巩既喜学唐人，又有其所处的时代特点，即散文化、议论化的倾向；虽然有些诗篇也存在着平庸无奇、议论枯燥、诗味欠浓的缺陷，但多数诗‘辞达理顺’，颇有可取之处。”② 这个评价应该是客观公正的。

---

① 贺裳：《载酒园诗话》，载郭绍虞《清诗话续编》上册，上海古籍出版社 1999 年版，第 411—412 页。

② 曾子鲁：《曾巩诗歌艺术性初探》，载《曾巩研究论文集》，江西省文学艺术研究所编，江西人民出版社 1986 年版，第 71 页。

第十二章　曾巩对韩愈诗歌的接受

第一节　曾巩与韩愈在思想上的相近

当同时代人欧阳修、王安石、苏轼、苏辙等人一方面将韩愈的文章作为楷模，另一方面认为韩愈见道不深，批评其人品时，曾巩却对韩愈的人品避而不谈，他对韩愈的文辞高度赞扬，认为其“笔力天成”，又认为韩愈作文以六经为本，是载道之文。在曾巩眼中，韩愈不仅以六经之道首倡诸儒，而且是一位天赋才华的文学家。

一　曾巩对韩愈文章重“道”的认可

韩愈生活在由盛转衰的中唐时期，藩镇割据、佛老盛行、外族入侵的社会现实，促使他把恢复古道、攘斥异端作为振衰起废的当务之急。他在《原道》一文中系统地阐发了对儒道的认识：“博爱之谓仁，行而宜之之谓义，由是而之焉之谓道，足乎己而无待于外之谓德。仁与义为定名，道与德为虚位。……凡吾所谓道德云者，合仁与义言之也，天下之公言也。老子之所谓道德云者，去仁与义言之也，一人之私言也。周道衰，孔子没，火于秦，黄老于汉，佛于晋、魏、梁、隋之间。其言道德仁义者，不入于杨，则归于墨；不入于老，则归于佛。”为了维护儒道的正统性和纯粹性，他还建立了一套儒家道统统系：“尧以是传之舜，舜以是传之禹，禹以是传之汤，汤以是传之文、武、周公，文、武、周公传之孔子，孔子传之孟轲，轲之死不得其传焉。”[1] 从这段话中可以看出：一是韩愈在《原道》中拈出的“仁”与“义”正是孟子的理论体系中带有本体性的核心范畴。孟子的哲学正是以“仁义”为核心的。韩愈强调“足乎已而无待于外”与孟子在“君子深造之以道，欲其自得之也”[2] 中强调内在的心性修养是一致的。二是韩愈强调儒学的正统地位，反对佛老学说。三是韩愈道统论承《孟子》立说，是对孟子心性理论的强调。

再看看曾巩对儒家之道的认识。唐宋文学家在对“道”的理解上都各有阐明，但都是自道其“道”。作为宋代古文运动的领袖，欧阳修思想中的主导成分是儒家传统的治世理论，他像韩愈一样崇尚儒道，然而他强调圣人之道是“履之以身，施之于事，而可得者也”，由于把儒家之道与社会现实联系，欧阳修反对宋儒那种不关心现实而空谈“性命”的学风，[3] 苏轼之道突破了儒家思想的藩篱，他有意识地对儒释道三教进行圆融会通，将佛道的清静无为、个体超越等思想与儒家的社会关怀相融合。总之，在宋代儒学复兴运动前期的大多数古文家都没有注意从心性的角度来开拓仁义之道。在对儒道的认识上，曾巩的思想重心由传统儒家的经世致用之学转向内敛自省的性理之学，他对道的体认偏重于德形修养的层面。他对“正心诚意”进行了阐释：

> 能尽其性，则诚矣。诚者，成也，不惑也。既诚矣，必充之使可大焉，既大矣，必推之使可化焉，能化矣，则含智之民，肖翘之物，有待于我者，莫不由之以全其性，遂其宜，而吾用之，与天地参矣。(《梁书目录序》)

曾巩所谈的主要是《大学》“诚意正心修身治国平天下之道必本于学”之义和《孟子》“尽性知天”的理论。此外，韩愈和曾巩都对

---

① 韩愈：《原道》，《韩愈全集·文集》卷1，上海古籍出版社1997年版，第120页。

② 《孟子》，载朱熹《四书章句集注》，中华书局2005年版，第292页。

③ 欧阳修：《与张秀才棐第二书》，载《欧阳修全集·居士外集》卷67，中华书局2001年版，第977页。

辟佛不遗余力。赵翼《瓯北诗话》云“昌黎以道自任，因孟子距杨、墨，故终身亦辟佛、老。其于世只求仙者，顾谓‘吾宁屈曲在世间，安能从汝巢神山’矣。《谏佛骨》一表，尤见生平定力”[①]。据《侯鲭录》载：“韩退之不喜僧，每为僧作诗，必随其浅深侮之。如《送灵师》诗云：‘围棋斗白黑，生死随机权。六博在一掷，枭卢叱回旋。战诗谁与敌，袪汗横戈铤。饮酒尽百盏，嘲谐思逾鲜。有时醉花月，高唱清且绵。’言僧之事，乃云围棋、饮酒、六博、醉花、唱曲，良为不雅，可谓出丑矣。又《送澄观》诗，乃清凉国师者，虽不敢如此深诋，亦有‘向风长叹不可见，我欲收敛加冠巾’，亦欲令其还俗，是终不喜僧也。”[②] 曾巩辟佛的坚决态度深受韩愈影响，对儒家“内圣之学”的偏重，使他在捍卫儒学、排斥佛老时主要从人心教化的角度立论。曾巩有七篇佛寺道观记，其中《菜园院佛殿记》由佛教的兴盛想到儒学的衰微。《兜率院记》叙述佛教的盛行和佛徒的奢靡，对佛教不事生产的寄生性极为反感。《金山寺水陆堂记》由一座寺庙的兴废想到儒学的兴废。《鹅湖院佛殿记》指责佛徒在国难当头不事生业，奢侈浮靡。《仙都观三门记》则引经据典，指出其制之越礼。曾巩的佛寺道观记，可谓篇篇都表现了自己坚持儒学的立场和原则。

曾巩对“道”的理解显示出心无旁骛的思想态度，他坚持孔孟以来的儒家正统观念，还列出了一条由孔、孟、荀、杨、韩愈直至欧阳修相传而下的道统统系：

> 夫道之难全也，周公之政不可见，而仲尼生于干戈之间，无时无位，存帝王之法于天下，俾学者有所依归。仲尼既殁……观圣人之道者，宜莫如孟、荀、杨、韩四君子之书也。……韩退之没，观圣人之道者，固在执事（欧阳修）之门矣。（《上欧阳学士的第一书》）

---

① 赵翼：《瓯北诗话》卷三，载郭绍虞《清诗话续编》上册，上海古籍出版社1999年版，第1170页。

② 赵令畤：《侯鲭录》卷8，中华书局2006年版，第204页。

在宋代六大散文家中，曾巩最先将道统与文统从尧舜孔孟接续到韩愈和欧阳修。不仅如此，曾巩还表达了自己决心继承这个道统。以上文字简洁地说明了韩愈与曾巩在儒道方面的相似点。曾巩对韩愈的推尊应该还是有一个选择的过程。在唐代文学家中，他就没有选择柳宗元作为模仿的对象，这应该与柳宗元对儒道的认识与之不同有很大关系。柳宗元在《天爵论》一文中驳斥孟子的“性善论”，认为人的“天爵”应是“志”和“明”，即意志和智能。由此出发，柳宗元“旁贯释老”，甚至认为佛学“不与孔子异道”，“有以佐世”①。这显然是曾巩所不能接受的。

与韩愈对儒道的思考一脉相承，“文以明道”是韩愈文学理论与创作的核心思想。其主要内容就是用儒家经典、先王之道的思想去充实文章的内容，使文章有益于政教。在曾巩心目中，文章决不可妄为苟作，文章应该传达用圣人之道治理天下的策略。他在《答李沿书》中说：“夫道之大归非他，欲其得诸心，充诸身，扩而被之国家天下而已，非汲汲乎辞也。其所以不已乎辞者，非得已也。”他的《寄欧阳舍人书》一文：“非畜道德而能文章者无以为也。……而其辞之不工，则世犹不传。于是又在其文章兼胜焉。”“蓄道德而能文章”是曾巩对文道观的认识。

正是由于在对儒家之道的理解上的相似性以及对文道关系的相近认识，曾巩对韩愈的评价是极高的：“韩公缀文辞，笔力乃天授。并驱六经中，独立千载后。谓为学可及，不觉警缩手。如天有日月，厥耀无与偶。……其人虽已殁，其气著星斗。穷天破大惑，更觉功业久。其余施诸小，未负风义厚。”（《杂诗五首》之四）在曾巩看来，韩文之所以能独立千载之后，就是因为其文章以儒道为本，“破大惑”“正风义”才获得了久远的生命力。《御选唐宋文醇》中的《南丰曾巩文》收《南轩记》，乾隆皇帝在此文后将曾巩与韩愈放在一起评价：“韩愈而下，至于曾巩，类皆天资英妙，绝伦离群，而于圣道

---

① 柳宗元：《天爵论》，载《柳河东全集》卷25，中国书店1999年版，第125页。

之要，学而有得，唯李翱与巩。翱又未及巩之粹也。”① 曾巩对儒道的认识受到韩愈的影响，但曾巩之“道”比之韩愈更为纯粹。“昌黎以道自任，因孟子距杨、墨，故终身亦辟佛、老。其于世之求仙者，固谓‘吾宁屈曲在世间，安能从汝巢神山’矣。《谏佛骨》一表，尤见生平定力。然平日所往来，又多二氏之人。”② 正因为如此，南宋理学家朱熹在唐宋散文八大家中对曾巩推崇备至，他说：“予读曾氏书，未尝不掩卷废书而叹：何世知公浅也！盖公文之高矣，自孟韩以来作者之盛未有至于斯。夫其所以垂于世者，岂苟而云哉！然世或徒以是知之，故知之浅也。”③

二　相似的情感体验以及情感宣泄的需要

首先让我们来看看韩愈的人生经历。唐贞元二年（786）韩愈十九岁，他怀着经世之志进京参加进士考试，满以为一举中的，却连续三次败北，直至贞元八年（792）第四次进士考试才登科。按照唐律，考取进士以后还必须参加吏部博学宏辞科考试，韩愈三次参加吏选三次均告失败。三次给宰相上书，三次如石沉大海；三次登权贵之门，均被拒之门外。贞元十六年（800）冬，韩愈第四次参加吏部考试，终于在第二年通过铨选。从786年至801年总共十五年的时间里，韩愈都在考场失利的煎熬中度过。韩愈三十四岁（801）被任命为国子监四门博士，从此步入京师政府机构，贞元十八年（802）冬却因遭权臣谗害而贬官，元和十四年（819）又因上《论佛骨表》忤逆皇帝而被贬为潮州刺史。不过，自此之后韩愈的仕途倒是一帆风顺，没有什么惊涛骇浪。

曾巩的人生经历大致可分为两个时期。前期是科场应举时期。曾

---

① 爱新觉罗·玄烨：《御选唐宋文醇》卷55，载《文渊阁四库全书》1447册，台湾商务印书馆1983年版，第154页。

② 赵翼：《瓯北诗话》，载郭绍虞《清诗话续编》上册，上海古籍出版社1999年版，第1170页。

③ 刘埙：《隐居通议》卷14，载《丛书集成初编》，商务印书馆1937年版，第150页。

巩从十八岁（1036）开始到京城应试，以失败告终，四年后又参加了一次考试也是铩羽而归，此后一直坚持应举，直至嘉祐二年（1057）才和苏轼、苏辙等人一起及第。从1036年至1057年共二十一年的时间曾巩都在科场失败的煎熬中度过。这期间还要忍受父亲落职、亲人去世、世人谗毁带来的痛苦。进入仕途后，曾巩虽然不像韩愈那样被贬谪，但仕途一直平淡，直到晚年因受知于宋神宗而得到短暂的重用。

将二人的经历对比一下可见，韩愈早期的生活经历与曾巩颇为相似。他们二人都长期困于科场和官场，晚年的人生则相对顺遂。那么，从这个角度来解读曾巩对韩愈的推尊也就有一定的合理性。他们二人都创作了一定数量的诗歌，早期诗歌都记录了他们处于人生穷途时期的心理状况。早年的韩愈一直没有机会进入官场，由于他用世心极强，性格又刚直不屈，这使他处于愤愤不平的心理状态。在韩愈的诗集里，占最大比重的还是那些抒发个人失意怨愤的作品。曾巩早期诗歌有很多对陈腐科举制度选人不当的愤懑，如《一鹗》诗：

北风万里开蓬蒿，山水汹汹鸣波涛。尝闻一鹗今始见，眼驶骨紧精神豪。天昏雪密飞转疾，暮略东海朝临洮。社中神狐倏闪内，脑尾分磔垂弓櫜。巧兔狞鸡失草木，勇鸷一下崩其毛。窟穴呦呦哭九子，帐前活送双青猱。啁啾燕雀谁尔数，骇散亦自亡其曹。势疑空山竭九泽，杀气已应太白高。归来礌嵬戴俎豆，快饮百瓮行春醪。酒酣始闻壮士叹，丈夫试用何时遭。

诗中表达了对自身处境的不平之情。曾巩在论诗文时实际涉及了诗文对表达情感的作用，他对苏洵文章的评价就表明了对诗文抒情功能的肯定："明允每于其穷达得丧，忧叹哀乐，念有所属，必发之于此。"他在《王平甫文集序》："古今作者，或能文不必工于诗，或长于诗不必有文，平甫独兼得之。其于诗尤自喜，其忧喜、哀乐、感激、怨怼之情，一于诗见之，故诗尤多也。"明确肯定了诗人在诗中抒发情感的合理性。曾巩在早期所作的《贾谊传》中则更鲜明地体现了对“穷人之辞”的赞同。但是，必须指出的是，虽然二人都有长期在科场蹭蹬的不幸遭遇，都表现了对处境的不满，但韩愈的感情是愤激慷慨的，曾巩则体现出郁勃不平的特征，情感的烈度和强度与韩愈还是有差别的。例如，同样是投书执政，清儒张伯行认为韩愈“徒以寒饿自鸣”，而曾巩则能立身守道，“自明其所以进见之意，地步尽高，胸襟尽大”，比韩愈“高出一等”①。茅坤在评价曾巩《答范执政书》时指出了韩、曾二人体现的情感不同，还一并将宋代诸人投书执政时表现的情感特征都罗列了一下：“曾巩既自幸为范文正公所知，窃欲出其门，又恐文正公或贱其人，故为纡徐曲折之言，以自通于其门……若韩昌黎所投执政书，其言多悲慨；欧公所投执政书，其言多婉曲；苏氏父子投执政书，其言多旷达而激昂。”② 其实，欧阳修、苏洵、刘敞、司马光、苏轼等人也批评韩愈汲汲于时用，戚戚于贫贱。这种比较显出宋人在面对人生苦难时往往能够扬弃悲哀，化为旷达，避免使感情走向寒苦。方勺《泊宅篇》亦云：“韩退之多悲，诗三百六十，言哭泣者三十首。”③ 曾巩诗歌虽有怨愤但多用道德理性进行节制，因而诗歌整体上呈现出平和的风貌。二人的差别应该还是儒学修养导致的不同。

此外还有时代风气的影响。韩愈那种豪壮激越的诗歌风格正好与庆历时期昂扬的士风相得益彰，因此，此期的诗人如苏舜钦、梅尧臣、欧阳修等人都把韩愈、李白作为自己的师法对象，从李诗横放绝出、韩诗雄横豪壮的精神气概中汲取矫正卑弱士风的力量。在这种风气的影响下，曾巩追随着欧阳修等人，学习韩愈作诗也是一种必然。

第二节　曾巩诗歌取法韩愈

韩愈对曾巩诗歌创作的影响，有多人作出评价。如清人何焯

---

① 张伯行：《唐宋八大家文钞》卷12，上海古籍出版社2007年版，第254页。

② 茅坤：《唐宋八大家文钞》，载《文渊阁四库全书》1384册，台湾商务印书馆1983年版，第205页。

③ 方勺：《泊宅篇》，中华书局2004年版，第4页。

《义门读书记》就对曾巩早期诗歌取法韩愈有具体的评点。他在评《山槛小饮》时说："造句极似韩。"[①] 评《冬望》诗时说："学韩亦兼有似太白处。"[②] 从句法到气势，曾巩都对韩愈诗歌进行了模仿，足见其早期对韩愈诗歌创作的受容。

一　强调创作主体的道德修养

孟子说："我善养吾浩然之气"，"其为气也，配义与道"[③]。孟子所谈的"气"与道义相连，并未涉及"气"与"文"的关系。曹丕提出"文以气为主"，认为文学创作决定于气，文气说由此形成。此后刘勰、钟嵘都论述了文气。韩愈由孟子"养气"说引申出"气盛言宜"论，他在《答李翊书》中提出："气盛，则言之短长与声之高下者皆宜"，还强调"养其根而竢其实，加其膏而希其光。根之茂者其实遂，膏之沃者其光晔；仁义之人，其言蔼如也"。重视作者的道德人格，重视文章的思想内容，强调诗文之盛气则源于其道德、学识之"养"。曾巩对韩愈"气盛言宜"的主张深契于心，强调"蓄道德而能文章"（《寄欧阳舍人书》），注重作家主体道德。"蓄道德"之"蓄"准确地表现了作家主体不断追求以期充实的过程。曾巩在《读书》诗中有详细的自述："譬如勤种艺，无忧匮囷仓，又如导涓涓，宁难致汤汤。昔废渐开辟，新输日收藏。经营但亹亹，积累自穰穰。既多又须择，储精弃其糠。一正以孔孟，其挥乃韩庄。……乃知千载后，坐可见唐虞。"又说"学足以求其内，辞足以达其外"（《王容季墓志铭》）。曾巩这种以六经为本，强调作家主体道德修养的主张与韩愈"气盛言宜"是相通的。

此外，韩愈还提出了"不平则鸣"的主张。虽然曾巩诗文的主导风格是平正温雅，但在早期诗歌中也有"不平则鸣"的篇什。他对贾谊、屈原的理解其实很有特点，对"穷人之辞"有自己的心会，认为"彼其不发于一时，犹可托文以摅其蕴，则夫贾生之志，其亦

---

① 何焯：《义门读书记》，中华书局 1987 年版，第 717 页。

② 同上书，第 751 页。

③ 《孟子·公孙丑》，载朱熹《四书章句集注》，中华书局 2005 年版，第 231 页。

可罪耶”（《读贾谊传》）。这与韩愈“不平则鸣”的创作主张是一致的。而且，曾巩在早期的诗歌创作实践中也体现了这种主张。其实欧阳修对“穷人之辞”早就表示了理解，他在《梅圣俞诗集序》中说：“世谓诗人少达而多穷，夫岂然哉！盖世所传诗者，多出于古穷人之辞也……盖愈穷则愈工。然则非诗之能穷人，殆穷者而后工也。”从穷人之辞出发，诗歌中表达自己的忧愁幽思也就可以接受了。曾巩在《寄王介卿》里就表达了“穷人”的忧愤幽思：“出门无所抵，归卧四楹寂。术学颇思讲，人事多可恻。含意不得发，百愤注微臆。摇摇咏颜色，企足关途隔。自惭儿女情，宛转抑凄感。吾念非吾私，何当托云翼。奇偶转如轮，终期援焦溺。”

韩愈诗歌的特点之一就是以气势见长。他的诗大都气势雄壮，如《石鼓歌》长诗一韵到底，如长河直贯而下，波澜老成。诗中又多用响字虚词，铿锵激越，朗吟上口，便觉有一股郁勃之气喷薄于字里行间。《载酒园诗话又编》云：“韩诗至《石鼓歌》而才情纵恣已极。”[①]《瓯北诗话》亦云：“盘空硬语，须有精思结撰，若徒挦撦奇字，诘曲其同，务为不可读，以骇人耳目，此非真警策也。……其实《石鼓歌》等杰作，何尝有一语奥涩，而磊落豪横，自然挫笼万有。”[②] 其《南山诗》全诗102韵，长达一千多字。写终南山的全景，四季景物的变化，连用51个以“或”字开头的排比句造成铺张扬厉的气势，把终南山写得奇伟雄壮，气象万千。

> 或连若相从，或蹙若相斗。或妥若弭伏，或竦若惊雏。或散若瓦解，或赴若辐辏。或翩若船游，或决若马骤。或背若相恶，或向若相佑。或乱若抽笋，或嵲若炷灸。或错若绘画，或缭若篆籀。或罗若星离，或蓊若云逗。或浮若波涛，或碎若锄耨。或如贲育伦，赌胜勇前购。先强势已出，后钝嗔詎譳。或如帝王尊，

---

① 贺裳：《载酒园诗话又编》，载郭绍虞《清诗话续编》上册，上海古籍出版社1999年版，第351页。

② 赵翼：《瓯北诗话》，载郭绍虞《清诗话续编》上册，上海古籍出版社1999年版，第1165页。

从集朝贱幼。虽亲不亵狎，虽远不悖谬。或如临食案，肴核纷饤饾。又如游九原，坟墓包椁柩。或累若盆罂，或揭若登豆。或覆若曝鳖，或颓若寝兽。或蜿若藏龙，或翼若搏鹫。或齐若友朋，或随若先后。或迸若流落，或顾若宿留。或戾若仇雠，或密若婚媾。或俨若峨冠，或翻若舞袖。或屹若战阵，或围若搜狩。或靡然东注，或偃然北首。或如火熹焰，或若气饙馏。或行而不辍，或遗而不收。或斜而不倚，或弛而不彀。或赤若秃鬝，或熏若柴槱。或如龟坼兆，或若卦分繇。或前横若剥，或后断若姤。[1]

曾巩的《冬望》《麻姑山送南城尉罗君》《游麻姑山》《地动》《游金山寺作》《送程公辟使江西》等诗颇有韩愈雄壮之风。如《游麻姑山》：

军南古原行数里，忽见峻岭横千寻。谁开一径破苍翠，对植松柏何森森。危根自迸古崖出，老色不畏莓苔侵。修竹整整俨朝士，下荫石齿明如金。遂登半岭望城郭，但见积霭萦江浔。冈陵稍转露楼阁，沙莽忽尽横园林。秋光已逼花草歇，寒气况乘岩谷深。我驰轻舆岂知倦，倏忽遂觉穷嵚崟。龙门谁来此中凿，玉简不记何年沉。泉声可听真众籁，泉意欲写无瑶琴。斗回地势一如削，稆秜百顷黄差参。横开三门两出路，却立两殿当崖阴。深廊千步抵岩腹，桀木万本摩天心。碑文磊嵬气不俗，笔画缥缈工非今。世传仙人家此地，天风泠泠吹我襟。今人岂解不老术，可怪绿发常盈簪。根源分明我能说，一室倾里输琳琳。相高既不拥耒耜，方壮又不持戈镡。我丁轗轲岂暇议，直喜虚旷开烦襟。清谣出口若先构，白酒到手无停斟。山人执袂与我语，留我馈我山中禽。玲珑当窗急雨洒，窈窕隔溪孤笛吟。未昏已移就明烛，病骨夜宿添重衾。神醒气生目无睡，到晓独爱流泉音。起来身去接尘

[1] 韩愈：《南山诗》，载钱仲联《韩昌黎诗系年集释》上册卷4，上海古籍出版社1989年版，第432页。

事，片心未省忘登临。

诗中危根、古崖、石齿、积霭、沙莽、寒气、深廊、桀木、急雨、孤笛等意象营造了苍劲清朗的意境，写麻姑山几乎都从高耸险峻上反复铺排，显得雄壮。接着写山寺，也是极尽所能地突出所处地势之险峻，并由此转入议论："世传仙人家此地，天风泠泠吹我襟。今人岂解不老术，可怪绿发常盈簪。根源分明我能说，一室倾里轮琅琳。相高既不拥耒耜，方壮又不持戈镡。"批评佛道不事生产，不服兵役，对国家经济造成损失。笔力遒劲，对佛道的批评明白直露，表现了诗人对国事的关心与思考。但与韩愈诗歌尚奇、喜用奇字险韵的特点并不一样。韩愈《永贞行》诗中对贬所环境的描写极度险恶："湖波连天日相腾，蛮俗生梗瘴疠烝。江氛岭祲昏若凝，一蛇两头见未曾。怪鸟鸣唤令人憎，蛊虫群飞夜扑灯。雄虺毒螫堕股肱，食中置药肝心崩。"[①] 其中"狐鸣枭噪""睗睒跳踉""火齐磊落""蛊虫群飞""雄虺毒螫"这样的意象让人震惊恐惧。其《龙移》："天昏地黑蛟龙移，雷惊电激雄雌随。清泉百丈化为土，鱼鳖枯死吁可悲。"[②] 诗中时隐时现的"蛟龙""惊雷""激电"等意象也足以令人惊心动魄。像韩愈诗中那样的事物和景象在曾巩诗里是基本没有的，曾巩有意过滤和摒弃了韩愈诗歌中激荡、险怪、丑陋、惊悚的意象。

二　诗歌表现手法上的借鉴

韩愈诗歌超强的表现力实质上是表现手法上的创新。他常常把散文、骈赋的句法引进诗歌，即"以文为诗"。这包括在章法结构、句法上使用古文的路数，此外，还在诗歌中大发议论，即"以议论入诗"。曾巩继承了韩愈以文为诗、以议论为诗的特点。

首先是诗多用赋体。赵翼认为："自沈、宋创为律诗后，诗格已

---

① 韩愈：《永贞行》，载钱仲联《韩昌黎诗系年集释》上册卷3，上海古籍出版社1989年版，第332页。

② 韩愈：《龙移》，载钱仲联《韩昌黎诗系年集释》上册卷3，上海古籍出版社1989年版，第331页。

无不备。至昌黎又崭新开辟，务为前人所未有。如《南山诗》内铺列春夏秋冬四时之景，《月蚀诗》内铺列东西南北四方之神，《谴谑鬼》诗内历数医师、炙师、诅师、符师是也。”① 上文提到的韩愈《南山诗》连用51个“或”，《双鸟诗》连用“不停两鸟鸣”四句，②《杂诗四首》内一首连用5个“鸣”字③，都是在古诗中开创了赋体式的长篇排比句法，读来满目琳琅，感觉气象万千，是使用赋体铺陈排比的典型。

曾巩诗歌也善用赋体铺陈排比。如《寄王介卿》中对王安石文章的夸赞：

> 始得读君文，大匠谢刀尺。周孔日已远，遗经窜墙壁。倡倦百怪起，冠裾稔回惹。君材信魁崛，议论恣排辟。如川流浑浑，东海为委积。如跻极高望，万物著春色。寥寥孟韩后，斯文大难得。嗟予见之晚，反覆不能释。胡然蕴环堵，不救谋者惑。明朝渡江还，念念非可抑。如酲冒炎暑，每进意愈塞。

诗歌对王安石文章恣肆的议论连用了两个比喻：“如川流浑浑，东海为委积。如跻极高望，万物著春色”，然后又写读文后的感受。《雪咏》按时间顺序叙写，写雪前、雪时、雪后的环境气氛及诗人的感受，不避烦琐，娓娓道来。又同时横向铺排雪花覆盖在屋角、山洼、树木、冈山、阶除、池台、长街、荒城沙水、扁舟上的景象。此诗还直接模仿韩愈《南山诗》中“或”字句式：“或稀若有待，或密似相萦。或弱久宛转，或狂自轩腾。”对雪花飘落时或疏或密、或弱或狂的种种状态一一铺陈，写景状物细致形象。其《咏雪》诗在写

① 赵翼：《瓯北诗话》卷三，载郭绍虞《清诗话续编》上册，上海古籍出版社1999年版，第1168页。

② 韩愈：《双鸟诗》，载钱仲联《韩昌黎诗系年集释》上册卷7，上海古籍出版社1989年版，第836页。

③ 韩愈：《杂诗四首》，载钱仲联《韩昌黎诗系年集释》上册卷7，上海古籍出版社1989年版，第242页。

法上也同样用赋铺排。

> 北风萧萧鸣且歇，短日悠悠生复灭。朝含沧海满天云，暮断行人千里雪。初通壑谷气先冷，渐蔽郊原路疑绝。并包华夷德岂薄，改造乾坤事尤谲。驱除已与尘滓隔，濯溉终令枯槁悦。相持始信竹柏劲，易败可嗟萑苇折。垂条巧缀如自爱，眢井随形呀且缺。飞檐巘巘驾长浪，巨壁林林倚精铁。弊衣或有骭犹冻，荒宴谁能耳偏热。壮夫抚剑生锐气，志士扃门养高节。已开襟胸绝烦愦，更足沟塍慰空竭。虽无酒醴发嘲笑，亦有诗谣恣搜抉。新阳仿佛送镵凿，旧径参差分曲折。留当屐齿印崖石，徙倚长松看寥泬。（《咏雪》）

其次，韩愈以文章气脉入诗，也就是将古文的谋篇布局也运用到诗歌创作中，诗歌有文章的脉络。乔亿《剑溪说诗》云：“《北征》《南山》诗，虽具绝大魄力，却有规矩可学。”① 其实也是说长诗的谋篇布局一如散文，有“次第详略，首尾呼应，顺逆隐现，疏密疾徐，乍离乍合，忽断忽连”的安排。韩愈著名的《山石》② 是一篇记游之作。一般来说，游览诗大都就一些景物片断写景抒怀，这首诗却采用山水游记散文的叙述顺序，详细交代游览的全过程，从步行至山寺、山寺所见、夜看壁画、铺床吃饭、夜卧所闻、夜卧所见、清晨离寺一直写到下山所见，娓娓道来，让人身历其境。在从黄昏到第二天清晨的所见所闻中，诗人如同画家一样挥洒明暗浓淡的色彩，在光色的变化中展现不同的风景。如开篇“山石荦确行径微，黄昏到寺蝙蝠飞”，写出暮色苍茫的昏暗；下两句写芭蕉与栀子花于昏暗中添亮色，再往下写以火把观壁画、写夜卧时的月光变化，仍然着眼于光色的明暗交替；“天明独去无道路，出入高下穷烟霏”，则描绘了晨光

① 乔亿：《剑溪说诗》卷下，载郭绍虞《清诗话续编》上册，上海古籍出版社 1999 年版，第 1093 页。

② 韩愈：《山石》，载钱仲联《韩昌黎诗系年集释》上册卷 2，上海古籍出版社 1989 年版，第 145 页。

熹微时的山岚烟云。曾巩诗歌也注意用古文章法，如上文引用的《游麻姑山》诗是一首长达五十韵的七言古诗。诗从麻姑山的地理位置写起，再分别写山势、山景、庙宇、碑文，以下转笔写山人留宿、夜不能寐、晓听泉音，最后写对此次旅游的留恋之情，中间还穿插对佛道不事生产的批评。中间的起承转合过渡自然，安排得体。试看其《七月十四日韩持国直庐同观山海经》诗：

> 高阁在清禁，长轩凭广虚。御幄网图象，依然临幸余。翠甓布天路，黄帘分直庐。一雨清景早，稍凉秋兴初。解带就君坐，临床阅素书。山海所错出，飞潜类纷如。此语果虚实，遗编空卷舒。自笑正豕亥，更微注虫鱼。君材合远用，就此固已疏。如我乃斯幸，地闲容误居。竹影散良席，花香浮广裾。俯仰自足适，归时更当徐。

先从观书的环境写起，接着写观书的内容，再写观书的感受。整首诗的构思如同散文，基本按时间流程写下来，有清晰的脉络可循。

再次，韩愈在诗歌中善用议论，其《荐士》《调张籍》等诗都有大段议论。曾巩诗歌中的议论所占比重也很大。有的通篇议论，如《杂诗四首》："张陈贫时交，干戈忽相逐。范蔡憎嫌人，卒自归鼎轴。害夺怨为欣，利驱爱成戮。世间不可料，人事常反覆。"《兵间》："大义缺绝久未图，小人轻险何不至。世上固自有百为，兵间乃独求一试。赵括敢将亦已危，李平请守那复议。吁嗟忍易万人生，冀幸将徼一身利。"《戏书》："家贫故不用筹算，官冷又有无外忧。交游断绝正当尔，眠饭安稳余何求。君不见黄金籯要心计，大印如斗为身雠。妻孥意气宾客附，往往主人先白头。"《过介甫归偶成》："结交谓无嫌，忠告期有补。直道讵非难，尽言竟多迕。知者尚复然，悠悠谁可语。"在写景、叙事后发议论的情况更多，如《叹嗟》："力能怀畏未足忧，忧在北极群阴绕。"《读五代史》对五代的衰亡有反思："由来根本强，暴戾岂易攻。嗟哉梁周间，卒莫相始终。兴无累世德，灭若烛向风。当时积薪上，曾宁废歌钟。"其他如"止知索窭篳瓢计，岂论喧哗内素名”（《田中作》），“人生有累乃汲汲，万事敦迫如衔羁”（《洪州》）等。

最后，韩愈还大量使用古文句法入诗。他用奇字、造拗句、押险韵，避熟求生、因难见巧，这使诗句可长可短、跌宕跳跃、变化多端。具体表现为：一是句式长短的变化，《忽忽》采用十一、六、十一、七、三、七、七的句式，如“忽忽乎余未知生之为乐也，愿脱去而无因”完全是散文的句法，长短不拘，随性所致，给人发自肺腑的叹息似的震撼的感觉。二是打破传统诗歌的节奏，如“母从子走者为谁”（《汴州乱》），“乃一龙一猪”（《符读书城南》）等句。三是大量在诗句中羼用散文的虚词，如《寄卢仝》《谁氏子》中“破屋数间而已矣”“忽此来告良有以”“放纵是谁之过欤”“不从而诛未晚耳”等。四是古文章法的运用，如《南山诗》连用五十多个“或”和“若”。这些古文句法的使用使诗的平稳与和谐、节奏与意脉发生了曲折变化，显得生新怪奇。

赵翼云：“昌黎不但创格，又创句法。《路旁堠》云：‘千以高山遮，万以远水隔。’此创句之佳者。凡七言多上四字相连，而下三字足之。乃《送区弘》云：‘落以斧引以缰徽。’又云：‘子去矣时若发机。’《陆浑山火》云：‘溺厥邑囚之昆仑。’则上三字相连，而下以四字足之。自亦奇辟，然终不可读。”① 曾巩也运用古文章法、句法入诗，散文中惯常用的虚词和句式在诗中随处可见。如《路中对月》中“其余惟日月”“世事哪止重”“岂如月可喜”“爱之不能飧，但以目睛送”。“怜其到吾前，不使降帷幪”“岂不映时节”“而我去方急，其能计归鞚”“我非土木为”“念之曷由安，肠胃百忧中”“何言月可喜，喜意亦有用”等句，都是用古文的章法、古文的句法。其他还有“嗟江之滨地多雨”（《多雨》）、“游子定何之”（《山水屏》）、“君胡为乎目时病”（《降龙》）、“得一固足兴，致之岂无端”（《刘景升祠》）、“亦以乐宾游，岂惟慰衰疾”（《汉广

---

① 赵翼：《瓯北诗话》卷3，载郭绍虞《清诗话续编》上册，上海古籍出版社1999年版，第1168页。

亭》)、“将能此人追，得匪合明哲”(《写怀二首》)、“去矣善自立，毋使嗣音稀”(《送钱生》)、“免矣霸王业，信矣文章伯”(《延庆寺会景纯正仲希道介夫明叟纳凉同观建邺》) 等。

当然，以文为诗带来的缺点也是很明显的。韩愈的《杂诗四首》《嘲鼾睡二首》《元和圣德诗》等都过于追求表达上的不同。其《落齿》诗：

> 去年落一牙，今年落一齿。俄然落六七，落势殊未已。馀存皆动摇，尽落应始止。忆初落一时，但念豁可耻。及至落二三，始忧衰即死。每一将落时，懔懔恒在已。叉牙妨食物，颠倒怯漱水。终焉舍我落，意与崩山比。今来落既熟，见落空相似。馀存二十馀，次第知落矣。倘常岁落一，自足支两纪。如其落并空，与渐亦同指。人言齿之落，寿命理难恃。我言生有涯，长短俱死尔。人言齿之豁，左右惊谛视。我言庄周云，水雁各有喜。语讹默固好，嚼废软还美。因歌遂成诗，持用诧妻子。[1]

诗中句法与散文句式几无不同，破坏了诗的韵律和审美，正如沈括云：“韩退之诗，乃押韵之文耳。”[2] 曾巩也有这方面的缺陷，如《诗一首》：“食肉遗马肝，未为不知味。食鱼必河豚，此理果何谓。非鳞亦非介，芒刺皮如猬。见形固可憎，况复论肠胃。”语言苍白，议论质直，略无余味。

尽管如此，曾巩早年古体诗中的豪雄与韩愈还是有所不同。韩愈的豪雄有着怪奇的一面，曾巩则剔除了这种怪奇。因此，虽然曾巩诗歌模仿韩愈，但由于个性气质以及儒学修养的不同而在具体的风貌上有着差异。让我们比较一下韩愈的《陆浑山火和皇甫湜用其韵》诗与曾巩的《地动》诗：

---

① 韩愈：《落齿》，载钱仲联《韩昌黎诗系年集释》上册卷 2，上海古籍出版社 1989 年版，第 171 页。

② 魏泰：《临汉隐居诗话》，载何文焕《历代诗话》上册，中华书局 2004 版，第 323 页。

天跳地踔颠乾坤，赫赫上照穷崖垠，截然高周烧四垣，神焦鬼烂无逃门。三光驰隳不复暾，虎熊麋猪逮猴猿，水龙鼍龟鱼与鼋，鸦鸱雕鹰雉鹄鹍，燖炰煨爊孰飞奔，祝融告休酌卑尊。……（《陆浑山火和皇甫湜用其韵》）①

吾闻元气判为二，升降相辅非相伤。今者无端越疆畔，阴气焰焰侵于阳。阳收刚明避其势，阴负捷胜尤倡佯。地乘是气亢于下，震荡裂拆乖其常。齐秦晋代及荆楚，千百其堵崩连墙。隆丘桀屋不自定，翩若猛吹摇旌幢。生民汹汹避无所，如寄厥命于湖江。有声四出嘻可怕，谁击万鼓何雷硠。阴为气静乃如此，天意昧密宁能详。或云蛮夷尚侵轶，已事岂必垂灾祥。意者邪臣有专恣，气象翕翕难为当。据经若此非臆决，皎如秋日浮清霜。祖宗威灵陛下圣，安得直语闻明堂。朝廷肃穆法度治，岂用懔懔忧胡羌。（《地动》）

韩愈对山火的描绘极尽想象之能事，将山火借着风势漫卷一切、摧枯拉朽的惊人气势和力量展现出来。曾巩记载的是一次地震，他极力谱写了地震发生时地动山摇的惊人力量，写了地震波及面之广——“齐秦晋代及荆楚，千百其堵崩连墙”，地震造成的剧烈的摇晃——“隆丘桀屋不自定，翩若猛吹摇旌幢”，地震发生时的可怕声音——“有声四出嘻可怕，谁击万鼓何雷硠”，地震造成的灾害——“生民汹汹避无所，如寄厥命于湖江”。虽然都表现了大自然的威力，但是曾巩没有像韩愈那样使用一些偏僻、险怪的词。而且，他夹杂在其中的对于国计民生的迂腐议论也使他的诗歌在整体气势上不如韩愈。

① 韩愈：《陆浑山火和皇甫湜用其韵》，载钱仲联《韩昌黎诗系年集释》上册卷5，上海古籍出版社1989年版，第684页。

附录一　从王安石《明妃曲》及欧阳修、曾巩和诗的撰写看其共性与个性

自汉代以来，王昭君的故事一直是诗人们乐于吟诵的题材，但大多表现昭君的幽怨，如卢照邻《昭君怨》、李白《王昭君》、杜甫《咏怀古迹五首》等都从“悲怨”入手。而宋人通过昭君出塞这一传统题材表现了在宋代文人社会这一大背景下理智通达的特点。然而，由于每个人的个性、经历、思想修养等方面的不同，因而每个人所表现的人生态度与生存方式并不相同。王安石的两首《明妃曲》诗以“君不见咫尺长门闭阿娇，人生失意无南北”“汉恩自浅胡自深，人生乐在相知心”等名句脍炙人口。这首诗在当时就得到多人的唱和，蔡上翔《王荆公年谱考略》云：“荆公《明妃曲二首》，同时欧阳公、刘原父、司马君实皆有和篇。”① 曾巩也写有两首和诗。降及南宋，有刘子翚、吕本中、黄文雷等人的应和。一首诗有如此多人的应和，一方面说明王安石在当时诗坛颇有影响，另一方面也说明诗坛酬唱之风盛行。进一步推究，则可看出宋人咏王昭君这一历史人物所表现的共性与个性：相同的是都对昭君的遭遇作出了理智通达的思考，不同的是各人表现了各自不同的思想与个性。

---

① 蔡上翔：《王荆公年谱考略》，上海人民出版社 1973 年版，第 232 页。

一　和诗的缘起

王安石的《明妃曲》写于宋仁宗嘉祐四年（1059），其中的理智通达是引起宋人情感共鸣的基础。这一年欧阳修免权知开封府，转给侍中同提举在京诸司库务；充御试进士详定官。四月，欧阳修兼充群牧司。五月，诏王安石直集贤院。而曾巩正在太平州任司法参军。

宋代虽然从宋太祖开国就实行“右文”政策，士人们承担了更多的社会责任，但在具体的人生情节中，却有着遭谤、贬谪、夺职乃至下狱等种种忧患。他们写和诗时，各自有着升沉起落的人生遭遇。欧阳修屡受政敌的倾陷毁谤，一生在朝为官时少，贬谪外任时多。曾巩虽然刚刚步入仕途，但是此前二十一年的屡试不第也相当曲折辛酸。当现实政治波云诡谲，仕宦生涯升沉起落的时候，宋人不同于前代文人，他们在儒学复古思潮的影响下，更注重对历史人生、政治社会作理性的思考，提出了“不以物喜，不以己悲”的口号，以道德自信来超越不幸，稀释不平。宋人面对人生的流离迁播不同于前代的骚怨悲愁。欧阳修批评那些因身居逆境而感伤怨激的人，对韩愈于困厄中牢骚凄怨颇有微词：“当论事时，感激不避诛死，真若知义者。及到贬所，则凄凄怨嗟，有不堪穷愁形于文字，其心欢戚，无异庸人。”[①] 范仲淹《岳阳楼记》、欧阳修《醉翁亭记》、苏轼《赤壁赋》等文均作于贬所，却没有凄凄怨嗟，反而洋溢着乐观旷达的情怀。虽然失意人生总易让人悲伤，然而，一旦跨越时空，作一番冷静的观照，这种悲情就不会囿于一时一地一事的小我圈子，对人生的不平就会消解许多。欧、王、曾三人都对昭君远嫁这件事发表了评论，他们的共同之处在于都不囿于写一个弱女子的幽怨情感和悲剧命运，都能超越前人的感伤情调，表现了理智通达的情感。于昭君远嫁这一历史事件中发现的是有关人生际遇的理性的、普遍的法则。

当然，以昭君和亲事件为题的众多和诗的出现亦与宋人喜集会创

---

① 欧阳修：《与尹师鲁第一书》，载《欧阳修全集·居士外集》卷69，中华书局2001年版，第997页。

作的风气有关。杨亿、刘筠的西昆酬唱，欧阳修的礼部唱和，邓忠臣的同文馆唱和以及元祐年间的苏门唱和等，都显示了诗人们在艺术上争胜的心理，在结构、技巧、表达等方面翻陈出新、独出机杼。而关于昭君和亲事件的唱和除了形式上的翻新出巧外，更突出的表现是在立意方面。

二　和诗内容的不同

“题目虽同，但个人的生活处境、社会角色、思想性格、审美爱好不同；题材相同，但题材去取运用的角度和方法可以不同；体裁相同，抒发感情各有侧重，表现手法也有差异，因此竞争意识下产生的同题次韵唱和诗可以是异彩纷呈，自有特点的，而且往往因难见巧，愈出愈奇，反而增添一种生新的韵味。”① 对昭君和亲事件虽然各位诗人都表现了理智通达的情感认识，但每个人的见解并不一样。由于个性气质、人生经历、心理体验以及各人对“道”的理解不同，同样题材的诗歌仍然体现出三人不同的精神气质和思想态度。

王安石的《明妃曲》② 是传诵一时的名作，以刚直斩截的议论来超越人生失意。唐人咏昭君多写昭君顾念君恩，此篇却另立新意，指出昭君远嫁异域的命运未必比终老汉宫更为不幸，借昭君家人的口吻发出了“人生失意无南北”的感慨，另一首诗更见匠心：“汉恩自浅胡自深，人生乐在相知心”，议论精警。对此，清人贺裳指出其议论的不同流俗：“王介甫《明妃曲》二篇，诗犹可观，然意在翻案。如‘家人万里传消息，好在毡城莫相忆。君不见咫尺长门闭阿娇，人生失意无南北。’其后篇益甚，故遭人弹射不已。”③ 后人对王安石这些议论颇有微词，实际上是从正统儒家的诗教观出发认为王安石的议论不符合“雅正”的要求。其实这正是

---

① 熊海英：《北宋文人集会与诗歌》，中华书局2008年版，第73页。

② 王安石：《王文公文集》，上海人民出版社1974年版，第472页。

③ 贺裳：《载酒园诗话》，载郭绍虞《清诗话续编》上册，上海古籍出版社1999年版，第220页。

即将成为中国历史上叱咤风云的一代政治改革家的冷峻、理性和异于常人的坚韧之处。这样的议论体现了宋诗的知性风采，更体现了一代政治家的拗折性格。王安石在嘉祐三年（1058）任提点江东刑狱，在江东多有改革举措，并因此受到指责，有诗《酬王詹叔使江东访茶法利害见寄》云："官居甚传舍，位以声势受。既不责施为，安能辨贤否？区区欲救弊，万谤不容口。天下大安危，谁当执其咎。"[①] 连最亲近的朋友曾巩对其激进果断的改革都提出了严厉批评，这件事在曾巩的《与王介甫第二书》中有记载。这一年，王安石提点江东刑狱任满，被召还京师，改任度支判官，上著名的《上仁宗皇帝万言书》，要求改革弊政。王安石写作此诗时在集贤院任职，但是此前任地方官进行改革带来的怨谤使他觉得改革之难，而上《上仁宗皇帝万言书》未得重视与回应也使他感到改革得到支持之难。然而，即将成为一代政治家与改革家的王安石面对逆境有着很强的心理承受能力，他不是那种知难而退的怯弱者。清代张伯行说他个性坚僻执拗，说他改革"以坚僻之意见主张其间，其贻害不亦甚哉"[②]。虽是贬语，反过来理解可以看到这位政治家改革家的个性、学养、素质都使他能坚定地面对变法中的困难。这位政治家深谙历史，洞察人情，对于改革所会面临的种种艰难有着充分的心理准备。"含情欲说独无处，传与琵琶心自知"，此诗正是其时处境和心理状态的写照。

欧阳修《和王介甫明妃曲二首》[③] 亦作于嘉祐四年（1059）。其时欧阳修五十四岁，一生坎坷多难，遭到政敌疯狂无耻的诽谤和打击。据载，欧阳修"妻弟薛宗孺坐举官被劾，内冀因修幸免。修乃言不可以臣故侥幸，以故宗孺免官，怨修切齿，因构为帷薄无根谈，辞连充女吴氏，苟欲以污辱修，小人乘间抗章劾之。值神宗初即位，几致戮，久乃解。修初以孤甥女张氏事被案，及是又被谗蔑，遂力请

① 王安石：《王文公文集》，上海人民出版社 1974 年版，第 433 页。

② 张伯行：《唐宋八大家文钞》，上海古籍出版社 2007 年版，第 371 页。

③ 欧阳修：《和王介甫明妃曲二首》，载《欧阳修全集·居士集》卷 8，中华书局 2001 年版，第 131—132 页。

致仕，以终于汝阴”[①]。但他仍然对国事抱着一腔热情。《和王介甫明妃曲二首》之一开篇就写胡汉风俗的不同：“胡人以鞍马为家，射猎为俗”，为昭君的悲剧命运做了铺垫，接下来以“风沙无情貌如玉”作对比形成强烈鲜明的反差，对昭君和番远嫁大漠的悲苦身世深表同情，很自然地揭示了“玉颜流落死天涯”的必然命运。《和王介甫明妃曲二首》之二：“汉宫有佳人，天子初未识。一朝随汉使，远嫁单于国。绝色天下无，一失难再得。虽能杀画工，于事竟何益。耳目所及尚如此，万里安能制夷狄？汉计诚已拙，女色难自夸。明妃去时泪，撒向枝上花。狂风日暮起，漂泊落谁家？红颜胜人多薄命，莫怨春风当自嗟。”此诗开篇极写佳人之“绝色”，接着转入议论：“虽能杀画工，于事竟何益。”这两句话借用了王安石诗“意态由来画不成，当时枉杀毛延寿”的意思。紧接着“耳目所及尚如此，万里安能制夷狄？汉计诚已拙，女色难自夸”四句，从一个女子的小小情事上升到国家大事的思考，“耳目所及”之事尚且如此昏聩，何谈对外御侮？对皇帝的昏庸糊涂、满朝文武的无能给予理性的批判。欧阳修诗运用了散文的叙述、议论、描写等多种手法，利用想象，加以动人的细节描写，描绘出昭君出塞的凄婉图景，抒发了“红颜胜人多薄命”的动情感慨。换一个角度来看，欧阳修未尝不是在昭君的际遇中寄寓自己的身世之慨“红颜胜人多薄命”，反映了他对政治迫害的警觉和余悸，结尾句“莫怨春风当自嗟”，虽然凄迷惆怅，但也曲含排解超脱之意。

曾巩也有两首和诗——《明妃曲二首》，作于嘉祐四年（曾巩四十一岁），时任太平州司法参军。曾巩三十九岁考取功名，此前蹭蹬科场近二十一年。这两首诗一方面有对自己不遇人生的感慨，另一方面也有历经人世沧桑后人生态度的表白。其中一首立意与王安石接近：“穷通岂不各有命，南北由来非尔为”，整首诗没有囿于个人情感遭际的小圈子，对于人生命运的不幸是一种理智的排解，诗中有着

① 爱新觉罗·玄烨：《〈答吴充秀才书〉文评》，引自《欧阳修全集·附录》，中华书局2001年版，第2727页。

诗人人生体验的寄托与不平，但这种不平被诗人化解了。当然，曾、王相同的是立意，在情感上却有强弱的不同。王安石的诗歌中包含着对失意人生的强烈不满，而曾巩诗歌虽有不平，但很快就将失意人生的产生归之于命。因为将现实的不平归咎于一种人力无法改变的莫可知的力量——“命”上，就必然导致曾巩产生一种非抗争心理，既然外在的命不可把握，那么作为个人应该不去关注外在的命，剩下的全部关注就是自身的修身守道。曾巩借明妃的遭遇感叹世道险恶，知音难觅。“丹青有迹尚如此，何况无形论是非”句，刘克庄认为发“诸家之所未发”①，认为曾巩的议论立意新颖。结合曾巩的人生际遇、心理状态来理解，不正体现了曾巩的独特之处吗？曾巩此诗虽然对昭君流落异域的命运寄予同情，但同时又理智地看到人生的复杂性和悲剧的普遍性。王昭君虽是绝世不可寻的“蛾眉”，却被人忌妒，远嫁大漠，而且即使远嫁大漠仍然不能免于忌妒谗毁：“汉姬尚自有妒色，胡女岂能无忌心？”“汉姬”“胡女”是相对于王昭君的外部世界，在曾巩看来，这个外部世界终是不可把握的，能够把握的是自己的内心，独立不羁来自自己的守道不迁。曾巩在诗中说：“自信无由污白玉，向人不肯用黄金”，重心落在对昭君操守的肯定上，认为昭君在纷纭扰攘的俗世尘嚣中能守正不移。他在诗歌的结尾说：“长安美人夸富贵，未央宫殿竞光阴。岂知泯泯沈烟雾，独有明妃传至今”，将长安美人与远嫁大漠的昭君对比，认为富贵只是一时的煊赫，高尚的节操则不会随时间而湮没，热情歌颂了昭君排除皇权和黄金的诱惑，远嫁匈奴，沟通“塞路乡国”而流芳百世的不凡之举。宋人注重得之于内的道德修养，并将之作为人生的最高追求，最终可超越事功的外在忧累。曾巩强调修身的重要性，讲“诚”“思”“学”。

在《与王深父书》中曾巩并不满足于做一个“有常心”的“士”，他说：“所以始乎为士，而终乎为圣人也。颜子三月不违仁，盖谓此也。人不堪其忧而不改其乐，盖乐此也。”在曾巩看来，做圣

① 刘克庄：《后村先生大全集》，载《四部丛刊》本。

贤最重要的是像颜回一样能安贫乐道。将曾巩的诗歌与其人生的实然状态联系起来，就可以看到正是在生活中处处注意修身养性，使曾巩在写这首诗时将自己的人生感触与处世原则通过昭君这一人物表现出来。此外，从诗歌体式上而言，曾巩诗以律诗的形式创作，感情显得相对温和平淡，王诗以古体出之，显得慷慨多气。

三　和诗不同的深层次原因

其实，欧、王、曾三人在诗歌风格上的不同，不仅是个性、才力的不同，更多与他们在儒学上的思考有关，从而在同一题材的诗作上仍然显示出各自不同的特点。袁枚说：“文人学士，必有所挟持以占地步，故一则曰明道，再则曰明道，只是文章家习气如此。而推究作者之心，都是道其所道，未必果文王、周公、孔子之道也。”① 袁枚为文倡“性灵说”，自然有对古文家“明道说”的不满，但袁枚的话也道出了古文家的确是在“道其所道”。

欧阳修文学思想很重要的一点就是他对“道”进行了新的诠释，他突破了韩愈纯粹的儒家道统束缚，表现出“本乎人情”的特点。他说：“尧、舜、三王之治，必本于人情”②，“圣人之道”也就是古道，即周公、孔子、孟轲时代的“百事”，也就是“亲九族、平百姓、忧水患”这类事。欧阳修一方面确认“道”的仁义本质，同时还包含了“百事”的实践性内容，文不能离开百事，文章必须与生动丰富的现实生活相联系。与此同时，欧阳修还认为文章在饱经忧患后才能达到“工”提出了“穷而后工”的观点，又强调将忧思感愤行诸文字，才能写出好文章。事实上，欧阳修文章最大的特点就是感情充沛、感慨淋漓。由于欧阳修之文以载道是“本于人情”，更能立足现实生活，这使他论道说理以人情为据，不尚空谈，句句落实，显得从容平易。另一方面，欧阳修深得史迁精髓，写人写物多饱含感

① 袁枚：《答友人论文二书》，载《小仓山房集》卷19，江苏古籍出版社1997年版，第319页。

② 欧阳修：《纵囚论》，载《欧阳修全集·居士集》卷17，中华书局2001年版，第287页。

情，其文章中多绵邈情韵。正如方东树所云：“欧公情韵幽折，往反咏唱，令人低回欲绝，一唱三叹，而有遗音，如啖橄榄，时有余味，但才力稍弱耳。”① 情韵幽深，正是从诗中所蕴含的情味着眼的。由于欧阳修之道本诸人情，这使他对人对事多了一份出于自然的真情，因此读其诗总会感到一种感慨淋漓的深情。将之对照曾巩诗歌，可以看出，曾诗在散文化的描写、议论中抒情主体的情感相对平淡。“发乎情，止乎礼义”的儒学修养在某种程度上冲淡了诗情，他的思想感情给人的印象多是平和中正的，较少诗人常有的汹涌澎湃的激情，这一点与散文有一致性。比之于韩、欧、苏轼等人，曾巩的散文较少文学性散文的写作，在抒情的力度上也比不上以上诸人。

王安石作为一名政治家，其学术思想为其政治改革服务，在政治、经济、教育方面形成一整套思想体系，被后世称为“荆公新学”。“荆公新学”对其文学观产生了极为深刻的影响。王安石的朝政改革是庆历新政革新的继续和深化，但它比庆历新政规模更大，时间更长。王安石阐述儒家经典的目的是为改革提供理论依据，也就是“托古改制”。《四库全书总目提要》之《周官新义》云：“《周礼》之不可行于后世，微特人人知之，安石亦未尝不知也。安石之意，本以宋当积弱之后，而欲济之富强，又惧富强之说必为儒者所排击，于是附会经义以箝儒者之口，实非真信《周礼》为可行。”② 这段评语一针见血地指出了王安石并非醇儒，同时指出王安石新学功利主义、实用主义的特点。王安石的文道观因此不能等同于传统儒家的文道观。王安石虽然也主张文以明道，但并不是纯粹的儒家之道，而是受到法家思想的影响，强调文章的功利性。苏轼评价王安石说：“网罗六艺之遗文，断以己意；糠秕百家之陈迹，作新斯人。”③ 的确，王安石从不盲从既定学说，在这一点上，王安石与曾巩明显不同。对于

---

① 方东树：《昭昧詹言》，人民文学出版社 2006 年版，第 278 页。

② 永瑢等：《四库全书总目提要》，载《文渊阁四库全书》，台湾商务印书馆 1983 年版，第 140 页。

③ 苏轼：《王安石赠太傅制》，载《苏轼全集》，上海古籍出版社 2000 年版，第 1379 页。

孔子《论语·宪问》中“道之将兴欤？命也；道之将废欤，命也”这句话，王安石在《行述》中是以批判的态度评论的：“苟命矣，则如世之人何？”[①] 认为人不应消极地服从命运，而应该充分发挥“人力”的作用。这种观点表现在他的政治实践中，使他能够不安于现状，而是掀起了一场疾风暴雨式的社会改革。《宋史·王安石传》云：“安石议论高奇，能以辨博济其说，果于自用，慨然有矫世变俗之志。”[②] 由于王安石之道着重于改造陈腐的社会现状，重新安排社会秩序，因此他的诗多有异于常情的拗折简劲。

而曾巩之道强调的是以儒者中正平和的心态来应对社会人生，其诗歌自然少了一份刚劲和激情。方东树提到曾巩篇章的问题实质上还是情感力度的问题。其实这正是曾诗中缺乏一种淋漓的元气所致。方氏批评曾诗“其失在不放”[③]，究其根本原因在气不盛，而这又最终源于曾巩对情感的过分节制，使诗歌缺乏大气纵放。在曾巩那里，主要还是对激情的克制与压抑。他总是在叙说了自己人生的种种失意后，并不让感情肆意地流泻，而是以对道的持守超越现实的不平，在精神上获得一种优越感，这使他的诗歌一般都能将不平的情感淡化，不那么激烈。作为一名醇儒，曾巩以儒家中庸之道来指导自己的立身行事，这使曾巩在整体的人生态势上显得不温不火，不像庆历先贤那样指陈时政、言辞剀切，带有一种狂直之气，他也没有好友王安石掀起翻天覆地的社会改革的猛将气势，也不像欧阳修在大起大落中仍然对前途抱有坚定的信心而始终深情如一。

因此，即使是同题之作，三位作家在历史人物王昭君身上寄托的情感与思想也是各有不同，体现了各人在人生态度与生存方式上的差别。

---

① 王安石：《王文公文集》，上海人民出版社1974年版，第330页。

② 脱脱：《宋史·王安石传》，中华书局1977年版，第10543页。

③ 方东树：《昭昧詹言》，人民文学出版社2006年版，第16页。

附录二　曾巩诗文研究述略

唐宋古文运动植根于儒家文化的思想土壤，“唐宋散文八大家”作为唐宋古文创作的代表，使中断已久的儒家散文艺术传统得以恢复并发扬光大。曾巩跻身“八大家”之列，以自己的诗文创作呼应了以欧阳修为领袖的宋代诗文革新运动，推动古文冲破骈文的束缚，使古文最终成为文章主流。曾巩以其醇厚质朴的古文创作名闻当世，沾沔明清，因此，曾巩在中国古代文学史上有着较为重要的地位。然而到目前为止，几部文学史都是轻描淡写，一笔带过；有关曾巩的研究论文基本上是零星片段式的；研究专著更是付诸阙如。这种研究现状的冷落与其“大家”地位不太相称，故而加深对曾巩的认识和研究是有必要的。具体而言，曾巩在国内外的研究现状是：

从20世纪初到80年代，对曾巩的研究相当冷落。熊翘北的《曾巩生平及其文学》（《江西图书馆馆刊》1934年），王焕镳撰写的《曾南丰先生年谱》（商务印书馆1943年版），对曾巩的生平、交游、仕履与诗文创作年代做了较为系统的爬梳。1947年上海商务印书馆出版朱起凤选注的《曾巩文》。这一时期对曾巩的研究还散见于一些文学史、批评史以及文学总论中，如刘大杰的《中国文学批评史》（中华书局1947年版）、郭绍虞的《中国文学批评史》（商务印书馆1934年版）、罗根泽的《中国文学批评史》（人文书店1934年版）、日本吉川幸次郎的《中国文章论》（洪文堂昭和二十四年版）等。

1949年后至70年代末80年代初，研究曾巩的论文几乎是空白，文学史提到他也是一笔带过，如中国社会科学院文学所编《中国文学史》（人民文学出版社 1962 年版）、北京大学中文系编《中国文学史》（人民文学出版社 1959 年版）。游国恩的《中国文学史》（人民文学出版社 1963 年版）在短短的介绍中反复加以贬抑，认为曾巩“儒学气味较重”“缺乏新鲜感或现实感”。

20 世纪 80 年代曾巩研究开始得到重视。1983 年在江西南丰举办了纪念曾巩逝世 900 周年学术研讨会，学者们希望改变过去冷落曾巩的现象，为曾巩研究拉开了序幕。此时期出版了曾巩诗文集两部，一是陈杏珍、晁继周点校的《曾巩集》（中华书局 1984 年版），是目前最为全面、准确的诗文集版本。二是据金代中叶临汾刻本影印的《南丰曾子固先生集》（中华书局 1986 年版）。此期还有由江西文学艺术研究所编《曾巩研究论文集》（江西人民出版社 1986 年版）。从生平方面研究的有：郭豫衡《中国历代著名文学家评传·曾巩》（山东教育出版社 1984 年版）、王琦珍《曾巩评传》（江西高校出版社 1990 年版）。此外还有发表的单篇论文，从曾巩研究状况进行讨论的有 4 篇：王琦珍《学术自应超董贾，文章元不让韩欧》（《文学遗产》1983 年第 4 期）高度评价了曾巩的文学理论和创作，认为曾巩是开文章“义法”的人物，其文章风格雍容典雅。行文纡徐委婉，语言平易灵活，其体峻洁爽净，在唐宋派和桐城派有很大的影响。王水照《曾巩及其散文的评价问题》（《复旦学报》1984 年第 4 期）对曾巩评价比较审慎，认为曾巩文学成就虽不及韩欧，但有自己的特点。朱安群《从鼎鼎大名到世罕见之——论曾巩文学地位的变迁》（《文艺家研究》1988 年第 1 期）从历史、文化的角度全面探讨曾巩从盛名赫赫到遭受冷落的原因，并指出了曾文的局限，认为其散文缺乏形象性、抒情性、新奇性，还认为曾巩在各个方面都过于慎重了，“没有拼搏前进突破陈规的勇气，人生便减却了光彩和价值”。刘扬忠《从曾巩受冷落看古代散文研究》（《光明日报》1984 年 3 月 20 日）认为今人囿于特定的文学观念，“甚而有意无意认为他不是文学家”，曾巩受冷落的原因除了文学之外的原因，还有文学本身的原因。从曾巩思想内容和艺术特征进行探讨的论文较多，有陈圣的《论曾巩的哲学思想》（《抚州师专学报》1985 年第 1 期）认为曾巩的思想主要属于正统儒家教化中心派；傅义的《试论曾巩的学术思想》（《曾巩研究论文集》）认为曾巩的学术思想本原六经，注重道德修养，也留意于经世致用，又认为曾巩为经学演变为理学开了先声；万陆的《曾巩散文理论和散文创作特色》（《江西大学学报》1983年第4期）将曾文风格总结为“古雅而又平正，蕴藉而又自然”；唐厚纯、夏雨的《曾巩散文艺术特色漫议》（《复旦学报》1984年第4期）从结构、语言、文论三个方面进行了评述；鲍时祥的《曾巩和他的散文》（《文史知识》1987年第12期）也认为曾文的独特风格是温雅平正、绵密周详；熊礼汇的《论曾巩散文的艺术特色及其成因》（《武汉大学学报》1988年第2期）认为曾文来得“柔婉”；梁静的《曾巩散文的艺术特征论略》（《中州学刊》1992年第2期）认为曾文善于敛气蓄势、结构严谨，融议论于叙事、写景、抒情中。也有就曾巩对后世的影响方面进行讨论的论文，如邓韶玉《论曾巩散文对明清唐宋派的影响》（《许昌师专学报》1989年第4期）、李泽平《试论唐宋派的师法特点》（《南京师范大学学报》1986年第2期）等。但对其诗歌研究涉及较少。曾子鲁《曾巩诗歌艺术性初探》、夏汉宁《曾巩诗歌内容初探》、邱俊鹏《曾巩诗歌散议》（以上几篇均见于江西文学艺术研究所编《曾巩研究论文集》，江西人民出版社1986年版）这几篇论文从曾诗内容、艺术特点方面作了一些讨论，给人很大启示。总之，80年代的这批学者以其严肃的研究态度对曾巩作出了开创性研究，对后来的研究者启发极大。

从20世纪80年代末至今，曾巩研究主要集中在以下方面：

一、生平研究：生平研究方面的专著有：陈圣《曾巩传》（《抚州师专学报》1988年第4期）、夏汉宁《曾巩传》（中华书局1993年版）等，其中李震《曾巩年谱》（苏州大学出版社1997年版）对曾巩诗文全部系年，并对曾巩历年的行踪都作了较为详细的考证。王琦珍《曾巩与王安石变法》（《河南大学学报》1989年第4期）较为全面地梳理了曾巩与王安石的交往过程，并认为曾王二人的关系有助于全面认识熙宁变法的意义与得失。刘成国《王安石与曾巩交疏辨》（《抚州师专学报》1999年第4期）认为曾王二人不和的原因在于政治分歧，其中王安石的个性也影响到二人的关系。廖应生、周世泉《北宋南丰曾氏考》（《抚州师专学报》2002 年第 3 期）认为“曾巩是曾氏家族中学养最高、成就最大的一位文化大师”。龚重谟《曾巩籍贯考辨》（《抚州师专学报》2003 年第 1 期）认为南丰为曾巩的旧籍，临川为出生地，曾巩应为临川人。汤江浩《曾至尧母、妻、子考略》（《福建师范大学学报》（哲学社会科学版）2002 年第 3 期）和《曾巩之祖父曾至尧考略》（《华中师范大学学报》2003 年第 1 期）则对曾巩祖、父辈的生平等进行了仔细的考证。此外，还有李才栋《曾巩师承关系考》（《抚州师专学报》2003 年第 1 期）等论文，这些研究已开始深入细致地对曾巩进行全方位观照，但还有待系统化。

二、思想研究：郭豫衡《历代散文丛谈》中《曾巩的为人和为文》一文（山西人民出版社 1986 年版）认为曾巩“不是道学家，也不是政治家；虽被称为古文家，而实在是个以儒者自居的学者”。王琦珍《曾巩与王安石变法》（《河南大学学报》（哲学社会科学版）1989 年第 4 期）认为，从某种意义上说，曾巩是熙宁前后复杂政局的一位重要的知情者，他对变法的态度，他和王安石的关系，在当时的士人中就显得更有代表性。考察这些关系，有助于全面认识熙宁变法的意义与得失。陈晓芬《传统与个性——唐宋六大家与儒佛道》（上海古籍出版社 2002 年版）对唐宋六大家的“道”进行了绵密细致的分析，认为六家均自道其“道”。对曾巩之“道”的分析很有特色，认为曾巩应世观物的人生态度与其对“道”的理解有直接关系。范立舟、徐志刚《曾巩思想的理学特质》（《江西社会科学》2002 年第 8 期）认为曾巩思想的理学特质极为明显，指出北宋中叶思想界自觉地探索和追求“理”并提出“穷理”之学的氛围催生了曾巩思想中的理学因子。朱东根《曾巩的佛教观浅论》（《江南大学学报》（人文社会科学版）2009 年第 5 期）认为曾巩反佛方式的变化既能显示时代社会的变迁和思想学术的转型 ，也表明了佛教发展的最终本土化。崔勇《宋代佛教与官府财政的关系——以曾巩与苏轼的见解为例》（《河北学刊》2006 年第 3 期）认为曾巩的挤压见解与苏轼利用佛教生财的主张都旨在通过对佛教资源的再分配，解决政府的财政危机。此外，对曾巩思想进行研究的还有闫树立《曾巩“道统”思想的价值内涵》（《绍兴文理学院》2005 年第 6 期）、刘金柱《曾巩的儒释人才观》（《中国文化研究》2004 年春之卷）、王志略《曾巩历史学说综述》（《贵州师范大学学报》1999 年第 1 期）、申夏《曾巩的史学思想及其现代意义》（《南方文物》2003 年第 4 期）、喻进芳《论曾巩的史学思想》（《理论月刊》2008 年第 4 期）、喻进芳《天命与人力——论曾巩的天命观》（《孝感学院学报》2012 年第 1 期）、刘煜硕士论文《曾巩诗文创作的文化观照》（福建师范大学，2007 年）等论文。

三、评价研究：邹自振《从元明清评论看曾巩散文的历史地位》（《福州师专学报》1998 年第 4 期）认为自宋迄清，其中虽间有批评贬抑曾巩散文的言论，然终难成为主流。明代唐宋派、清代桐城派对曾氏更多肯定褒扬。此外，还有将有关曾巩研究的论文论著进行梳理述评的，如孟丽霞《20 世纪以来曾巩研究综述》（《黑龙江史志》2009 年第 16 期）、于晓川《20 世纪以来曾巩文学研究述略》（《重庆文理学院学报》（社会科学版）2016 年第 1 期）以及刘珊珊、马茂军《曾巩接受研究》（《安康学院学报》2014 年第 2 期）等论文。此外，还有孟丽霞硕士学位论文《曾巩散文在两宋的接受研究》（兰州大学，2010 年）、薛俊芳硕士学位论文《曾巩文学思想及其传播与接受》（海南师范大学，2013 年）、郭亚磊硕士学位论文《论曾巩的传记理论及传记创作》（浙江师范大学，2012 年）、邹书的硕士学位论文《明代唐宋派论曾巩散文》（福建师范大学，2014 年）等。

四、散文研究：曾巩作为“八大家”之一，其主要成就是散文，对其散文有从思想内容、艺术特色、文集版本的研究。

1. 思想内容方面：周楚汉《曾巩文章论》（《中国文学研究》1994 年第 4 期）从道法、事理、辞工、史铭、内外五个方面对曾巩的文论思想作了较为全面的分析。朱尚贤《曾巩、韩愈“不平之鸣”比较》（《吴中学刊》1994 年第 1 期）认为曾巩比韩愈更敢于鸣不平；其《越拘挛之见 破常行之法——曾巩〈救灾议〉阅读札记》

(《吴中学刊》1996 年第 1 期）和《怀扶衰救缺之心 献强国济民之策——曾巩〈本朝政要策〉阅读札记》(《吴中学刊》1996 年第 4 期）则从具体的文章研读中分析了曾巩的民本思想；其《设辞明理敷述昭情——曾巩诗、文集序阅读札记》(《吴中学刊》1994 年第 4 期）一文分析了曾巩诗文集序的特点，认为曾巩能将情、理、事、文四者完美结合，具有论理深刻、情感动人的力量。朱东根《曾巩文学创作观念初探》(《镇江师专学报》1998 年第 3 期）认为曾巩的文学创作观既关乎先天的才情禀赋，更离不开后天的学习培养。作家应当增加生活积累、知识积累，同时悉心揣摩创作技巧。李天保《曾巩文学思想与其散文创作实践》(《社科纵横》2006 年第 4 期）从经世观、文道观和创作关方面分析其文学创作特点。朱东根《试论曾巩的文道观》(《海南大学学报》(人文社会科学版）2006 年第 6 期）认为曾巩对于文道关系有着自己的独到阐说：一是浅深徐急说，二是文章兼胜说，三是文须当理说。曾巩认为道德修养比文章修养更重要，但同时又文道兼顾。李天保硕士学位论文《曾巩文学思想研究》(西北师范大学，2005 年）对曾巩文学思想的成因及创作成就作了探讨。刘宁硕士学位论文《论曾巩的儒学思想和散文创作——以与儒家经典的关系为中心》(北京师范大学，2006 年）从儒家经典影响的角度来研究曾巩思想及其散文创作，力图揭示曾巩儒学思想多发明儒家经典：论治道必本于正心诚意，论礼乐必本于人之性情，论学必本于务内，论制度必本于三代之法。李俊标《曾巩研究》(中国社会科学出版社 2011 年版）对曾巩的政治思想、史学思想、散文创作、诗歌创作、书法艺术等皆进行了深入的研究，还从家族文学的角度通过对其家族另两位代表者曾布、曾肇的文学创作情况进行深入探讨，揭示其家族传统以及在此传统影响之下的创作共性。此外，还有刘煜硕士学位论文《曾巩诗文创作的文化观照》(福建师范大学，2007 年)、郭思彤《浅议曾巩对欧阳修文学观念的接受》(《鸡西大学学报》2013 年第 2 期)、张靖人《试论曾巩的经济思想》(《河南教育学院学报》(哲学社会科学版）2011 年第 1 期)，以及蒽琼、李天保《曾巩的经世观考论》(《甘肃联合大学学报》(社会科学版）2009年第3期）、李金良硕士学位论文《曾巩的道统思想与文统观对其创作的影响》（重庆师范大学，2010年）等从文化观照、文学观念、经济思想、经世观、道统与文统观等方面对曾巩思想进行了研究。

2. 艺术特色方面：夏雨《曾巩散文艺术特色漫议》（《争鸣》1984年第1期）将曾巩散文艺术特色归结为四个方面：气质内潜，条理分明，语言洁净，文以贯道。高克勤《曾巩及其散文述论》（《宁波大学学报》1995年第4期）将散文分期与各期特点夹说，将生活经历与风格挂钩，给人很大启示。洪本健《曾巩、王安石散文之比较》（《华东师范大学学报》1995年6期），从文风、文辞、文势三个方面论述了曾王二人散文差异，论述周到细致。毕庶春《试论曾巩散文的中和之美》（《社会科学战线》1997年第5期）开始关注到曾巩儒学思想对文风的作用，角度新颖。喻进芳《平正温雅：曾巩散文风格论》（《湖北大学学报》（哲学社会科学版）2010年第2期）认为曾巩的散文风格是他应世观物的情感态度和生命体验方式的外化，体现了相同的特征：平静、节制、中和。其《论曾巩散文语言的声音节奏及句法修辞对其散文风格的影响》（《长江学术》2010年第1期）从语言的角度进行了研究，认为曾巩散文的平正温雅与其平和的语音语调、散缓的节奏以及句法修辞的运用有关。此外，还有黄毓任《取法经典　儒雅深醇》（《名作欣赏》2002年第8期），李彤《欧阳修对曾巩散文的影响》（《长沙理工大学学报》（社会科学版）2008年第4期）等论文。

3. 文集版本研究：贺莉《曾巩及其〈元丰类稿〉》（《图书馆建设》1993年第6期）对曾巩的生平及其主要作品《元丰类稿》做了介绍。毕庶春《〈曾巩集〉志疑》（《四川师范大学学报》2001年第1期）对中华书局1984年版《曾巩集》存在的形误、误断、失校三个方面的问题进行了考证。此外，还有杨铸《〈曾巩集〉校改二误》（《文学遗产》2002年第3期）、李胜《〈曾巩传〉史实系年疏漏拾零》（《社会科学家》2005年第2期）、王河《曾巩佚著〈南丰杂识〉辑考》（《江西社会科学》1999年第7期），邹陈惠仪《曾巩诗文版本概况与辑佚》（《古籍整理研究学刊》2003年第2期），吴芹芳《〈元丰类稿〉版本考略》（《江西图书馆学刊》2003年第4期），吴逢箴《曾巩〈隆平集·唃厮啰传〉笺证》（《西藏民族学院学报》（哲学社会科学版）2008年第5期），金程宇《新发现〈永乐大典〉残卷中的曾巩佚文》（《学术月刊》2004年第9期），李俊标《曾巩〈游双源〉辨伪》（《文献》2011年第3期），冒志祥《曾巩有关高丽世次状札记载的讹误》（《南京师范大学文学院学报》2017年第6期）等论文。这方面的研究一般有细致的考述，材料支撑较为丰富，因而有一定的新意。值得一提的是高海夫主编的《唐宋八大家文钞校注集评·南丰文钞》（三秦出版社2005年版）对曾巩散文进行了细致的注释，收集了大量前人的评价资料，对论文写作很有帮助。

此外，还有对曾巩史学著作《隆平集》的研究。叶建华《〈隆平集〉作者考辨》（《史学史研究》1999年第2期）在余嘉锡《四库提要辨证》的基础上，将曾巩文集与此书对照，并结合曾巩学术活动和思想特点，论证《隆平集》确为曾巩所撰。熊伟华《〈隆平集〉的作者问题再考证》（《古籍整理研究学刊》2012年第2期）在前人研究的基础上，提出新的论据，进一步确定了《隆平集》的作者当为曾巩。其博士学位论文《〈隆平集〉研究》对《隆平集》进行整体研究和评价，全面考察其编纂内容、编纂体例特点、写作风格、版本流传、史料来源和史学影响等问题。这项研究在一定程度上填补了《隆平集》研究的空白。

4. 散文分体研究：王正兵《试论曾巩杂记文的特色》（《盐城师院学报》2002年第3期）以杂记文为思考对象，分析了曾巩雍容平和的文章风格。此外有刘芸硕士学位论文《曾巩记体散文研究》（安徽大学，2012年）、张超旭硕士学位论文《曾巩记体文研究》（陕西师范大学，2013年）等。

俞樟华的《欧阳修、曾巩论墓志铭》（《浙江师大学报》2000年第2期）从理论的角度对二人的墓志铭写作进行了总结。包忠荣的《曾巩墓志铭之特色及其价值》（《赣南师院学报》2005年第4期）认为曾巩继承韩愈、欧阳修等人创作墓志铭的优良传统，主张铭以载道，在理论上明确提出墓志铭的创作要“蓄道德而能文章”。在写作方式上，曾巩因事设体，平中见奇，文采斐然。往往融叙事、说理、言情于一炉，含情于铭，情深意远。喻进芳《论曾巩的墓志铭——兼与韩愈墓志铭比较》（《湖北社会科学》2008 年第 2 期）将曾巩与韩愈墓志铭进行对比，认为二人的碑志风格迥然相异，实际代表了唐宋两代在文化背景、思维方式、价值取向、审美态度上的不同。

魏耕原的《曾巩书序考论》（《陕西师范大学学报》（哲学社会科学版）1998 年第 3 期）认为书序对考察曾巩的思想很有帮助，可获悉曾巩的交友及文集作者的一些概况，也可看到他对当时执政要人乃至前代皇帝的评价。

周晓音的《试论曾巩的目录序》（《浙江师范大学学报》1989 年第 4 期）认为曾巩以他的目录序受到世人的推崇，并引用清人方苞之说，认为“此篇《战国策目录序》及《列女传》、《新序》目录序尤胜，淳古明洁，所以能与欧、王并驱，而争先于苏氏也”。

五、诗歌研究：诗歌研究是目前有关曾巩研究较弱的部分，论文数量也相当少。高国藩的《论曾巩诗及其民本思想》（《抚州师专学报》1995 年第 3 期）从思想方面探讨曾巩诗歌表现的民本思想，高国藩《论曾巩的诗歌创作》（《抚州师专学报》1996 年第 2 期）分析了山水诗、咏史诗、咏物诗表现的思想情感及整体创作风格。此外有于广杰《 曾巩尚意诗学思想及诗歌风貌》（《河北大学学报》（哲学社会科学版）2015 年第 4 期），李俊标《曾巩“短于韵语”论辨析》（《兰州学刊》2006 年第 12 期），倪惠颖《论曾巩前期诗歌创作——兼论宋调开创之艰难》（《船山学刊》2007 年第 1 期），喻进芳《清静·平和：曾巩律诗绝句的主导风格》（《江汉大学学报》（人文科学版）2009 年第 6 期），倪惠颖硕士学位论文《论曾巩前后期诗风演变》（宁夏大学，2004 年），李艳敏硕士学位论文《曾巩“尊孟”思想及诗学意义》（山东师范大学，2007 年）等。

六、编辑思想及金石学研究：这是目前较为薄弱的部分，对这个方面进行研究的学者不多。曾巩有九年多的时间任职于馆阁，在编校方面有很深的功底，也显示了自己的特色。葛怀东的《曾巩在校雠史上的贡献》（《常熟高专学报》1999年第3期）首次对曾巩在校勘领域的贡献做了梳理，其《曾巩整理古籍的活动与影响》（《中国典籍与文化》1999年第3期）认为曾巩“对古籍整理的贡献，在校雠学史中同样占有一席之地”。喻进芳的《论曾巩的编辑理念及其现实意义》（《江汉大学学报》（社会科学版）2014年第3期）认为“（曾巩）编辑宗旨为叙录解题，传道说理；编辑策略为究其本末，考镜源流；编辑目的为记录史料，传之不朽”。此外，还有李相文《北宋文学家曾巩对古籍整理及其贡献考证》（《兰台世界》2015年第6期）等。

虽然近年来对曾巩的研究关注较多，但文学史对曾巩这位“名闻当世，沾沔明清”的散文家仍然重视不够。例如袁行霈主编的《中国文学史》（高等教育出版社1999年版）在第三章第三节“王安石等人的散文”中虽然专论“曾巩散文平正周详的风格”，但也只不过160余字，基本上也是轻轻带过。张毅《宋代文学思想史》（中华书局2004年版）专就宋代立论，在第二章“变革时期的文学思想”中对曾巩的评述相对较多，认为曾巩的古文以“古雅”“平正”见长。

综上所述，在曾巩的研究中，专门全面的研究尚不多。曾巩文化品格的形成尚无人作具体、全面的论述，其散文研究集中在思想性与艺术性上，还可作进一步的研究。至于诗歌，曾巩一共有四百五十余篇，数量不少，然研究最少，涉及诗歌的论文分析较为简单。因此，曾巩研究仍有极大的空间。

参考文献

一　著作类

曾　巩:《曾巩集》，中华书局 1998 年版。

朱凤起选注:《曾巩文》，商务印书馆 1930 年版。

王焕镳:《曾南丰先生年谱》，商务印书馆 1943 年版。

夏汉宁:《曾巩》，中华书局 1993 年版。

祝尚书:《曾巩论文选译》，巴蜀书社 1990 年版。

宋友贤:《曾巩卷》，广东高等教育出版社 1992 年版。

夏春豪:《曾巩散文精品选》，陕西人民出版社 1995 年版。

曾　巩:《曾巩散文全集》，今日中国出版社 1996 年版。

包敬第、陈文华:《曾巩散文选集》，上海古籍出版社 1997 年版。

高克勤:《曾巩散文选集》，百花文艺出版社 1997 年版。

李　震:《曾巩年谱》，苏州大学出版社 1997 年版。

高海夫主编《唐宋八大家文钞校注集评·南丰文钞》，三秦出版社 2004 年版。

徐柏容:《曾巩散文选集》，百花文艺出版社 2005 年版。

韩　愈:《韩愈全集》，上海古籍出版社 1997 年版。

柳宗元:《柳宗元集》，上海古籍出版社 1997 年版。

苏　轼:《苏轼全集》，上海古籍出版社 2000 年版。

孟　郊:《孟东野诗集》，人民文学出版社 1984 年版。

石　介:《徂徕石先生文集》，中华书局 1984 年版。

李　觏:《直讲李先生文集》，中华书局 1981 年版。

欧阳修：《欧阳修全集》，中华书局 2001 年版。
王安石：《王文公文集》（上、下册），上海人民出版社 1974 年版。
李清臣：《琬琰集删存》，上海古籍出版社 1990 年版。
刘　弇：《龙云集》，载《文渊阁四库全书》，台湾商务印书馆 1983 年版。
茅　坤：《唐宋八大家文钞》，载《文渊阁四库全书》，台湾商务印书馆 1983 年版。
茅　坤：《茅鹿门先生文集》，载《续修四库全书》，上海古籍出版社 1995 年版。
归有光：《震川先生集》，上海古籍出版社 1981 年版。
唐顺之：《荆川集》，载《文渊阁四库全书》，台湾商务印书馆 1983 年版。
王慎中：《遵岩集》，载《文渊阁四库全书》，台湾商务印书馆 1983 年版。
吴楚材、吴调侯：《古文观止》，林文史出版社 2004 年版。
康　熙：《御选古文渊鉴》，载《文渊阁四库全书》，台湾商务印书馆 1983 年版。
张伯行：《唐宋八大家文钞》，上海古籍出版社 2007 年版。
乾　隆：《御选唐宋文醇》，载《文渊阁四库全书》，台湾商务印书馆 1983 年版。
方　苞：《方苞集》（上、下册），上海古籍出版社 1983 年版。
姚　鼐：《惜抱轩文集》，载《续修四库全书》，上海古籍出版社 1995 年版。
刘大櫆：《海峰文集》，载《续修四库全书》，上海古籍出版社 1995 年版。
袁　枚：《小仓山房集》，江苏古籍出版社 1997 年版。
曾国藩：《曾文正公全集》，载《续修四库全书》，上海古籍出版社 1995 年版。
傅璇琮编《全宋诗》，北京大学出版社 1998 年版。
曾枣庄编《全宋文》，巴蜀书社 1994 年版。

余冠英主编《唐宋八大家全集》，国际文化出版公司1997年版。
高海夫主编《唐宋八大家文钞校注集评·庐陵文钞》，三秦出版社2004年版。
高海夫主编《唐宋八大家文钞校注集评·昌黎文钞》，三秦出版社2004年版。
高海夫主编《唐宋八大家文钞校注集评·东坡文钞》，三秦出版社2004年版。
高海夫主编《唐宋八大家文钞校注集评·临川文钞》，三秦出版社2004年版。
高海夫主编《唐宋八大家文钞校注集评·颍滨文钞》，三秦出版社2004年版。
吕祖谦：《古文关键》，载《文渊阁四库全书》，台湾商务印书馆1983年版。
楼　昉：《崇古文诀》，载《文渊阁四库全书》，台湾商务印书馆1983年版。
黄　震：《黄氏日抄》，载《文渊阁四库全书》，台湾商务印书馆1983年版。
皇甫谧：《高士传》，载《续修四库全书》，上海古籍出版社1995年版。
魏　徵：《隋书》，中华书局1973年版。
张　载：《张载集》，中华书局1978年版。
朱　熹：《朱子语类》，中华书局1986年版。
朱　熹：《朱子文集》，载《丛书集成初编》，商务印书馆1937年版。
朱　熹：《四书章句集注》，中华书局2005年版。
李　焘：《续资治通鉴长编》，中华书局1979年版。
冯　琦：《宋史纪事本末》，载《丛书集成初编》，商务印书馆1937年版。
江少虞：《宋朝事实类苑》，上海古籍出版社1981年版。
陈邦瞻：《宋史纪事本末》，中华书局1977年版。
脱　脱：《宋史》，中华书局1977年版。

黄宗羲：《宋元学案》，中华书局 1986 年版。
王夫之：《宋论》，中华书局 2008 年版。
赵尔巽：《清史稿》，中华书局 1976 年版。
永　瑢：《四库全书总目提要》，载《文渊阁四库全书》，台湾商务印书馆 1983 年版。
郭庆藩：《庄子集释》，载《诸子集成》，上海书店 1996 年版。
魏　源：《老子本义》，载《诸子集成》，上海书店 1996 年版。
周振甫：《周易译注》，中华书局 2005 年版。
欧阳修：《归田录》，中华书局 2006 年版。
罗大经：《鹤林玉露》，中华书局 2006 年版。
周　辉著，刘永翔校注：《清波杂志校注》，中华书局 2006 年版。
邵伯温：《邵氏闻见录》，中华书局 2006 年版。
邵　博：《邵氏闻见后录》，中华书局 2006 年版。
文　莹：《湘山野录》，中华书局 2006 年版。
司马光：《涑水纪闻》，中华书局 2006 年版。
魏　泰：《东轩笔录》，中华书局 2006 年版。
王　铚：《默记》，中华书局 2006 年版。
叶梦得：《石林燕语》，中华书局 2006 年版。
吴处厚：《青箱杂记》，中华书局 2006 年版。
方　勺：《泊宅篇》，中华书局 2006 年版。
朱　弁：《曲洧旧闻》，中华书局 2006 年版。
赵令畤：《侯鲭录》，中华书局 2006 年版。
王辟之：《渑水燕谈录》，中华书局 2006 年版。
陈　鹄：《西塘集耆旧续闻》，中华书局 2006 年版。
李　廌：《师友谈记》，中华书局 2006 年版。
吴　曾：《能改斋漫录》，载《武英殿聚珍版丛书》本。
王若虚：《滹南遗老集》，辽海出版社 2006 年版。
刘　埙：《隐居通议》，载《丛书集成初编》本，商务印书馆 1937 年版。
徐师曾：《文体明辨序说》，人民文学出版社 1962 年版。

吴　讷:《文章辨体序说》，人民文学出版社 1962 年版。
袁　枚:《随园诗话》，人民文学出版社 1960 年版。
高步瀛:《唐宋文举要》（上、中、下三册），中华书局 1963 年版。
刘熙载:《艺概》，上海古籍出版社 1978 年版。
李　淦:《文章精义》，载《文渊阁四库全书》，台湾商务印书馆 1983 年版。
刘大櫆:《论文偶记》，人民文学出版社 1998 年版。
蔡世远:《古文雅正》，载《文渊阁四库全书》，台湾商务印书馆 1983 年版。
何　焯:《义门读书记》，中华书局 2006 年版。
李慈铭:《越缦堂读书记》，人民文学出版社 2006 年版。
刘　攽:《中山诗话》，载《历代诗话》，中华书局 2004 年版。
叶梦得:《石林诗话》，载《历代诗话》，中华书局 2004 年版。
叶　燮:《原诗》，载《历代诗话》，中华书局 2004 年版。
严　羽:《沧浪诗话》，载《历代诗话》，中华书局 2004 年版。
欧阳修:《六一诗话》，载《历代诗话》，中华书局 2004 年版。
司马光:《温公续诗话》，载《历代诗话》，中华书局 2004 年版。
陈师道:《后山诗话》，载《历代诗话》，中华书局 2004 年版。
葛立方:《韵语阳秋》，载《历代诗话》，中华书局 2004 年版。
魏　泰:《临汉隐居诗话》，载《历代诗话》，中华书局 2004 年版。
阮　阅:《诗话总龟》，人民文学出版社 1987 年版。
胡　仔:《苕溪渔隐丛话》，上海古籍出版社 1979 年版。
范　温:《潜溪诗眼》，载《宋诗话辑佚》，中华书局 1980 年版。
丁福保:《历代诗话续编》，上海古籍出版社 1983 年版。
胡应麟:《诗薮》，上海古籍出版社 1979 年版。
钱谦益:《列朝诗集》，上海古籍出版社 1983 年版。
李庆甲:《瀛奎律髓汇评》（上、中、下三册），上海古籍出版社 2005 年版。
厉　鹗:《宋诗纪事》，上海古籍出版社 1988 年版。
沈德潜:《说诗晬语》，载《清诗话》，上海古籍出版社 1999 年版。

贺　裳：《载酒园诗话》，载《清诗话续编》，上海古籍出版社 1999 年版。
贺贻孙：《诗筏》，载《清诗话续编》，上海古籍出版社 1999 年版。
赵　翼：《瓯北诗话》，载《清诗话续编》，上海古籍出版社 1999 年版。
吴　乔：《围炉诗话》，载《清诗话续编》，上海古籍出版社 1999 年版。
田同之：《西圃诗话》，载《清诗话续编》，上海古籍出版社 1999 年版。
乔　亿：《剑溪说诗》，载《清诗话续编》，上海古籍出版社 1999 年版。
方南堂：《方南堂先生辍锻录》，载《清诗话续编》，上海古籍出版社 1999 年版。
潘德舆：《养一斋诗话》，载《清诗话续编》，上海古籍出版社 1999 年版。
方东树：《昭昧詹言》，人民文学出版社 2006 年版。
蔡上翔：《王荆公年谱考略》，上海人民出版社 1974 年版。
王国维：《王国维遗书》第 5 册，载《静安文集续编》，上海书店 1983 年版。
陈寅恪：《金明馆丛稿二编》，上海古籍出版社 1980 年版。
陈植锷：《北宋文化史述论》中，中国社会科学出版社 1992 年版。
钱　穆：《朱子新学案》，巴蜀书社 1986 年版。
钱　穆：《国史大纲》，商务印书馆 1997 年版。
罗根泽：《中国文学批评史》，人文书店 1934 年版。
刘大杰：《中国文学批评史》，中华书局 1947 年版。
朱东润：《中国文学批评史大纲》，上海古籍出版社 2001 年版。
郭绍虞：《中国文学批评史》，商务印书馆 1934 年版。
钱锺书：《谈艺录》，中华书局 1999 年版。
钱锺书：《宋诗选注》，人民文学出版社 1979 年版。
张朴民：《唐宋八大家评传》，台北学生书局 1974 年版。

［日］吉川幸次郎：《宋元明诗概说》，中州古籍出版社1999年版。
郭豫衡：《历代散文丛谈》，山西人民出版社1986年版。
郭豫衡：《中国散文史（中）》，上海古籍出版社1993年版。
朱光潜：《谈美》，人民文学出版社1988年版。
朱光潜：《诗论》，北京出版社2005年版。
张岱年：《中国哲学史大纲》，江苏教育出版社2006年版。
王水照：《唐宋文学论集》，齐鲁书社1984年版。
王水照：《王水照自选集》，上海教育出版社2000年版。
吴孟复：《桐城文派述论》，安徽教育出版社2001年版。
刘国盈：《唐代古文运动论稿》，陕西人民出版社1984年版。
孙昌武：《唐代古文运动通论》，百花文艺出版社1984年版。
龙榆生：《词曲概论》，北京出版社2004年版。
江西文学艺术研究所：《曾巩研究论文集》，江西人民出版社1986年版。
叶嘉莹：《迦陵论诗丛稿》，中华书局1984年版。
王琦珍：《曾巩评传》，江西高校出版社1990年版。
曾子鲁：《韩欧文探胜》，中国文学出版社1993年版。
林继中：《文化建构文学史纲》，海峡文艺出版社1993年版。
朱　刚：《唐宋四大家的道论与文学》，东方出版社1997年版。
陈　来：《宋明经学史》，辽宁教育出版社1997年版。
沈松勤：《北宋文人与党争——中国士大夫群体研究之一》，人民出版社1998年版。
马茂军：《北宋儒学与文学》，暨南大学出版社1998年版。
章权才：《宋明经学史》，广东人民出版社1999年版。
柴毅龙：《尊道与贵德》，云南人民出版社1999年版。
郁　沅、张明高：《魏晋南北朝文论选》，人民文学出版社1999年版。
陈　杰：《北宋诗文革新研究》，内蒙古教育出版社2000年版。
莫砺锋：《朱熹文学研究》，南京大学出版社2000年版。
李春青：《宋学与宋代文学观念》，北京师范大学出版社2001年版。

［美］包弼德：《斯文：唐宋思想的转型》，刘宁译，江苏人民出版社2001年版。
陈晓芬：《传统与个性——唐宋六大家与儒佛道》，上海古籍出版社2002年版。
杨庆存：《宋代散文研究》，人民文学出版社2002年版。
吕肖奂：《宋诗体派论》，四川民族出版社2002年版。
［美］田浩编：《宋代思想史论》，杨立华、吴艳红等译，社会科学文献出版社2003年版。
郭　鹏：《诗心与文道：北宋诗学的“以文为诗”问题研究》，北京语言大学出版社2003年版。
张　毅：《宋代文学思想史》，中华书局2004年版。
罗宗强：《魏晋文学思想史》，中华书局2004年版。
陈　飞：《中国古代散文研究》，福建人民出版社2005年版。
葛兆光：《中国思想史》（第2卷），复旦大学出版社2005年版。
曾枣庄：《宋代文学与宋代文化》，上海人民出版社2006年版。
刘　方：《文化视域中的宋代文论》，学林出版社2006年版。
李煌明：《宋明理学中的“孔颜之乐”问题》，云南人民出版社2006年版。
高克勤：《王安石与北宋文学研究》，复旦大学出版社2006年版。
熊礼汇：《唐宋八大家文章精华》，湖北人民出版社2006年版。
周振甫：《文章例话》，中国青年出版社2006年版。
周裕锴：《宋代诗学通论》，上海古籍出版社2007年版。
戴建业：《澄明之境——陶渊明新论》，上海古籍出版社2012年版。
戴建业：《孟郊论稿》，上海古籍出版社2006年版。
熊海英：《北宋文人集会与诗歌》，中华书局2008年版。

二　论文类

万　陆：《曾巩散文理论和散文创作的特色》，《江西大学学报》1983年第4期。
李泽平：《试论唐宋派的师法特点》，《南京师大学报》1986年第

2 期。
刘扬忠：《关于曾巩诗歌的评价问题》，载江西省江西文学艺术研究所编《曾巩研究论文集》，江西人民出版社 1986 年版。
成复旺：《“明道说”的深化，“义法论”的先导》，江西省江西文学艺术研究所编《曾巩研究论文集》，江西人民出版社 1986 年版。
陈　圣：《论曾巩的哲学思想》，江西省江西文学艺术研究所编《曾巩研究论文集》，江西人民出版社 1986 年版。
熊礼汇：《论曾巩散文的艺术特色及其成因》，《武汉大学学报》1988 年第 2 期。
黄振林：《曾巩的儒学心态初步描述》，《抚州师专学报》1988 年第 4 期。
王水照：《曾巩的历史命运——代序》，《抚州师专学报》1988 年第 4 期。
陈晓芬：《曾巩的心理机制及其对散文的影响》，《抚州师专学报》1988 年第 4 期。
丘模楷：《曾巩与王安石》，《抚州师专学报》1989 年第 1 期。
邓韶玉：《论曾巩散文对明代唐宋派的影响》，《许昌师专学报》1989 年第 4 期。
王琦珍：《论曾巩的影响和评价》，《抚州师专学报》1990 年第 1 期。
梁　静：《曾巩散文艺术特征论略》，《中州学刊》1992 年第 6 期。
朱尚贤：《曾巩、韩愈“不平之鸣”比较》，《吴中学刊》1994 年第 1 期。
周楚汉：《曾巩文章论》，《中国文学研究》1994 年第 4 期。
朱尚贤：《设辞明理　敷述昭情》，《吴中学刊》1994 年第 4 期。
刘　宁：《欧阳修提倡平易文风的思想渊源和时代意义》，《北京大学学报》1995 年第 2 期。
高国藩：《论曾巩诗及其民本思想》，《抚州师专学报》1995 年第 3 期。
高克勤：《曾巩及其散文述论》，《宁波大学学报》1995 年第 4 期。
洪本健：《曾巩、王安石散文之比较》，《华东师范大学学报》1995

年第 6 期。
杨庆存：《宋代散文体裁样式的开拓与创新》，《中国社会科学》1995 年第 6 期。
朱尚贤：《越拘挛之见　破常行之法》，《吴中学刊》1996 年第 1 期。
高国藩：《论曾巩的诗歌创作》，《抚州师专学报》1996 年第 2 期。
郑力戎：《治乱之龟鉴　政论之典范——论陆贽的骈体奏议》，《浙江学刊》1996 年第 3 期。
朱尚贤：《怀扶衰救缺之心 献强国济民之策》，《吴中学刊》1996 年第 4 期。
寇养厚：《欧阳修古文理论中的“道”》，《烟台大学学报》1997 年第 2 期。
毕庶春：《试论曾巩散文的中和之美》，《社会科学战线》1997 年第 5 期。
朱安群：《从鼎鼎大名到世罕见知——论曾巩文学地位的变迁》，《文艺理论家》1998 年第 1 期。
邹自振：《从元明清评论看曾巩散文的历史地位》，《福州师专学报》1998 年第 4 期。
郭　鹏：《“以文为诗”辨——关于唐宋诗变中的一个文学观念的检讨》，《北京大学学报》1999 年第 1 期。
王　河：《曾巩佚著〈南丰杂识〉辑考》，《江西社会科学》1999 年第 7 期。
俞樟华：《欧阳修、曾巩论墓志铭》，《浙江师范大学学报》2000 年第 2 期。
张国俊、张瑞年：《论唐宋艺术散文的特征及不足》，《西北大学学报》2000 年第 2 期。
毕庶春：《〈曾巩集〉志疑》，《四川师范大学学报》2001 年第 1 期。
王正兵：《试论曾巩杂记文的特色》，《盐城师范学院学报》2002 年第 3 期。
杨　铸：《〈曾巩集〉校改二误》，《文学遗产》2002 年第 3 期。
黄毓任：《取法经典 儒雅深醇》，《名作欣赏》2002 年第 8 期。

范立舟、徐志刚：《曾巩思想的理学特质》，《江西社会科学》2002年第8期。

徐　艳：《试析袁宏道小品的语体解放及其与五四白话散文的关系》，《复旦学报》2002年第3期。

刘石泉：《论宋初散文创作的嬗变》，《广东教育学院学报》2002年第3期。

邹陈惠仪：《曾巩诗文版本概况与辑佚》，《古籍整理研究学刊》2003年第2期。

高　洁：《陆贽和他的骈体公文》，《古今公文评析》2003年第8期。

李　胜：《〈曾巩传〉史实系年疏漏拾零》，《社会科学家》2005年第2期。

包忠荣：《曾巩墓志铭之特色及其价值》，《赣南师范学院学报》2005年第4期。

闫树立：《曾巩"道统"思想的价值内涵》，《绍兴文理学院学报》2005年第6期。

倪惠颖：《论曾巩对韩愈诗歌的接受》，《中国韵文学刊》2006年第2期。

张秀玉：《论唐宋时期文学教化思潮的三个特点》，《中国古代文学研究》2006年第3期。

李天保：《曾巩文学思想与其散文创作实践》，《社科纵横》2006年第4期。

倪惠颖：《论曾巩前后期诗风演变》，宁夏大学2004年硕士学位论文。

后　　记

春花夏草，秋雨冬雪，转眼间，人生已过不惑。然而，往事不会如烟。写作此书的过程有苦有乐，甚至苦多于乐，但无论如何，这段时光将成为我记忆长河里最值得回忆的一段，因为，有那么多的师长和朋友引领着我、陪伴着我一路走过。

感谢我的导师戴建业先生，在我写作博士论文期间付出了大量的心血，从论文选题、构思到写作，他都一一给予精心指导。其次，还要感谢与我一起走过三年风雨的师兄韩国良、师弟柏俊才，师妹张筱南、宁薇，感谢他们无私的关爱和真挚的友情，我的记忆里会永远定格他们青春的笑容和身影。还要感谢支持本书出版的周建民校长、邓正兵院长，他们的热情支持使我在完成书稿并出版的整个过程中保持着勇气和动力。

父母无言的关爱点点滴滴在心头，家人的支持时时刻刻感动着我。勤能补拙是良训，在前行的道路上，我会继续努力，回馈关心我的老师、朋友、亲人。

喻进芳

2016 年 5 月